MARGOT MERTZ
ARRUMA A SUA VIDA

CARRIE McCROSSEN & IAN McWETHY

MARGOT MERTZ ARRUMA A SUA VIDA

TRADUÇÃO: BRUNA MIRANDA

Diretor-presidente:
Jorge Yunes
Gerente editorial:
Luiza Del Monaco
Editor:
Gabriela Ghetti
Assistente editorial:
Júlia Tourinho
Suporte editorial:
Juliana Bojczuk, Letícia Hashimoto
Estagiária editorial:
Emily Macedo
Coordenadora de arte:
Juliana Ida
Assistentes de arte:
Daniel Mascelani
Gerente de marketing:
Claudia Sá
Analistas de marketing:
Heila Lima, Flávio Lima
Estagiária de marketing:
Carolina Falvo

Margot Mertz Takes It Down

1ª edição — São Paulo

Preparação de texto:
Sofia Soter
Revisão:
Lorrane Fortunato, Mareska Cruz
Diagramação:
Vitor Castrillo
Ilustração e projeto de capa:
Sávio Araújo

DADOS INTERNACIONAIS DE CATALOGAÇÃO NA
PUBLICAÇÃO (CIP) DE ACORDO COM ISBD

M478m	McCrossen, Carrie
	Margot Mertz arruma a sua vida / Carrie McCrossen, Ian McWethy ; traduzido por Bruna Miranda. - São Paulo, SP : Editora Nacional, 2022
	296 p. ; 16cm x 23cm.
	Tradução de: Margot Mertz takes it down
	ISBN: 978-65-5881-105-3
	1. Literatura americana. 2. Romance. 3. Jovem adulto. 4. Crescimento. I. McWethy, Ian. II. Miranda, Bruna. III. Título.
	CDD 813.5
2022-598	CDU 821.111 (73)-31

Elaborado por Vagner Rodolfo da Silva - CRB-8/9410
Índice para catálogo sistemático:
1. Literatura americana: Romance 813.5
2. Literatura americana: Romance 821.111 (73)-31

NACIONAL

Rua Gomes de Carvalho, 1306 – 11º andar – Vila Olímpia
São Paulo - SP – 04547-005 – Brasil – Tel.: (11) 2799-7799
editoranacional.com.br – atendimento@grupoibep.com.br

18 de fevereiro, 13h44

MARGOT: B, você tinha razão.
A internet é nojenta e horrível.

Quando professores choram

— Tipo... Ele tinha um corpo incrível. Não tinha um pingo de gordura. Os ombros, os braços... Você tinha que ver o...

— Sra. Blye — interrompi, na esperança de levar a conversa para... qualquer outro rumo.

— Desculpa. Eu só estava tentando contextualizar, mas... você tem razão. Não importa. Nem justifica o que eu fiz. Ou o estrago que poderia causar caso isso viesse a público! Margot...

A sra. Blye olhou para o drink que segurava como se o copo de gin tônica fosse salvá-la. Ela estava claramente envergonhada e um pouco confusa. Deve ter sido estranho para ela que a menina de cabelo castanho para quem dera 8,5[1] em uma prova tinha agora poder sobre seu destino.

— O Josh foi coisa de uma noite só. Foi só sexo. Sexo muito bom, por sinal, mas...

— Sra. Blye, repito, eu não preciso saber disso. Mesmo, *mesmo.*

— Eu ainda amo meu marido. Claro, temos alguns problemas. Eu sou meio ausente. E ele anda muito fissurado por RPG de tabuleiro. — Ela fez uma careta. — Mas isso não justifica o que fiz! Não quero que uma noite bêbada e idiota... — Ela começou a lacrimejar. — Eu acredito que o casamento ainda pode funcionar se você, por favor, me ajudar.

Foi então que ela desmoronou. Um choro alto, feio e desesperado. Geralmente, a sra. Blye era uma mulher bem bonita. Para uma professora.

---

1 Ela me deu 8,5 por usar o nome comum da solução de açúcar na prova, em vez de usar a fórmula química. É uma palhaçada, porque ela sabe muito bem que meu trabalho valia um 10. (Não que eu guarde rancor.)

A pele branca era um pouco bronzeada demais, principalmente no inverno. Mas ela se vestia direito e sabia escolher a maquiagem. Se alguém passasse por ela na rua, não pensaria *"Uaaaaaaaau"*. Mas, se tivesse que encará-la por quarenta e cinco minutos enquanto ela explicava as reações de oxirredução, talvez pensasse: *Ah, até que ela é bonita*. Mas naquele momento, na minha frente, ela parecia um lixão em dia de chuva. E isso estava começando a chamar a atenção das pessoas ao redor.

— Tudo bem por aqui?

A garçonete idosa, que presumo que se chamava Rhonda ou Nancy, veio à nossa mesa.

— Tudo bem, obrigada — respondi com confiança por nós duas.

Rhonda/Nancy voltou para trás do balcão.

Eu sabia que não precisava me preocupar de pedirem minha identidade na Taverna do O'Petey. Aquele era um pé sujo para quem bebia muito e não ligava para decoração ou luz natural. O chão era grudento, tinha uma máquina de cigarros (?!) no banheiro, e um pôster de *Loucademia de esqui*, um filme dos anos 1980, ficava atrás do bar. (O pôster incrivelmente misógino mostrava um par de peitos gigantes de biquíni e dois minicarinhas topzera esquiando pelo decote. O subtítulo era: "Curvas sinuosas à frente *e* atrás". Acho que o filme não envelheceu muito bem.)[2]

De qualquer foram, eu não estava ali para beber. A única bebida que eu pedia lá era água com gás com limão. Eu só precisava de um lugar para levar minha clientela. O'Petey era um lugar nojento, óbvio, mas permitia que a clientela adulta permanecesse anônima, tomasse um drink, e ignorasse o fato de que estava prestes a transferir milhares de dólares para uma adolescente.

— Olha, é sempre um erro transar com caras chamados Josh — falei, tentando quebrar o gelo. Não ficou claro se ela achou graça. — Mas... Talvez eu possa ajudar.

A sra. Blye levantou o olhar, buscando um sinal de esperança em meu rosto branco e muito, muito (muito mesmo) pálido.

Nos dois anos anteriores, eu várias vezes me sentara naquele mesmo lugar, diante de professores, estudantes, pais e uma vez até de um depu-

---

2 Além de levantar muitas dúvidas. Por que ela foi esquiar de biquíni? Os homens encolheram ou ela é gigante? O que as mulheres que gostavam de filmes faziam nos anos 1980?

tado federal. Ouvira os detalhes dos casos deles, dos tuítes comprometedores, dos vídeos vergonhosos — e fizera tudo sumir. Era meu trabalho. Pelo preço certo, eu iria até os cantos mais remotos da internet para consertar os erros das pessoas.

Naquele caso, a sra. Blye, professora titular de Química do colégio Roosevelt High, traíra o marido com Josh Frange, um professor de Química do colégio Brighton High. (A Brighton é nossa escola rival. Para quem se importa com rivalidades escolares, diferente de mim.) Josh tinha uma certa fama. Ele era um professor rodado que transava com a maioria dos departamentos de Ciências da região. Eu vi o perfil dele no Instagram, e tenho que admitir que não entendi a graça. Na minha opinião, ele é um homem de quarenta anos bem mediano e tem um rosto que dá vontade de socar. Mas tem gosto para tudo, eu acho.

Foi assim que aconteceu. Na semana anterior, o marido da sra. Blye tinha viajado para visitar a mãe doente (putz), e a sra. Blye ficara loucona na "Noite de Confraternização entre Professores Arrasando no Karaokê!!!" (cruzes). Cantoria desafinada, margaritas pré-prontas, e muitas fotos. Tiradas pelo Josh. Fotos da sra. Blye cantando. Fotos da sra. Blye e de Josh fazendo um dueto de "Under Pressure". (O que matou Freddie Mercury e David Bowie de novo.) E... fotos da sra. Blye e de Josh se beijando.

A sra. Blye estava surtando porque uma daquelas fotos tinha ido parar no Instagram de Josh. Era uma mais comportada, do "dueto", mas desmentia o álibi de que ela saíra para "jogar boliche com a Shcila". A sra. Blye estava com medo de ser apenas uma questão de tempo até mais fotos aparecerem no Instagram dele. Ou até o marido ver e fazer perguntas. Ela tinha tentado mandar uma mensagem para o Josh, perguntando se ele poderia deletar a foto, mas ele ainda não tinha respondido.

— E aí? — perguntou a sra. Blye depois de me contar sua história sórdida. Ela estava ansiosa por uma resposta.

Eu sei que parece moleza. Quer dizer, o Josh só postou uma foto, né? Mas nunca é tão simples assim. Nunca se sabe quantas fotos, tuítes ou e-mails existem, nem quem os baixou. Nunca se sabe onde estão armazenados. Em apenas um celular? Na nuvem? Com um backup no computador? E nunca se sabe quais são as intenções do alvo. O que Josh estava planejando? Se ele era apenas um idiota inconsequente que não percebia o risco em que colocara a sra. Blye, então seria fácil apagar as fotos. Mas se estivesse intencionalmente tentando acabar com o casamento da sra. Blye... Bom, a coisa podia ficar feia.

Meu instinto dizia que Josh Frange seria um pé no saco. E que a sra. Blye provavelmente não havia me contado tudo. O que podia levar a um monte de horas de trabalho por uma única foto ridícula.

— Preciso pensar.

A sra. Blye franziu a testa bronzeada. "Preciso pensar" não era a resposta que ela estava esperando. De repente, ela se tornou uma professora irritada que não aceitaria um atestado médico falso.

— Pensar no quê? A vida está um caos, e eu estou disposta a te pagar. Você por acaso tem coisa melhor a fazer? Estudar? Fazer atividades extracurriculares? Bater punheta ruim? Você é só uma adolescente!

Só uma adolescente? Aí, sim, eu me irritei. O título de "adolescente" banaliza completamente o que eu faço. Títulos preferíveis: empreendedora. Fã de tecnologia. Lobo solitário. Filha. Misantropa. Possível bruxa. (Tá, eu não sou nem um pouco bruxa, mas Greg Mayes me chamou disso uma vez na escola e admito que até gostei. Mesmo que a coisa mais bruxesca que eu já fiz tenha sido queimar palo santo no meu quarto.). A questão é: pode me chamar de qualquer uma dessas coisas! Mas, quando me reduzem a "adolescente", parece que eu sou uma zé ninguém que nem conhece a si mesma. E eu me conheço muito bem. Eu sou a Margot Mertz, porra.

Além disso, era a sra. Blye quem precisava da *minha* ajuda! Será que ela achava que esse tom de "Vou te tirar de sala" iria me assustar? Ela tinha acabado de me contar que tivera um caso extraconjugal! A vantagem ali era minha!

Mas é claro que eu não falei nada disso, nem demonstrei um pingo de ressentimento. Porque eu sou profissional. Apenas respondi:

— Vai custar caro.

Essa foi foda, se quiser saber. Como disse antes, eu não precisava daquele trabalho.

A sra. Blye não se preocupou com o preço. Ninguém se preocupa. Se acham que você vai resolver um erro que poderia arruinar as vidas deles, professores, estudantes, meteorologistas da televisão local... todo mundo concorda com os termos e condições. Que outra opção têm?

— Obrigada. Obrigada, Margot. Não importa o preço! Só dê um sumiço nessa coisa!

A sra. Blye pegou a bolsa gigante de professora e me deu uma nota de duzentos dólares como sinal. Eu disse que entraria em contato com mais detalhes sobre o caso dela. E então dei no pé. O'Petey fedia a fracasso, e eu tinha trabalho a fazer.

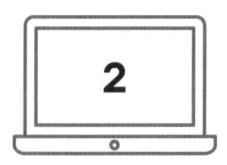

A foto de pinto que deu início a tudo

Você deve estar se perguntando um monte de coisas. Por exemplo: Como é ver uma professora chorar? O que é palo santo? E a mais curiosa... Como você conseguiu *esse* tipo de trabalho?

Respondendo: 1) É estranho. 2) Um pedaço de madeira que você queima. 3) Eu me pergunto a mesma coisa o tempo todo. E, sinceramente, não sei bem. Na maior parte do tempo, parece que foi por acaso.

Mas, quando penso de verdade sobre o assunto, eu acho que houve dois motivos. Duas lições de vida bem merda, de quebrar a cara mesmo, que tanto me fizeram amadurecer quanto me trouxeram até onde estou agora.

LIÇÃO DE VIDA MERDA #1: MELHORES AMIGAS NÃO SÃO PARA SEMPRE

Nunca fiz amizades fácil. No começo do Fundamental eu tinha "amigos" (no sentido de que eu era convidada para festas de aniversário e dividia balinhas com a Megan Mills). Mas, quando cheguei ao sexto ano, fui levada à uma vida de solidão. Eu acho que fazer um discurso eloquente contra o colégio eleitoral no primeiro dia de aula deve ter... afastado algumas pessoas. Passei a maior parte do ano fazendo muitas coisas sozinha: comer! Pegar o ônibus! Até, acredite se quiser, trabalhos em grupo! (É possível se ninguém gostar de você!) Meus pais pensaram que eu estava deprimida. Mas eu não acho que eu estava, tipo, "oficialmente" deprimida. Eu só não estava acostumada a ser odiada... por motivo nenhum.

Até que conheci Bethany. E as coisas melhoraram. Nós nos sentamos lado a lado na biblioteca por acaso e começamos a conversar sobre nosso amor por comida chinesa e Sonia Sotomayor.[3] Descobrimos que nós duas morávamos em apartamentos, em vez de casas (como a maioria dos nossos colegas de sala). E não crescemos com babás ou *au pairs*; nossas famílias dependiam de creches lotadas e avós sobrecarregadas. Depois de um tempo, passamos a nos encontrar fora da escola, fazer maratona de *The Office*, conversar sobre meninos, e rir tanto que um pouquinho de xixi escapava. Claro, meus colegas de sala ainda eram maldosos. Por exemplo, Megan Mills, que não era mais minha amiga de balinhas, "brincou" que meu novo corte de cabelo me deixava com cara de [xingamento homofóbico que não vou repetir porque sou melhor que a Megan Mills]. Mas pelo menos com a Beth eu estava sobrevivendo. Eu acredito que se pode passar por qualquer coisa na vida, até mesmo o sétimo ano, se tiver pelo menos uma amiga muito, *muito* boa. E eu tinha a melhor de todas.

Até que chegamos ao Ensino Médio. E tudo implodiu.

Eu e Beth tínhamos altas expectativas para o novo ano. Os armários eram maiores, os professores, mais inteligentes. E todo mundo ficou um pouco menos desajeitado. Além disso, pela primeira vez na vida estávamos chamando a atenção de meninos. Uma atenção que fingíamos não querer, porque éramos "superiores" a essas coisas banais e patriarcais (mas, em segredo, a gente queria, sim). E a atenção mais cobiçada era sem dúvidas a de Chris Heinz.

Chris Heinz era absurdamente bonito para um adolescente. Ele tinha lábios carnudos, cabelo castanho bagunçado e a pele branca de tom quente. Mesmo sendo um simples estudante ele tinha o abdômen travado de um homem de vinte e oito anos e as mãos musculosas de um estivador.[4] Nem eu nem Beth estávamos na turma dele, mas, assim como todo mundo na escola, sabíamos quem ele era. Víamos ele e os amigos sacudindo a máquina de salgadinhos para tentar pegar lanches sem pagar. Ou ouvíamos professores falando no corredor: "Sr. Heinz, em que aula você deveria estar?". Ele era nosso *crush* gostosão, tão distante da realidade que eu e Beth podíamos fingir que ele tinha a personalidade que

---

3 Ela é uma heroína! Imagina ir trabalhar todo dia com Clarence Thomas e Brett Kavanaugh! Deve ser um saco, mas ela **aguenta**!

4 É o seguinte, eu tenho uma queda por estivadores. Desde que meu pai me fez assistir a Sindicato de ladrões. E eu juro: o Chris cheirava a água do mar, bacalhau e a dignidade silenciosa de um homem que faz trabalho braçal.

quiséssemos. Por isso foi um grande acontecimento quando ele convidou a Beth para sair. Sair de verdade, pessoalmente, nada imaginário! Com o cara mais gato e com o melhor cheiro de bacalhau da escola!

Se ao mesmo eu soubesse o quão nojento Chris era... O "encontro" foi o Chris oferecer bebida para a Beth, repetidamente, quando ela não queria, seguido por passar a mão nela e enfiar a língua na boca dela que nem os atores pornô a que ele havia assistido sem parar pelos últimos três anos. Quando ela o fez parar, Chris ficou com raiva e mandou ela embora. No dia seguinte, ele começou a espalhar que a Bethany fez um "boquete fuleiro" nele e deu o apelido de "Beth Boquete" (espertinho!). As pessoas começaram a marcar a Beth em qualquer coisa com B (jogos de boquetebol, OutBeth...) e enchiam ela de mensagens com GIFs pornográficos. Uma semana depois... Bethany tentou se matar.

Uma coisa sobre a Beth (que eu não entendia de verdade até então) era que ela tinha transtorno depressivo. Eu achei que ela era deprimida do jeito que eu era no sexto ano, mas aparentemente era mais grave do que isso. Muito mais. E, mais ou menos na época do encontro com o Chris, Beth estava em um momento difícil. Foi uma semana especialmente terrível para sofrer assédio sexual e humilhação pública.

Beth passou o resto do ano em um hospital psiquiátrico e depois se mudou para o Colorado, para ficar mais perto dos avós. E eu acho que tudo foi muito traumático, porque, quando se mudou, ela cortou laços com todo mundo em North Webster. Inclusive eu.

Bom, não por completo. Eu prometi a mim mesma mandar uma mensagem por semana para ela saber o que está acontecendo na minha vida. Nossa amizade não iria acabar só porque Chris Heinz é um bosta. Ela ainda não me respondeu, mas tudo bem. Ela vai responder quando estiver pronta.

LIÇÃO DE VIDA MERDA #2: MEUS PAIS SÃO PÉSSIMOS COM NÚMEROS

Eu quero ir para a Universidade de Stanford desde os oito anos. Foi quando recebi por engano o catálogo do nosso vizinho de cima, um tal de James McCarthy, que nunca conheci. Quando abri o catálogo, me apaixonei. Eu não sei se foram as fotos do campus, ou a lista de ex-alunos respeitáveis, como Sergey Brin, Larry Page e Sandra Day O'Connor.[5] Foi

---

5 E... Elizabeth Holmes. Nem todos são notáveis.

a primeira faculdade que eu me lembro de ter ouvido falar mesmo, como instituição. Parecia ser um lugar incrível onde intelectos eram estimulados. Onde ética de trabalho era aplaudida. E onde eu poderia ser, tipo, normal. Desde então, fiquei obcecada. Enquanto outras meninas sonhavam com o astro pop adolescente com quem gostariam de perder a virgindade, eu estava sonhando acordada com Stanford. Se eu pudesse, minha primeira vez seria com a Stanford. (Isso aí. Eu transaria com uma faculdade. Não me envergonho.)

Portanto, foi desolador quando, alguns meses depois da Beth se mudar, meus pais me chamaram para "ter uma conversa". (Eu achei que ia ser uma conversa sobre sexo, o que, pensando bem, teria sido menos constrangedor.) Eles me informaram que não iriam conseguir pagar a minha faculdade. Então, se quisesse estudar lá, eu teria que dar um jeito. Assim, eu não esperava que tudo me fosse dado de mão beijada. Meu pai é dono de uma lavanderia, e minha mãe é enfermeira. Não está sobrando dinheiro por aqui. Ainda assim, meus pais sabiam o quanto aquilo era importante para mim. Eles tinham prometido que iriam pagar. Haviam dito que tinham um plano.

Infelizmente, não foi um bom plano. Em resumo, eles investiram o dinheiro que tinham economizado a vida toda (minha poupança para a faculdade) em uma *segunda* unidade da lavanderia. A primeira estava indo bem, então por que não abrir outra? Fazia sentido. Até que pensaram: por que não deixar o tio idiota da Margot, Richard, cuidar do negócio? Ele acabou de ser demitido do mercado onde trabalhava e está se divorciando, então parece o tipo de cara em que podemos confiar para cuidar da POUPANÇA PARA A FACULDADE DA MARGOT. Pois é, a segunda lavanderia não deu muito certo. Em seis meses, Richard levou o negócio a falência e torrou o meu dinheiro.

Foi assim que eu comecei meu segundo ano na Roosevelt High. Sem amigos, sem dinheiro, sem futuro. Basicamente, eu estava ferrada.

Até que, sentada na sala da sra. Okado, ouvi alguém murmurando. Um murmúrio triste, baixinho, vindo do menino branco e magricelo sentado ao meu lado. Era Kevin Beane, meu primeiro cliente.

Kevin é um menino muito ansioso. Ele rói as unhas, range os dentes, e tem uma tendência a vomitar em público por causa da ansiedade.

Ele vomitou no show de talentos do terceiro ano, no concurso de soletrar do quinto ano e *toda quarta-feira* do sétimo ano. Uma vez, no coral, ele vomitou tanto que começaram a dizer que ele tinha Ebola, mas na verdade ele só estava muito, mas muito nervoso mesmo com a perspectiva de precisar cantar "Shenandoah".

— Eu tô ferrado. Tô muito ferrado. Ai... — murmurava Kevin, encarando o chão com olhos arregalados.

Eu imediatamente entrei no modo de prevenção de vômitos. Eu tinha uma lona por perto? Não. Será se a sra. Okado tinha? Provavelmente não, já que ela parecia se esquecer até de escovar os dentes de manhã. Eu conseguia usar a mochila como escudo? Não ia dar certo.

— Kevin, tá tudo bem? — perguntei, usando minha voz de "não machuque os reféns", empática, mas firme.

— Todo mundo vai ver meu pau.

Todo mundo vai ver meu pau. Não era nem oito horas da manhã!

— Tá, acho que eu não sou a melhor pessoa para essa conversa — falei, mas não adiantou de nada.

— Não... não foi minha culpa. Foi um acidente. Eu não queria mandar uma foto do meu pinto — disse ele, com o olhar fixo na carteira.

Olha, vou deixar uma coisa clara. Se um cara te mandar uma foto do pinto sem você pedir, ele merece ser crucificado. Sério. Ele que se foda. Por acaso ele mostraria o pau pessoalmente? Provavelmente não. Seria bizarro. E ilegal. Então por que está mostrando digitalmente?

Só que, quando o Kevin me contou que foi uma foto que ele não tinha a intenção de enviar, que ele tirou apenas porque estava com medo de ter um tumor maligno, que o irmão mais velho dele, Trevor, mandou para várias meninas da escola como "brincadeira" depois de roubar o celular do Kevin, bom... Eu acreditei. Porque "predador sexual que manda fotos de pinto" não encaixa muito com o jeito do Kevin, que uma vez vomitou porque começou a chover.

Eu não sabia o que fazer, além de enrolar até o sinal tocar. Mas aí o Kevin olhou pra mim com aquela cara. Aquela de "eu preciso cantar em público". Com certeza o vômito estava vindo. Eu. Precisava. Fazer. Alguma. Coisa. Porque. Odeio. Vômito.

— E daí que a versão digital do seu pinto está em uns celulares aí? Isso deve ser comum para a maioria dos caras desde... 2012! Inclusive para vários políticos — falei, discretamente afastando minha carteira para longe.

— Mas eu não posso... e se vazar? Viralizar?

— O seu pau não vai viralizar, Kevin.

— E se minha mãe vir?! E se eu não conseguir entrar na faculdade porque...

Ele engasgou, segurando a ânsia de vômito. Duas vezes. Ai, não.

— Então eu vou impedir de vazar! Tá bom? Eu vou dar um jeito.

Não sei o que me deu a confiança de dizer aquilo. Acho que eu só queria ajudá-lo a se acalmar. Ou talvez a imagem de um diretor de admissões de faculdade olhando para a foto do pênis do Kevin Beane juntamente às notas do ENEM dele fosse tão absurda que bugou o meu cérebro. Por algum motivo, as palavras "Eu vou dar um jeito" saíram da minha boca. E acho que Kevin acreditou em mim, porque parou de falar e olhou nos meus olhos pela primeira vez.

— Vai? Como?

Então... Eu não sei ao certo o que disse. Me conhecendo, falei toda confiante que "todo aplicativo tem proteções", ou "é provavelmente alguma coisa com o malware", ou "o tempo é circular". Um monte de baboseiras em que o Kevin acreditou porque a) eu franzo a testa bastante e as pessoas tendem a acreditar em quem franze a testa enquanto fala, e b) ele estava desesperado. Ele queria acreditar que um milagre podia acontecer e que o pênis dele voltaria ao local que pertencia: as calças dele.

Ele começou a remexer com pressa na mochila, procurando pelo iPhone, que achou rapidamente.

— Tenho cento e cinquenta dólares na conta, e posso trazer mais trezentos em espécie amanhã. Acabei de fazer aniversário e minha vozinha sempre me dá dinheiro. Isso cobre?

Cacete. Ele iria me *pagar*. Dinheiro *de verdade*. Dinheiro suficiente para comprar uma vaga no time de remo. Jesus. Eu acho que não deveria ficar tão surpresa. Uma reorganização recente e muito polêmica do nosso distrito colocou pessoas como eu na mesma escola que meninos super-ricos como Kevin. Eu não era contra capitalizar isso.

Ele me mandou os cento e cinquenta e saiu correndo para a próxima aula. Eu murmurei um agradecimento enquanto pensava que eu teria de coletar todas as fotos do pinto dele e garantir que elas nunca mais fossem vistas por ninguém. (Depois de algumas semanas, consegui fazer isso.)

Logo, logo, passei a ser bombardeada por novos clientes, todos precisando dos meus serviços. Todos dispostos a *pagar*. Percebi que, se me concentrasse e não fosse distraída pelas besteiras de adolescente (festas, panelinhas, namorados, ou até... amigos em geral), talvez eu conseguisse fazer com que essa menina de classe média-baixa aqui fosse estudar em Stanford. Tudo o que eu tinha que fazer era sumir com as merdas das pessoas. O que iria exigir um conhecimento de hacking além do que eu tinha naquele momento.

Por sorte, eu conhecia um nerd de computadores que precisava de dinheiro mais até do que eu: Sammi Santos.

3

Aff, outro trabalho

MARGOT: Aff, peguei outro trabalho. Quer trabalhar mais?

SAMMI: claro

MARGOT: Ótimo! Estou voltando para a escola agora. Deixei meu computador no armário. Você está no laboratório? Te encontro aí.

E eu sei que disse que não ia pegar mais trabalho, mas ela estava desesperada. E disposta a pagar. Pacote premium. Então vai valer a pena. Para nós dois.

SAMMI: eu não falei nada

MARGOT: E eu gosto do trabalho.

SAMMI: ok

MARGOT: Não diz "ok". Admite. Eu funciono melhor quando tô trabalhando

SAMMI: OK

MARGOT: Agora você tô só tentando me irritar. Eu não vou cair nessa.

*tá

Tá. Não fala nada. Eu vou interpretar seu silêncio como um "sim".

O trabalho é para a sra. Blye. Ela foi sua professora de química no primeiro ano, né?

SAMMI: não

MARGOT: Foi, sim.

SAMMI: não foi

MARGOT: ela foi, sim. Eu lembro que era estranho você estar na turma avançada de química. Lembra?

Porque a sua mãe fez você ter aulas durante as férias para ficar dois anos à frente e eu pensei: "Nossa, sra. S., aquieta o facho".

SAMMI: era o sr. pasquale, não a sra. blye

MARGOT: Não. Eu me lembraria disso. O sr. Pasquale é bem alto.

Ele tem quase dois metros

> **Eu me lembraria disso.**

> **Eu sempre me lembro de pessoas altas. Tenho medo de elas baterem a cabeça no teto!**

SAMMI: ....

> **MARGOT:** Arrá! Os pontinhos. Você está pensando? Está conferindo as aulas que teve no primeiro ano porque sabe que eu tenho razão? Porque eu costumo ter razão sobre quase tudo?

SAMMI: vc é exaustiva

> **MARGOT:** ENTÃO EU ESTAVA CERTA!

SAMMI: não

> **MARGOT:** Pode pelo menos conferir as aulas que teve no primeiro ano

SAMMI: te vejo no lab.

Quando Sammi disse "te vejo no lab", eu sabia que não ia conseguir mais nenhuma resposta dele. Então decidi deixar para quando estivéssemos cara a cara. Enfiei o celular no bolso e fui andando para a escola.

A sra. Blye tinha insistido em conversar no sétimo horário, porque aparentemente ela não tinha nenhuma aula depois do sexto e estava desesperada para tirar aquilo do peito. Escapar da escola entre o sétimo e oitavo horários é sempre um pouco perigoso. São as horas em que as pessoas mais matam aula, e o Diretor Palmer adora pegar os alunos na hora que voltam para esperar o ônibus.

Passei pela entrada quando o sinal estava prestes a tocar. E, claro, lá estava Raymond Palmer, parado do lado da porta. Camisa de botão. Calça cáqui. E um apito. Sempre carrega um apito que, até onde eu sei, ele nunca usa.

— Mertz. Ora, ora, ora. O que te traz *de volta* à escola às 14h35, quando deveria estar em aula? — perguntou com um sorriso presunçoso no rosto.

A presunção do idiota presunçoso.

— Era o único horário que meu quiroprata podia me atender — respondi e continuei a andar na direção dele. — E, pode acreditar, eu odeio perder a aula de Informação e Saúde. Mas, considerando que o meu quiroprata é da área da saúde... Achei que era uma troca justa.

Nem me dei o trabalho de forçar um sorriso. Só o encarei, tirei um "atestado de quiroprata" do bolso e continuei a andar.

— Bela gravata, por sinal — acrescentei.

Como se eu tivesse cronometrado tudo, o sinal tocou. O corredor foi tomado por estudantes. O Diretor Palmer leu o meu atestado, franzindo a testa branca azeda e deixando os ombros caírem com a decepção de um homem de quarenta e cinco anos que se arrepende das escolhas que fez na vida.

Eu abri caminho até a escadaria C, onde quase tropecei em duas calouras que pareciam estar chorando e mexendo no celular. Tentei desviar o olhar para dar um pouco de privacidade a elas e segui para o subsolo, onde os nerds e os clubes mais esquisitos se encontravam. Marcenaria, informática, produção de teatro, e o mais nerd de todos... robótica. Eu acho que o principal objetivo do clube de robótica é aprender sobre automação e participar de campeonatos estaduais, mas, toda vez que eu passava lá, só via Sammi e alguns calouros aleatórios que ainda não haviam descoberto o conceito de desodorante.

Quando cheguei, Sammi estava construindo o que só podia ser um robô com facas no lugar das mãos.

— Sammi — cantarolei, me apoieiando na soleira da porta.

— Maaaargot — respondeu, completando o estranho "jogo de nomes" que fazíamos havia anos, e que nunca foi muito engraçado.

— Então! No meu encontro deprimente pós-almoço com a sra. Blye... Você está usando um boné dos Yankees? — me interrompi.

Aquilo me chocou. Sammi usava o mesmo corte de cabelo (curto e cacheado na parte de cima com um degradê médio) e o mesmo visual (calça jeans, camiseta, tênis Nike preto) desde o sexto ano. E todo dia usava um bocado de loção pós-barba no rosto de pele marrom e aparência juvenil. Ele amava a rotina e nunca mudava a aparência. Mesmo quando era encorajado por uma menina atraente a... variar um pouco, ele era firme. E os Yankees? Ele sabia tanto sobre esportes quanto eu sabia sobre... bom, esportes.

— Estou experimentando uma coisa nova — disse Sammi, o olhar castanho-escuro superconcentrado no robô de facas.

— Experimentando uma coisa nova? Você come exatamente dezessete grãos de cereal no café da manhã desde o primário. Lembra quando você foi lá em casa uma vez e minha mãe te deu quinze e você surtou?

— Quando eu tinha dez anos? Você sabe que eu já tenho dezessete anos, né?

— Sammi, eu só não sei se consigo existir em um mundo onde você usa bonés. Acho que precisamos analisar isso.

— Você vai passar duas horas falando sobre o meu boné? Ou vai me contar sobre a sra. Blye? — Sammi me interrompeu.

Eu realmente não queria deixar aquela coisa de *boné* de lado, mas precisava ir para casa e começar a trabalhar. Então expliquei a história da sra. Blye.

— Legal. Deve ser tranquilo — disse ele, e deu de ombros. — Não preciso nem falsificar certificados de HTTPS de novo. Isso, sim, foi um saco.

Sammi tinha uma variedade de talentos que o tornavam um sócio perfeito.[6] Sempre que trabalhávamos juntos, Sammi fazia as coisas mais tecnológicas que não me interessavam. E eu fazia o resto. Do trabalho tedioso (fazer o imposto de renda da empresa) ao mais ou menos interessante (fingir ser uma advogada, me encontrar com clientes, coagir babacas a apagarem nudes etc.). Nós usávamos os pontos fortes de cada um. Eu era boa manipuladora, e Sammi era praticamente um computador.

Tipo, eu escrevo em Python e consigo hackear um sistema Windows, mas o Sammi está em outro nível. Uma vez ele tomou conta de uma *botnet* para fazer um ataque de força bruta na senha do e-mail de um deputado federal, mas a parte impressionante é que ele usou a *botnet* de *outra pessoa*. Ele hackeou uns hackers para fazer o hack dele. (Juro por Deus, essa vai ser a última vez que eu uso esse jargão de *botnet* e ataque de força bruta, porque é cansativo.)

Eu pedi para ele dar uma olhada na presença virtual de Josh Frange e disse que talvez precisasse de ajuda se me atrasasse. Ele deu de ombros com um olhar que dizia "Eu sei que você vai se atrasar e precisar de ajuda, mas vou esperar você pedir". O que me deixava irritada. Mas de um jeito

---

6 O título oficial dele é "Chefe de Programação e Tsar de Tecnologia". Mas ele se recusa a usar esse nome.

bom. Do jeito que meus pais às vezes se irritam, mas também se apoiam quando precisam.

— Diz o nome de um jogador dos Yankees. Aposentado ou atuante — provoquei, certa de que havia mais coisa por trás daquela história de boné.

— Não.

— Babe Ruth era dos Yankees! Sammi, você devia saber alguma coisa sobre o time pelo qual está torcendo. A única camiseta com estampa que eu usei na vida foi uma da Eleanor Roosevelt. Mas só porque eu apoio a Declaração Universal dos Direitos Humanos!

Ele revirou os olhos. Ele revirava os olhos com frequência.

Sammi e eu temos um longo histórico. Eu o conheço desde o terceiro ano (ele estava no quarto). Foi quando ele e a mãe se mudaram para o mesmo prédio que eu (Trinity Towers com orgulho!). Os pais do Sammi nasceram na República Dominicana, se conhecerem em Washington Heights, se apaixonaram e se mudaram para North Webster. Eu acho que eles eram bem felizes. Mas aí o pai do Sammi morreu de parada cardíaca e a mãe vendeu a casa. Quando eles se mudaram para nosso prédio, eu não conseguia arrancar mais de duas palavras de Sammi. (As primeiras vezes que brincamos juntos foram bem desconfortáveis!) Aos poucos, contudo, percebemos que tínhamos muito em comum. Nós dois gostávamos de computadores. E tínhamos um amor secreto por k-pop.

O mais importante era que Sammi era leal. Talvez seja a pessoa mais leal que já conheci (depois de Beth). Ele sempre topava um trabalho, por mais chato ou técnico (ou ilegal), e sempre, sempre, atendia quando eu ligava. Então é isso, era exatamente o tipo de sócio de que eu precisava quando lancei a MASV. (MASV significa "Mertz Arruma a Sua Vida LTDA" e, sim, eu registrei assim mesmo. Eu gosto que tudo seja oficial. Especialmente na MASV.)[7]

— Margot, um dia você vai botar um chapéu. Ou fazer luzes no cabelo, sei lá. E, quando isso acontecer, eu vou estar lá para te encher o saco.

— Você vem? — perguntei, pendurando minha mochila no ombro. — Ou precisa ficar a sós com seu robô sexual?

— Ele se chama Magnus.

---

7 Sim, já me disseram que Mertz Arruma a Sua Vida é um nome ruim. E sim, já me procuraram três vezes para fazer faxina. Mas imprimi mil cartões de visita, então me deixem em paz.

Sammi apertou um botão e Magnus acenou com a faca para mim. Assustador. Sammi pegou a mochila e me seguiu até a porta.

Depois de mais algumas perguntas sobre aquele *boné*, eu e Sammi seguimos nosso roteiro habitual de volta para casa: ele diz que eu ando rápido demais, eu ando mais rápido ainda para irritá-lo, ele para de andar até eu desacelerar e dar a volta até ele. Nós nos divertimos. No entanto, começou a chover e nós começamos a dar no pé. Como eu me recuso a usar galochas porque fazem meus pés suarem, meus tênis de cano alto estavam começando a encher d'água.

Foi quando reparei no Tesla que estava nos seguindo discretamente. Meu instinto de sobrevivência acordou, me dando um calafrio. Segurei as chaves na mão e fechei o punho (aprendi com um vídeo de defesa pessoal no YouTube). Eu não estava contando com o Sammi me defender. Uma vez, quando ele estava no sétimo ano, lhe deram uma surra e levaram o celular dele... Foi uma menina do quinto ano.[8]

Eu reconheci o carro, mas não me lembrava de onde, o que me deixou ainda mais inquieta. (Além do mais, Teslas são bizarros. Qualquer coisa ligada ao Elon Musk é bizarra.)[9] Minhas suspeitas se confirmaram quando o carro encostou e Avery Green passou a cabeça assustadoramente bonita para fora da janela. Avery tem pele marrom clara, um sorriso de estrela de Hollywood e cachos perfeitos que não são afetados pela umidade. (Mas, sabe, *como?* Meu cabelo estava cheio de frizz.)

— Ei, Margot. Ei, Sammi. Querem uma carona?

Sammi estava prestes a responder quando eu gritei um "Não!" um pouco forçado. Avery pareceu se assustar, mas não foi o suficiente para tirar o sorriso do rosto dele. Avery parecia a versão em carne e osso de uma foto com filtro no Instagram.

— Hum... tem certeza? Tem espaço de sobra aqui! — disse Avery, com um gesto casual para o espaçoso banco traseiro.

Foi aí que o céu se abriu e começou a cair um dilúvio. O tipo de chuva que encharca as roupas em segundos.

— Não, está tudo bem.

---

[8] Em defesa do Sammi, Rebecca Gupp tinha acabado de passar por um estirão de crescimento e era bem assustadora.

[9] Menos Stanford. Ele estudou lá. Como eu disse, nem todos dão certo!

— Está *mesmo*, Margot? — perguntou Sammi, me olhando como se eu fosse louca.

Eu entendo. A maioria das pessoas gosta do Avery. Ele era o prefeito não-oficial de Roosevelt, o rei não-branco do baile que foi votado "O Garoto Mais Legal da Escola" por dois anos seguidos.[10] Mas o cara me dá medo.

Para mim, existem pessoas legais do tipo normal — que, por exemplo, seguram a porta aberta, ou dizem obrigado. E existem pessoas legais *tipo o Avery*. Que é excessivamente legal. Ele é uma daquelas pessoas irritantes e sinceras demais, que se dão bem com todo mundo. Em quatro situações diferentes, ele me convidou para participar de um dos quinze clubes de que faz parte. Além disso, ele faz contato visual quando cumprimenta alguém (argh). Na minha opinião, Avery é legal tipo... um *serial killer*. (Assista alguns documentários sobre Ted Bundy e venha me dizer se estou errada).

— Valeu, mas eu acho que preferimos andar mesmo. Não está chovendo tanto — falei, ao mesmo tempo em que um relâmpago cortava o céu, seguido por um CABRUM que caiu um segundo depois.

Era como se Deus estivesse desafiando o meu argumento. Avery deu de ombros, fechou a janela e seguiu dirigindo.

— Que porra foi essa, Margot? — resmungou Sammi enquanto andávamos para o meio da rua para evitar uma poça que ocupava a calçada toda.

— Sammi, você sabe qual é a minha opinião sobre Avery Green — respondi, acelerando o passo de novo.

— Mas estamos molhados. E o Tesla dele estava seco. E eu suspeito que o banco traseiro seja uma cadeira de massagem gigante.

Eu lancei um olhar para ele que dizia: "você sabe que isso é um boato idiotia e estou decepcionada por você ter acreditado".

Um *Tesla*. Isso é outra coisa de que não gosto. Avery é rico para cacete. O pai dele é dono de várias concessionárias de carro e de uma cervejaria no centro da cidade, e apresentador de um programa de rádio semanal chamado *Dirija meu carro* que aparentemente é bem famoso. Não sei. Ando de ônibus.

A mãe dele (que parece ser muito mais legal, na minha opinião) se formou em primeiro lugar na turma na Universidade Howard e agora é presidente da Atlas Health, uma organização de hospitais particulares.

---

10 De acordo com o anuário da Roosevelt High. Ele também ganhou a categoria "Melhores Sapatos" ano passado. Meu Deus, eu odeio esses concursos.

Dizem que o dinheiro da família Green vem dela. É impressionante, considerando que, segundo as fofocas, a casa deles tem uma sala de cinema, uma geladeira inteira para latinhas de LaCroix, e não uma, mas duas piscinas infinitas. (Enquanto isso, a Trinity Towers tem um ofurô questionável que me deu alergia uma vez!)

— Você acha mesmo que ele é estranho? Ou você só tá fazendo aquela coisa de fingir odiar alguém porque secretamente está a fim dele? — perguntou Sammi, evitando contato visual de repente.

Eu parei de andar. Que coisa mais absurda de se dizer.

— Avery? Avery Green?

— O que foi? Kelsey Chugg disse que ele parece "um filho gostoso do Michael B. Jordan com o Harry Styles".

— Um filho que iria te seduzir e te esfolar viva. Por que você diz algo assim, seu *louco*? — soltei.

— Não sei, ele já teve umas vinte namoradas... As garotas gostam dele... — murmurou em um tom de desculpa enquanto olhava para os pés, o que me fez sentir culpada por ter chamado ele de louco.

Eu acho que era um gatilho para ele. Muita gente diz que o Sammi é "louco" ou "estranho" ou "diferente". Passar o dia todo no clube de robótica e ter a maior coleção de cartas de Yu-Gi-Oh! da escola talvez não tenha ajudado a reputação dele. Ainda assim, eu deveria ter pensado duas vezes antes de usar essa palavra. Tentei me desculpar.

— Desculpa, eu...

— Eu só queria já ter chegado em casa — interrompeu Sammi.

Ele não lida bem com confrontos, sejam eles físicos ou emocionais. Então nós deixamos passar.

— Escuta, você vai me agradecer quando sua cabeça não for parar no porta-malas do carro dele. Porque sem dúvidas ele estava planejando assassinar a gente agorinha mesmo.

Sammi segurou um sorriso.

— E, se eu for ser assassinada um dia, não vai ser porque fiz uma idiotice. Que nem entrar em um Tesla. Só vou morrer assim se for no calor da emoção. Talvez por causa de um triângulo amoroso com dois magnatas de petróleo. Ah! Ou talvez em um duelo formal entre meio-irmãos problemáticos...

Eu vi que Sammi estava começando a me ignorar. Ele fazia aquilo quando eu tagarelava, mas aquela era outra coisa de que eu gostava no Sammi. Ele me deixava falar.

Quase dois quilômetros encharcados depois, chegamos em Trinity Towers e nos separamos. Eu moro no quarto andar, e Sammi e a mãe moram no térreo, ao lado da "academia/sala comum" que ninguém usa. Eu escovei os dentes, preparei um recibo para mandar para a sra. Blye, comecei um arquivo com o histórico do sr. Frange e acessei o banco de dados da Roosevelt para ver se a sra. Blye foi mesmo a professora de Química do Sammi. (Ela não foi. Droga! Onde eu estava com a cabeça?) Eu estava seguindo o cronograma para ir dormir às duas da manhã, desde que realmente me concentrasse e tomasse uma triste-porém-necessária quarta xícara de café. Mas foi naquele momento que ouvi uma batida bem conhecida na porta.

— Quem está pronta para a Nooooooite em Famíliaaaaaaaaa? — gritou meu pai, imitando um apresentador de TV dos anos 1990.

Merda. Noite em Família. Eu tinha esquecido que era terça-feira. Ia ter que virar a noite.

Na maior parte do tempo, meus pais me deixavam em paz porque, honestamente, que trabalho eu dava para eles? Eu tirava só nota dez. E, se não tirasse dez, iria discutir com o professor até que entendesse o meu ponto de vista. Mas, depois que abri a MERTZ ASV, meu tempo livre se tornou inexistente. E meus pais, mesmo não entendendo bem o que eu fazia, conseguiam ver que o trabalho estava me desgastando. Então eles insistiram que eu fizesse uma entre as duas seguintes opções: passasse uma noite da semana "saindo com amigos", ou duas noites na semana participando da "Noite em Família".

Eu acho que eles tinham a esperança de que a ameaça de ser forçada a passar um tempo em família iria me motivar a fazer novas amizades além do Sammi, mas eu escolhi a noite em família. Por que preciso de mais amigos? Todo mundo na escola é preguiçoso, ou egocêntrico, ou acha que usar blusas *cropped* é um traço de personalidade. Meus pais, por outro lado, são divertidos, empáticos, e quase nunca usam cropped.[11]

Claro, tem também o fato de que eles torraram a poupança guardada para pagar minha faculdade. E tem outras coisas estranhas neles: minha mãe é uma acumuladora discreta que guarda todas as edições da revista *New Yorker* desde 2009. E meu pai é apaixonado demais por filmes.[12] Mas, fora isso, eles são ótimos pais. Eles me levavam para museus,

---

11 Meu pai tem uma regata que eu juro que é *cropped*. Ele usa para lavar o carro.

12 Ou, como ele insiste em dizer, "obras cinematográficas". Pedante.

me inscreviam em colônias de férias e compravam um monte de brinquedos chatos e educativos que eram mais sem graça do que, digamos, uma arminha de dardos de borracha. Eu tenho amor e atenção e nenhum irmão ou irmã que possa tomar de mim o amor e a atenção. Não tenho do que reclamar.[13]

— Noite em Família! Noite em Família! Noi-te em famí-liaaaaa!

Meu pai me agarrou pelos ombros e me marchou para fora do quarto como se estivéssemos formando uma fila de conga. Ele sempre faz uma grande produção para a Noite em Família. No trabalho, até onde eu saiba, ele é totalmente profissional. Os quatro funcionários dele têm até um pouco de medo, eu acho. Mas em casa, nossa, ele é muito esquisito.

— Ah, não! Eu perdi a conga? — perguntou minha mãe, trazendo um balde de pipoca para o sofá onde meu pai nos parou. — Da próxima vez, me chamem! Eu adoro dançar conga!

Ela balançou os quadris com a graciosidade que se espera de uma mulher suburbana de quase quarenta anos.

— Sabe, eu acho que meus quadris estão ficamos mais flexíveis por causa da Salsaeróbica[14] — comentou.

Eu os encarei e enfiei a mão no balde de pipoca. Meu pai, de pele pálida e ficando tão careca que restava só um pedacinho de cabelo claro no topo da cabeça; minha mãe, cujos olhos escuros combinavam com a pele oliva que ela não passou para mim (nem um tiquinho, sabe?). Eu sabia que eles faziam aquele tipo de coisa para zoar comigo. Não ia funcionar!

— E aí, Margot? Como foi a escola? Alguém fez alguma coisa ilegal? — perguntou minha mãe, acomodando os quadris flexíveis ao meu lado.

— Como vai a vida amorosa? Algum garoto… ou garota de quem você goste? — perguntou meu pai, se metendo na conversa.

Eu via que eles estavam desesperados para eu ser uma adolescente "normal". Teriam adorado que eu tivesse um grupo de amigos ou saísse para um cineminha. Ou se eu chegasse em casa chorando de dor de cotovelo. Mas eu me recuso. Namorar durante o ensino médio é uma perda de tempo. Meninos de dezessete anos são imaturos, fracos e, imagino, muito ruins de cama. Eu já tinha explicado tudo aquilo para meus pais várias vezes.

---

13 Mas reclamo mesmo assim.

14 Minha mãe fazia qualquer marca registrada de dança fitness que estivesse na moda (DançAtlética, Barre Rhythm, Park-core e, antes disso, Zumba).

— Não. — Silêncio. — Ainda estou me guardando para Stanford.

Eles trocaram olhares. Em seguida, desistiram de *engajar* comigo.

— Tá bom! Para o prazer dos seus olhos, eu escolhi *Um dia de cão*. Um filme clássico dos anos 1970 com uma atuação espetacular do Al Pacino.

— Nananinanão. Não é a sua noite, pai — interrompi antes de ele ficar empolgado demais sobre a "obra-prima" cinematográfica que tentava nos forçar a assistir. — Você escolheu o filme na vez retrasada. E a mãe escolheu *British Bake Off* no domingo. O que quer dizer que é minha vez. E eu digo para assistirmos a um TED Talk da Indra Nooyi. Ex-CEO da Pepsi e segundo lugar na lista da *Forbes* de Mulheres Mais Poderosas dos Negócios.

Meu pai afundou no sofá. Não era o que ele considerasse uma noite divertida. Mas minha mãe olhou para ele e disse:

— Cala a boca e demonstra interesse no programa da Margot.

Obrigada, mãe. Meu pai ainda estava me olhando feio, porque sabia que eu já tinha assistido ao TED Talk da Indra Nooyi cinco vezes e que só estava forçando o entretenimento educativo como castigo por me fazerem participar da Noite em Família.

— Você nem gosta de Pepsi!

— Indra Nooyi tem, tipo, seis mestrados, fez parte de uma banda de rock só de mulheres na faculdade, e está no conselho de uma organização que apoia a luta ambiental! Todos nós podemos aprender com ela!

Meu pai desistiu. O que ele poderia dizer?

Depois de quarenta e cinco minutos inspiradores, apesar de monótonos, voltei para o quarto. Se me concentrasse, poderia trabalhar no caso da sra. Blye e ainda fazer o dever de casa que precisava entregar para a aula de Estatística Avançada. Talvez. Esperava que sim. Provavelmente não, mas que outra opção eu tinha?

Foi então que Sammi me mandou mensagem de novo.

> **SAMMI:** como foi a noite em família?

> **MARGOT:** Boa. Assistimos a um TED Talk da Indra Nooyi

SAMMI: prefiro fanta.

MARGOT: E eu prefiro água. Só queria entediar meus pais

De qualquer forma, agora estou bem atrasada. Provavelmente não vou dormir muito hoje.

Valeu, sra. Blye!

SAMMI: é, dava pra ver que vc tava estressada hoje, tava com um olhar do mal

MARGOT: Valeu!

SAMMI: abre teu e-mail q vai ajudar

MARGOT: Ajudar como? Do que está falando?

SAMMI: abre o e-mail

MARGOT: Seu sacana misterioso

Esperando em minha caixa de entrada estava exatamente um novo e-mail do Sammi. Assunto: "De nada". Nele, estavam as respostas para o dever de Estatística Avançada (ele tinha feito aquela aula no ano anterior). E a senha do Instagram de Josh Frange.

Viu? Ele é a melhor pessoa.

24 de fevereiro, 23:15

MARGOT: B, desculpa por não ter mandado mensagem há um tempo, está uma loucura por aqui.

consegui um trabalho novo. tenho tanta coisa pra te contar. te explico tudo no fim de semana!

saudades!

Mais uma porcaria de um trabalho

No dia seguinte, acordei com o som da minha mãe no chuveiro. Não era um bom sinal. Ela geralmente acorda uma hora depois de mim. Eu me virei na cama e, claro, o relógio marcava 7h03. Merda. Eu ia chegar atrasada.

Bom, não *atrasada* de verdade. Só atrasada dentro do meu conceito de atraso. Eu gosto de chegar na escola vinte minutos mais cedo para evitar a correria da manhã. *Tecnicamente* os quatro primeiros horários da minha agenda são estudo independente, Latim, Educação Física e almoço. Mas eu transformei esse bloco de tempo no horário comercial não oficial da MASV. Estou liberada da aula de Latim porque eu fiz um trabalhinho de graça para a srta. Gushman. (Ela não fazia ideia de como trocar a senha do Twitter.) E da Educação Física também, porque paguei uma caloura para matar o horário de almoço e ir em meu lugar.

Entrei correndo no banheiro para escovar os dentes.

— Por que raios você não me acordou? — reclamei para minha mãe, com a boca cheia de pasta de dente.

— Eu pensei que você estava dormindo até mais tarde de propósito!

Não era de jeito nenhum culpa dela eu estar atrasada. Mas eu podia descontar nela mesmo assim. Bochechei, cuspi e corri de volta ao quarto para vestir a calça jeans.

Peguei uma banana na cozinha porque não tinha nada bom. (Nós costumamos comer muffins de manhã, desde que meu pai não esteja sendo mão-de-vaca e/ou fazendo dieta.) Então corri os dois quilômetros até a escola, me adiantando o bastante para chegar às 7h40. Exatamente quando *todo mundo chega* (eca).

Geralmente, quando eu chego, os corredores estão vazios. Uma escola sem alunos é como um museu. Tudo bem, é um museu meia-boca que precisa urgentemente de uma boa arrecadação de fundos. Mas pelo menos é silencioso.

Mas chegar na escola *no horário*? Eu não sei como as outras pessoas conseguem. Os esbarrões. Os armários batendo. O barulho de tênis. O hálito matinal. As notificações de celular. Os cabelos bagunçados. A acne. A menina chorando enquanto toma café gelado. O casal apaixonado se agarrando em público. Os "machões" que gritam para chamar atenção. A menina chorando enquanto se maquia. (Por que tantas meninas estavam chorando?)

Ainda por cima, na hora que cheguei ao armário, senti o braço suado e nada bem-vindo de um dos "machões" ao meu redor. Era Peter Bukowski, conhecido como P-Boy, alto e magro com cabelo preto ondulado, o típico homem branco barulhento e sem noção. Considerando esse tipo de gente, o Peter era bem inofensivo. Ele é conhecido por ficar bêbado em festas e mijar em vasos de planta. (Era o "lance" dele, de acordo com o perfil no Instagram.)

Eu me retraí, e de repente senti calor até as orelhas. Antes que eu pudesse fazer qualquer coisa, ele gritou:

— Se liga, eu e a Mertz estamos namorando!

A maior parte das pessoas da escola aprendeu a me deixar em paz. As meninas populares achavam que eu era um alienígena. Para os atletas, eu era invisível. Os garotos sem habilidades sociais tinham medo demais de falar comigo. As meninas nerds e sem confiança me admiravam à distância. O pessoal do teatro achava que eu tinha uma personalidade interessante para ser analisada. E os professores me tratavam como se eu fosse da casa.

Mas esse grupo de meninos, os "privilegiados, preguiçosos, porém populares", tentava mexer comigo de tempos em tempos. Eles assoviavam para mim no corredor. Ou faziam aquela brincadeira hilária de fingir que estavam ficando comigo. Hahahaha. (É engraçado porque a ideia de namorar comigo é nojenta! Kkkkkk!)

Tentei me desvencilhar do P-Boy, mas ele me segurou firme. Ele era um cara bem grande, na verdade, o que me deixava ainda mais desconfortável por estar me segurando assim. No fim do corredor, eu via os amigos dele rindo da cena. Kyle, um amigo de P-Boy, estava até filmando no celular, incentivado pelo chefe informal do grupo, Chris "Assediou

Minha Melhor Amiga" Heinz (que homem). Eu me senti encurralada, sem controle do meu corpo. Odiava aquela sensação. Me atentei às pessoas que estavam no corredor. Harold Ming e vários outros bons cristãos estavam... assistindo sem fazer nada. E alguns membros do clube Árvores de Favores,[15] Claire Jubell e Josh Halloway, estavam esperando pela minha reação. Ela vai dizer para o P-Boy calar a boca? Ela vai rir e levar na brincadeira? Ela vai chorar?

Eu decidi colocar em prática uma técnica de sobrevivência contra afogamentos que aprendi na colônia de férias de natação do clube quando estava no terceiro ano: fazer corpo mole. Não me pergunte como isso vai ajudar alguém que estiver se afogando no oceano. Eu suponho que é para não se cansar, nem ficar se debatendo? Não sei. Não sou uma salva-vidas. Mas achei que poderia funcionar com o P-Boy. Então deixei o corpo todo mole, escorregando devagar até o chão como se fosse uma poça. O aperto dele afrouxou. Ele pareceu muito confuso. E, quando cheguei no chão, fiquei parada por quatro segundos antes de rolar para longe dele, me levantar e seguir pelo corredor como se nada tivesse acontecido.

P-Boy ficou parado com o mesmo olhar de peixe morto que faz quando tenta calcular uma divisão. Ele não fazia ideia de como reagir. E eu estava livre para seguir com meu dia sem um cara ofegante grudado em mim. Minha técnica de afogamento funcionou.

Trinta e três segundos irrelevantes depois, cheguei na sala de aula. Assinei a lista de presença, resmunguei o juramento à bandeira, e segui para a biblioteca para começar meu dia. Sammi havia me dado uma dianteira com o caso da sra. Blye, mas eu tinha que criar uma montanha de conteúdos nas vinte e quatro horas seguintes para sumir com a foto da sra. Blye com o sr. Frange. (A foto ainda existiria no perfil dele, claro, e eu teria que lidar com ela em algum momento; mas eu sabia que, se a enterrasse bem fundo, não tinha a menor chance de Toby Blye encontrar a foto a menos que ele estivesse caprichando na investigação.) Eu tinha acabado de logar no Medium quando, por trás de uma estante, percebi um ninho de cabelo vermelho volumoso e cacheado andando em minha direção. Só podia ser Shannon Finke, uma aluna do último ano cujo

---

15 Árvores de Favores é um clube que planta árvores em parques, escolas, até na sua casa se você se inscrever, de graça. Não de favores. Porque "de favores" não faz sentido, mesmo que rime um pouquinho.

cabelo e pele rosada e sardenta combinavam com o semblante de constante surpresa, como se fosse um Muppet da vida real.

— Margot! — gritou Shannon.

Seu olhar tinham uma energia nervosa. Quase como se ela tivesse ensaiado a conversa no espelho a noite inteira e precisasse muito que tudo desse certo.

— Podemos conversar? — perguntou ela. — Ou, eu estava pensando se...

— Na verdade, estou um tanto ocupada hoje.

— Ah. Ok. Tá bom. Eu sei que você vive ocupada. Mas é que, hm, eu tenho um... problema. Sabe, você é tipo a Suécia da escola, né?

— Você quer dizer Suíça? — perguntei respeitosamente.

— Sei lá. Você é, tipo, neutra? Ninguém mexe contigo?

— Você quer dizer Suíça.

Era verdade. Fora das ocasionais provocações da panelinha do P-Boy, ninguém mexia comigo. Nem me convidava para festas. (Apesar de que não sei se a Suíça é o melhor jeito de descrever. Qual seria o país que se isola, não aceita provocação de ninguém e reage agressivamente a qualquer ameaça? Ai, meu Deus. Talvez eu seja a Coréia do Norte. Preciso pensar sobre isso depois.)

— Ok. Bom, eu acho que você é a única pessoa com quem eu posso falar sobre isso. Tracy Alverson me disse que você, tipo, tem uma empresa que... é... ajuda pessoas que tenham algo na internet que seja... ruim...

Ah, não. Outro trabalho? Houve uma época em que eu estava com medo de não conseguir clientes o suficiente para pagar por um semestre de Stanford. Mas naquele momento estava atolada de trabalho. Eu deveria abrir uma franquia.

— Infelizmente, acabei de pegar um trabalho grande e eu não tenho certeza se tenho tempo pra te ajudar.

— Ah. Então você tá... tá bom.

Eu já havia recusado outras pessoas. Geralmente elas ficavam decepcionadas, ou desesperadas o suficiente para fazer uma contraproposta imensa. Mas Shannon parecia estar completamente arrasada. Como se eu tivesse dito que ela nunca pode ter um cachorro porque é alérgica a cachorros. E ainda por cima eu tivesse matado o cachorro que ela queria.

— Olha, por experiência própria, o que quer que esteja na internet não é tão ruim quanto você pensa — falei, para reconfortá-la. — Eu posso te dar algumas dicas de como gerenciar...

— É ruim. É a pior coisa possível. É...

Ela estava começando a chorar. No meio da biblioteca. E não eram só lágrimas: ela estava se abraçando com força. O que quer que fosse essa coisa na internet, estava causando uma reação física nos músculos, nos ossos, no corpo inteiro. Estava machucando.

— É que... — falou. — Estou no Vadias de Roosevelt.

Vadias de Roosevelt. Eu não fazia ideia do que era aquilo, mas sabia que odiaria. Eu odeio a palavra vadia. E odiei que aquilo fizesse Shannon se descontrolar. Como eu me sentira quando o P-Boy me segurara, mas, olhando para ela, deu para ver que era mil vezes pior. Não importava o que tivesse acontecido com ela, ou o que ela fosse pedir, eu soube de imediato que não poderia recusar. O que significava que eu estava prestes a pegar um segundo trabalho em apenas dois dias.

O restante do ano escolar ia ser uma droga.

5

Ascensão e queda de Shannon e Kyle

A padaria Greenbaum era o meu O'Petey para clientes da minha idade. Eles deixam você ficar sentado lá por quanto tempo quiser, e não tem ninguém mais jovem do que oitenta e cinco anos no lugar, então não precisa se preocupar em esbarrar em alguém conhecido. Além do mais, eles têm um pãozinho de chocolate delicioso.

Quando eu cheguei, por volta das 15h15, Shannon já estava lá, quebrando um biscoito de chocolate em pedaços, sem comê-los. Eu me acomodei, pedi um café e um pãozinho de chocolate, mas acabei nem tocando na comida. Assim que me sentei, Shannon começou a falar.

— Só quero que você saiba que geralmente não faço esse tipo de coisa! A gente tava se divertindo, e ele ficou pedindo, e eu tava tentando agir de forma mais aberta em relação ao sexo.

Ela começou a amassar o cabelo sem parar.

— Eu não queria ir para a faculdade sem ter tido nenhum tipo de experiência, sabe — acrescentou.

Concordei com a cabeça e estava prestes a perguntar sobre o que exatamente ela estava falando, mas ela continuou:

— E ele *parecia* ser legal. Achei que estávamos nos divertindo. Mas, sabe, tipo, com respeito.

— Certo. Por que você não começa pelo começo? — propus, na expectativa de que, assim, ela fizesse mais sentido.

Ela sorriu um pouco. Depois respirou fundo e me contou sobre as férias em que namorou Kyle Kirkland. Kyle, que andava nos mesmos círculos sociais de Chris e P-Boy, era um rapaz loiro e sociável com o corpo de um atacante de linha de futebol americano. Não faz o meu tipo, mas era o tipo da Shannon. Ela tinha se apaixonado. Ela falou que ele foi fofo ao convidá-la para sair. (Ele estava usando um moletom da marca Supreme.) Falou que eles tinham uma brincadeira em que, toda vez que viam uma loja da Dunkin' Donuts, tinham que tirar uma foto e mandar por DM para o outro; e que ela comentava em todos os posts no @TheKirkOut (o perfil do Instagram que ele usava para postar sobre seus exercícios). Ela falou que ele levava água tônica alcóolica para todas as festas porque ela não gostava do gosto de álcool, mas ainda queria ficar alta. Kyle e Shannon foram um casal pela maior parte do verão, mas ela explicou que nunca foi sério — para nenhum dos dois. Shannon estava se preparando para um último ano corrido, e não sabia se conseguiria lidar com "a responsabilidade de um namoro sério". E Kyle ainda estava sofrendo por causa da ex-namorada, Tamara Alguma Coisa, que foi para a Brighton. Logo, ele também não estava preparado para nada sério. Mesmo assim, eles se divertiram, flertando, se beijando, e finalmente transando.

Foi a primeira vez da Shannon. Ela não sabia se era a do Kyle também ou não, mas ele não agiu como se fosse superexperiente, nem nada. Ele foi gentil, ficou ao lado dela depois, e até levou um cachorro de pelúcia de presente no dia seguinte. (O que, vamos ser sinceros, é um presente que você dá para uma criança se recuperando de uma perna quebrada, não para alguém com quem você transou. Mas isso é apenas a minha opinião. A Shannon gostou. Ela achou o cachorrinho [suba três oitavas com a voz] "tão fofinhoooo".)

— Ok. Só pra ter certeza, toda vez que vocês transaram foi consensual, certo?

Ela arregalou os olhos.

— Foi. Claro. Tipo, na época eu queria, sim. Desculpa.

— Por que você tá pedindo desculpa por ter feito sexo?

— Não sei — disse ela, apoiando a cabeça nas mãos. — É só um reflexo. Pedir desculpas.

— Tá tudo bem. Só quero que você saiba que não fez nada errado — tentei reconfortá-la.

Eu aprendi na pele que, se clientes acham que estou julgando, não contam a história completa. E eu precisava saber tudo.

Finalmente, ela suspirou e continuou falando.

— E aí, depois que a gente transou, a gente começou a mandar umas mensagens mais safadas. E... é... Fui eu quem mandou a primeira mensagem. Isso significa que eu sou culpada? Ou...

— Culpada de quê? — perguntei.

— Sei lá. Tipo, talvez eu tenha merecido o que aconteceu?

O choro silencioso que estava saindo pelos últimos minutos se transformou em soluços altos. Eu olhei ao redor e fiquei agradecida pelas senhoras da Greenbaum estarem nos fundos, cortando baclavá em pedaços triagulares.

— Continua. O que aconteceu com as mensagens? — falei, usando o tom de voz tranquilizador de enfermeira que aprendi com a minha mãe.

Eu estava realmente tentando me concentrar na história. Por experiência, depois que a pessoa começa a chorar, as coisas podem desandar feio. Estamos falando de confissões no nível de terapia intensa. Por exemplo, quando encontrei a sra. Blye, ela me contou que "nunca foi tão bem-sucedida quanto a irmã", que "atropelou mais de três gatos" e que "sempre teve uma quedinha por homens com óculos grandes". E que "o tio, Charlie, tinha óculos grandes, e ela não sabe o que isso significa". Tudo isso é fascinante/assustador, mas não me ajudou em nada. Felizmente, não foi o que aconteceu com a Shannon.

— Então. Eu mandei a primeira mensagem pra ele na noite depois de termos transado. Era uma foto do... meu peito.

Se ela amassasse mais o cabelo, seria capaz de arrancá-lo.

— Estava meio escuro, então não dava pra ver tudo — continuou. — Desculpa.

— Shannon...

— É, eu sei. Parar de pedir desculpas.

Ela olhou para o biscoito despedaçado.

— O que o Kyle respondeu? — perguntei.

— Hum. Isso aqui.

Shannon pegou o celular e me mostrou uma mensagem com um monte de emojis ridículos: fogo, fogo, pêssego, pêssego etc. Depois, algumas palavras: CACETE QUE GOSTOSA.

— Que vergonha — disse Shannon, pegando o celular.

— Muitas pessoas mandam mensagens assim. Então *não* se culpe.

Shannon balançou a cabeça, um pouco mais confortável por saber que eu não iria julgá-la.

— Lembre que Kyle é o babaca da história por compartilhar as fotos, não você. Ok? — insisti.

— Obrigada — disse Shannon, roendo a unha. — Só que é uma merda. Todo mundo que eu conheço troca nudes, e nada de ruim acontece.

Bom, não *todo mundo*. Eu não faço isso, mas eu sou um tanto controladora. Para mim, mandar nudes é equivalente a dar meu CPF ou cartão de crédito para alguém. É dar poder demais àquela pessoa.

Além disso, ninguém nunca me pediu para mandar nada assim, o que faz essa abstinência ser *ainda mais fácil*.

— E depois, o que aconteceu?

— Ele pediu mais.

Ela me mostrou mais mensagens. Kyle mandava mensagem tarde da noite pedindo fotos. Às vezes ela respondia e dizia que não. Em seguida, ele mandava mais mensagens, tentando persuadi-la e, por fim, ela cedia e mandava outra foto. Passavam-se alguns dias sem muita interação, e aí Kyle começava a pedir outra foto. Isso foi acontecendo por um tempo até ela ter mandado umas seis ou sete fotos. Pelo que pude perceber, Kyle nunca mandou uma de volta.

— Você se incomodou por ele nunca responder?

— Como assim?

— Por ele nunca ter mandado nenhuma foto de volta?

— Não. Eu acho que nunca pensei no assunto.

Ela ficou em silêncio de novo e eu me senti mal. Dava para perceber que a pergunta a deixou sem graça. Por sorte, ela continuou falando.

— E aí... sabe, VR.

— Vadias de Roosevelt? — perguntei, ajudando-a.

— Isso.

Ela assentiu.

— Tá — continuei. — E... do que se trata?

Ela soltou o ar devagar.

— Hum. Ok. Bom, tipo, você já entrou lá?

— Não.

— Tá. Então, é um site — explicou, e continuou a roer as unhas. — Talvez seja mais fácil eu te mostrar.

Ela me entregou o celular discretamente, para ter certeza de que as senhoras da Greenbaum não veriam. E logo em seguida eu descobri o motivo. Aparentemente, Vadias de Roosevelt era um site de pornografia de vingança protegido por senha. Ele mostrava desde fotos seminuas até conteúdo explícito de meninas da nossa escola. Todas postadas sem permissão. As meninas mandavam as nudes para alguém e as fotos acabavam aparecendo no VR. Às vezes era vingança de um ex puto da vida. Às vezes, como no caso do Kyle e Shannon, a pessoa não estava com raiva, só queria adicionar algo ao crescente catálogo de garotas menores de idade nuas.

Wakefield High, uma escola no distrito vizinho de Yates, teve um escândalo parecido envolvendo mensagens sexuais dois anos antes. (Minha prima, Arya, estudava em Wakefield e me passou a fofoca no Dia de Ação de Graças.) Um grupo de meninos estava compartilhando mensagens particulares, até que um deles abriu uma conta no Instagram, que foi rapidamente descoberta e denunciada.

Mas o VR era mil vezes pior. Alguém tinha se dado o trabalho de realmente montar um site. Protegido por senha e tudo. Shannon só soube dele porque uma pessoa anônima mandou o link para ela. Eu soltei o ar e massageei as rugas da minha testa com o polegar.

— Tem umas vinte meninas nele — disse ela, enquanto eu rolava a tela.

Admito que achei que ela poderia estar exagerando. Vinte? Mesmo?

— E ninguém sabe quem criou? — perguntei.

— Não. Não que eu saiba. Tipo, muitas pessoas já colocaram coisas lá, mas ninguém sabe quem administra. Ou quem criou.

Naquele momento, a conversa ficou um pouco difícil de acompanhar. Era revoltante. Ver todas aquelas mulheres inteligentes, capazes e incríveis serem transformadas em objetos sexuais, sem nem saberem disso. Eram meninas que estavam na minha turma. Meninas que faziam os anúncios matinais da escola. Meninas com quem eu fui escoteira (muito tempo antes). Meninas, não, jovens mulheres. Seres humanos. Eu estava puta. Tipo, muito, muito puta. Achei que sangue iria sair jorrando das minhas orelhas de tão furiosa que estava.

— Isso não dói? — perguntou Shannon com um olhar preocupado.

Eu havia quebrado a colherzinha de plástico do café em pequenos pedaços, e um deles estava furando a palma da minha mão. Eu nem senti.

Tirei o pedaço da minha palma, lancei um olhar reconfortante para Shannon, tentando dizer "não sou louca", e voltei a estudar o site. Quantas pessoas sabiam da existência dele? Havia quanto tempo? Que tipo de broderagem de merda permitia que uma coisa daquelas existisse, em segredo, por meses? E como eu não sabia disso?

Respirei fundo e sacudi o corpo e a cabeça por alguns segundos para me acalmar (um truque que aprendi na colônia de férias de teatro no sexto ano. Obrigada, YMCA All-Stars!). Depois eu observei com mais cuidado.

A parte horrível é que o site funcionava bem. Era, preciso admitir, bem feito. Não travava, carregava rápido, e estava criptografado. Tinha até um campo de busca.

E por algum motivo aquilo me deixava com ainda mais raiva. Não fazia sentido. Como aquele bueiro de masculinidade tóxica tinha um site melhor do que a lavanderia do meu pai? Não lembro bem o que falei para Shannon depois disso. Eu me lembro de ela me pedir para baixar a voz, porque devo ter começado a falar alto. Eu me lembro de querer dar um soco no Kyle e de me perguntar se eu conseguiria ir até o treino de luta livre dele, entrar no tatame e encher a cara dele de porrada com toda a força até o treinador Swanson me segurar. Mas, em vez de tudo isso, tenho quase certeza de que murmurei para Shannon que aceitaria o trabalho. Sim, eu topava. Não, eu não iria cobrar o valor cheio. E sim, ela podia confiar em mim. A confiança dela havia sido quebrada milhares de vezes por praticamente todos os garotos da escola, e eu queria que ela soubesse que comigo isso não aconteceria. Eu ia dar um jeito naquilo. Eu ia fazer aqueles meninos tarados e escrotos pagarem pelo que fizeram.

Deixei o café, o pãozinho de chocolate, os pedaços da colherzinha e uma Shannon abismada na padaria e fui andando, rápido, para casa. Era um trabalho bem grande, e eu tinha que começar imediatamente.

O processo de arrumar a vida de alguém

Combinei de encontrar com a Shannon na padaria Greenbaum depois da escola. Ela ficou eufórica, como se eu tivesse ressuscitado o cachorro dela. As pessoas ficam maravilhadas com esse trabalho. Eu estalo os dedos e a vida delas volta ao normal.

Mas, tipo, Margot, como você faz isso? Assim... Como? Porque, se já parece impossível impedir que algo se espalhe na internet, imagina só sumir completamente com ele? Então... como?

Ao longo dos anos, eu fui estabelecendo alguns métodos para resolver a vida das pessoas. Não é uma ciência exata. Nem é um conjunto consistente de regras. Mas é o melhor jeito que achei para explicar.

Ok. É assim que eu faço o que faço.

PASSO 1: AVALIAR OS DADOS

A primeira coisa que faço quando pego um trabalho novo é tentar entender com que estou lidando. Às vezes, os clientes dizem que sabem de apenas duas pessoas que têm acesso a um vídeo comprometedor, quando na verdade são dezessete. (Karen Mercer me disse que havia apenas um vídeo dela fazendo sinais de gangue no parque Six Flags, mas havia muito mais. Vinte e cinco, para ser precisa. E Karen não faz parte de gangue nenhuma. A menos que você considere o clube de dança tradicional.) Então eu preciso procurar fotos/vídeos/etc., descobrir quem os postou, e saber em quais plataformas eles aparecem. (Tudo isso é feito sem hackear nada. Eu só pesquiso pelos feeds de sm[16] da escola e faço um pouco de pesquisa com breves entrevistas pessoais.) Como eu disse, não é uma ciência exata, mas depois de algumas horas eu geralmente tenho uma noção dos danos causados e de quanto tempo vai demorar para resolver. (Três dias, no caso da Karen. E só porque alguns dos vídeos nas xícaras malucas estavam tremidos demais para demonstrar que era mesmo ela.)

Passo 2: Criar uma montanha de conteúdo para enterrar a coisa comprometedora

Essa é a etapa mais chata, mas provavelmente a mais importante. Especialmente nos primeiros dias do trabalho. Se alguém tem algo vergonhoso na internet, a última coisa que querem é que uma pessoa relevante veja a tal coisa vergonhosa. E o melhor jeito de garantir que isso não aconteça é sumir com aquela coisa, para que não apareça nas primeiras cinco páginas de resultados de pesquisa do Google. Como? Conteúdo. Crio uns sites falsos, publico alguns artigos de "notícias" sobre a pessoa e encho as redes sociais dela com menções e marcações em posts. (Até onde eu sei, tenho sessenta e duas contas falsas no Medium com centenas de artigos falsos criados unicamente para sumir com coisas de clientes. A parte triste? As pessoas realmente leem esses artigos. E comentam! Eu escrevi um artigo idiota sobre como a sra. Corman gosta muito de tomates: "Professora local não come salada sem um tomate fresco." E recebeu trinta mil *claps*. POR QUÊ?)

Enfim, em pouco tempo você só vai conseguir ver a postagem problemática se souber onde procurar. E o cliente pode ficar mais tranquilo até eu conseguir chegar nas fotos/vídeos vazados e deletá-los.

Passo 3: Dramatização

Em algum momento do trabalho, eu vou ter que fingir que sou outra pessoa. Na maioria dos casos, não quero que o alvo saiba que eu sou uma adolescente de dezessete anos morando com meus pais. Logo, é essencial ter personagens.

---

16 Quando digo sm, estou falando de social media e não sadomasoquismo, como minha mãe supôs uma vez.

Ao longo dos últimos dois anos, eu já fingi ser recrutadora de uma empresa, cobradora do banco, policial, diretora de escola, e muitas, muitas advogadas. Às vezes eu digo ser *secretária* de um advogado, o que é ainda mais fácil. Mas ser advogada falsa é sempre útil. Uma ligação aleatória ou um e-mail com uma notificação extrajudicial de um advogado assusta para cacete a maioria das pessoas e é uma excelente motivação para fazer com que apaguem seja lá o que obtiveram ilegalmente. Eu geralmente uso a identidade de *Melanie P. Strutt, advogada.* Ela trabalha em Rochester, passou na OAB em 2008, e tem a ambição de se tornar sócia no escritório falso de advocacia Warren, Phillips e McKenzie.

Quando você interage com alguém usando uma identidade falsa, é quase sempre por telefone, e-mail ou DM. Apenas uma vez alguém me pediu para me encontrar cara a cara. Tive que pagar uma atriz para fingir ser Melanie Strutt. Ela não decorou as falas nem fez os exercícios de improvisação que eu recomendei, e foi um belo desastre.

Coisas que você precisa ter para criar uma identidade falsa: uma história/biografia, um tom de voz marcante (diferente do que usa no dia a dia), artigos de papelaria personalizada falsos e um celular descartável.

Passo 4: Fazer com que meu sócio, um hacker de elite, hackeie o computador e/ou celular do alvo

Olha, eu sou muito a favor da privacidade. Fiquei tão assustada quanto todo mundo quando soube que o Google, o Facebook e o governo monitoram os toques que fazemos no teclado, tipo... o tempo todo. Mas nos casos em que uma pessoa está postando fotos sem consentimento... aí eu acho que tudo bem invadir a privacidade dela. Ela que começou. Eu sei, eu sei, tudo isso parece ser muito subjetivo, mas fazer o quê... a internet é assim! Além do mais, só tem um jeito de saber com cem por cento de certeza que a foto/vídeo que eu estou buscando foi deletada e não será usada novamente: vasculhando o disco rígido, o celular e o armazenamento na nuvem do alvo. Algo que o Sammi faz para mim, sem problemas e por um valor justo.

Passo 5: Limpeza criativa

Depois dos passos um a cinco, que podem demorar algumas semanas ou apenas dois dias, dependendo do tipo do trabalho (e do quanto o cliente está disposto a me pagar)... hora de pensar fora da caixinha! Por experiência própria, sei que todo trabalho é diferente e alguns podem exigir outras etapas daqui em diante. Na verdade, é mais fácil dar exemplos de outros trabalhos para explicar isso.

Por exemplo, caso #00006 da MASV: Shontae Williams. Em abril do meu segundo ano, o veterano Jordy Fence, um menino branco desengonçado, convidou Shontae Williams para o baile de formatura, acreditando que uma menina do segundo ano iria se sentir honrada por ser convidada por um veterano (mesmo um com bafo de atum). Shontae era uma menina bonita que fazia teatro, tinha pele marrom escura e cabelo cacheado volumoso; e, sendo sincera, Jordy não tinha chance alguma com ela. Ela recusou. Jordy ficou tão revoltado pela rejeição que ameaçou mandar um e-mail com fotos comprometedoras da Shontae para todo mundo que ele conhecia. As fotos eram da festa do elenco do teatro da apresentação daquele ano de *Cabaret*. Aparentemente, Shontae estava empolgada por ter sido chamada de "efusiva" na resenha da *Gazeta de Roosevelt*. Então, depois de se acabar bebendo três latas de Coca-Cola Zero (lembre-se, era uma festa do grupo de teatro da escola), Shontae ficou um pouco emocionada demais e fez uma strip-tease estranha para vários membros do elenco. Para resolver esse caso, só precisei de uma ligação do "Sargento McKellan". Jordy ficou tão assustado que apagou as fotos da Shontae e excluiu a conta do Instagram. Então falou com os amigos em um grupo de mensagens que todos que tivessem fotos dela deveriam apagá-las imediatamente (o que, até onde a espionagem de Sammi conseguiu verificar, eles fizeram mesmo). Sucesso.

Às vezes os trabalhos são mais fáceis. Como foi o serviço #00011. Amelia Lopez, uma menina de descendência mexicana do terceiro ano, pele marrom clara e piercing no nariz, que estava com medo de uma foto dela vomitando em um gato na festa de Halloween do Brendan Buckler viralizar e fazê-la ser rejeitada da Sociedade de Proteção aos Animais onde ela planejava fazer trabalho voluntário no último ano. A foto foi postada em uma conta aleatória no Instagram, e Amelia não fazia ideia de quem tinha feito isso. Felizmente, essa conta tinha apenas três seguidores, e nenhum deles parecia estar interessado em repostar a foto (ou talvez nem a tenham visto). Esse trabalho não precisou de ligações ameaçadoras, nem de uma advogada fictícia. O único problema de verdade era descobrir quem era o dono da conta, algo que o Sammi conseguiu fazer usando um programa de decodificar senha que ele criou, chamado Fuzzword.[17] A dona da conta afinal era... a própria Amelia (que reviravolta!). Aparentemente ela criou a conta e postou o vídeo quando estava bêbada (tipo, muito, muito bêbada). Esse caso foi resolvido em dois dias.

Outros trabalhos são *muito* complicados e colocam à prova minhas habilidades pessoais de engenharia social.

Serviço #00019 da MASV. Reggie Storm, a personificação de um caipira branco que parece ter saído de uma pintura do Norman Rockwell, foi meu primeiro cliente adulto. Reggie estava concorrendo a uma bela promoção no trabalho de meteorologista. (Pois é, e o sobrenome significa "tempestade". Eu pesquisei, está na certidão de nascimento dele. É isso mesmo.) Porém, ele acidentalmente enviou uma foto do pinto (que deveria ter ido para o namorado) para o chefe dele, o âncora do jornal do Canal 4, Chuck Gravely. Chuck estava em um retiro de meditação na época e não tinha acesso ao celular ou aos e-mails. (O que para mim seria horrível, mas cada um faz o que quer da vida.) Reggie me contratou para sumir com a foto antes do fim do retiro. Sammi achou que iria conseguir hackear a conta de e-mail dele sem problemas, mas Chuck tinha contratado uma empresa de segurança particular para proteger seus dados. Então, começaram as travessuras. Eu tive que entrar no escritório de Chuck, fingindo ser sobrinha dele, e apagar o e-mail pessoalmente. Foi empolgante de verdade. Encontrei com uma colega de trabalho dele na saída que disse que "não sabia que o Chuck tinha uma sobrinha". Fingi ficar ofendida que ele nunca tivesse falado sobre mim, e ela pediu desculpas. E começou a fingir que ele *tinha sim* falado sobre mim para eu não ficar chateada. Ainda me deu vinte dólares e se ofereceu para escrever uma carta de recomendação para a Faculdade de Ithaca (ela estudou lá), se eu quisesse estudar lá também (eu não queria!). Eu saí de lá sem ser desmascarada, e Reggie é hoje o meteorologista *sênior* do Canal 4.

Então... é isso o que eu faço. Que fique claro: não faço milagres. Eu não consigo fechar a caixa de Pandora, nem acabar com o aquecimento global.

---

17 Dá para achar na internet uma lista das cem senhas mais usadas. Elas são tão óbvias quanto você imagina: senha1, 1234567, etc. O programa do Sammi automaticamente testa as vinte mil mais usadas. Eu sei. Computadores são rápidos.

Se você for uma Kardashian ou a Taylor Swift ou a Jennifer Lawrence, eu não consigo fazer suas nudes sumirem. Essa merda vai viralizar, e eu não tenho cacife pra lidar com isso.

Mas essas coisas na vida de um adolescente, ou residente de North Webster, são provavelmente muito mais fáceis de resolver. Então, seja grato por não ter dois milhões de seguidores no Instagram.

De qualquer forma, é isso que eu faço: eu enterro, hackeio, minto, improviso. E, depois de dois anos de experiência e mais de vinte trabalhos feitos, eu achei que poderia resolver qualquer coisa que a Shannon fosse me apresentar.

Eu estava enganada.

7

Vadias de Roosevelt

Quando cheguei em casa, meus pais haviam saído. Vasculhei a despensa e peguei um saco de emergência de Cheetos que devorei em menos de um minuto, de tanta raiva. Depois fui direto para o quarto e entrei no VR. A senha que a Shannon me passou, "TEDDYCOMEU", funcionou de primeira. (TEDDYCOMEU é para ser "Teddy Comeu". A mascote da Roosevelt se chama Teddy! Uma versão urso do Teddy Roosevelt. *Genial!*)[18]

Eu não conseguia me concentrar no site. Era demais para mim. Todas aquelas mulheres sendo exibidas e categorizadas sem consentimento. Com tags espertinhas e comentários como "peitões" e "boca gostosa" e "mulher camarão". Quantos caras idiotas estavam olhando para elas, julgando e provavelmente batendo punheta? Como se tivessem o direito de fazer isso. Eu me lembrei de todas as garotas que tinha visto chorando nos corredores da Roosevelt nos últimos dias. Será que o motivo era o site?

Pensei em Kyle. Ele precisava de uma vingança digna da cena de sangue de porco de *Carrie*. Eu podia mexer com o carro dele. Kyle amava o Ford Escape mais do que qualquer coisa no mundo. Ele o chamava de "Caravana da Erva REO", provavelmente porque gosta de maconha e música dos anos 1980. Mas talvez houvesse um jeito melhor de humilhar Kyle... Será que eu conseguiria nudes dele para expor em algum lugar? Tem um outdoor do lado do mercado que parecia uma boa opção.

---

18 Se você vai fazer uma senha de putaria ligada a Teddy Roosevelt, parece ser uma oportunidade perdida não aproveitar "Cavaleiros Grosseiros" (o regimento de cavalaria dele) ou "grande porrete" (seu estilo diplomático), mas... não pediram minha opinião.

Porém, percebi que não era suficiente descontar no Kyle. Várias pessoas mereciam a minha raiva justiceira. Primeiro, eu precisava acabar com quem tinha criado aquele site. Talvez eu pudesse cobrir a pessoa com piche e penas, que nem se fazia antigamente? Ou socá-la dentro de uma prisão medieval improvisada? Eu queria arruinar as vidas daqueles idiotas, para que não pudessem chegar nem perto de um cargo no STF algum dia.

E os meninos comuns e inofensivos-mas-nem-tanto que tinham apenas *entrado* no site? Eles não mereciam castigo físico, mas deveriam sofrer alguma punição. Sair do time de futebol americano? Será que eu conseguiria fazer *todos* terem um caso sério de pé de atleta?

De repente me pareceu absurdo que todos aqueles caras tivessem a senha do VR e, ainda assim, *nenhum* deles soubesse quem criara o site. Liguei para Kevin Beane. Desde o segundo ano, ele me era incondicionalmente leal. E morria de medo de mim.

Ele atendeu em poucos segundos.

— Você já entrou no Vadias de Roosevelt?

— Eu, é...

— Kevin, dá pra pular a parte em que você gagueja e mente, e me contar logo? Eu não vou julgar. Só preciso saber.

Mentira. Eu estava julgando muito.

— Eu, é, sim. Um pouco. Algumas vezes. Mas eu não entro há mais de um mês. Jess Lind está lá, e ela é uma grande amiga minha, então... eu parei.

O velho argumento de "afetou alguém que eu conheço". Foda-se. Ainda não era hora do castigo.

— Como você conseguiu a senha?

— Justin me deu.

— E onde o Justin conseguiu?

— Não sei, eu acho que achou no Reddit, alguma coisa assim.

— Quem criou o site? Quem administra?

— Não sei.

— Agora não é hora de mentir, Kevin. Nem de proteger seus amiguinhos. Quem criou?

— Eu não sei mesmo! É sério! Se soubesse, te contaria. Juro. Eu me sinto muito culpado por ter entrado lá, foi... foi um momento de fraqueza. Eu tô muito estressado por causa do vestibular e...

Ele faz um barulho de ânsia de vômito. Depois outro. Desliguei. Obviamente, eu havia ido até o limite dele.

Liguei para mais três meninos que tinham medo de mim e não mentiriam. Dois haviam entrado no site, mas nenhum sabia quem havia criado. Eles tinham conseguido a senha com um amigo ou em um post misterioso do Reddit, que aparentemente não existia mais. De qualquer forma, entrei no Reddit para tentar encontrar. Naquele momento, Shannon me ligou.

— Oi. Desculpa te pedir por mais coisa, mas a Tyra Michaels também está no Vadias de Roosevelt. Você acha que consegue... apagar as fotos dela também? E a Sara Nguyen também tem uma foto lá. Ela acha que o celular foi hackeado e...

— Shannon, você achou que eu ia tirar apenas as *suas* fotos? Esse site inteiro é nojento. Eu vou acabar com ele.

— Ah. Tá. Massa — disse ela, tímida. — Eu vou falar para elas. Nós, é, temos um grupo no WhatsApp.

— Quem seriam "nós"?

— Tipo, as vítimas. As outras meninas. Era só eu, Tyra e Sara, mas depois colocamos algumas outras.

— Para conversar em particular? Faz sentido.

— Talvez eu possa te adicionar lá? Assim você pode, tipo, contar para todo mundo o que vai fazer?

— Ah, claro — falei, sem muita animação de ser adicionada em um grupo. — Pode ser.

— Obrigada. Vai ajudar muito. Tem sido... difícil.

Eu imaginava.

Ela continuou falando.

— Sabe, é estressante o suficiente saber que meus mamilos estão espalhados pela internet. Mas aí os meninos fazem tudo ser pior ainda.

— Como assim?

— É como se desse pra saber quem já entrou no site e quem não entrou. Porque depois que o cara entrou no VR, ele começa a ficar meio... agressivo. Tipo, ele manda mensagem e pede fotos. Ou então ele presume que você vai, tipo, topar qualquer coisa.

— Que nojo.

Homens continuavam a me decepcionar. Eu queria ter alguma crença religiosa para virar freira, sei lá. Conventos parecem ser bem interessantes.

— Todas nós percebemos. Todas as meninas — disse ela, soando confiante pela primeira vez. — É consequência do VR.

— Não, é consequência de homens *não ouvirem quando uma mulher diz não*.

Shannon ficou em silêncio por um instante. Depois disse, baixinho:

— Isso.

— Desculpa, eu não queria gritar. É que isso é tão revoltante.

— Não, tudo bem. É bom ouvir alguém dizer isso em voz alta. Há um mês que eu grito no meu travesseiro toda noite. Agora meu travesseiro talvez precise de terapia.

Quanto mais eu falava com Shannon, mais ela me surpreendia. Liderando o grupo no WhatsApp e vindo atrás de me contratar? Ela era mais proativa do que pensei. Quis fazer valer os trezentos dólares.

— Me adiciona no grupo. Eu vou manter todo mundo atualizado do meu progresso. E confia em mim: vou tirar o Vadias de Roosevelt do ar o mais rápido que puder.

— Obrigada. Você é incrível. Tudo que as pessoas dizem sobre você é verdade.

— Ah. Que bom — falei, tentando fingir que eu não me importava, mas com um tom óbvio de "o que raios as pessoas estão falando sobre mim?".

— Só coisas boas! — explicou Shannon. — Eu estava falando agora há pouco com a Sara sobre como você é tipo... intimidadora.

Respondi com um "aham", na esperança de que ela deixasse o assunto morrer e desligasse.

— Todo mundo que te contratou disse que você era muito boa. Tipo, incrivelmente engraçada e fácil de conversar. E isso foi, sabe, meio inesperado, porque na escola você é...

— Cuzona?

— Haha, não! Meu Deus, claro que não! Você é... independente.

— Entendi.

Eu tive a impressão de que "independente" significava "escrota e sem coração".

— Quer dizer, obviamente esse clima de Suécia está dando certo pra você!

Deixei passar.

— E talvez seja bom que você não *se encaixe* em um grupo, porque isso te deixa livre para cuidar de coisas tipo essa — continuou ela. — Né?

É. Isso é o que eu digo para mim mesma. (Apesar de admitir que não soa tão bem quando é outra pessoa falando. As pessoas acham que eu não me encaixo *de jeito nenhum?* Que não tenho amigos? Eles sabem que é uma *escolha*, né?)

— O que eu quero dizer é que... você é demais, Margot. Obrigada.

Eu queria muito que ela tivesse dito apenas obrigada e não que tenho cara de brava, mas fazer o quê?

Depois que ela desligou, fiquei sentada em silêncio por alguns minutos. Estava tentando processar todas as informações. Não era importante eu ter a fama de exilada social e, aparentemente, uma democracia europeia de posicionamento neutro. Eu estava prestes a entrar em um grupo de WhatsApp com clientes (e provavelmente me tornar a terapeuta delas, cargo que *não sou* qualificada a exercer!). Ainda não fazia ideia de quem havia criado o site, onde estava hospedado, ou como eu ia aplicar uma punição severa à pessoa/pessoas por trás dele. Afinal, o que aqueles caras estavam fazendo era um desrespeito imoral e ilegal e...

Ilegal. Certo. Aquilo fez eu me concentrar. Uma pesquisa rápida me mostrou que o VR infringia pelo menos algumas leis. Continha fotos pornográficas de menores de idade e, graças a uma nova lei, "o compartilhamento de imagens privadas sem consentimento é uma ofensa sujeita a multas e até um ano de cadeia".[19] Bingo.

Liguei para a Shannon. Ela atendeu na mesma hora.

— Shannon. Eu acho que isso vai ser mais fácil do que eu pensei. Postar fotos de alguém sem consentimento é ilegal. E você é menor de idade, o que tecnicamente faz isso ser ainda mais ilegal. Tenho quase certeza de que consigo derrubar o site e, com sorte, apagar a maior parte das fotos originais que puder. Mas isso ainda não *castiga* os meninos que fizeram isso, e eles precisam ser punidos! Eu não sou fã de envolver as autoridades, mas se levarmos o Vadias de Roosevelt para a polícia...

Só conseguia ouvir soluços e uma respiração rápida. Shannon estava hiperventilando.

— Por favor — finalmente conseguiu soltar. — *Por favor, não!* Não pode fazer isso, Margot. *Por favor!*

Merda. Talvez eu tivesse falado rápido demais. Tentei explicar.

---

19 A Lei S.1719-C foi aprovada no dia 28 de fevereiro de 2019 pelo senado do estado de Nova York. Já não era sem tempo.

— Shannon...

— Se você falar com a polícia, meus pais vão descobrir e vão me matar! — suplicou ela. — Minha mãe... ela... Isso vai parar nos jornais, Margot.

A mãe de Shannon, Eliza Finke, era uma juíza. Sendo mais específica, uma juíza do tribunal civil do sétimo distrito. Algo bem importante, eu acho. Cargo eleito e tudo. Eu já conseguia imaginar as manchetes do nosso horrível jornal local: "Filha de juíza local é vítima de pornô de vingança". "Filha de juíza metida em escândalo pornográfico". "Sem ordem no tribunal: escândalo de pornô de vingança local!". Eu entendia a preocupação da Shannon.

— Mas e se você contasse para eles antes de falar com a polícia? Depois do choque inicial tenho certeza de que iriam entender e...

— O que acha que isso vai trazer de bom? — disse ela, tentando não demonstrar a raiva. — Eu jogo futebol com um monte de meninas de Wakefield. Elas falaram com a polícia.

Verdade. Minha prima tinha me contado o resultado da polêmica que aconteceu lá. Só alguns dos culpados tinham sido suspensos da escola, mas, como um belo "foda-se" para todas as mulheres no mundo, *todas as meninas* foram forçadas a fazer um curso da Delegacia de Yates chamado "Privacidade e Consciência Corporal". E aparentemente algumas delas foram suspensas também, por "compartilhar imagens gráficas e impróprias". Porque, de acordo com a escola... a culpa foi delas, pelo jeito?

— A polícia fez praticamente nada com os meninos. E depois disso todo mundo, *todo mundo* ficou sabendo do que aconteceu.

Ela tinha razão. Se prestasse queixa, todo mundo iria ficar sabendo sobre o caso. Mesmo se as autoridades tentassem "respeitar o anonimato", a história iria vazar. Era sempre assim. Seria a história do último ano dela.

— Eu fui até você porque queria que você lidasse com isso de modo discreto. Só quero seguir em frente — disse Shannon, com a voz trêmula.

Tentei pensar em uma alternativa, mas não consegui. Não poderia levar aquilo para o Palmer. Beth tinha ido falar com ele depois do abuso e a resposta dele fora que "não podia fazer nada a respeito" porque não havia acontecido nas dependências da escola.

Então, eu estava de volta à estaca zero. Precisaria, de alguma forma, derrubar sozinha um site secreto de pornografia, de forma rápida e discreta, para que ninguém descobrisse nada.

O único problema era que isso não resolvia a minha questão de "castigar justamente os cuzões que criaram o site", mas... uma coisa de cada vez.

— Tá — falei. — Entendi. Sammi e eu vamos cuidar disso, só nós dois. Não vai ser fácil, mas...

— Sammi Santos?

— Isso.

— Não. Desculpa. Não, não, não. Você não pode contar para ninguém, especialmente pra um menino.

Então ela começou a chorar ainda mais. Parte de mim ficou meio irritada. Ia ser um trabalho gigantesco, e fazer aquilo sem o Sammi era como se alguém estivesse cortado fora meus polegares. Era possível, claro. Mas seria muito mais difícil digitar sem eles.

— Ok, ok. Eu vou cuidar disso sozinha — interrompi os soluços.

O choro dela imediatamente parou.

— Obrigada, Margot.

Desliguei o celular. Eu não tinha ideia do que faria, mas achei que era importante tranquilizar um pouco a Shannon. Pensei em uma solução paliativa. Alguma coisa que provavelmente não iria funcionar para derrubar de vez o site, mas não custava nada tentar.

Percebi que o Vadias de Roosevelt estava hospedado no Amazon Web Services e violava completamente o acordo de conteúdo da plataforma.[20] (Fala sério! É pornô de vingança!) Então eu denunciei. Eles eram bem bons em responder denúncias e derrubar sites que tinham violado os termos. Com sorte, VR sairia do ar no dia seguinte.

Ainda assim, era uma solução temporária. Todos os arquivos, todas as fotos e os vídeos ainda existiam. Qualquer um poderia jogá-los em um site novo a qualquer momento. Se uma foto sequer fosse parar no Pornhub ou xx-nudes.sei.lá, eu nunca iria me perdoar. Foi naquele momento que comecei a cair em um buraco. Meu pulso acelerou, meus olhos se encheram d'água.

Merda. De novo não.

Quando era mais nova, eu tinha uns mini-ataques de pânico bizarros quando ficava estressada por causa de uma prova, ou quando Jessie Belcher disse que minha saia era "coisa de puta". Eles me assustavam porque, depois que começavam, eu não sabia como interromper. Por sorte, Beth estava por perto na época e me ajudava a melhorar. Ela falava baixinho comigo e segurava minha mão até eu me acalmar.

---

20 AWS é o maior serviço de armazenamento em nuvem do mundo. Estimado em 500 bilhões de dólares. A Amazon não ficou rica só de vender bonequinhos Funko!

Eu tentei relaxar. Tentei me acalmar. Mas nenhum dos truques antigos funcionou. Droga.

Deitei-me na cama em posição fetal, abraçando o travesseiro como se fosse um Chris Hemsworth silencioso e acolhedor. Eu sabia que Shannon e outras mulheres estavam contando comigo, mas eu não tinha como resolver tudo em um dia.

25 de fevereiro, 23:47

MARGOT: ei.

saldade de você.

*saudade. Nossa!

A desculpa

Depois de uma noite de insônia, virando de um lado para o outro, que nem o Thor-vesseiro aliviou, decidi me levantar cedo e começar o dia. Abri o VR e, como previsto, mostrava o aviso de "Página não encontrada". Minha denúncia havia funcionado e o site fora derrubado. Pelo menos por um tempo. Também reparei que tinha uma mensagem nova no WhatsApp me convidando para um grupo chamado "Fúria", o que presumi ser o grupo da Shannon com vítimas do VR. Eu sabia que devia responder o convite o quanto antes. Então decidi ir para a escola ainda mais cedo.

Quando cheguei, às cinco e meia da manhã, todas as portas estavam trancadas, obviamente. Então precisei dar a volta em cada entrada até me lembrar que o laboratório de robótica tem entrada própria, com uma fechadura digital. Cuja senha Sammi sabia.

> **MARGOT:** Bom dia, flor do dia. Preciso da senha para entrar no laboratório de robótica PRA JÁ.

> E desculpa por mandar mensagem tão cedo. Eu sei, sou um porre.

Passei pelo menos uns cinco minutos congelando na entrada, esperando. Até que finalmente...

SAMMI: vc me acordou

MARGOT: Eu pedi desculpa. Senha?

SAMMI: vc é ridícula

MARGOT: Eu vou te compensar. Vou te levar para um jogo dos Yankees!

kkkkk?

SAMMI: pra q vc precisa da senha?

MARGOT: Estou tentando entrar na escola. Tenho um trabalho grande a fazer.

SAMMI: qual trabalho? da sra. blye? Ou outro?

Merda. Mal haviam se passado vinte e quatro horas e quase contei para o Sammi sobre o novo caso. Esconder aquilo dele ia ser difícil. Não faço um trabalho *sem* Sammi desde o do Kevin Beane, mas promessa é dívida, então fiz mais uma coisa que realmente não gostava de fazer: menti para Sammi.

MARGOT: Isso. É pra sra. Blye. Te conto depois.

Apesar de eu ser muito boa mentindo para outras pessoas, era péssima mentindo pro Sammi, o que ficou óbvio quando comecei a escrever um rascunho de mensagem: "Que trabalho emocionante! Agora a sra. Blye quer que eu vigie o marido! Ela acha que ele contratou o Josh Frange para seduzi-la para ele pedir divórcio e talvez MATÁ-LA e...". Mas, antes de conseguir mandar essa mensagem (que era uma mentira deslavada e o enredo do filme *Disque M para matar* do Alfred Hitchcock), Sammi me respondeu.

> **SAMMI:** 47926.

> **MARGOT:** Obrigada!

Tenho certeza de que Sammi sabia que eu estava escondendo alguma coisa, mas ele não ia me pressionar a falar. Ele nunca diria: "Margot, você está mentindo para mim e isso me deixa triste". Ele não conseguia falar sobre sentimentos desse jeito. O que, naquele caso, era ótimo para mim. Mesmo assim, eu sentia que estava criando um clima estranho entre nós dois, o que odiei.

A senha funcionou. Fui em direção à biblioteca e me joguei na mesa de sempre. Mandei um GIF engraçado para Sammi, de um cachorro cheirando uma caixa de delivery, e torci para quebrar o gelo. Então, comecei a trabalhar. Abri o Registro.

Um trabalho que fiz alguns meses antes me levou a organizar todos os alunos da escola em uma planilha. Demorou uma eternidade, porque eu coloquei detalhes demais sobre cada pessoa, seus interesses e notas. Porém, o resultado foi uma lista completa que eu uso sempre. Sammi e eu chamamos de "Registro". A planilha desumaniza meus colegas de um jeito *muito* útil para mim. É muito mais fácil hackear o computador de alguém quando a pessoa é apenas o número 173 e não... sei lá, Kate Fu, aluna do último ano que tem asma e direito à privacidade.

A primeira coisa que fiz foi dar uma olhada na lista, procurando por alunos que tenham, digamos, "valores morais flexíveis" o suficiente para criar um site como o VR. Pessoas que tivessem colado em provas ou traído quem namoravam, mentirosos e praticantes de bullying. (Também considerei misóginos, obcecados por pornografia e homens com cavanhaque.) Em seguida, cruzei os resultados com quais pessoas dessa lista teriam o conhecimento técnico para criar um site como o VR. O processo rapidamente me deu uma lista de apenas três nomes, porque aparentemente muitos dos meus "suspeitos esperados", como Cory Sayles e Ray Evans (viciados em pornografia), não têm as habilidades necessárias para montar um site como o VR. Isso é um jeito gentil de dizer que... eles são burros.

O Registro já tinha resolvido dois trabalhos para mim, então confiei no resultado. Em seguida, era hora de pesquisar mais a fundo.

LISTA DE CUZÕES QUE MANJAM DE COMPUTADORES E ODEIAM MULHERES

Suspeito número 1: **Harold Ming**

O Harold foi a primeira pessoa que me veio à mente. Um aluno do último ano, falso e extrovertido, conhecido principalmente por três coisas:

1. Ser segundo flautista da banda de jazz da escola. (Que nunca vai se tornar primeiro flautista, porque nunca vai ser melhor do que Greg Mayes.)
2. Ser um líder ativo do Grupo de Apoio, um clube apoiado pela escola que oficialmente celebra "apoio, amor e companheirismo", mas que, na verdade, é um grupo jovem cristão que não deveria existir em uma escola pública.
3. E, por fim, Harold também era conhecido por um escândalo de mensagens sexuais. Parece que o bom menino cristão e músico mediano gostava de mandar mensagens agressivas de tom sexual anonimamente para meninas. As mensagens apareciam em grupos, DMs e SMS, sem aviso ou consentimento. Aparentemente, os alvos eram meninas que faziam parte do Grupo de Apoio e, finalmente, ele teve que responder ao adulto responsável pelo GA (e pastor dos jovens), Todd Gent. Para a sorte do Harold, o escândalo foi resolvido pela Igreja Evangélica de Willow Brook. A escola decidiu não se envolver.

Mas... será que ele tinha as habilidades necessárias para montar um site como o VR? Ah, tinha, sim. Porque Harold também era presidente do clube CODERS, no qual regularmente desenvolvia aplicativos cristãos (inclusive um para o Grupo de Apoio). Eu não era muito fã do conteúdo do aplicativo do GA, que era cheio de citações do Levítico.[21] Mas não podia negar que era o trabalho de um profissional.

---

21 Tem um monte de coisa legal e leve na Bíblia, mas não em Levítico. Ele fala sobre homofobia, queima de bruxas e escravidão. Leia por sua conta e risco.

Então, é isso. Um tarado reprimido que levava jeito para programação? Harold era meu suspeito número 1. Ainda assim, é bom ter opções e explorar outras possibilidades.

Suspeito número 2: **Danny Pasternak**

Danny com certeza tinha o conhecimento técnico para fazer algo assim. Ele passava todo o tempo livre cuidando de sites para negócios da região. (Ele não ganhava mesada de resposta, como alguns dos nossos colegas. Precisava trabalhar para pagar por gasolina.) Ele estava considerando adiar a faculdade para se concentrar em um aplicativo que estava desenvolvendo. De acordo com a apresentação do Danny na Feira de Ciências, PetMatch iria "revolucionar como cachorros interagem e se apaixonam online." Parece... problemático, mas aparentemente existe um negócio chamado Tindog.[22] Então quem sou eu para falar?[23]

Mas onde Danny se encaixava na escala de homem agressivo e sexualmente desajustado? Bom, ele não tinha um histórico de assédio na internet, e até onde eu sabia o consumo de pornografia dele era comum para meninos naquela idade (ou seja... demais, mas não letal). Porém, todo mundo parecia ter percebido uma coisa muito estranha no Danny. Ele gostava de decorar o armário com fotos de meninas. E não eram tipo... estrelas de cinema gostosonas ou influenciadoras aleatórias que não conhecia. Eram fotos de meninas da escola. Fotos *cortadas do anuário* e *coladas* no armário dele como se fossem... sei lá, mulheres famosas de quem ele era a fim? E não eram nem meninas que ele conhecia pessoalmente. Ele não tinha contato algum com elas. Era o tipo de coisa que só se percebia na terceira vez que passava pelo armário dele, e acabava virando assunto de conversas com pessoas aleatórias: "O Danny Pasternak tem uma foto da Tina Hernandez no armário dele? Eles são amigos? E por que é justo uma foto dela na apresentação de ginástica olímpica?"

Olha, eu nunca tinha falado diretamente com o Danny, mas ele parecia ser um cara legal, tirando a coisa do armário. Ele fazia trabalho voluntário

---

22 Tindog foi lançado em 2015 como um aplicativo que conecta cachorros e seus donos com outros. "Tindog: conheça e converse com cachorros da sua vizinhança, de graça."

23 De acordo com Danny, Tindog é um lixo e "não é nem de perto o que um aplicativo de namoro para cachorros deveria ser".

entregando refeições para pessoas em situação de rua, e postava um monte de coisas sobre questões ecológicas.

Mas o negócio do armário é estranho, né? Então, por ora, ele ficava na lista.

Suspeito número 3: Jenji Hopp

Uma mulher! Eu sei. Olha só o progresso! Claro, ganhamos salário vinte por cento menor do que homens no mesmo cargo,[24] mas pelo menos também podemos ser suspeitas de criar um site ilegal de pornografia! O futuro é feminino!

Queria deixar claro que eu não tinha tantas suspeitas da Jenji como tinha do Danny e do muito-provável-culpado Harold. Mas havia algumas questões a considerar. Primeiro, Jenji gostava de fazer bullying online e adorava tirar print das coisas. Ela era conhecida por chantagear, humilhar garotas e expor DMs para conseguir... qualquer coisa que ela quisesse. Uma vez ela tirou uma menina do armário porque ela não foi à sua festa na piscina. Ela fez um casal se separar no dia do aniversário de namoro porque o menino mentiu para a Jenji e disse que conhecia o Shawn Mendes. E ela começou uma onda de brigas tão épicas no Clube de Teatro que a sra. Corman, a professora de teatro, ameaçou cancelar o festival de apresentações da primavera. Aparentemente, o gatilho foi não ter sido escalada para fazer a adaptação de *Querido Evan Hansen* que a sra. Corman escreveu. (Na minha opinião, ela se livrou de uma enrascada.) Algumas das DMs que ela já postou eram obviamente entre ela e a vítima que escolhia, mas outras não eram, o que me levava a acreditar que ela já tinha hackeado celulares ou computadores.

Eu vi várias meninas no VR que já haviam se metido com a Jenji, inclusive Kelsey Chugg e Sara Nguyen, mas será que ela chegaria ao ponto de criar um site como o Vadias de Roosevelt só para provocar suas inimigas?

O sinal da escola tocou pela segunda vez. Merda, eu ia me atrasar para a quinta aula. Guardei o notebook na mochila e dei no pé. Eu queria muito encontrar Sammi antes do último sinal tocar. Eu precisava que ele assumisse

---

24 Ou menos ainda, se você não for branca. É "país de primeiro mundo" que fala?

mais o caso da sra. Blye. Além disso, queria ter certeza de que estava tudo bem entre nós, caso ele ainda estivesse pensando que mentira para ele (o que é verdade).

Passei correndo pelo refeitório, desviando da escada principal que estava sempre lotada de gente e seguindo pela escada do escritório do Palmer. Passei por um grupo de calouros que viviam jogando Tails of Time (um "jogo de cartas" que parecia uma cópia genérica de O senhor dos anéis com gatos em poses sensuais). Mas, naquele dia, não pareciam estar com tempo para Tails. Em vez disso, estavam encolhidos, olhando para o celular, se cutucando e cochichando. Será que estavam vendo o VR? Não consegui deixar de me perguntar.

Será que algum daqueles moleques desajeitados era o idealizador do VR? Será que eu tinha me esquecido de adicionar alguém à minha lista? Poderia ser alguém de outra escola? Ou um adulto? A única outra pessoa em que pensei foi o Sammi, o que era ridículo. Além de não ser um babaca, ele me deixa usar o computador dele toda hora, o que não faria se tivesse algo a esconder. E, sim, eu já fucei todo o HD dele. (Sou curiosa, preciso aceitar!) Mas fico feliz em dizer que ele tem mais o que fazer do que criar sites pornô.

— Mas que droga! Essa merda!

Quando cheguei ao fim da escada, um iPhone passou voando pela minha cabeça, acertou um armário, e a tela quebrou quando bateu no chão. O celular pertencia a Chris Heinz. Ele tinha muitos problemas com o aparelho porque… eu tinha hackeado. No começo do ano, Sammi e eu fomos contratados para desenvolver um aplicativo para a semana do espírito escolar chamado TeddyFace. Era um filtro de fotos simples que fazia você ficar com a cara do mascote, o Capitão Teddy![25] Mas Sammi fez um truque que nos dava acesso remoto a todo iPhone que baixasse o aplicativo. Ele foi baixado por mais de cem colegas, professores, e alguns pais e mães mais intrometidos. Em geral, eu respeito a privacidade das pessoas…

Mas no caso do Chris, era tentador demais. Eu nunca fazia nada de mais, mas às vezes trocava a senha dele ou aleatoriamente apagava as fotos. O tipo de problema que faria uma pessoa racional/calma ir à uma loja da

---

25 Capitão Teddy, mascote da escola, é um urso que usa óculos e bigode, tal como o presidente Theodore "Teddy" Roosevelt. Ele também usa chapéu de pirata. Realmente não faz sentido, mas tento não pensar muito sobre mascotes. Acho todos completamente inúteis para mim.

Apple, onde seria facilmente resolvido. Mas o Chris não era conhecido pela paciência, então, quando o celular parava de funcionar, ou a tela congelava, bem... *Hulk esmaga*. Eu o vi trocar de telefone pelo menos seis vezes e era incrivelmente satisfatório.

— Ei, Margot!

Eu me virei e vi... uma das Kelseys. Não tinha certeza qual delas.

— Eiiii... — falei, tentando ganhar tempo para adivinhar quem era.

Havia duas calouras chamadas Kelsey na Roosevelt, e elas eram melhores amigas. As duas me idolatravam e me seguiam pelos corredores. Para piorar, elas se pareciam. Tipo... demais. Mesmo cabelo castanho claro, mesma pele branca-rosada de quem nunca sai de casa. Tinham até o mesmo piercing helix na orelha direita. Se alguém dissesse que elas eram irmãs gêmeas, dava para acreditar. A maioria das pessoas as diferenciava como Kelsey Hétero (sobrenome Chugg) e Kelsey Gay (sobrenome Hoffman). Parece um tanto redutivo e injusto com ambas, especialmente Kelsey Hoffman, que só se assumira dois meses antes. Então eu me esforço para chamá-las pelo sobrenome e lembrar quem é quem.

Mas nem sempre é fácil, especialmente quando elas aparecem do nada, como se estivessem em um filme de terror. Nessas horas eu recorro a uma rima para me lembrar. *Cha-che-chi-cho-chu-chã. A que masca chiclete é a Chugg.*[26]

— ... Chugg! E aí?! — falei, esperando ter acertado.

— Primeiro de tudo, adorei os sapatos. Digo, tênis. Adorei seus tênis. É o que eu queria dizer.

Geralmente a fala nervosa da Chugg era fofa, mas naquele momento específico estava sendo inconveniente. Eu me recusei a andar mais devagar enquanto falava.

— Kelsey, eu não tenho tempo para conversar agora...

— Sim, claro. Sem dúvidas. Quer dizer, ouvi falar que você vai derrubar o VR. O que é, tipo, uau! Muito, muito legal. Aquele site acabou com a minha vida. Eu só tenho uma foto lá, mas...

— O site está fora do ar. Conferi hoje de manhã, então pode ficar tranquila — falei, sem parar de andar.

— Ah, ótimo! Uau. Muito obrigada, Margot...

---

[26] Eu disse que era uma rima, não que era boa! Me deixa em paz!

Ela parou de falar, conferindo o celular. Quando ela começou a desacelerar, tentei fugir, na esperança de encontrar com o Sammi antes da aula de Trigonometria. Porém, um segundo depois, Kelsey apareceu de novo, bloqueando a minha passagem.

— É, não quero, tipo, te contradizer nem nada, mas... Eu não acho que esteja fora do ar.

Então ela me mostrou o celular com a página do VR, funcionando normalmente.

— Cacete — falei, em voz alta, parando de andar de repente. — Que porra é essa, Jeff Bezos? Você não pode liberar sites que foram denunciados por pornografia infantil!

— D-desculpa — gaguejou Kelsey, como se ela fosse responsável de alguma forma. — Mudaram o site agora. É o que eu estava tentando te contar. O site antigo caiu, mas agora está em... Onion, seja lá o que isso for. Você não consegue pesquisar, mas se instalar o navegador do Onion e digitar o endereço, ainda está lá.

Ela me mostrou o celular e lá estava o VR, firme e forte. No novo endereço: em vadiasderoosevelt_69.onion. Maravilha. O site estava no Tor, o que fazia ser ainda mais difícil de tirar do ar — talvez até impossível.

— É tipo, a "dark web"? — perguntou ela, com os olhos arregalados.

— Não existe esse negócio de dark web. A internet é a internet. Tudo é bem dark e sinistro — respondi. — Mas, sim, é isso que as pessoas querem dizer quando falam sobre dark web.

— Ai meu Deus — Kelsey choramingou.

Respirei fundo.

— Confia em mim. Eu vou dar um jeito nisso. Deixa comigo.

Eu me afastei, deixando Kelsey falando sozinha sobre como eu era incrível, e fui correndo até a sala do Sammi.

O site havia mudado para Tor no meio da noite? Quem estava tocando aquilo? Os servidores Tor são secretos e indiretos, então usar uma backdoor não iria funcionar. Eu ia precisar ter acesso direto ao computador que controlava aquilo, o que ia ser um teste beeeeeeeeem irritante para as minhas habilidades de manipulação.

Levantei o olhar do celular bem a tempo de evitar um grupo de líderes de torcida que andavam lado a lado. Eu estava quase chegando na sala do Sammi, com umas belas marcas de suor debaixo do braço. Tudo bem. Eu tinha coisas maiores para resolver.

Eu não sabia se era coisa do Danny, da Jenji, ou do Harold, então eu precisaria conferir os três computadores... Ai. O jeito mais fácil de fazer aquilo era ser convidada para a casa de cada um, de preferência durante uma festa. Enquanto todo mundo estivesse socializando, bebendo, fumando *vape* ou se pegando, eu iria até os quartos e hackearia os computadores pessoalmente. O único problema era que... eu não conhecia nenhum deles. (E por bons motivos! Um flautista tarado? Uma psicopata chantagista? O negócio esquisito do armário do Danny? Não, valeu!) Não podia simplesmente chegar na casa deles e dizer: "Oooooi, migo!". Eles iriam bater a porta na minha cara. Não, para hackear os computadores pessoalmente eu precisaria ter uma "desculpa" para me aproximar de cada um. Três cúmplices que iriam me convidar para suas casas. Eu teria que "fazer amigos". Ai de novo. Se pelo menos houvesse *uma* pessoa que fosse flexível e desenrolada o suficiente para ser amiga de *todos* eles... Isso iria me economizar tanto tempo. Mas será que havia um unicórnio daqueles na escola?

Foi então que eu esbarrei com o peito impressionantemente musculoso de Avery Green. Com força. O impacto deveria ter feito os dois tropeçarem, mas ele mal se mexeu, e eu caí de bunda no chão.

— Putz, cara! Margot, me desculpa!

Avery me ajudou a me levantar com a facilidade de um cara que passa tempo demais na bicicleta ergonômica. Ele mal suou quando me puxou de volta, usando apenas um braço. Um serial killer com tanta força física? Assustador.

— Tem certeza de que está tudo bem? Foi uma bela queda — disse ele, falando, como sempre, que nem um pai.

Um dos sapatos saiu do meu pé e eu segurei no braço de Avery para me equilibrar enquanto o calçava de novo. O suéter dele parecia ser caro, e ele tinha cheiro de praia. Revirei os olhos. Eu estava pronta para acabar com ele. ("Olha por onde anda, seu riquinho ridículo!") Mas percebi, naquele momento, que estava vivendo um momento clichê de filme: *eu tinha encontrado meu unicórnio.*

É óbvio! Avery Green! Ele está em todos os clubes! Aparentemente é amigo de todo mundo! Sim, eu achava a personalidade e os músculos desnecessários dele ridículos, mas todo mundo achava que ele era o "cara mais legal"[27] da escola. Ele era convidado para todas as festas e se dava bem com todos os grupos.

Se eu namorasse ele por algumas semanas (ele sempre tinha uma namorada nova, então por que não eu?), poderia ser a acompanhante dele em todos os rolês e festas e me aproximar dos meus suspeitos. Ninguém iria duvidar da namorada de Avery Green — seria um passe livre.

Avery seria a minha desculpa.

---

27 E o que tinha os melhores sapatos.

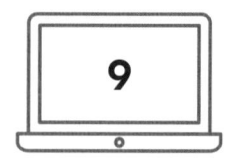

9

As coisas estão ficando sérias

Decidi tirar o resto do dia de folga. Eu não faltava a aula de Inglês desde outubro, mas sabia que só iríamos ler *A letra escarlate* em voz alta, e esse livro é terrível. (Meu problema com ele, além do fato da escrita ruim e sem graça — Nathaniel Hawthorne nunca usa cinco palavras quando pode usar quinhentas —, é que Hester nem é a personagem principal. Ela não tem um arco narrativo. Ela é só uma "mulher do bem" do começo ao fim. Mesmo que tenha cometido um erro. Hawthorne passa a maior parte do tempo falando do reverendo, o homem que — spoiler — engravida Hester. Enfim, é chato e péssimo e contado sob uma perspectiva muito masculina.) Enfim, parecia um bom dia para matar aula e começar a Operação Avery Insosso. Eu precisava que ele se apaixonasse loucamente por mim, ou pelo menos gostasse de mim o suficiente para ser meu namorado até eu resolver o caso.

Quando cheguei na entrada principal, vi o Palmer andando de um lado para o outro entre a porta e o escritório, provavelmente tentando pegar em flagrante quem estava matando aula. Aquele homem não tinha mais o que fazer?

Por sorte, vi um grupo de alunos do programa de Educação Técnica e de Carreira.[28] Todo dia, eles saíam da escola para aprender habilidades como soldagem, mecânica de carros, e flebotomia em outro campus. Eu me enfiei no meio deles e os usei como desculpa para sair da escola. Não tinha certeza se seria o suficiente para me livrar do Palmer, então arranjei uma garantia.

---

28 Chamávamos de etc, que é um acrônimo muito infeliz porque etc também significa encefalopatia traumática crônica, uma lesão no cérebro que muitos jogadores de futebol americano desenvolvem.

John Pfeiffer, flebotomista em treinamento (por favor, Deus, não o deixe chegar perto das minhas veias!), estava andando na minha frente. John tinha origem coreana e escocesa, o corpo malhado e o cabelo curtinho, raspado. Ele tinha um mosquetão com chaves preso na mochila, o cartão de fidelidade do mercado e um isqueiro. Eu rapidamente estiquei o braço e soltei o mosquetão, fazendo as chaves caírem no chão.

— Espera aí — gritou Palmer quando se abaixou para pegá-las.

Quando foi devolvê-las para John, ele reparou no isqueiro.

— O que é isso? *Contrabando?*

John já tinha pegado de volta as chaves, então não tinha como negar.

— Eu preciso disso para o ETC.

— Não é permitido trazer isqueiros para a escola. Por favor, aguarde um instante, sr. Pfeiffer. O restante de vocês pode ir.

Palmer começou a fazer um discurso severo e acenou para nós.

Não resisti: acenei de volta.

Eu mandei uma mensagem para o Sammi a caminho de casa, avisando que não me esperasse depois da escola.

> **MARGOT:** Não estou muito bem. Vou para casa mais cedo. Te ligo depois para falar sobre o caso da Blye.

Bom, já que o Avery me conhecia e supostamente não se sentia atraído por mim, eu teria que impressionar de verdade para chamar a atenção dele. Ou seja, teria que fazer um perfil psicológico completo do Avery para entender do que ele gostava. E *depois* eu precisaria me tornar tudo aquilo.

Mas qual era o tipo de menina de que Avery, tão sem graça e assustador, gostava? Eu comecei pelo que eu sabia sobre ele. Avery era...

1. Sem graça.
2. Possivelmente um serial killer.
3. Rico para caramba.
4. Membro de uma infinidade de clubes. Clubes demais. E tão variados, que era impossível saber do que ele realmente gostava. Habitat para a Humanidade! Coletivo de Estudantes Negros! Futebol! Banda marcial! Líder de torcida! Clube de fotografia! Banda de jazz! Árvores de Favores! Ele até começou um clube chamado

Mágica para Crianças.[29] Na minha opinião, as faculdades vão ver a ficha de inscrição dele e achar que é tudo mentira.

5. O histórico de namoro dele também era uma zona. Desde o oitavo ano, ele tinha namorado Rebecca Fujita (uma jogadora de futebol), Keisha Phillips (uma maconheira que tinha várias tatuagens de pássaros), Tiffany Sparks (líder de torcida principal e "it girl" autodeclarada), e Claire Jubell (uma gênia bonitinha que só tira nota dez). Quando era calouro, ele namorou Cora Murkowski, que era do último ano. E esse ano, ele namorou Amanda Tupper, que é caloura. Em seguida, teve um casinho com Sophia Triassi (uma futura veterinária/apaixonada por animais que uma vez ajudou um cavalo a parir). Essa não é a lista completa.

Mas qual era o tipo dele? Eu não fazia ideia. Se ele só tivesse namorado atletas, eu poderia estudar sobre o esporte que ele gostasse e, tipo, comprar uma camisa do time dele. Se ele amasse teatro, eu poderia aprender de cor o musical favorito dele. Se ele se interessasse pelo nascimento de cavalos, havia alguns vídeos apavorantes no YouTube que eu podia compartilhar para puxar papo. Mas não havia um *padrão*. Talvez eu pudesse falar com ele sobre coisas de gente rica, tipo... mordomos e hipismo? Por algum motivo, achei que não iria funcionar.

Vasculhei o Instagram dele por quase uma hora, passando fotos sorridentes e sem graça de Avery, sorridente e sem graça, com seus vários amigos, namoradas e colegas, todos sorridentes e sem graça. Fiquei tentada a mandar uma mensagem para ele, então escrevi:

> **MARGOT:** Ei, Avery. Foi bom esbarrar contigo hoje. Literalmente!

Uma piada de pai para o cara que, por algum motivo obscuro, sempre fala que nem pai. Assim que acabei de escrever, apaguei. Não dava. O Instagram não estava me levando a lugar nenhum. Para descobrir qual era o tipo do Avery, eu ia precisar entrar na conta da Netflix dele.

---

29 Era um clube que fazia truques de mágica para crianças ou um clube que ensinava mágica para crianças? Eu nunca o vira fazer truques, mas Avery era muito bom em fazer desaparecer meu interesse por ele, então, olha só, já era um começo!

Eu tinha a teoria de que, para saber o que uma pessoa queria *de verdade*, só era preciso ver o histórico de streaming dela. Não o do You-Tube; não me importa quem dá dicas ruins de maquiagem ou fala sobre videogames racistas. Não, é o da Netflix, Amazon Prime, Hulu, HBO Max etc. É aonde vamos para conhecer a alma de alguém. Já assistiu mais de uma vez aos 201 episódios de *The Office* e viu o episódio "Casino Night", especificamente, trinta e três vezes? Então o seu homem ideal é Jim Halpert: divertido, alto, leal, e surpreendentemente fácil de conversar, graças a um péssimo corte de cabelo. Os streamings revelam tudo.

Meu próprio histórico da Netflix é em maioria documentários sobre mulheres de negócios e reprises do meu filme favorito de todos os tempos, *Louca obsessão*.[30] Eu vou deixar vocês julgarem o que isso diz sobre mim.

Parece que o riquinho do Avery tinha contas em todos os serviços de streaming, e felizmente eram todos fáceis de hackear. Nem precisei usar o Fuzzword, o programa de senhas do Sammi. Só tentei usar "Senhadoavery", de brincadeira, e funcionou em todas as contas. (Meu Deus, Avery.) E o que eu aprendi foi... bem decepcionante. A maioria das coisas a que ele assistia eram... programas de reality. Não reality shows chiques que nem *Queer Eye*; só programa horrível de baixaria, bebedeira e barraco. Sabe como é, aqueles "concursos" em que lixos humanos (mas muito bonitos, admito) competem por dinheiro, amor, ou bebida de graça. Estou falando de *A fortaleza*, *Rapidinhu* e *Prédio do sexo: edição praia*. Ele parecia ser muito fã de *Ilha da traição*, que é sobre um monte de gostosões que passam um mês na "Ilha da traição" para ver se ficariam tentados a trair as noivas com um monte de mulheres de altíssimo nível chamadas "Lexie", "Ambyr" ou "Chauffeur". Os homens que não traem ganham cinco mil dólares e uma lua-de-mel de graça. As mulheres... não ganham nada. Elas só estão lá para beber e, nas palavras da Lexie, "pegar uns gatos, galera!". É um retrocesso de uns dez anos no movimento feminista, e pelo visto o Avery tinha

---

30 *Louca obsessão* é sobre uma senhorinha ranzinza que sequestra um escritor famoso e amarra ele em uma cama... e aí esmaga a perna dele com uma marreta. (Foi mal pelo spoiler, mas o filme é de uns trinta anos atrás.) Sim, é violento. Sim, você deveria torcer pelo escritor. Mas... tem algo muito satisfatório em ver uma mulher, mesmo que seja uma mulher problemática, impor seu poder.

assistido a todos os episódios de *Ilha da traição*... duas vezes cada. As cinco temporadas.[31] Duas vezes.

Mesmo com esse resultado decepcionante, pelo menos era um ponto de partida. Se era uma loira bêbada e peituda que o Avery queria, eu iria dar o meu melhor, mesmo sendo morena de peitos médios. Eu iria rir das piadas dele. E depois de rir, só para ter certeza, iria tocar no braço dele e dizer: "Você é *tão* engraçado!".

O último post do Avery era sobre um evento de lavar carros que ele estava organizando para angariar fundos para o time de futebol da escola. Aparentemente, eles precisavam de caneleiras melhores, sei lá? Não havia lugar melhor para revelar minha nova persona do que um evento que era mundialmente conhecido por se tornar um concurso de camiseta molhada improvisado.

Montei um look que parecia uma mistura de "roupa de balada" e "prostituta de luxo". Ensaiei meu discurso animadinho! Quando o fim de semana chegou, eu já tinha minha nova personagem completa: The Real Margot of Roosevelt High.

Quando eu cheguei no evento, vi um grupo de meninos e algumas namoradas[32] à toa no estacionamento. Alguns estavam segurando cartazes malfeitos e mal escritos: "NOS AJUDE A GOLEAR A META!" e "FUTEBO-RA LAVAR O CARRO!" e coisas do tipo. Alguns meninos estavam tentando lavar carros, mas provavelmente estavam apenas causando danos superficiais aos Lexus das mães de amigos.

Já era uma experiência estranha (eu nunca ia a eventos escolares), que ficava mais estranha ainda graças à atenção que eu estava recebendo. Meus seios eram como ímãs, e eu via todo mundo me acompanhar com o olhar enquanto cruzava o estacionamento. Traydon Reed pegou o celular e, na mesma hora, fiquei com medo de ele tirar uma foto minha, mas acho que estava apenas mandando mensagem para alguém. Ainda assim, aquilo me fez pensar: será que o meu decote era cavado o suficiente para aparecer no VR? E se dessem um zoom na minha bunda? Se me molhassem e minha camiseta ficasse transparente? Por um instante,

---

31 São vinte e oito episódios por temporada. Quanta traição!

32 Ou maria-chuteiras.

entendi melhor o que aquele site estava fazendo com o psicológico das minhas colegas. Nosso corpo de repente se tornara entretenimento para qualquer um com um celular. Não gostei.

Eu me sacudi para espantar a sensação incômoda e avistei Avery, que estava realmente tentando lavar um carro. Ele estava acompanhado por Ray Evans e Cory Sayles, que seguravam mangueiras, sem fazer nada. Era hora do vamos ver. Com meu sutiã de enchimento e um sorriso falso tão largo que estava me matando por dentro, fui até eles. Cory, levemente malhado, de pele rosada e eternamente queimada de sol, e Ray, magro e comprido de pele marrom escura e um corte de cabelo *high top fade*, pareciam a versão adolescente de Beto e Ênio da *Vila Sésamo*. Mas com pernas. E nenhum interesse em ensinar o alfabeto.

— Meninos? Desculpa o atraso? Noite passada foi uma loucura. Ai, que ressaca! Mas... cheguei. Precisam de alguma ajuda feminina? — soltei com a voz aguda, enquanto tocava os braços do Ray e Cory ao mesmo tempo.

Achei que iriam questionar mais o fato de eu estar ali, mas Cory e Ray pareciam tão felizes de uma menina estar falando com eles que nem hesitaram.

— É, bom, Avery está esfregando e detalhando e tal. Depois a gente passa a mangueira quando ele terminar — murmurou Ray.

— TURMA DA MANGUEIRA! — gritou Cory, jogando água no rosto de Ray. Eles não iam me ajudar.

— Ai meu Deus! Gente, isso é tão engraçado!

Risada longa. Toque no braço. Toque no braço. Vi os olhos de Cory e Ray brilhando. Eles não estavam acostumados àquele tipo de atenção e estavam empolgados e assustados pelo poder que, de repente, pareciam ter. Mas Avery... nem pareceu perceber. Hum.

Uma bola de futebol apareceu do nada. Corry matou no peito e chutou para o Ray. Então ele e Ray ficaram passando de um lado para o outro, tentando, acho, mostrar como jogavam bem, para me impressionar. Parecia muito uma demonstração de poder *à la* homens das cavernas.

— Tem espuma no seu cabelo — falei, apontando para os cachos do Avery.

— Se quiser mesmo ajudar, tem umas esponjas ali e os carros já estão fazendo fila, então... — disse Avery, tentando descobrir se eu seria de mais ajuda do que CorRay.

— Claro! Super! Eu adoraria — falei e saltitei até Avery, jogando o cabelo. — Mas tipo assim, só pra você saber, eu sou muuuuuito ruim com essas coisas. Tentei lavar a BMW do meu pai outro dia e ele ficou puto da vida porque eu usei o sabão errado, sei lá? Mas eu disse, tipo, pai, é sabonete líquido. Tem um cheiro delicioso. Não acha?

Coloquei o pulso embaixo do nariz dele para o encorajar a sentir o aroma de "baunilha doce".

— Hum... Legal — disse Avery, se afastando. — Pode seguir em frente e parar ali — falou para o próximo motorista da fila.

Por acaso ele era tímido? Peguei a esponja da mão dele.

— Ok, e agora... o que eu faço?

Fiquei na esperança de Avery entender que devia guiar minha mão. Eu precisava da ajuda de um lavador de carros forte e musculoso como ele para aprender. Mas, quando olhei nos olhos dele, não vi nenhum sinal de satisfação, nem excitação. Estava mais para um olhar confuso. Ou de pena. Ou pior... de decepção?

— É, é assim que se lava um carro — disse ele, confuso. — Você tá bem? Tá estranha.

Como ele sabia que eu estava estranha? Desde o primeiro ano, trocamos no máximo umas dez palavras ao todo.

Um carro buzinou. A fila estava crescendo. Avery acenou para os motoristas, se virou para mim e disse:

— Sabe de uma coisa, talvez você devesse ficar na função da mangueira. Estamos com um fluxo grande de clientes e acho que não tenho tempo para... te ensinar. Desculpa.

Avery voltou a esfregar e eu voltei para a turma da mangueira. Minha nova personagem piriguete de reality show não estava funcionando. Bom, estava funcionando com CorRay. Eles ficaram bem felizes de me mostrar "boas técnicas de enxágue" e "como tirar as dobras da mangueira". Pensei que chutar uma bola de futebol para Avery iria ajudar meu caso, mas toda vez que eu fazia isso ele só chutava de volta. Ignorando que era meu "chute de flerte". Droga.

Depois de algumas horas, minha mandíbula estava doendo de tanto fingir rir e meus peitos precisavam de um alívio do arame que estava me apertando. Eu pedi licença, troquei a fantasia de ilha-da-putaria, e fui em direção ao ônibus para casa. Se Avery não servisse de desculpa, eu tinha que pensar em outro jeito de ter acesso aos computadores de Harold, Danny e Jenji.

Eu corri pelo estacionamento na esperança de pegar o ônibus das 4h10 para Trinity Towers. Estava prestes a cruzar a rua quando um Pontiac Grand Am de escapamento frouxo acelerou e quase me atropelou.

— Ei, seu filho da puta! Vai devagar!

O carro parou de vez. Um homem de uns quarenta anos com um olhar vago botou a cabeça para fora da janela.

— O que você disse?!?

— Eu vou apagar o seu HD e te colocar na lista de mais procurados do FBI. Você tem noção do quão fácil é te encontrar? WYZ-6615! Vai devagar!

Ele balançou a cabeça ao perceber que eu era bem capaz de cumprir aquelas ameaças.

— Desculpa. Eu vou... Desculpa — murmurou e se afastou devagar, dando seta certinho antes de virar à esquerda na rua Jefferson.

Eu soltei o ar. Cada uma! Eu me virei e percebi que o time de futebol inteiro estava me encarando. Aparentemente, minhas opiniões sobre segurança automotiva eram de conhecimento geral. Cory, Ray e Avery, especialmente, estavam em choque. *O que aconteceu, Margot? Que seriedade é essa?*

Dei de ombros discretamente ao me virar e peguei o ônibus. Minha tentativa de seduzir Avery tinha sido um fracasso, então não precisava explicar para eles por que estava agindo de forma completamente diferente. Só precisava ir para casa e bolar um novo plano.

7 de março, 15:07

MARGOT: finalmente caiu minha unha do dedo do meio do pé — aquela que eu machuquei no trampolim. é tão nojento quanto você imagina. o corpo humano! que coisa, né?

10

Você nunca está só

Já que o evento de lavar carros tinha sido um desastre completo,[33] fui à escola na segunda determinada a dar o meu melhor. Estava tentando não interagir muito no grupo do WhatsApp, pois achei que era melhor as vítimas conversarem entre si. Mas pelo menos uma vez por dia alguém vinha me perguntar como estava indo o trabalho. Eu sempre respondia uma variação de "estou resolvendo", mas entendia a ansiedade delas e me sentia do mesmo jeito. A cada dia que o site ficava no ar, ele crescia mais e mais. Em dois dias, mais quatro vítimas tinham aparecido no VR: Tatiana Alvarez, Michelle Flood, Ashley Heart e Kelsey Hoffman — a outra Kelsey.

Eu tinha que ser esperta e achar uma forma de me aproximar dos meus suspeitos. Uma forma que não envolvesse Avery Green. As duas Kelseys eram bem ativas no grupo do WhatsApp e viviam me oferecendo ajuda, mas eu não fazia ideia como duas calouras poderiam me ajudar. Elas não eram amigas dos três suspeitos. Não eram populares o suficiente. Tudo indicava que eu teria que me aproximar dos suspeitos um a um, fingir interesse em flautas e anuários ou sei lá o quê. Iria demorar mais, mas não tinha outra opção. VR era um olho-de-peixe que eu precisava remover antes que se espalhasse.[34]

Eu tinha acabado de começar meu "horário comercial" na biblioteca quando Sammi chegou, trazendo o notebook.

---

33 Exceto pelo fato de arrecadar mil e seiscentos dólares para o time de futebol.

34 Obviamente eu já tive olho-de-peixe. E sim, tirei antes que se espalhasse. E sim, foi a coisa mais nojenta que já fiz. Eca.

— Eu tive um problema com a sra. Blye. Aparentemente o sr. Frange...

— Shhh! Sammi, você sabe como as bibliotecárias são fofoqueiras.

Eu olhei ao redor para conferir se alguém estava nos ouvindo. Sammi nunca era tão discreto quanto eu gostaria.

— Tá bom, vou falar mais baixo.

Por cima do ombro do Sammi, vi Michelle Flood sentada a uma mesa, roendo as unhas. Graças à aparição repentina no VR, ela estava com uma aparência terrível. Como se tivesse passado a noite inteira chorando. Tudo isso só porque ficou bêbada uma vez em uma festa. Michelle era legal. Uma veterana. Aceita com antecedência na Universidade Brown. Eu odiava aquilo. Estava acabando com a pouca paciência que eu tinha para lidar com o caso da sra. Blye.

— Você conseguiu acessar o telefone do Frange? Vai dar pra deletar as fotos da sra. Blye e acabar logo com isso? — perguntei, firme.

— Consegui fazer com que ele abrisse um anexo, então posso acessar remotamente o computador pessoal dele. Dá para apagar a foto do *feed* quando você quiser, mas a original ainda está no celular dele. E... o telefone vai ser difícil. É um Android genérico, e parece que tem ROM customizado.

Putz. Celulares Android já são difíceis. Não porque são necessariamente mais seguros, mas porque existem muitas versões de Android em muitos aparelhos diferentes. Tipo milhões. Então nem sempre os mesmos hacks funcionavam para todos. E um ROM customizado? Pode esquecer.

— Então eu vou ter que pegar pessoalmente? — falei, desanimada.

Pelo visto, eu teria que fazer uma visitinha a Brighton em breve.

— Ou, sei lá — continuou Sammi —, poderia mandar uma notificação extrajudicial? Como fez com Jordy Fence...

— Não. Eu não gosto de fazer isso com adultos.

Sammi concordou com a cabeça. Minhas falsificações eram boas, mas não eram *tão* boas assim.

— Desculpa, M. Eu tentei...

Ele sabia que eu estava chateada. Mas não estava chateada com ele, e sim com, sei lá, o mundo.

— Tá tudo bem. Você fez um bom trabalho, Sammi. Quer um pedaço desse muffin?

— Um muffin? *Não* — disse ele, ofendido.

(Sammi não come muffins. Ele os considera uma versão sem graça de cupcakes.)

— Desculpa. Eu te ofendi — falei, em tom de brincadeira. — Nunca mais farei isso.

Ele podia ter começado a usar bonés, mas era reconfortante saber que, lá no fundo, Sammi não havia mudado tanto. Se ele começasse a gostar de muffins, não sei o que eu iria fazer.

— Que bom — disse ele, pegando o notebook e guardando na mochila. — Até mais tarde, Maaaaargot.

— Saaaaaaammi.

Acenei, com um pouco menos entusiasmo do que o normal. Quando estava me virando de volta para o meu computador, eu vi, de canto de olho, Sammi sair da biblioteca. Ele enfiou a mão na mochila, pegou o boné e colocou na cabeça até desaparecer de vista.

Triiiimmmmmm. O sinal tocou. Eu havia desperdiçado todo o primeiro horário.

Merda.

Ainda bem que minha próxima aula era Latim, então eu ainda tinha mais tempo pro meu "horário comercial". Infelizmente, a srta. Watt havia reservado a biblioteca inteira no segundo horário para sua turma de calouros da aula de Ciências Humanas. A srta. Watt era uma daquelas professoras que tentava fazer com que toda aula fosse *envolvente* e sempre levava os alunos para fora da sala. O que era ótimo para os alunos, mas irritante para mim, já que ela estava me expulsando do meu escritório. Havia outros lugares na Roosevelt onde conseguia trabalhar, mas um deles era, de longe, meu favorito: a cabine de controle acima do teatro.

No nono ano, trabalhei como ajudante de palco na produção de *Sete noivas para sete irmãos*, um musical absurdamente problemático que chega até a falar sobre o Rapto das Sabinas com uma musiquinha sorridente e animada[35] (Eu pensei, *talvez eles não cantem essa música*. Mas não. Sempre me impressiona o quanto os pais são despreocupados com o que vem em formato de música). A sra. Corman confiou em mim para trancar a cabine depois de cada apresentação. Então eu sabia a senha de seis dígitos. Só torcia para a cabine estar vazia e não cheia de nerds brincando de verdade ou consequência.

---

[35] O Rapto das Sabinas é um evento famoso que aconteceu no início do Império Romano. Os romanos sequestraram um monte de mulheres de vilarejos vizinhos e basicamente as forçaram a se casarem. Pesquise no Google pela música "Sobbin' Women" do musical e me diga se é decente. Eu duvido.

Desde que ninguém esteja ensaiando no palco, a cabine é um ótimo lugar para trabalhar. Tem uma mesa frágil (um adereço de *Primavera para Hitler*) que consigo usar. E encostado na parede tem um sofazinho (de *O parceiro de Satanás*), onde eu cochilei uma vez depois de virar a noite com Beth.

Entrei, tirei a poeira da mesa, e instalei meu computador. Eu estava prestes a voltar a trabalhar na MASV quando fui interrompida por um homem de meia-idade gritando no celular.

— Um! Um! Falar com um atendente.

Olhei pela janela e vi a cabeça careca e brilhante do sr. Lumley andando agitado pelo palco. O sr. Lumley era baixinho, de pele marrom escura e óculos. Ele falava incisivamente ao telefone, cheio de raiva frustrada.

— FALAR COM UM ATENDENTE! FALAR COM UM ATENDENTE!

Aquilo não ia dar certo.

— Phil?

Minha voz ecoou pelo teatro. Ele olhou para cima, confuso. Falei no microfone de novo.

— Phil? Pode fazer isso em outro lugar?

Finalmente, ele apertou os olhos e me viu na cabine. Ele abaixou a cabeça em desculpas e saiu devagar. Eu fiz um pequeno trabalho para o sr. Lumley ano passado. (E por "pequeno" quero dizer que escondi seu vício em jogos de azar para que ele conseguisse tirar um empréstimo.)

— Como você fez isso?

Foi a minha vez de me assustar. A voz estava vindo *de dentro da cabine*. Eu me virei e vi os ombros largos de Avery Green, que estava em pé no batente da porta.

— Desculpa. Eu não queria te assustar — disse ele, respondendo à minha reação de horror (que tinha menos a ver com o susto e mais com a minha impressão de que ele era secretamente um assassino).

— Tudo bem. Eu só... não estava esperando que ninguém aparecesse aqui — menti, fechando o notebook. — O que você está fazendo aqui? Ninguém vem aqui.

— Na verdade eu não vou ficar! Estou atrasado para Estatística Avançada. Só queria deixar isso aqui.

Ele mostrou um fichário. Depois, ao perceber que eu precisava de um pouco mais de contexto, explicou:

— Eu sou responsável pelo controle de luzes em *Carrossel*.[36]

Meu Deus. Havia alguma atividade extracurricular que ele não fazia?

— Então... como você faz isso?

— Faço o quê? — perguntei.

— Fala com adultos como se fosse a chefe deles? Eu levaria uma advertência se falasse assim com um professor. Mas quando você faz... é como se tivesse imunidade.

Ele estava olhando para mim com admiração. Como se eu fosse um eclipse ou aquele vídeo do Tik Tok em que o cara pula por cima dos elefantes.

— Uma vez eu vi você acabando com a sra. Gushman no corredor — continuou. — E na semana passada eu vi a sra. Blye falando com você como se vocês fossem amigas, ou sei lá. Ou como se você fosse a terapeuta dela. Eu pensei, tipo, qual é a da Margot?

Ok, *stalker*. Peguei a caneta mais pontuda que tinha.

Ele deixou o fichário na mesa de som, mas, em vez de ir embora, como eu gostaria, se jogou no sofá e apoiou os tênis Nike brancos-até--demais na almofada. Folgado. Depois do evento de lavar carros, eu havia abandonado qualquer esperança de usar Avery para o meu trabalho. Então ficar conversando com ele era inútil.

— Eu não posso falar sobre meus clientes. Sinto muito.

Um sorriso apareceu no rosto dele, mostrando uma única covinha no lado esquerdo.

— Ah, é verdade! Você tem aquele trabalho esquisito! Shontae me contou. Você é meio faz-tudo.

— É. Tipo isso.

Ele balançou a cabeça.

— "Margot Mertz Arruma a Sua Vida". É o nome da empresa, né? É bem legal.

Ele ainda estava sentado lá. E eu sei que normalmente sou bem inteligente, mas levei um tempo para entender que Avery *estava tentando dar em cima de mim*. É o quê?

Obviamente, eu devia tentar *retribuir*. Mas como? Ele não pareceu gostar da Margot do lava-carros que, de acordo com a Netflix, *era o tipo dele*. Como ele poderia estar a fim de *mim*? Tipo, eu de verdade? Que

---

36 Outro musical problemático. Músicas lindas, mas uma abordagem tóxica para falar de violência doméstica.

usava um moletom manchado e emanava uma energia de "me deixe em paz"? Eu não sabia bem o que fazer.

Como não respondi, Avery continuou falando.

— Que pena que você não pode falar dos clientes, porque eu adoraria saber como o sr. Lumley é fora da escola. Eu gosto de imaginar que ele faz parte de um clube da luta, sei lá. Esse cara tem umas paradas bem reprimidas.

— Sem comentários.

Eu não ia dizer nada. Apesar do Avery ter razão. Era bem reprimido mesmo.

Ele se levantou e arrumou a camisa (Deus me livre ela ficar amassada).

— Tá... mas você, tipo, conserta os erros das pessoas? Esse é o seu trabalho, né?

— Eu... isso é um dos tipos de trabalho da empresa, sim.

— Ok. Isso é muito louco! — disse Avery, dando um passo na minha direção, e dava para *sentir* a altura dele. — Você é tipo... a Trudy Keene ou algo assim.

Trudy Keene é a protagonista de *Trudy Keene ao resgate!*, uma série de livros que todo mundo leu na infância. Se você não conhece, Trudy é uma mistura de Nancy Drew e Hardy Boys, mas, em vez de resolver crimes, Trudy é uma faz-tudo. Então se alguém tirasse nota baixa, ou fosse suspenso por fumar, contratava a Trudy e ela resolvia os problemas. Os livros são... irreais e bem datados. E, depois dos dois primeiros, a série obviamente começou a ser escrita por uma equipe de *ghostwriters* (homens, em geral). Alguns dos últimos livros são extremamente problemáticos. Em um deles, ela tranca o tio em um banheiro por três horas e "cura" o alcoolismo dele! Três horas? Alcoolismo não funciona assim! Nem preciso dizer que eu não gostei da referência.

— Não é... Eu queria que as pessoas parassem de me comparar com a Trudy Keene.

— Claro. Digo, pra começar, você não tem treze anos de idade eternamente. E imagino que você nunca tenha salvado uma vaca premiada em uma feira.

— Nãooo.

Sorri. Avery era um pouco mais engraçado do que eu esperava, mas eu não ia dar o braço a torcer.

Ele finalmente foi andando em direção à porta, e eu relaxei um pouco, na expectativa de me livrar dele.

— Talvez eu devesse te contratar qualquer dia desse — disse ele, se virando. — Fazer você apagar todas as minhas fotos ruins do Instagram. Sabe, as de antes de eu dar um jeito no cabelo.

Avery nunca teve um corte de cabelo ruim. Eu não fazia ideia do que ele estava falando.

— Você sabe fazer isso, né? Apagar fotos do Instagram?

Ele inclinou a cabeça para encontrar meu olhar e me acertar com aqueles olhos castanhos enormes e sedutores. Ele estava obviamente flertando. Tá bom, Avery Insosso. Quer me conhecer? Vamos nessa.

— Claro. Eu posso apagar suas fotos. Mas geralmente meus trabalhos são um pouco mais complexos do que… você.

— Ah, é?

Eu nem estava tentando impressioná-lo. Meus casos *são* complexos.

— Agora, se você precisar que eu hackeie o celular de alguém? Ou se quiser que eu apague alguma coisa repostada por uma ex vingativa? Aí seria mais a minha praia. Mas algo me diz que você não precisa disso.

— Por que eu não precisaria?

— Porque não acho que você tenha nenhuma foto ruim no Instagram.

Ele sorriu, e percebi que ele achou que era um *elogio*. Como se eu fosse falar na cara dele que ele era gato! Eu só queria dizer que a presença social dele era meticulosamente selecionada, filtrada e *talvez* photoshopada.

— Eu quis dizer que não é ruim para o nível do Arruma a Sua Vida. E eu não acho que você tenha inimigos. Você parece se dar bem com todo mundo. Até com suas ex-namoradas. E são muitas…

Ele sorriu.

— Ei! Eu não tenho *tantas* assim. Ou… não sei, quanto é "muitas"?

— Mais do que dez.

Avery fez uma conta rápida de namoradas. A resposta era treze, mas eu o deixei descobrir sozinho. Finalmente, ele respondeu:

— Tá, então acho que eu namorei bastante.

— E, ainda assim, elas não têm nada de ruim a dizer sobre você. Por algum motivo, todo mundo na escola acha que você é, não sei… legal. Gentil.

Eu me inclinei na cadeira capenga, e aquele metido a besta chegou perto e se encostou na mesa, bem na minha frente!

— E você não concorda?

— Sinceramente, eu acho que você é um serial killer.

Opa. Será que era sincero demais?

Avery riu e se levantou.

— Uau. Ok. Bom... acho que entendi por que você se assustou quando cheguei aqui.

Ele se virou para ir embora e eu senti um impulso inesperado de impedi-lo. Mas enfim ele parou, me olhou de novo, fechou um olho e encostou o queixo no pescoço para fazer um queixo duplo. Ele colocou a língua para fora, tirou uma selfie e começou a digitar no celular.

— Pronto — disse. — Tenho uma foto que preciso deletar do Instagram.

Ele empurrou o celular na minha cara.

— Essa foto é verdadeiramente horrível — falei. — Infelizmente, ainda assim não posso aceitar esse trabalho.

Ele concordou com a cabeça.

— Bom, então vai ter que existir para sempre na internet. — Ele suspirou. — E aí, o que aconteceu naquele dia? Era por causa de um trabalho?

— Do que você tá falando?

— No lava-carros? Você estava agindo tão estranha. Deve ter sido para um trabalho de arrumação, né? Acertei?

Ele franziu o cenho, provavelmente tentando entender a minha expressão séria.

Ao criar minha personagem para seduzir Avery, eu tinha presumido que ele não sabia nada sobre mim. Pelo visto, estava errada. Então, ia precisar mentir descaradamente.

— Não. Por que você acha isso?

— Qual é! Você é a Margot Mertz. Séria, intensa. Tipo o Batman! Mas sem a voz estranha.

Eu sinceramente não me incomodei com a comparação.

— Mas no sábado... você não estava normal — continuou.

Era óbvio que eu estava lá por causa de um trabalho. E, não sei por quê, quis *contar* para ele. Felizmente, me recompus antes de falar qualquer coisa.

— Eu realmente não posso falar nada — declarei, e olhei de novo para o computador.

— Uau. Você é durona, Mertz! Mas vou respeitar.

Ele *ainda* estava na frente da porta.

Eu podia perceber que cortar ele assim estava aumentando o interesse em mim. O que era estranho. As pessoas geralmente preferem as personagens Margot-falsas. Minha verdadeira eu é meio grossa.

— Ok... foi um bom papo, mas eu tenho trabalho a fazer. Até mais — falei, ao me levantar e ir fechar a porta.

Avery estava sorrindo. Como aquilo podia funcionar?

— Ah. Ok. Acho que vou embora — disse ele, um pouco sem jeito. — Vidas não se arrumam sozinhas. Mas olha, quando você não estiver trabalhando, mesmo que sempre pareça estar... Mas, se *não* estiver e quiser, sei lá, dar um rolê... Bom... Eu adoro dar rolês. Especialmente nos fins de semana. Talvez, quem sabe, na sexta-feira à noite?

— Claro — respondi, fechando a porta, de um jeito tão automático que quase parecia um robô.

Hum. Minha *desculpa* gostava de mim. Ora, ora, Avery. Vamos. Nessa.

11

Jenji Hopp

Senti cheiro de panqueca. Era sinal que meu pai estava de bom humor. Eu tinha esperança de que significasse que ele finalmente não estivesse mais endividado, ou que tivesse chegado na meta de peso da promessa do Ano Novo, mas na verdade era por um motivo bem mais simplório.

— Meus tênis novos chegam hoje! — disse, empolgado, enquanto eu me servia de uma xícara de café.

Só para deixar claro, não eram tênis da moda, desses que têm festas de lançamento e tudo. Eram um par de Reeboks clássicos que ele comprava várias vezes, do mesmo tamanho e cor, desde os anos 1990.

— Panquecas para a minha panquequinha? — ofereceu.

— Por que eu sou uma panqueca?

— Eu não sei. Porque você é... doce e... amanteigada?

— Ok...

Revirei os olhos enfaticamente e comecei a comer.

— Antes que eu me esqueça — disse minha mãe ao se juntar a mim na mesa —, vamos comemorar o aniversário do seu tio Richard na sexta à noite. Então vai ser a noite em família dessa semana.

— Desculpa, mãe. Não posso na sexta.

— Margot — ela repreendeu, naquele tom maternal de "você vai se encrencar comigo".

— Mãe — respondi no mesmo tom.

— Eu sei que você tem suas questões com o tio Richard...

— Porque ele estragou a minha vida?

— Ele não é uma pessoa ruim, Margot. Ele é só... um pouco perdido.

"Perdido" é um jeito gentil de dizer "autodestrutivo" ou "mal na vida". Minha mãe é uma pessoa incrivelmente gentil.

— Aham.

— Ele não é perfeito, mas é da família, e ele está tentando... consertar as coisas. Então acho que merece uma segunda chance.

Meu Deus. Segunda chance de quê? Não temos mais dinheiro para ele torrar.

— Mãe, é que... eu não posso ir. Eu tenho um... compromisso.

— Parece uma desculpa inventada.

Minha mãe tinha razão. Parecia ser inventada. Mas não era.

— Bom, não é, e eu preciso ir. É importante.

Ela cruzou os braços. Eu vi que ela estava prestes a passar do modo "irritada" para "puta da vida". Então eu tinha que dar uma justificativa plausível e muito boa. Por isso entrei em pânico e contei a verdade.

— Eu tenho um encontro.

Minha mãe descruzou os braços na mesma hora e o rosto dela foi tomado por alegria. Uma expressão que geralmente se reservava para promoções de setenta por cento de desconto ou para quando via Jon Hamm na televisão. Até que enfim sua filhinha esquisita e empreendedora tinha um encontro.

— Ah. Eu... Ok. Ok. Um encontro.

Ela estava tentando não rir. E fracassando. Minha mãe não sabia disfarçar.

— Um encontro — repetiu meu pai, também sem conseguir disfarçar.

— Mãe, pai — falei, no meu próprio tom de "vocês vão se encrencar comigo".

— Qual o nome dele?

— Ou dela? — complementou meu pai.

— Não é o Sammi, é?

— Gente! — interrompi, porque eles estavam se divertindo até demais. — Nós não vamos mais falar sobre isso.

— Ok. Então você não vai para a festa do Richard — disse meu pai com um sorriso bobo no rosto, do tipo que ele reserva para churrasco ou para quando vê um filme com a Rachel McAdams.

Até aquela coisa toda terminar eles ficariam insuportáveis. Enchi a boca de panqueca e comi o resto em silêncio.

Eu e Avery ainda não tínhamos combinado o que fazer na noite de sexta-feira. Eu estava tentando pensar em algo definitivamente não-romântico para não ter que me aproximar demais dele. Até que ele me mandou uma mensagem:

> **AVERY:** Não precisamos fazer isso, mas o HAH vai fazer uma festa com pizza grátis. Podemos dar um pulo lá e depois sair?

> **MARGOT:** Sim e sim. Por favor.

Ah-hah! Esse "relacionamento" já estava valendo a pena. HAH era a sigla para High Schoolers Against Homelessness, o nome em inglês de uma organização de alunos dedicada ao amparo a pessoas em situação de rua. (Um conselho: não é boa ideia usar uma sigla que soa como "Ha!").[37] Avery participava do HAH desde o primeiro ano. Geralmente o clube faz trabalho voluntário em restaurantes comunitários e coleta doações para o abrigo local. É admirável. Mas eu estava mais interessada na nova presidente, Jenji Hopp... suspeita número feminino.

Jenji entrou no HAH em janeiro e estava tentando transformar em algo mais social, sugerindo fazer festas e tentando melhorar a popularidade do grupo na escola. Ela rapidamente roubou a vaga de presidente de Kara Michaels e se tornou mais agressiva no papel de liderança. Os pais da Jenji haviam bancado a festa da pizza de sexta-feira, em que todos os presentes poderiam votar na próxima missão do HAH. (Deve ser bacana ter pais que compram um monte de votos com pizzas.) Claro que Jenji tinha alguma segunda intenção com o HAH. Minha única certeza era de que ela não estava ali por bondade. Jenji não era nada bondosa.

Eu precisava de uma oportunidade para chegar perto do computador de Jenji, e aquela parecia ser ideal. Obrigada, Avery. Eu respondi a mensagem dele e combinamos de chegar no salão multiusos de Eastman Park às seis e meia. Avery ofereceu uma carona, mas eu disse que preferia pegar o ônibus, porque era um jeito de "estar entre pessoas comuns e ter uma experiência social mais completa". Eu estava tentando manter certa distância dele. Queria ir devagar, para eu poder usá-lo para me aproximar das pessoas na minha lista antes que as coisas ficassem "sérias". Eu estava com medo de querer vomitar se tivesse que beijar Avery ou tocar nele. (Eu não sei tudo sobre meninos, mas eu sei que gorfar depois de beijá-los é brochante.)[38]

---

37 Mas ainda é melhor do que etc.

38 Pode perguntar para o meu namorado no quinto ano, David Ruttura. Foi mal, Davey!

Mas aí o Avery apareceu na minha parada de ônibus. Eu tenho certeza de que a maioria das meninas acharia adorável, mas o gesto me fez segurar as chaves com força na mão.

— Isso não é seu Tesla, bobinho. É um ônibus! Com pessoas normais! O ar-condicionado tem cheiro de cecê! — falei quando ele se sentou ao meu lado no banco.

— Uau. Isso foi um belo insulto — disse ele, se espreguiçando. — Você não sai muito, não é, Mertz?

Não, não saio.

— Desculpa. Eu... É muito gentil da sua parte vir pegar o ônibus para... me ver.

— Na verdade eu tive que pegar três ônibus. Então...

Bom, o plano tinha ido por água abaixo. Eu não apenas havia ofendido Avery, como ia passar mais tempo com ele do que se tivesse deixado nos levar de carro. Merda. Por sorte, o ônibus estava tão lotado por causa da hora do rush que nós tivemos que nos sentar separados. Bom, eu me sentei. Avery ofereceu o assento dele para grávidas, idosos e alguns caras da idade dele que nem precisavam sentar. Meu Deus, ele era mesmo tão gentil assim? Que cansativo.

No fim, acabei cedendo meu lugar (por culpa) e fui forçada a passar dez quarteirões me segurando no ferrinho de apoio e tentando não cair em cima do Avery toda vez que o ônibus fazia uma curva à esquerda. Ele não pareceu se incomodar.

— Então... o que você quer fazer depois disso aqui? — perguntou Avery durante nosso passeio de bate-bate.

Meu cérebro vasculhou todas as possíveis coisas-de-encontro que podíamos fazer e decidiu que o plano menos pior devia envolver uma sobremesa.

— Vamos comer torta — falei, firme.

— Maneiro.

Avery concordou com a cabeça antes de eu me chocar contra o peito dele. E depois ele ficou falando sobre sete lugares diferentes onde podíamos ir comer torta, três dos quais pareciam ser muito bons.

Quando chegamos na festa, Jenji e o computador dela estavam em uma mesa de armar na entrada. Ela estava marcando presença e entregando cédulas de votação. Jenji, uma menina branca minúscula de cabelo preto lisíssimo que, por algum motivo, estava de blazer, parecia mais com uma representante farmacêutica na casa dos trinta do que uma adolescente. Ela parecia estar muito concentrada na tarefa, o que significava que eu precisaria distrai-la para conseguir ter acesso ao notebook. Eu havia levado um pen-drive NVME na bolsa. Se conseguisse ligá-lo no computador dela, precisaria de dez minutos para copiar as informações necessárias.

— Ai, meu Deus, que bom que você chegou. Estamos super atrasados — disse Jenji para Avery, deixando o notebook de lado para nos cumprimentar. — Pode nos ajudar com a pizza? Precisamos nos livrar das caixas vazias.

As mesas de pizza estavam sem supervisão, então estavam uma bagunça.

— Deixa com a gente — respondeu Avery por nós dois.

Pelo visto, eu ia ajudar com as pizzas.

— Que bom que estão aqui! Os dois! — disse Jenji, com um sorriso forçado e desesperado.

Alguma coisa estava estranha. A Jenji que eu conhecia era severa e amarga, com o olhar morto da Billie Eilish. Mas aquela Jenji parecia animada, querendo agradar. Era esquisito.

— Margot, que legal que você veio participar. Acho melhor já pegar os seus dados, para o caso de você participar de mais eventos do HAH — disse ela, apontando para um formulário.

— Pra você tirar *print* de todas as minhas conversas? Não, obrigada! — falei como um comediante, dando ênfase no "não, obrigada" como se fosse o meu bordão.

Eu achei que o tom aliviaria o conteúdo da fala, mas não! A conversa parou de vez. Podia muito bem ser um risco em um disco de vinil. Todos por perto, incluindo Avery, estavam com uma expressão de horror. Eu tentei recuperar a situação.

— Eu, é... eu não gosto... de ser chantageada. Então... — murmurei, mas não me ajudou a sair daquela.

Jenji apenas balançou a cabeça, mordendo o lábio com tanta força que eu achei que fosse abrir um buraco para mais um piercing. Ela chegou até a lacrimejar.

— Claro. Bom, se você me der seu e-mail, pelo menos vai receber a newsletter. Eu acho que é seguro só... fazer isso — disse ela, respirando fundo, e então se virou para o Avery. — Legal! Obrigada por cuidar das pizzas. Não se esqueçam de votar!

Avery olhou para mim como se eu tivesse acabado de matar um filhote de gato.

— Você não se segura, né? Tipo, nunca?

Eu precisava maneirar. Estava me sentindo mal e não sabia como responder a isso. Ainda bem que Avery preencheu o silêncio.

— Bom, eu vou começar com as pizzas. Vem me encontrar depois de votar?

Olhei para o papel na minha mão pela primeira vez. Nele, estava escrito: "No que você gostaria que o HAH trabalhasse em seguida? Circule: Violência contra animais. Aquecimento global. Controle de armas." O que aquelas coisas tinham a ver com pessoas em situação de rua? Algo estava errado. Com o clube. Com a Jenji. Com algo.

Eu segui o Avery até a pilha de pizzas e o ajudei a recolher caixas.

— Essa é a Jenji, né? Jenji Hopp? A mesma pessoa que fez o time inteiro de futebol ser desclassificado do campeonato estadual por repostar uma conversa em que ela nem estava envolvida?

— É. Mas, Margot, ela não faz essas coisas há um bom tempo. Eu acho que ele está realmente tentando...

— O quê? — perguntei, sem entender por que ele estava defendendo a Jenji.

— Melhorar, eu acho. Por que você acha que ela entrou no HAH?

— Eu presumi que ela tivesse segundas intenções. Ela não fez a Kara Michaels ser expulsa do cargo de presidente?

— Não — disse Avery, muito confuso. — Nós todos expulsamos a Kara porque ela nunca participava das reuniões. A Jenji tem realmente tentado expandir o que fazemos. Ela é boa presidente.

Depois de acabar de arrumar as caixas, Avery parou um pouco e pegou um pedaço de pizza. Ele pausou um instante antes de continuar a falar.

— As pessoas podem mudar, sabia?

Eu concordei como se estivesse realmente considerando o que ele dissera. Mas é óbvio que não estava. Apenas alguém tão rico e popular como o Avery podia acreditar que as pessoas são inerentemente boas e que alguém como a Jenji podia mudar. Eu já vi o que as pessoas fazem na internet. Quando elas acham que estão sob anonimato. E até onde eu sabia, quando as pessoas mudavam, não era para melhor.

Pelo resto da noite, fiquei quieta e não fiz mais nenhum comentário esperto/maldoso para Jenji ou mais ninguém. Ajudei as pessoas a se servirem de pizza, limpei refrigerante derramado. Eu tentei ser útil. Enquanto isso, fiquei de olho no notebook da Jenji, que ela estava usando para registrar os votos. Ela nunca o perdia de vista. Ela me pegou olhando algumas vezes, o que pareceu fazer com que ela ficasse ainda mais protetora. Parecia que a noite não iria dar certo.

Mais tarde, quando as pessoas começaram a ir embora, eu estava em um canto limpando mesas com alguns alunos do segundo ano que tinham medo demais de mim para me dirigir a palavra. Meu telefone apitou com uma mensagem da sra. Blye e eu me escondi no banheiro para responder.

> **BLYE:** Alguma novidade? A foto do karaokê ainda está lá e estou com medo de alguém mostrar para o Toby.

> **MARGOT:** Desculpa, estamos com problemas com o celular dele. Esperamos conseguir em breve. Só quero ter certeza de que temos todas as cópias antes de deletar.

> **BLYE:** Mas a foto ainda está lá! E se alguém acabar vendo?

Eu não queria que o Avery começasse a se perguntar onde eu estava, mas a sra. Blye estava tão carente... Eu já havia explicado para ela em um longo e-mail que Josh Frange tinha exatamente dez seguidores no Instagram e que nós o enterramos sob uma montanha de páginas falsas e redirecionamentos caso alguém pesquisasse no Google.[39] Ninguém ia encontrar aquela foto a menos que visse no feed dele. A sra. Blye estaria segura até eu conseguir pegar a original, mas pelo visto ela não tinha lido meu e-mail. Eu estava prestes a reenviar quando ouvi...

— Alguém te contratou?

Levantei o olhar e vi Jenji no espelho do banheiro, de olhos arregalados, em pânico. Ela segurava apertado a mochila, como se fosse um ursinho de pelúcia.

---

39 Descobri que existe um mágico chamado Josh Frange que mora em Tucson, no Arizona. Ele não era muito famoso, mas, graças à minha divulgação desnecessária e às tags, ele agora é o Josh Frange mais pesquisado da internet.

— Me contratou?

— Amelia Lopez me falou sobre você. Ela disse que você é uma hacker de aluguel. E que fez com que o pai do Craig Layton fosse parar na cadeia.

Amelia, do que você estava falando? O pai do Craig Layton foi para a cadeia porque foi pego dirigindo bêbado três vezes. Eu não tive nada a ver com isso!

Jenji estava com uma expressão assustada, então eu respondi:

— Eu não gosto de falar sobre o meu trabalho.

— Pois é, ela disse que você iria dizer isso. Quem te contratou?

— Eu não sei do que você tá falando, Jenji. Ninguém me contratou.

Antes que eu pudesse responder, ela empurrou a mochila contra o meu peito. Eu não havia percebido até então o quanto ela estava nervosa.

— Eu não tiro mais *print* das pessoas. Nem chantageio, nem faço essas outras besteiras que eu fazia — disse, segurando os braços. — Então aqui estão meu computador e celular. Vá em frente. Vai te economizar o tempo de hackeá-los.

Eu peguei a mochila da Lululemon,[40] curiosa.

— Você tá bem, Jenji?

— Tô. Eu só... tive um ano ruim...

Eu estava prestes a falar que o ano tinha sido pior para as pessoas que ela chantageara. Mas, pela primeira vez naquela noite, eu me controlei.

— Eu sei o que as pessoas pensam de mim. Eu fiz umas coisas bem ruins, mas... estou tentando de verdade não ser mais assim.

— É por isso que você está no HAH?

Ela concordou com a cabeça.

— Que bom. Eu vi que você está tentando expandir o trabalho do HAH para tratar de aquecimento global e cachorrinhos e...

Sentindo que eu estava julgando, ela me interrompeu:

— Olha, eu não sei o que eu tô fazendo, tá bom?

E então ela começou a chorar. O delineado grosso nos olhos continuou impecável apesar das lágrimas.

— Eu achei que se eu fizesse mais coisas boas iria meio que cancelar todas as coisas ruins que eu já fiz! — continuou. — Eu não sei se isso faz sentido ou não, mas... estou tentando.

---

40 Você sabia que eles fazem bolsas? Pois fazem! (Para gente rica.)

Balancei a cabeça. Justo. Do nada, Jenji pediu licença para voltar ao salão, onde estava liderando a limpeza. Eu tinha a impressão de que ela seria a última a ir embora.

Bom, por essa eu não esperava! Nunca tinha me acontecido de um suspeito literalmente me dar o computador nas mãos. Às vezes a vida dá uns refrescos. Que estranho.

De repente, quis sair correndo dali. Parte da sensação era pela empolgação para ver o que havia no computador de Jenji e, supostamente, tirá-la da minha lista. Mas também havia uma parte que se sentia... mal pela Jenji? O que não fazia sentido porque ela havia feito coisas bem terríveis! Muito piores do que meus insultos medianos na festa. Ainda assim... eu não gostei de magoá-la com meu sarcasmo.

Mandei uma mensagem para o Avery dizendo que não estava me sentindo bem e dei o fora. Ele me respondeu imediatamente.

> **AVERY:** Quer uma carona?

> **MARGOT:** Não, tô de boa.

Eu havia acabado de subir no ônibus W22 quando vi a segunda mensagem dele.

> **AVERY:** Que pena. Estava muito a fim daquela torta.

Verdade. A torta. Eu não só o tinha largado na festa como também furado com o nosso plano de comer torta com a minha partida prematura. Merda. Estava começando a ficar claro por que eu nunca tinha tido um namorado.

Mandei algumas mensagens pedindo desculpa e reafirmando que estava mesmo doente. Dei detalhes demais sobre o meu sistema digestivo. Ele respondeu com um meme de um cachorro dando de ombros. Entãããããão... ele não parecia chateado? Eu acho? Eu realmente não queria que ele terminasse comigo antes de eu me aproximar de Harold e Danny. Eu ia ter que me esforçar no nosso próximo encontro e tipo... realmente sair com ele.

Quando cheguei em casa, eu liguei o computador e o celular da Jenji, e ambos estavam como ela dissera. Limpos. Só dever de casa, newsletter do HAH e muitos e-mails. Eu também encontrei um diário que ela estava escrevendo. Parecia ser algum tipo de tarefa de terapia, sei lá. Era bem direto e pessoal, cheio de pensamentos aleatórios, anotações e até alguns poemas. E uma coisa chamada "tour das desculpas" com uma lista de vinte e sete nomes. Dez estavam riscados — presumi que fossem as pessoas a quem ela já tinha se desculpado. Abaixo da lista havia uma citação: "Peça desculpas hoje, porque o amanhã já chegou". Nossa. Parece aquelas mensagens de bom-dia do WhatsApp. E o que aquilo significava, afinal? Ela iria pedir desculpas para todo mundo da lista? Eu nem conseguia imaginar como seria ter que se acertar com tanta gente assim. Mas eu também não conseguia imaginar como era arruinar a vida de tantas pessoas, então...

Pelo que eu pude perceber, Jenji havia feito uma festona de quinze anos e ninguém tinha aparecido. Foi o gatilho dela. Ela queria ter amigos. Ela não queria mais ser babaca. Ela estava tentando fazer a coisa certa. Depois de ler algumas anotações, eu fechei o documento. Era bem particular, e eu não queria ler sem motivo. Se ela havia realmente mudado ou não, aí era com a Jenji. A meu ver, não tenho muita certeza se alguém pode realmente mudar quem é lá no fundo, mas estava na cara que ela estava tentando. Avery estava certo sobre isso.

Que estranho.

Eu mandei uma mensagem no grupo Fúria.

> **MARGOT:** Diminuindo minha lista de suspeitos. CHEGANDO LÁ

Ela foi recebida com uma avalanche de emojis aleatórios e uma mensagem bem convincente da Hoffman.

> **HOFFMAN:** Diz como podemos ajudar! Estou pronta para cometer invasão de propriedade. E talvez até homicídio culposo. Dependendo das circunstâncias!

Bom saber. Mas acho que nem era preciso se comprometer a invadir a casa de alguém se os suspeitos entregavam os computadores de mão beijada.

Desliguei o notebook da Jenji e cortei o nome dela da minha lista.

13 de março, 00:31

MARGOT: Comi pizza de azeitona hoje. Lembra que eu disse que azeitonas eram nojentas e que nunca iria gostar de azeitonas porque eram um absurdo? Bom, hoje eu comi. Por acidente. Não foi nada de mais.

Hora do minigolfe

Fui acordada na manhã seguinte às sete horas por uma sequência de mensagens.

> **BLYE:** Só queria checar se você tem alguma novidade

> **BLYE:** Recebi seu e-mail, queria saber se você pode apagar a foto do Instagram logo mesmo assim

> **BLYE:** me sentiria melhor se ela fosse apagada, mesmo que as outras cópias ainda existam

> **BLYE:** Pode confirmar se está recebendo essas mensagens?

> **BLYE:** Por favor Confirme

> **BLYE:** Por favor Confirme

Meu Deus, mulher! Nós já conversamos sobre isso! Quantas vezes eu tinha que explicar que era melhor para ela eu deixar a foto no Instagram por enquanto? Se eu apagasse, o sr. Frange poderia perceber que alguém hackeou o computador dele e se proteger ainda mais. E assim nunca conseguiríamos ter acesso às outras fotos.

> **MARGOT:** Eu prometo que esse é o jeito mais seguro de ter certeza de que vamos sumir com todas as fotos. Vamos marcar uma ligação para mais tarde e eu te explico o plano em detalhes.

Eu mandei a mensagem e virei de lado para tentar dormir mais um pouco. Mas minha cabeça já estava funcionando. Eu tinha uma redação para a aula de Política Avançada, uma ligação muito entediante com a sra. Blye, e trinta e sete mensagens não lidas do grupo Fúria. Ler e responder o grupo era cansativo. As pessoas não conseguiam dormir. Estavam indo mal na escola. Eu me sentei na cama e comecei a rolar a tela. Eve Brunswick e Keisha Hill haviam sido adicionadas e estavam surtando. As outras meninas estavam mandando uma enxurrada de GIFs e mensagens de apoio. Achei que eu deveria falar algo também.

> **MARGOT:** Estou quase lá.
> Eu sei que é difícil que o site ainda esteja no ar.
> Mas confiem em mim: se querem que ele suma de vez, preciso de mais tempo para descobrir quem está por trás disso. Eu vou acabar com ele, do jeito certo, para que essas fotos nunca mais assombrem vocês.

Em seguida, como eu já havia entendido quem era o meu público, mandei um GIF da Laura Dern dando um chute na cara de alguém.

Eu percebi que a Shannon estava bem ausente do grupo. No geral, tento atualizar meus clientes toda semana com um relatório do andamento das coisas. Minha esperança é que, ao fazer esses relatórios proativos, os clientes não fiquem me mandando mensagem toda hora, por cada preocupação ou dúvida (como a sra. Blye estava fazendo). Mas a Shannon estava se mostrando uma cliente mais fácil do que a maioria. Depois de cada relatório ela respondia com um alegre "Obrigada pela atualização!" ou "Você é tão profissional!". Era impressionante quão animada ela era, considerando que era vítima de um crime virtual terrível. Mas eu apostava que Shannon era sempre amigável e *usava um monte de pontos de exclamação nos e-mails para mostrar como era gentil!!!*

Eu mandei mensagem para a Shannon e um e-mail rápido para a sra. Blye, depois decidi sair um pouco de casa. Era melhor fazer logo minha redação, já que estava acordada, mas meio sonolenta. O sr. Thames preferia que as redações fossem praticamente cópias do livro didático. Ele era o tipo de professor que mandava muita tarefa à toa, então às 7h05 eu estava no clima ideal para escrever besteiras.

Mandei uma mensagem para o Sammi.

> **MARGOT:** Vamos tomar um café? Quero sair do quarto.

> **SAMMI:** beleza, te vejo em 20 min

> **MARGOT:** Legal! Qualquer lugar que não seja a Starbucks na Jefferson, por favor!

O Sammi sempre insistia para irmos na Starbucks no centro comercial da rua Jefferson. Ele sabe que eu não gosto do café da Starbucks. Ele sabe que é idiotice ir à Starbucks quase um quilômetro mais longe do que a Starbucks perto da Trinity Towers. Mas ele diz que "tem algo de… especial na loja da Jefferson". (Ele ainda diz isso enquanto esfrega as mãos, só para me provocar.)

> **SAMMI:** mas a da jefferson é tão boaaaaaaa

> **MARGOT:** Sammi. Não.

> **SAMMI:** tem aquele toque especial

> **MARGOT:** Não tem, não! Não tem nada de especial lá!

Se fingisse não me importar, aquele vai e volta sem sentido iria acabar e poderíamos finalmente ir para algum outro lugar. Com mais espaço. E um café melhor.

Enfim, depois de alguns minutos ele respondeu:

> **SAMMI:** hehe. te vejo na starbinha da jefferson, eu pago!

Ele era tão irritante.

Nós tivemos que nos sentar na área externa porque, como sempre, não havia mesas livres lá dentro. Sammi pegou um café gelado apesar de estar congelando. (Ele só bebe café gelado.) Eu pedi uma banana porque nem a Starbucks consegue estragar uma banana.

— Parece que você está com frio — falei, sorrindo para ele.

— Não tô — disse Sammi, fechando o zíper do moletom.

— Bom, fico feliz que esteja sofrendo. Como sabe, o frio não me incomoda, porque eu tenho a resistência de um urso polar.

— Tá, tá bom.

De onde estava sentada, eu via o corredor quase vazio do centro comercial onde ficava a Starbucks. Havia ali um salão de beleza, uma loja de *vape*, um brechó chamado Guarda-roupa do Farol, e muitas lojas vazias. Vi uma mulher ter dificuldade para abrir uma porta com um carrinho de bebê em uma mão e um copo de café na outra. Fiquei na dúvida por alguns minutos se me levantava para ajudá-la ou não, até que vi alguém segurar a porta. Ele esperou pacientemente enquanto ela manobrava o carrinho para fora da Starbucks, e se virou em nossa direção por uma fração de segundo. Eu vi o rosto dele: Chris Heinz.

Vê-lo fora da escola me dava uma sensação ruim e estranha. Na escola, eu sempre sabia onde ele estava, e havia limites que nenhum dos dois cruzavam. Mas a ideia de me encontrar com ele no mundo real... Não sei, era tão fora do controle. Eu ficava furiosa e enjoada ao mesmo tempo.

Chris entrou, pediu um troço ridículo de mocha sei-lá-o-que com chantilly duplo[41] e estava prestes a ir embora quando nos viu ali. Ele deu um passo em nossa direção, como se fosse nos cumprimentar. Chegou até a abrir a boca, mas então parou, se virou e foi em direção ao carro.

— Que estranho.

— Hum? — disse Sammi, sem nem levantar o olhar do computador.

— Pareceu que aquele escroto do Chris Heinz ia vir dizer oi.

— Hum.

---

41 O tipo de pedido que um aluno do quarto ano faria.

— Sammi, o que você tá fazendo? Jogando aquele jogo nojento de tentáculos sexuais?

— Não. Eu parei de jogar SQIGGLE — disse Sammi, e virou o computador para me mostrar a tela. — Isso aqui é Grimlex. É um jogo indie da Coreia do Sul. Você é um bebê chamado Grimlex e sai andando por aí para encontrar adultos que são pedófilos ou pais negligentes que não pagam pensão. E aí ou você os mata ou os denuncia para as autoridades. Ainda é uma versão beta, mas é bem legal.

Eu sei. Foi uma descrição bem estranha e perturbadora. Infelizmente, é muito comum para o Sammi e os jogos que ele gosta. Imagina como seria se eu não desse trabalhos para ele? Aquilo tomaria a vida inteira do coitado.

Eu desisti de conversar com Sammi e entrei no Instagram do Avery. O último post dele era uma foto de uma pilha de caixas de pizza com a legenda: "Carboidratos por uma boa causa."

Criativo, hein?

Antes, havia um post sobre o lava-carros. A legenda: "Mangueiras para ganhar uns mangos." Nem sei se entendi o que ele quis dizer.

Ele tinha algumas fotos definitivamente fofas com uma mulher lindíssima que ou era a mãe dele, ou sósia da Kerry Washington. E algumas com um homem branco que parecia ter saído de um catálogo da Tommy Hilfiger. O pai dele, presumo. Depois, fotos dos três juntos. Fazendo trilhas! Jogando jogos de tabuleiro! De suéter na praia! Eles faziam passeios bem instagramáveis.

Nos *stories* dele havia uma foto com Claire Jubell segurando uma pimenta de aparência bem ardida. O texto era o seguinte: "@clairejuby me desafiou a comer isso… rezem por mim." Depois ele postou um vídeo dele mastigando e chorando.

Merda. Será se eu tinha estragado tudo? Ele estava saindo com a Claire porque eu tinha vacilado? Claire era ex dele e, na minha opinião, a mais bonita de todas. Eles ficaram juntos pelo tempo recorde (do Avery) de três meses. Será que ele ainda gostava dela? Senti um frio na barriga. Eu ainda precisava dele para me aproximar de Danny e Harold.

Pensei em mandar mensagem para ele, mas tudo que tentei digitar parecia muito clichê de filme de romance dos anos 1980. Depois de uns quarenta e cinco rascunhos, o melhor que eu consegui foi…

> **MARGOT:** E aí, pegou o ônibus para voltar para casa?

... mas na mesma hora recebi uma DM.

> **AVERY:** Ontem foi meio estranho, né. Quer tentar de novo hoje à noite?

> **AVERY:** talvez uma partida de minigolfe?

Aê! Pelo visto não estava rolando nada com a Claire, porque ele me chamou para sair de novo. Era um bom sinal! Né? Tipo, sim, queria dizer que eu ia ter que passar o sábado em um encontro com o Avery no lugar mais genérico para encontros adolescentes... O que eu não chamaria de "bom", mas, se era o que eu precisava fazer para me aproximar de Danny e Harold, tudo bem.

> **MARGOT:** Com certeza. Preciso te avisar, eu sou muito boa.

Eu não era tão boa assim jogando golfe, miniatura ou normal, mas isso não quer dizer que eu não iria provocar. Por experiência própria, se queria fazer provocações, era melhor fazê-las cedo e constantemente.

Ele me respondeu.

> **AVERY:** que fofo. Mas eu vou acabar contigo. Eu sou o LeBron James do golfe em miniatura.

Eu sei quem é LeBron James[42], mas mesmo assim mandei:

> **MARGOT:** Quem?

> **AVERY:** Tá. O Michael Jordan do minigolfe.

> **MARGOT:** ???

> **AVERY:** O TIGER WOODS.

---

42 Ele fundou uma escola autônoma pública em Akron, em Ohio! Ah, e tinha a coisa do basquete.

> **MARGOT:** Você tá inventando esses nomes.

Naquele momento, nossa conversa *hilária* foi interrompida pelo Sammi.

— Tá bom. Confesso. Estou com frio e sofrendo. Vou para casa — disse, fechando o computador com força. — Você quer fazer alguma coisa mais tarde?

Ah, cara. Eu preferia ficar de boa com o Sammi. A gente podia assistir a um filme ruim e pedir para a mãe dele fazer comida de café da manhã para o jantar. Eu *sonhava* com o mangu da sra. Santos.[43] Que merda.

— Não, desculpa. Não posso hoje.

— Ah. Noite em família?

Eu imaginei que fosse melhor contar logo sobre o Avery. A fofoca de que estávamos saindo juntos iria começar mais cedo ou mais tarde. Seria melhor que o Sammi soubesse por mim.

— Na verdade, não. Eu vou jogar minigolfe com o Avery Green. Então...

Eu não sabia o que era mais absurdo: a ideia de eu ir jogar golfe ou de estar saindo com o Avery Green. Eu me preparei para receber uma zoeira pesada depois de tudo o que tinha falado sobre o boné dele. Ou talvez ele percebesse que era por causa de um trabalho.

Mas tudo o que ele disse foi:

— Ah, ok. Então... Maaaaaargot.

Ele deu um aceno meio sem graça e foi embora. Hum. Estranho. Mas era bem a cara do Sammi; ele é inescrutável quando quer. Fechei o Instagram. Estava determinada a terminar minha redação sem graça antes de ir à casa da Jenji. Ela tinha me pedido para devolver o computador antes de um evento do HAH que ia organizar.

Depois de uma viagem de ônibus fedorenta e quinze minutos de conversa fiada, saí da casa da Jenji e fui para casa me arrumar para o meu "encontro". Avery tinha insistido em me buscar em casa, e meus pais, em conhecê-lo. Eu dissera para eles que essa coisa com o Avery não era nada de mais e que eles não tinham que se apresentar, mas eles insistiram. Todo mundo insistia. Era um porre.

---

43 O itálico aqui é pra ilustrar que esses sonhos são quase eróticos. Sim, eu fico excitada com Stanford e bananas-da-terra! Não julgue meus fetiches!

— Oi, sra. Mertz, sr. Mertz — disse Avery, cumprimentando os dois.

Meus pais ficaram obviamente chocados. Aquele galã bonitão não era o menino esquisito com bíceps côncavos que eles esperavam que fosse me levar para sair.

— Você deve ser o Avery — minha mãe conseguiu dizer, apesar do sorriso largo no rosto.

— Que aperto de mão firme! —meu pai disse com um brilho no olhar que se traduzia como "finalmente tenho alguém para conversar sobre esportes! Ah, por favor, por favor, por favor!!!!".

— Sim, sim, ótimo. Vamos indo — falei, apressando o Avery para sair por onde entrara.

— Depois de tomar um refri vocês podem ir. Aceita um refrigerante, Avery? — perguntou minha mãe.

— Com certeza! Eu trouxe esses biscoitos.

Só naquele momento que eu vi que ele estava carregando uma caixa de mini *macarons* chiques. Claro. Se o Avery fosse um biscoito, ele seria um *macaron*.

— Ooooh, *macarons*! — soltou meu pai, empolgado e exagerando no sotaque francês ao falar macarrrrrron.

— Foi mal, não temos tempo para beber refri e comer biscoito afetado! Temos que ir!

— Ei! — Minha mãe riu. — Não se preocupe com a hora de voltar para casa. É sábado.

— Sério? Sem toque de recolher? Vocês não estão preocupados com assassinos na calada da noite?

— Pff.

Minha mãe deu de ombros.

Meu Deus, mãe. Ela era muito desesperada.

— Prazer em conhecer os dois — disse Avery enquanto eu o arrastava pelo braço. — Mas parece que eu tenho hora marcada para acabar com a filha de vocês no minigolfe.

Meus pais riram. Bela jogada.

— Haha. Vamos embora!

Enquanto íamos em direção ao carro, eu cutuquei ele.

— Ora, ora, como você é bom com pais.

Ele deu de ombros.

— Quando você é filho único, meio que precisa... aprender a falar com adultos.

— Eu sou filha única e não sei puxar saco de adultos — respondi, me lembrando de todas as vezes que minha tia perguntava para minha mãe se eu era "sempre assim".

Ele virou a cabeça, apertou os olhos e sorriu.

— Eu não acredito nisso.

— Não sei mesmo!

— Você tem clientes adultos, não tem? Então deve saber falar com adultos também.

Eu apertei os olhos. Talvez ele tivesse certa razão. Eu conseguia usar a minha "voz adulta" se precisasse.

— Mas eu sei que você não pode falar sobre o seu negócio, então...

Ele deu de ombros antes de *abrir a porta do passageiro para mim*. Eu estava prestes a soltar um: "Que porra é essa, *Orgulho e preconceito*?" Ele ia pedir pelo meu dote de casamento? Mas olhei para o sorriso que ele tinha no rosto e deixei passar. Porque, sei lá, era gentileza! Claro, o ato de abrir a porta para uma mulher é provavelmente construído pela merda patriarcal de séculos atrás (eu prometi a mim mesma que iria pesquisar sobre o assunto quando chegasse em casa). Mas... também mostra que alguém está se esforçando? E seria tão ruim se esforçar? Eu estava tendo uma pequena (*mínima*) ideia do motivo pelo qual Avery havia tido tantas namoradas.

Quando prendi o cinto, me lembrei que tinha que melhorar daquela vez. Eu tinha sido meio babaca no evento da HAH e precisava fazer com que o relacionamento falso funcionasse. Tentei achar um interesse em comum, e me lembrei do histórico da Netflix.

— Bom, eu espero que você esteja pronto para perder, porque, como a Chauffeur diz, "eu jogo pra ganhar. E vencer" — falei, fazendo minha melhor imitação da Chauffeur.

Avery estava com uma expressão confusa no rosto.

— O quê? O que é Chauffeur? É o nome de alguém?

— É, é da *Ilha da traição*!

Eu sabia que ele havia assistido. Por que ele mentiria? Ele tinha vergonha do próprio histórico?

Avery balançou a cabeça.

— Ah. Não é a minha praia. Mas a minha mãe assiste.

— Sua mãe?

— Ela ama essas coisas. Ela assiste toda hora, e esquece de sair do meu perfil da Netflix toda vez... é bem irritante. Eu vivo recebendo recomendações para assistir um programa chamado *Prédio do sexo*. E, tipo, eu tenho certeza de que eu não vou curtir *Prédio do sexo*, Netflix.[44]

— Ah.

Hum. Talvez eu tivesse que reconsiderar a minha teoria de que o histórico na Netflix é o caminho para a alma da pessoa.

— Eu fiz um perfil para ela, mas ela não entende como funcionam streamings. Nem o meu pai.

— Bom, se eu conhecer sua mãe um dia, vamos ter sobre o que conversar. Porque a última temporada foi... uma loucura.

— Pois é. Ela adoraria.

Avery sorriu, mas deu pra ver que era forçado. *Ele não queria que eu conhecesse os pais dele.* Essa doeu. Cedo demais? Eu fiz uma anotação mental para não os mencionar de novo.

— Tá com frio? — perguntou ele, ao sair do estacionamento do Trinity Towers. — Pode ajustar a temperatura aqui.

Lá ia o cavalheirismo de novo.

— Estou congelando, na verdade — falei, involuntariamente, ao mexer no botão.

No cruzamento seguinte, ele tirou a jaqueta puffer reversível e me entregou. Eu odeio jaquetas puffer porque são grandes e horrorosas, mas vesti para ser educada e, sinceramente, parecia que eu estava abraçando um marshmallow. Foi maravilhoso.

Chegamos no Golfo do Golfe, o segundo minigolfe mais popular de North Webster (só havia dois), no qual todo buraco imitava um golfo diferente. O primeiro buraco era o golfo do México. O segundo era o golfo Pérsico. E daí em diante. Pois é. Quem é que sabe qual é a aparência do Golfo do México? Exato. Avery insistiu que fôssemos para o Golfo do Golfe e não para o muito mais famoso Minigolfe Max! porque nunca ficava lotado (é verdade!) e, de acordo com ele, o design dos buracos era "superior" (não podia ser verdade!).

---

44 O nome completo do programa é Prédio do sexo: Edição praia, mas eu nem corrigi porque eu nunca me importei tão pouco com nada na vida.

Pegamos tacos, bolas, e aquele lápis estranho com a cartela de pontos. Avery insistiu em pagar porque "ele já estava se sentindo culpado por ganhar de mim". Eu disse que ia começar para "mostrar como se faz".

Se eu não havia deixado claro antes que a minha provocação tinha zero embasamento, ficou claro depois da minha primeira tacada. Era um buraco de três tacadas e eu precisei fazer sete, e decidimos que esse seria o máximo de tentativas que faríamos em qualquer buraco. Então, basicamente, eu poderia ter comido a bola e ter tido o mesmo resultado. Apertei os olhos para o Avery. Não ia parar com a provocação ainda.

— Estou só me aquecendo — falei, sorrindo.

Era a vez do Avery. E, em uma bela reviravolta, as habilidades dele eram iguais ou *piores* ainda do que as minhas. Ele conseguiu jogar a bola na água três vezes seguidas antes de anotar um sete também.

— Que jogaço — disse ele, antes de jogar a bola para dentro d'água pela quarta vez.

Ele já tinha terminado a jogada, mas só queria mais uma tacada para provar que conseguia fazer a bola cair na grama se quisesse. Ele não provou isso.

O segundo buraco era daqueles em que é preciso passar a bola por uma colina com a força certa, ou arriscar voltar para o mesmo lugar. Não conseguimos. Ficamos com sete de novo.

Eu perdi a bola no terceiro buraco quando ela foi parar no estacionamento. Avery perdeu a dele no sexto buraco quando conseguiu, de algum jeito, fazer com que ela ficasse presa entre pés de bambu no golfo de Tonquim. O rapaz que estava na recepção nos odiou. Estávamos atrasando os outros jogadores e tivemos que deixar famílias passarem na nossa frente duas vezes.

Quanto pior jogávamos, mais cantávamos vitória.

— É assim que você precisa fazer — falei, posicionando as pernas antes de acertar a tacada. — Certifique-se que o seu corpo se mova como um pêndulo. É nisso que você está errando.

Eu acertei a bola na lateral e ela quicou até cair em uma calha.

— A maior parte do golfe é mental — explicou Avery com um sorriso condescendente. — Se a sua cabeça não está em paz, você não vai conseguir acertar a bola no buraco.

A bola dele perdeu força e voltou para o golfo do Panamá.

Eu tinha que dar o braço a torcer: Avery retribuía bem minhas besteiras.

Quando chegamos no décimo-oitavo buraco, ele estava na frente — ou melhor, atrás — por dois pontos. O que queria dizer que, no sistema ridículo de pontos do golfe, ele estava ganhando. Eu precisava de um milagre. Ele jogou primeiro e colocou a bola em quatro tacadas. Era o melhor lance que ele tinha feito até então, o que não facilitava a minha vida.

Enquanto eu me preparava para dar a primeira tacada, ele disse:

— Olha, Margot, não fique triste por perder. Você tem ótimas outras qualidades.

Que otário metido. Eu queria bater nele com o taco. Em vez disso, alinhei meus pés para jogar. Então levantei a cabeça para olhar nos olhos dele.

— Se eu acertar essa, você vai tirar a roupa e mergulhar no golfo de Gibraltar?

— Acertar de primeira? Sim. Claro. Não apenas tiro a roupa e mergulho, como também vou...

Eu nem o deixei terminar a frase. Só abaixei a cabeça e acertei a bola sem nem ver para onde ela ia. Por que, afinal, quem se importava?

E então acertei. De primeira. *De primeira!*

— ACERTEI! DE PRIMEIRA, CARALHO! *HOLE IN ONE!* — gritei, correndo para pegar minha bola. — EU GANHEI, EU GANHEI, EU GANHEI!

Uma família de seis pessoas levantou o olhar, preocupados. Eu estava falando um tanto alto.

— Puta merda — disse ele, em choque. — Isso é... impossível! Como pode...? Não pode ser!

— Sempre é possível quando se joga golfe tão bem quanto eu — me gabei. — Agora pode entrar pelado naquele golfo! Já!

A família decidiu ir embora mais cedo. Obviamente nós tínhamos estragado a noite deles, mas eu não me importei. Quando que eu iria acertar de primeira outra vez na vida? Nunca, porque eu nunca ia jogar minigolfe de novo, porque é um jogo terrível. Mas... caramba... a sensação era muito boa! E poder esfregar aquilo na cara do Avery. Muahaha! Que delícia!

Quando voltamos para a recepção, Avery ficou analisando o placar.

— Tem certeza de que só fez cinco no sétimo buraco?

— Sinceramente? Eu já esqueci de tudo exceto o meu *hole in one*. Eu dei de ombros.

— Eu acho que vou precisar de uma revanche — disse ele com uma voz firme.

Toquei um dedo nos lábios dele.

— Menos conversa. Mais mergulho pelado.

Apontei para o Gibraltar.

— Tá falando sério? Achei que você tava brincando. A água é azul tipo Gatorade. Acho que é até tóxica.

— Então quer dizer que além de perdedor você é mentiroso?

Avery apertou os olhos, com uma expressão que dizia "senhora, como se atreve?". E então ele levantou a camiseta e deixou a mostra quatro do que, eu imagino que fossem, suas dezenas de tanquinhos. Um grupo de pré-adolescentes no décimo-quinto buraco olhou de boca aberta.

— Tá bom. Já chega. Pode colocar a camiseta de volta, CrossFit.

Eu segurei a camiseta dele e puxei para baixo.

— Você me chamou de mentiroso! — disse ele, ameaçando tirá-la de novo.

— Só... Me compra um sanduíche de sorvete, sei lá. Combinado? E viva com vergonha pelo resto da vida.

— Combinado — disse ele, se aproximando e tirando uma selfie de nós dois com o placar.

— O que você tá fazendo? — perguntei.

— Mostrando para o mundo que eu fui derrotado e humilhado por Margot Mertz. Que os deuses do Instagram tenham piedade de mim!

Ele me mostrou antes de postar, para eu aprovar a edição. E era quase... surreal. Eu quase não me reconheci. Estava com um sorriso imenso no rosto. Tão grande que era quase bizarro. Era assim que a minha vida seria se meus pais não tivessem torrado o dinheiro da faculdade? Eu estava realmente focada no trabalho, ou estava mesmo me divertindo?

Além do mais, era apenas nosso segundo encontro e ele já ia postar uma foto de nós dois juntos? Parecia até que estava ficando *real oficial*, sei lá. Mesmo que nunca tivéssemos conversado sobre o assunto. As curtidas vieram logo em seguida. Hum.

Nós devolvemos os tacos e o rapaz na recepção me informou que, por eu ter feito um *hole in one* no décimo-oitavo buraco (que é, modéstia à parte, aparentemente o golfe mais difícil do percurso), eu tinha direito a um jogo grátis.

Na verdade, eu queria muito jogar de novo para derrotar o Avery mais uma vez. Por que não? O objetivo daquele encontro era consertar as coisas com o Avery e convencê-lo de que eu deveria ser sua nova namorada. Qual era o problema de mais um jogo?

— Avery? E aí!

Eu olhei para onde vinha a voz e vi quatro pessoas cruzando o estacionamento. Cheryl Graham, Greg Mayes, uma menina loira muito magra que eu não conhecia, e logo atrás, com o olhar grudado no celular... Danny Pasternak. Suspeito número dois. Vindo na minha direção.

Meu jogo grátis teria que ficar para outro dia.

13

Danny Pasternak

Danny Pasternak e Greg Mayes estavam em um encontro duplo meio constrangedor com Cheryl Graham e uma loira que estudava na Brighton. Todos pareceram surpresos de me ver com o Avery. Todo mundo tinha o mesmo olhar. "*Ele*? Com *ela*? O *quê*? *Como*?" Felizmente, o olhar/momento não durou muito tempo. Em respeito ao Avery (ou por medo de mim), todo mundo meio que aceitou e pronto.

Nós começamos uma conversa desconfortável de "O que vocês estão fazendo no Golfo do Golfe?", durante a qual rapidamente compreendi a situação deles. Danny, um homem branco extremamente comum, estava obviamente apaixonado pela Cheryl e a encarava toda vez que ela começava a falar. Cheryl era alta, tinha pele branca como mármore, era tão bonita que eu ficava sem graça, e parecia ter zero vontade de estar ali. Ela passava a maior parte do tempo conversando com a Menina da Brighton, que parecia estar focada em beber. Muito. O hálito da Menina da Brighton tinha cheiro de vodca barata e limonada graças à mistura que ela segurava na mão em um copo de lanchonete. Várias vezes ela me ofereceu um gole e disse "na verdade, é vodca!", sussurrando alto.

Greg era um menino negro de pele clara, baixinho e nerd, que era obcecado por música, pôquer virtual, e eu acho que pelo Avery? Pelo menos foi o que pareceu pelos comentários bizarros dele.

— Mano! Essa jaqueta é demais. Acabei de comentar no teu post. Onde você comprou? Se importa se eu comprar uma?

Ele não parava de falar com o Avery e puxar o saco dele.

Não era um pessoal divertido.

Depois de alguns minutos jogando conversa fora, nos quais o Greg perguntou se nós queríamos "fazer um encontro triplo" pelo menos umas três vezes, Avery me lançou um olhar de "quer sair daqui para não passarmos o resto da noite com eles?". Eu tive que me concentrar, porque quase disse "Sim! Por favor! *Por favor!*". Eu não queria ficar com aquele grupo estranho. Fazer um tratamento de canal parecia mais agradável.

Mas então eu olhei para os olhos cinza escuros de Danny Pasternak. Ou ele era um menino caladão com uma decoração bizarra no armário, ou a mente criminosa terrível por trás do VR. E, se ele fosse a segunda opção, eu precisava ter certeza e puni-lo. Eu não podia só ficar jogando minigolfe. Eu não podia ser uma adolescente normal. Não quando as mensagens estavam jorrando no grupo Fúria, continuando as atualizações perturbadoras. Toda notificação era um lembrete profundo de que a liberdade de ser uma adolescente comum havia sido arrancada delas. Elas estavam contando comigo.

Então, eu infelizmente respondi para o Greg que, sim, "vamos fazer um sexteto! Vai ser divertido!".

Avery ficou um pouco confuso. E talvez um pouco chateado. Mas ele não questionou.

Nós jogamos dezoito buracos bem sem graça. Danny não falou quase nada o jogo inteiro, exceto por algumas respostas monossilábicas quando alguém perguntava. Tentei interagir com ele e perguntei sobre o aplicativo para cachorros, mas tudo o que ele disse foi "Isso", e "É bem legal", e "PetMatch". Eu teria achado engraçado se não fosse tão frustrante. Ele era comicamente quieto.

Ele era sempre quieto assim? Estava tímido? Ou o silêncio dele escondia algo mais sombrio? Como um ódio secreto por mulheres? Eu não conseguia interpretar nada na expressão dele, que era ainda mais vaga do que as falas. Ele não sorria, mas não fechava a cara. Os olhos eram inexpressivos. Não dava para *ler* nada. Eu estava olhando para uma esfinge.[45]

Por que eu nunca tinha ouvido falar sobre o quão *quieto* ele era? Provavelmente porque Danny era alto e, apesar de não ser rico, se vestia muito bem. Ele parecia ser "legal". Então passava batido. Se uma garota fosse quieta assim, ela seria chamada de fria.

---

45 Sem a metade do corpo animal.

No golfo de Aden, Danny tentou corrigir a posição da Cheryl, colo-cando os braços ao redor dela. Ela não pareceu gostar, então ele logo se afastou. Teria sido aquele um exemplo de agressividade masculina? Ou só de um cara que não sabia interpretar os sinais? Eu não tinha certeza.

Eu e o Avery continuávamos sendo péssimos jogadores e o restante do grupo não ficava muito atrás — exceto por Greg Mayes, que nos derrotou com doze pontos de diferença. Quando terminou, Greg disse para "continuarmos com a festa!", e alguém (eu) sugeriu que fôssemos para a casa do Danny.

Danny pareceu surpreso com a sugestão. Ele não tinha a intenção de levar a festa para casa, mas rejeitar a ideia significaria ter que explicar o motivo, logo ele teria que *falar*. Então ele só deu de ombros e disse "Ok".

Avery me lançou um olhar mais sério, como se dissesse: "Por que você quer continuar com essas pessoas? Esse grupo é péssimo!". Eu fingi não perceber.

Greg topou a ideia assim que Avery disse que iria. Só faltava convencer as meninas. Ainda bem que Danny falou, talvez a frase mais longa da noite inteira:

— Meus pais estão viajando.

Obrigada, Danny! Isso imediatamente fez a ideia ser *muito* atraente para a Menina da Brighton.

— Sem pais? Isso aíííí! Qual é o esquema de bebidas que eles têm? — perguntou ela, e bebeu outro gole, mantendo sua marca firme e forte.

Cheryl, a última peça do quebra-cabeça, olhou para o Danny e deu de ombros.

— Eu não ligo para onde vamos.

Obrigada pela contribuição nessa noite, Cheryl. Você é muito divertida.

Estava combinado. Eu e Avery entramos no carro dele e seguimos os quatro, que estavam no Toyota do Danny.

— Bom, Mertz, você não para de me impressionar — disse Avery, sem desviar os olhos da estrada. — Eu não imaginei que esse era o seu tipo de rolê.

— Estou me divertindo.

— Mentirosa! — gritou Avery, apontando para mim. — O que você acha interessante nisso tudo? O Danny obviamente gosta da Cheryl, e a Cheryl obviamente não gosta dele. Ou de ninguém, pelo visto. O Greg deve estar me perseguindo. E aquela menina da Brighton só vai ficar cada vez mais bêbada e barulhenta.

Ele virou à esquerda na rua Sycamore, seguindo Danny.

Tentei inventar uma desculpa, desesperada, mas Avery logo percebeu e continuou falando.

— Isso é para um trabalho?

Ele estava ficando bom em perceber quando eu estava mentindo, mas, antes que eu pudesse ficar impressionada, ele estragou o momento e ficou impressionado demais consigo mesmo.

— Acertei, não é? É um TRABALHO! Cacete!

Ele buzinou algumas vezes.

— Meu Deus, para com isso, por favor.

— Hora de botar ORDEM nas coisas!

Buzina.

Ele ia ficar insuportável, então decidi contar logo.

— Tá bom! Isso. É para um trabalho. Mas eu não vou te dar detalhes.

— EU SABIA! Meu Deus! Que maneiro! MEU DEUS DO CÉU!

Eu achei que Avery ficaria ofendido por eu ter acabado com o nosso encontro, mas ele estava mais empolgado do que estivera a noite toda. Que cara estranho. Espera, eu estava namorando um fã?

— Parece de dizer "meu Deus". É só um trabalho.

— Só um trabalho. Um trabalho de espiã hacker supersecreta. E eu sou seu parceiro de fuga! Ou eu sou o capanga? Sou faixa verde em taekwondo... que eu ganhei no quarto ano. Mas eu não acho que tem prazo de validade.

— Ok, hahaha. Só aja naturalmente quando chegarmos na casa do Danny, ok?

— Com certeza. Eu vou agir *super* naturalmente — disse ele, com um sorriso de orelha a orelha.

— Ótimo — falei, me arrependendo de tudo.

— Talvez eu seja o seu Moneypenny.

— Eu não sei o que é isso, mas, claro. Seja quem quiser. Mas, assim que sairmos do carro, você tem que se acalmar e agir naturalmente.

Eu não sabia se ele estava me levando a sério, então continuei falando:

— Eu não posso te contar os detalhes, mas talvez tenha algumas coisas no computador do Danny que podem prejudicar meu cliente. Uma coisa... bem horrível, que pode ser usada para chantagear alguém. Então eu preciso que você leve isso a sério.

Avery mudou a postura e concordou com a cabeça.

— Chantagem. Ok. Uau. Você lida com umas coisas pesadas, né?

— Infelizmente, sim — respondi.

Nós trocamos um olhar rápido e intenso, e eu sabia que ele finalmente estava me levando a sério.

— Eu vou ser eu mesmo — disse. — E, se você precisar que eu faça qualquer coisa, é só me falar.

Estacionamos em frente à casa do Danny e, como prometido, Avery foi simpático e divertido como sempre. Nem um pingo de falsidade ou nervosismo. Ele era surpreendentemente... confiável.

Meu plano era instalar um RAT no computador do Danny — uma ferramenta de acesso remoto que, depois de instalada, me permitiria ter acesso ao computador dele de qualquer lugar que tivesse internet. Os RATs podem ser encontrados e removidos, então era arriscado. Mas eu não tinha levado um HD externo. Teria que funcionar. Eu só precisava de uma desculpa para entrar sozinha no quarto do Danny para instalá-lo.

Depois que Danny nos deixou entrar na casa, eu entendi o motivo de ele não querer que fossemos para lá. Parecia o cenário de *O senhor das moscas*. Havia pilhas de louça na pia, e ele tinha deixado meias e roupas jogadas pelo chão da cozinha. Estava na cara que Danny não limpava nada quando os pais viajavam. Quando ele nos ofereceu uma bebida (ele usou duas palavras: "Margot? Bebida?"), percebeu que todos os copos estavam sujos (uma palavra: "Hum") e começou a lavá-los à mão. Eu bebi um gole de água que tinha gosto de sabão e discretamente cuspi de volta.

Danny nos levou para a sala de estar, onde tinha mais roupa suja e caixas de pizza que eu rezei para estarem ali por apenas um dia.

— Pôster bacana — disse Avery.

Era um pôster emoldurado de um jogador de futebol americano do Chiefs vestindo a camisa número 15. Eu acho que ele deve ser bom, porque o Avery parecia impressionado.

— Ele autografou mesmo? — perguntou.

— Sim — foi a resposta do Danny.

Ótima história, Danny!

Todo mundo se sentou no sofá. Danny tentou muito ficar ao lado da Cheryl, que estava assistindo a TikToks no celular. A Menina da Brighton foi pessoalmente pegar cerveja na geladeira e estava tentando impressionar o Greg falando sobre como ela *aaaaaaaaaaaama* IPA. E Greg estava mostrando memes para Avery, querendo que ele dissesse se eram engraçados ou não.

Avery olhou para mim, ansioso. O olhar dele dizia: "Entãooooooo... quando as coisas legais de espionagem começam?" Como eu podia contar para ele? Já tinham começado. E não eram legais. Eram um saco.

Eu sabia que nunca conseguiria pegar o notebook do Danny se a gente só ficasse sentado no sofá a noite toda. Então, tomei uma iniciativa.

— Que tal a gente jogar um jogo?

A Menina da Brighton gritou.

— Aaaaaah, sim! Vamos no jogo de acertar moedas no copo.

Meu Deus do céu, Menina da Brighton! Cai na real! Avery e Danny estavam bebendo cerveja bem devagar. E o restante de nós nem estava bebendo. Ninguém queria jogar um jogo de bebida.

— Que tal mímica de corrida? — falei, ignorando a menina e ficando de pé.

A resposta foi insignificantemente melhor do que a do jogo de bebida, mas eu sabia que mímica de corrida era realmente divertido. O único problema era passar pela parte do "vou explicar as regras". É um pouco complicado.

— É a mesma coisa que mímica normal, mas é em times. Cada um faz uma lista de dez dicas, então nos dividimos em dois times. Cada time tem uma base, e a pessoa que dá a lista fica em outro quarto. Eu disse que tinha essa pessoa da lista? Ela é quem lê as pistas. E aí corremos entre as jogadas! Entenderam?

Claro que não. Quanto mais eu explicava, mais eles se concentravam no celular.

Avery olhou para mim e literalmente piscou (o que *não* faz parte de agir naturalmente, por sinal, mas ainda bem que ninguém percebeu). Em seguida, ele tomou a frente do jogo.

— Vamos lá. Todo mundo de pé. Depois da primeira rodada vai ficar mais fácil. Margot, Cheryl e Danny são um time. E o outro é eu, Greg e Angelica.

A Menina da Brighton tinha nome? Como que o Avery sabia qual era?

— Margot, você vai ser a primeira pessoa da lista — declarou.

Todo mundo se levantou e se separou nos grupos. Por que quando eu expliquei as regras todos ficaram com a cara enfiada no celular, mas quando o Avery disse basicamente a mesma coisa, todos eles quiseram jogar? Parecia que estavam todos hipnotizados pela energia de macho alfa dele.

— Me ajudem a abrir caminho para a cozinha — disse Avery, mudando uma cadeira e um pufe de lugar.

Danny ajudou tirando as roupas do chão. Depois que tínhamos pistas de corrida definidas, começamos a jogar. E, como eu sou um gênio, sugeri que a base da pessoa da lista fosse no quarto do Danny,[46] o que me daria tempo para ficar sozinha com o computador dele. Avery rapidamente apoiou a ideia, e o jogo estava pronto.

Eu fiquei no quarto do Danny, montei minha lista de dicas e dei a primeira para Avery e Cheryl. Na hora que eles saíram (para fazer a mímica cada um para o seu time), eu me virei para o notebook do Danny, que já estava aberto na cama.

Tentei ligar, mas estava sem bateria. Além disso, como tudo naquela casa, estava sujo, bem nojento mesmo. Todos os botões estavam grudentos e fediam a feijão. *Você pode lavar as mãos depois, Margot, não deixe os germes te impedirem!* Assim que liguei na tomada, o computador iniciou. Estava protegido por senha. Conectei o meu celular e abri o Fuzzword, mas não funcionou. Aparentemente a senha dele não era uma das vinte mil senhas mais óbvias que alguém pode usar. Então tive uma ajuda do teclado nojento. As letras *m, p, t, a, c, e* e *h* estavam todas um pouco menos sujas do que o restante. Elas estavam gastas e gordurosas, em vez de sujas de "feijão" como as outras. A senha dele tinha que ser uma combinação daquelas letras. *Trap*? Não. *Cat*? Droga. Pensei sobre o que eu sabia sobre ele. Quieto. Armário. Criou um aplicativo. Espera! O aplicativo bizarro de namoro para cachorros. Tentei "PetMatch" com um monte de números depois, então me lembrei do pôster de futebol que o Avery ficou babando. "PetMatch... 15". Bingo! A área de trabalho dele se abriu para mim. Obrigada, eu mesma, por estudar direitinho!

Rapidamente abri uma janela secreta para linkar com um IP externo. Antes de conseguir fazer o download do RAT, ouvi alguém subindo as escadas.

Tirei as mãos do computador no mesmo segundo que a Menina da Brighton entrou no quarto.

— Ok, tô pronta para a próxima! — falou arrastado, se apoiando no batente da porta.

---

46 Se você algum dia jogar mímica de corrida, saiba que essa é uma péssima ideia, porque a pessoa que faz a lista deve ficar em um lugar mais central. Mas eu estava cheia de ideias ruins naquele dia.

Eu não fazia ideia como ela tinha descoberto a primeira dica. Avery devia ser muito bom nesse jogo. Eu dei o próximo da lista:

— George McGovern.

Todas as minhas dicas eram propositalmente bem difíceis, para eu ter mais tempo de mexer no computador.

Ela concordou com a cabeça, mas não saiu.

— Pois não? — falei, impaciente.

Ela estava desperdiçando tempo valioso de download.

— Você e o Avery são tipo... um casal? Porque se não forem... Sei lá... ele é tipo, bem...

Ela fez um gesto como se fosse apertar uma bochecha com o indicador e o polegar, o que eu imagino que queira dizer que ela gostou do Avery.

— Somos, sim. Foi mal — falei com um tom firme, e ela saiu andando.

Fiquei surpresa com a sensação boa que senti ao dizer aquilo. Óbvio que era uma delícia poder jogar alguma coisa na cara dela. *Agora sai daqui, sua bêbada idiota, e não caia das escadas!*, pensei e definitivamente não disse em voz alta quando ela foi embora.

Não ouvi nenhum barulho vindo do térreo. Geralmente se ouvia um "isso!" quando um time acertava, o que significava que alguém iria subir para pegar outra dica. Então eu ainda tinha tempo. Abri o Chrome e acessei minha conta do Dropbox. (Eu sempre deixava um link aberto com programas úteis de que possa precisar a qualquer momento.) Comecei a baixar o DarkComet, meu RAT favorito. Olhei para cima e vi *o Danny parado na porta*. Opa.

Fui pega em flagrante. Como ele subiu as escadas sem fazer nenhum barulho? E por que estava ali?

— Danny, eu...

— Desculpa.

Ele estava pedindo desculpas para mim? Em seguida ele começou a vasculhar as roupas ao pé da cama, sem processar direito que eu estava ali, muito menos que estava hackeando o computador dele.

— Danny, o que você tá fazendo? — perguntei.

— É... Cheryl tá com frio — murmurou, completamente atordoado pela Cheryl.

Olhei para a tela. O download ainda estava rolando. Decidi não impedir.

Danny achou um casaco de moletom no chão. Cheirou e estava prestes a sair do quarto. Mas eu não... não podia deixar.

— Danny. Um conselho — falei, e ele parou na porta.

— Sim?

— Se você vai dar uma blusa para uma menina que está com frio, pega uma blusa limpa. Uma que foi lavada. Não... pega uma do chão.

Ele concordou com a cabeça. É. Ótimo conselho. Danny pegou outro moletom da cômoda.

— Valeu — disse ele, sorriu pela primeira vez no dia, e hesitou um pouco. — Eu... eu não sei o que eu tô fazendo.

Eu também não sabia o que ele estava fazendo. Ele estava falando mais do que tinha falado a noite inteira.

— Eu gosto da Cheryl desde o oitavo ano — falou.

Senti um pouco de empatia por ele. Mesmo que eu achasse a Cheryl meio sem sal.

— Talvez você deva tentar conversar mais com ela? Contar para ela como você se sente? Ou só... falar. Mais.

Ele balançou a cabeça, realmente absorvendo a informação.

— É, eu... É.

Ele saiu sem dizer mais nada. Talvez não tivesse entendido?

O RAT estava funcionando. Eu resetei algumas configurações de segurança, limpei o cache DNS e fechei a janela secreta. Depois, coloquei o computador no lugar. Meu trabalho ali estava feito. Tudo o que eu precisava fazer era ganhar o jogo de mímica.

Duas horas depois, meu time perdeu. Perdeu feio. Avery era assustadoramente bom com mímicas. Era como se ele tivesse feito um curso, sei lá (o que, conhecendo o Avery, era bem possível).

Mas, por incrível que pareça, ele ficou bem tranquilo com a vitória, tanto que quase me fez sentir mal por ter me vangloriado tanto no golfe. Isso até entrarmos de novo no carro. Assim que a porta fechou, ele se virou para mim e disse:

— Ei. Só pra você saber: não se sinta mal porque meu time ganhou *de lavada*. É só que eu tenho um dom impressionante para jogar mímica.

Ele estava tão empolgado para cantar vitória que nem ligou o carro e eu estava com f-f-frio.

— Às vezes eu acho que é uma maldição — continuou —, porque seria bom deixar vocês *terem uma chance*. Sabe como é, vocês estavam tentando tanto ganhar.

— Você deve ter trapaceado! — soltei, mordendo a isca. — Como a Menina da Brighton adivinhava suas palavras tão rápido? Eu não consegui fazer com que ela pegasse uma água tônica pra mim, imagina só adivinhar *Sonho de uma noite de verão*.

— Bom, minha mãe bebe muito em festas, então... eu tenho experiência em me comunicar com pessoas embriagadas.

Vixe. A conversa ficou meio tensa. Eu ficava mais confortável com as nossas provocações.

— Sinto muito. Parece... difícil.

— É. Difícil — disse ele, mexendo no volante, e cerrou os dentes. — Me desculpa por hoje mais cedo, por falar nisso. Quando você falou que queria conhecer meus pais e fui... evasivo.

— Ah. Tudo bem. Eu não sou bem o sonho de qualquer pai e mãe... Comparando com as suas outras ex, eu devo ser uma grande decepção — brinquei, pensando no quanto eles devem ter amado Claire Jubell.

— Como assim? Não. Meus pais nunca conheceram alguém com quem eu namorei. Eles não são muito...

Ele estava buscando as palavras certas.

— Eu sei que todo mundo acha que somos uma família perfeita. Como se fôssemos os Obama de North Webster, sei lá. Tirando que meu pai é branco. E ele nunca foi presidente. E não temos um cachorro...

Ele perdeu a linha do pensamento. Então, ficou sério.

— Mas não somos assim — concluiu.

— Ah. Então... como vocês são?

Ele estremeceu e na mesma hora me arrependi de ter perguntado. Estava na cara que ele não queria falar sobre o assunto.

— Eu não sei... Eles, tipo, não *conversam*. Eles se importam mais com o trabalho do que um com o outro. Eu acho que o jeito mais fácil de explicar é dizendo que meus pais provavelmente deveriam ter se divorciado há um tempo. Tipo... pelo menos desde que eu nasci? Mas eles não fizeram isso. E faz com que conviver com eles seja...

— Complicado? — completei.

— Eu ia dizer um pesadelo. Quando estou em casa, eu passo a maior parte do tempo tentando manter a paz. Então tento não ficar muito em casa.

Por isso tantos clubes, pensei.

Ele olhou para frente, em silêncio, por alguns minutos, a covinha completamente escondida. Os olhos dele pareciam encobrir algo triste ou sombrio, mas então ele deu três tapinhas no volante, que pareceram mudar completamente o humor.

— Enfim, desculpa! Como foi a sua missão secreta? Você conseguiu pegar o... nano byte do... processador?

— Consegui, na verdade.

Eu sorri. Era bom poder compartilhar aquilo. A experiência toda do VR andava bem solitária já que eu não podia nem contar para o Sammi sobre o caso.

— E você conseguiu criar uma ótima distração com o jogo — falei.

— Eu sabia! Eu ajudei! Eu sou um ótimo Moneypenny![47]

Nós rimos, empolgados pelo trabalho bem-feito. Então, ficamos em silêncio absoluto. Ele havia ligado o carro, mas ainda estava no neutro e mal fazia barulho (Teslas são assustadoramente silenciosos!). Minha cabeça começou a acelerar, os pensamentos a mil: *por que não estamos saindo do lugar? Por que o silêncio? Por que o tempo desacelerou? Por que minhas mãos estão suando? Meu Deus, ele vai me beijar? Talvez seja bom que ele me beije, pelo bem do trabalho. AI MEU DEUS ELE ESTÁ SE APROXIMANDO! É MUITO SUTIL, MAS EU ACHO QUE ELE MUDOU DE POSIÇÃO — ABORTAR! ABORTAR!*

— Ei! Eu queria te perguntar uma coisa... — falei, sem saber como terminar, e ele olhou para mim, um pouco desnorteado. — Na casa. Eu estava conversando com a Menina da Brighton...

— Angelica. Ela se chama Angelica.

— Obrigada, mas eu prefiro Menina da Brighton. E... ela... me perguntou se a gente estava junto. E... eu disse que sim. Mais para te proteger do bafo de vodca dela... então...

Parei de falar. Avery me deixou esperando, nervosa, por um bom minuto até finalmente falar:

— Então acho que precisamos oficializar.

Sorri.

— Se for pra manter a Menina da Brighton longe de mim...

Ele sorriu de volta.

E aí ele segurou minha mão e me levou para casa. O que foi bom, na verdade, porque minha mão estava meio gelada.

---

[47] Aparentemente, Moneypenny é uma personagem da franquia do James Bond. Eu não vejo James Bond.

16 de março, 8h15

MARGOT: eu tive um... pausa dramática... sonho erótico. peguei no sono vendo *The Office* e aí... eu tive um sonho erótico com o jim halpert

16 de março, 8h15

MARGOT: eu sei eu sei. ele nem está no meu top 5.

16 de março, 8h17

MARGOT: então eu tava de frente para ele na quadra e era o baile de formatura. (talvez ele fosse meu acompanhante?) e apesar de ter gente ao redor nós começamos a nos pegar. tipo, com força. e começamos a... tirar a roupas. apesar de estarmos em um lugar cheio de gente, estávamos em uma bolha invisível então ninguém conseguia nos ver. então eu não me importei de ficar pelada. mas aí ele parou e disse tipo "desculpa, eu tenho seu consentimento para fazer isso?", porque tipo, é claro que Jim Halpert iria pedir consentimento. E aí... eu acordei.

16 de março, 8h18

MARGOT: Acho que nem foi um sonho erótico de verdade, foi um sonho quase erótico. talvez seja melhor assim. Jim é mais pra casar, né?

14

Você é o Frange?

O notebook do Danny não tinha nada. Exceto por alguns "poemas" extremamente sinceros que ele escreveu sobre a Cheryl Graham.[48] Então eu acordei na manhã de domingo e segui para o meu terceiro suspeito, Harold. Devorei os perfis dele no Instagram, Twitter e TikTok. Tudo muito entediante. Eu estava prestes a ir mais a fundo quando ouvi a campainha tocar, seguida da voz da minha mãe falando "Você tem visita!", o que significava que Sammi estava lá. Ele tinha me mandado mensagem sobre o caso da sra. Blye.

— Saaaaaaaaam... — comecei a cantarolar, mas parei.

Não era o Sammi na porta do meu quarto. Era a sra. Blye. Ah, não.

— É a sra. Blye! — gritou minha mãe, de um jeito animado, mas confuso.

— É, sim! — gritei de volta, tentando fingir que era normal.

A sra. Blye, por outro lado, estava agitada. Ela estava literalmente contorcendo as mãos.

Minha mãe continuou falando:

— Você não me contou que estava interessada em se inscrever na olimpíada de ciências de Annover?

Eu nem sabia que existia uma "olimpíada de ciências de Annover", mas entrei na onda.

— Mãe, eu te contei. Começou em janeiro. É por isso que eu não puder ir naquele show com o pai, porque é a terceira quinta-feira de todo mês — falei sem hesitar.

Eu sabia que não tinha como minha mãe lembrar do que eu fizera na terceira quinta-feira dos dois meses anteriores.

---

48 Ele não é nenhuma Amanda Gorman.

— Ah. Claro. É que... é difícil de acompanhar — falou ela, envergonhada. — Ela anda tão ocupada...

Eu não gostava de mentir para os meus pais. E na maioria das vezes eu não mentia. Eles sabiam que eu tinha uma empresa. Eles sabiam que o objetivo dela era ajudar as pessoas que tinham algo na internet que queriam apagar. Entretanto, eu intencionalmente não contei como fazia isso. Os hacks ilegais e tal. E não havia contado a eles sobre nenhum dos meus clientes adultos. Mas, quanto mais tempo a sra. Blye passasse no meu quarto, mais fácil minha mãe iria perceber o quão estranho era ela estar ali.

— Bom, vamos? — falei, fechando o zíper do meu moletom enquanto guiava a sra. Blye para a porta. — Temos muito trabalho a fazer antes da final em abril e eu trabalho melhor depois do café da manhã. Você quer alguma coisa do Nick's, mãe?

— Eu pago! Claro — interrompeu a sra. Blye e, infelizmente, continuou falando. — Eu sei que isso é muito fora do comum, mas tivemos uma emergência inesperada. A presidente estudantil da feira de ciências pegou... legionelose.

Meu Deus do céu. A sra. Blye estava mentindo para a minha mãe, uma enfermeira, sobre uma questão de saúde. sos! sos!

— Nossa senhora! Eles sabem como que ela contraiu? Houve outros casos?

Eu sabia que minha mãe ia fazer um milhão de perguntas.

— Ainda não, mas... Sue Feldman não é muito higiênica — falei, puxando a sra. Blye pela porta. — Uma vez eu a vi lamber uma maçaneta por causa de um desafio. Boa em ciência, mas baixa autoestima. Sabe como é. Eu volto às duas.

Bati a porta.

A sra. Blye se virou para mim imediatamente.

— Você não me ligou de volta!

Eu enfiei o dedo na cara dela.

— Aqui. Não.

Minha raiva pareceu ser maior do que a da sra. Blye, e ela calou a matraca na mesma hora. Acho que ela finalmente entendeu como era insano aparecer na minha casa. Nós não falamos mais nada até estarmos sentadas e comendo.

Depois de meio prato gigante de ovos, queijo, bolinhos, salsicha e "molho do Nick" (que era cremoso, vermelho e um mistério para mim), expliquei para a sra. Blye, de novo, por que ela não deveria se preocupar que o marido encontrasse a conta do Josh Frange no Instagram. Que eu (bom, Sammi e eu) tínhamos passado cinquenta horas criando conteúdos falsos nas redes sociais e postando artigos para enterrar qualquer menção a Josh Frange. Eu até criei trinta e uma contas falsas no Instagram com nomes como @JoshFrange, @J.Frange e @frangejosh.[49] E, considerando que o Toby mal conhecia Josh Frange, ele não tinha como saber qual @josh.frange era o verdadeiro.

— Quando eu enterro uma foto, ela é enterrada pra valer. Nunca, nunca aconteceu de alguém encontrar uma foto ou vídeo ruim que eu quis esconder — falei, apontando um garfo cheio de ovos mexidos para ela antes de leva-lo à boca.

— Mas você disse que ia se livrar dela de vez. Sumir das plataformas. E está lá! Está no feed dele, me encarando.

Ela tinha razão. Geralmente eu já teria me livrado da foto àquela altura. Se passaram duas semanas e meia desde a nossa reunião no O'Petey. Se eu deixasse o caso da sra. Blye se prolongar mais, ela provavelmente iria aparecer na minha casa de novo. Só que dessa vez... sei lá, no meu chuveiro?

— Bom, meu plano é terminar essa semana. Todas as fotos suas com o sr. Frange vão ter sumido até sexta-feira. Eu prometo.

A sra. Blye soltou um suspiro longo. Não era o que ela queria ouvir. Ela não ia ficar em paz até tudo terminar. Mas, por ora, aceitou os termos. Eu achei que tinha encerrado a conversa, porém ela começou a falar:

— Eu estou me esforçando para consertar as coisas com o Toby.

Ela começou a lacrimejar. Arranquei um guardanapo áspero do porta-guardanapo e entreguei para ela.

— Vai acabar em breve. Eu prometo — falei.

Ela balançou a cabeça, reconfortada, porque eu consigo soar bem convincente quando quero.

---

49 Todas essas contas haviam postado as mesmas fotos do feed original dele. Exceto a foto com a sra. Blye. Acho que nem o próprio Josh Frange conseguiria dizer qual era a conta oficial de Josh Frange.

Apesar do fato de eu ter cinquenta e oito mensagens não lidas no grupo Fúria, eu tinha que tirar o caso da sra. Blye do banho-maria e colocar... para assar? Isso significava que teria que ir até a Brighton. Eu pesquisei sobre o sr. Frange. O feed dele era cheio de eventos escolares: experimentos em sala de aula, um vídeo de uma peça de que ele participou na Brighton, uma foto de um troféu do Cartola etc. E aí ele postou um vídeo novo de uma aula. Era um experimento bem simples no qual ele usava pilhas D, um fio de cobre, e um prego para criar um ímã eletromagnético. Devia ser uma aula de recuperação. Reparei no ímã de 45 volts da Alpha Scientific na mesa. Imagino que fosse para mostrar aos alunos o que um ímã de alta voltagem podia fazer. Professores de ciências adoram esses brinquedinhos.

Também descobri no meu tour pelas redes do sr. Frange que ele era responsável pelo comitê de organização da festa de formatura. Na Roosevelt, o grêmio era responsável por tudo relacionado à festa. Era meio que o único trabalho que tinham pra fazer: encontrar um local e angariar fundos o suficiente para pagar tudo. Aparentemente, a Brighton tinha um comitê apenas para a festa, o que me fazia pensar que tipo de grêmio tinham por lá.

De qualquer forma, parecia ser um bom jeito de chegar no sr. Frange. O comitê se reunia às quartas. Eu podia aparecer e fingir ser uma aluna. O sr. Frange não parecia ser o tipo de professor que se lembrava dos nomes dos alunos. Pelo menos essa era a impressão que eu sentia.

Faltei o sétimo e oitavo horários de aula na quarta-feira para ter tempo de chegar na Brighton. Depois de dar uma olhada no anuário da escola, decidi ir à reunião do comitê como Elysse Brown. Elysse estava no último ano e se interessava por vôlei e poesia. O mais importante é que éramos parecidas[50] o suficiente para enganar alguém, especialmente se eu colocasse óculos grossos.

Elysse não estava no comitê da formatura e nunca tivera aula com o sr. Frange. Mas achei que isso era uma vantagem. Se tudo desse certo, ele iria acreditar que eu era Elysse. Eu não tinha tempo para criar um histórico bem desenvolvido, mas estava apostando que a vaga semelhança física seria o suficiente.

Eu estava bem confiante com o plano enquanto andava em direção ao prédio da escola. Já tinha feito alguns trabalhos na Brighton. Até fui para uma festa deles, para hackear o computador da mascote. Então eu

---

50 Exceto as sobrancelhas e os dentes muito brancos, que eu adoraria ter.

conhecia bem a planta do lugar, mas fiquei surpresa ao ver um segurança posicionado na entrada principal. Era um daqueles policiais que usavam para assustar possíveis atiradores e, sabe como é, fazer com que a escola pareça mais com uma cadeia. Ele tinha cabelo branco e um rosto levemente amigável e apertou os olhos ao me ver. Ele não me reconheceu. Porque eu não estudava lá! Achei que era tarde demais para dar a volta, então respirei fundo e me preparei para ser simpática.

Fui direto até ele. A placa na mesa dizia "Sargento J. Harris", mas eu não sabia se devia chamá-lo de Sargento Harris ou se os alunos o chamavam de Sargento J-alguma-coisa. Em vez disso, me sentei à mesa e falei em voz alta:

— Você não vai falar nada do meu corte de cabelo novo?

Ele pareceu chocado. Ele nunca havia me visto, nem meu cabelo, mas com certeza fazia parte de uma geração na qual era um crime não reparar e elogiar um penteado ou vestido de uma mulher. Ele tentou pensar em algo para responder, como um homem que esqueceu o dia do aniversário de casamento.

— Ficou... ficou bem atraente.

Vi um brilho de preocupação nos olhos do Sargento J. Harris, como se estivesse se perguntando se "atraente" era o tipo de coisa considerada machista e que faria ele cair em uma situação complicada.

— Quis dizer que ficou um bom visual para a primavera! — adicionou, afastando a cadeira e ficando a um metro de distância da mesa.

— *Obrigada por reparar!* — falei e saí andando, ainda "chateada" por ele não ter comentado sem eu ter perguntado antes.

Entrei na sala do Frange quando a reunião do comitê de formatura estava prestes a começar. Estava torcendo para entrar e ficar no fundo, escondida, mas imediatamente ouvi alguém me cumprimentar.

— Elysse! O que está fazendo aqui?

Droga. O sr. Frange conhecia a Elysse. Apesar de aparentemente não conhecer bem o suficiente para saber que eu não era ela.

— Desculpa, eu sei que não vim nas últimas reuniões, mas achei que ainda poderia participar.

— Sim, pode, mas... você não estava com mononucleose?

É isso que acontece quando você faz as coisas com pressa, gente! Não pesquisa o suficiente e aparece na escola rival como a "menina com mono". Todo mundo conhece a menina com mono. Ela é a sortuda que não tem que ir para escola por dois meses. Eu tinha escolhido justamente a pessoa que todo mundo conhecia pelo menos por alto.

— Não! — falei, sorridente, e fui até a mesa dos fundos, na esperança de que minha postura blasé fosse o suficiente para não levantar suspeitas. — Parece que era só uma mistura bizarra de alergia e bronquite. E eu tive uma infecção urinária, que não tem os mesmos sintomas de mono, mas é... bem desconfortável.

Alguns estudantes riram. O sr. Frange arregalou os olhos. Tive a impressão de que ele iria querer mudar de assunto imediatamente.

— Ok. Então... que bom tê-la de volta!

Ao vê-lo pessoalmente assim pela primeira vez, precisava dizer que... ainda não entendia o apelo. A pele cor de areia molhada destacava o bigode tingido de marrom e o cabelo curto que, olhando agora mais de perto, parecia ser implante. É com essa pessoa que alguém teria um caso?

Eu me sentei ao lado de uma menina de franja gigante e postura ruim. Ela estava olhando para mim com um ar suspeito.

— Você fez a sobrancelha?

— Uhum. Eu tive um tempo livre pra matar.

Má Postura deu de ombros.

— Ficou bom.

Era mentira. As sobrancelhas da Elysse eram melhores do que as minhas. A Menina de Má Postura não era confiável.

O sr. Frange tentou controlar a sala de novo.

— Ok, pessoal, antes de começarmos com a parte divertida sobre a festa de formatura, me mandaram fazer algo novo. Eu preciso pegar os celulares de todo mundo e colocar nessa caixa e não posso devolver até terminarmos.

O sr. Frange mostrou uma caixa.

— Sr. Frange! Nós temos permissão para usar o celular depois da aula! — disse uma pessoa reclamona na terceira fileira.

— Não dentro do perímetro da escola, aparentemente — ele disse e pegou uma folha de papel para ler o texto. — "Alunos não têm mais permissão de usar os celulares em encontros fora do horário das aulas que aconteçam dentro da propriedade da escola. Os aparelhos devem ser coletados no começo de cada atividade e devolvidos ao final."

A sala inteira resmungou enquanto o sr. Frange passava com a caixa, e todos entregaram seus celulares como se fossem prisioneiros devolvendo contrabando.

— Isso não é ordem minha. Vocês sabem que, pra mim, foda-se se vocês ficam mandando mensagem durante as minhas aulas — disse Frange.

Ele era um daqueles professores que xingavam para parecer legais e descolados.

Enquanto o barulho de tum, tum do choque do vidro e plástico circulava pela sala, eu percebi que ali estava uma oportunidade. Comecei a digitar uma mensagem com a minha mão direita enquanto levantava a esquerda para pedir permissão para falar.

— Hoje é o dia que vamos votar no tema da festa...

Frange se virou para o quadro sem perceber minha mão levantada.

— Sr. Frange? — perguntei, olhando nos olhos dele quando se virou.

— Não acha que é um pouco hipócrita que você tenha permissão de ficar com o seu celular e nós tenhamos que entregar os nossos?

No meu celular, mandei "Ligue para Josh Frange! Agora!" para a sra. Blye. Sempre que eu mandava mensagem ela me respondia na mesma hora. Ela ficava colada no celular desde que me contratara. Ela respondeu imediatamente.

> **BLYE:** O quê? Por que eu faria isso?

— É sim, mas vocês têm dezesseis anos e eu... sou mais velho, então eu ganhei o direito de ter meu celular sempre que eu quiser. Além do mais, diferente da sua geração, eu não me distraio com meu celular.

Ele sorriu. Ok, coroa.

— Então quer dizer que, se o seu celular fosse uma distração, aí sim você o colocaria na caixa?

— Claro — disse ele e deu de ombros, indiferente com o meu comentário. — Mas até isso acontecer, entregue seu telefone.

A caixa estava na fileira à minha frente.

A sra. Blye mandou outra mensagem

> **BLYE:** Te contratei justamente para não ter que falar com ele! E se o meu marido vir meu histórico de ligações?!

> **MARGOT:** É só apagar depois de ligar!

> **BLYE:** Eu não sei fazer isso!

Jesus amado, como adultos eram irritantes. Ela não sabia apagar ligações do seu histórico?! Como?! A sra. Blye devia passar uns quinze minutos por dia discutindo com a Alexa.

> **MARGOT:** Eu apago pra você, mas eu preciso muito muito muito que você ligue para ele. É importante. Ligue e diga que ligou por engano.

A caixa chegou na minha mesa. Eu digitei o mais rápido que pude. O sr. Frange estava com uma expressão irritada.

— Elysse. Por favor. Colabore. Entregue o celular — ele ordenou.

A cada toque ele ficava ainda mais irritado, mas tentou não demonstrar. Ele começou a andar na minha direção.

> **MARGOT:** Liga! agora agora agora!

Joguei meu celular na caixa na hora que o sr. Frange chegou perto de mim.

— Desculpa, eu só... tinha que avisar minha mãe onde eu estava. Desculpa — falei, levantando as mãos para o alto.

O sr. Frange suspirou.

No mesmo momento, o celular dele começou a tocar "Under Pressure". Será que ele tinha um toque específico para a sra. Blye? Eca.

Ele congelou no lugar. Eu via as engrenagens funcionando na cabeça dele. *Eu atendo a ligação de uma mulher com quem eu transei um mês atrás que talvez queira transar comigo de novo se eu atender? Ou... eu ignoro e assim provo meu argumento para a Elysse e mantenho minha autoridade na sala de aula?* É claro que, como a maioria dos homens, ele escolheu o sexo (ou, naquele caso, a remota possibilidade de fazer sexo).

— Eu... sinto muito, preciso atender essa ligação — murmurou Frange ao ver o número.

— Ahhhh, é? — falei.

E então a reação foi geral. Todo mundo começou a provocar:

— Achei que não se distraía com o celular!

— Como assim?

— Isso não é justo!

Uma cacofonia de indignação.

— Desculpa, isso é... muito importante, mas tudo bem! Quando eu voltar, vou colocar meu celular na caixa também. Ok?!

Ele praticamente saiu correndo da sala.

Eu me recostei na cadeira e me espreguicei porque, olha, aquela tinha sido boa. Olhei para a Franja com Má Postura, que talvez agora fosse minha melhor amiga.

— Eu amo quando os professores comem bola — disse ela.

— Essa é uma péssima visão pra imaginar, mas sei o que quer dizer — respondi, e me inclinei para a frente. — Qual é o lance do sr. Frange? Você acha que ele é um cara do bem?

FMP cerrou os olhos para me olhar como se eu fosse escrita em letras miúdas. Ela obviamente nunca tinha parado pra pensar se os professores eram "do bem" ou "do mal", ou nenhum termo intermediário.

— Eu não sei — disse ela, e deu de ombros. — Ele ensina Química.

Muito observadora. Talvez não fossemos nos tornar melhores amigas.

Depois de alguns minutos se passarem, o sr. Frange voltou para a sala com uma expressão nervosa por ter falado com a sua peguete de uma noite só e ter sido rejeitado logo em seguida.

— Desculpa, pessoal, como eu disse... era uma ligação importante, então...

A turma não estava nem aí, como ficou claro pelo canto coletivo de:

— Celular na caixa! Celular na caixa!

— Ok, ok. Pronto! Satisfeitos?

O sr. Frange deixou o celular na caixa e guardou a caixa na gaveta da mesa. Meu plano estava funcionando. Era então que vinha a parte difícil.

Pelos vinte minutos seguintes da reunião, uma garota de piercing na língua que eu apelidei de Rebelde e uma garota de tranças que eu chamei de Anne de Green Gables Loira ficaram discutindo qual tema era melhor. Rebelde queria "De Brighton para o Futuro", uma versão de *De volta para o futuro*, enquanto Anne de Green Gables Loira queria o tema "The Bachelor", o que eu imagino que envolveria confessionários e o Rei do Baile entregando rosas? Gables comentou que o tema de "De Brighton para o Futuro" era forçado e deselegante. Rebelde disse que "The Bachelor" era degradante para mulheres e "se você queria uma festa misógina, por que não fazemos o tema ser 'Roosevelt'?".

Um monte de estudantes riu e disse coisas como "Toma essa" e "Pisou toda!".

Eu me aproximei de Franja com Má Postura.

— O que querem dizer? Tirando o fato de que Roosevelt é um lixo! Claro! — falei, talvez exagerando no espírito escolar da Brighton.

— Não ficou sabendo? Eles têm um site de pornô de vingança rolando lá. É uma merda. E agora a Michelle Bruckner apareceu nele.

Por que aquele nome parecia familiar? Porque a foto da Michelle estava do lado da foto da Elysse Brown no anuário da Brighton.

Encostei a testa na mesa. Senti o gosto de metal na boca. O vr havia se expandido para *Brighton*? Será que tinha chegado a outras escolas também? Outras cidades? Estados? Senti meu estômago embrulhar. Eu precisava conferir o site todos os dias de agora em diante.

Da frente da sala, um menino sardento jogou a ideia de fazer uma festa sem tema, o que gerou uma grande discussão. Eu usei a discussão como desculpa para ir ao banheiro e, uma vez lá, liguei para o Sammi do meu celular descartável. Depois de um toque e meio ele atendeu.

— E aí?

— É agora. Eu vou entrar no celular do Frange.

— Massa. Finalmente — disse ele, como se eu estivesse demorando uma vida.

— Eu preciso que você apague as fotos do hd e nuvem dele assim que eu acabar com o celular.

Ele pausou por um instante.

— Ok, mas eu não tô em casa nesse minuto.

Como assim?! Era quarta-feira. Sammi sempre ia para casa depois da aula às quartas. E literalmente todos os outros dias da semana.

— Tá falando sério? — perguntei.

— Eu consigo chegar em casa em dez minutos, Margot. Vai dar certo.

— Eu gostaria que você tivesse me avisado que não estaria em casa.

— É. Bom, eu gostaria que você tivesse me avisado que iria entrar no celular hoje!

Ele tinha razão. Eu deveria ter avisado, mas em outros momentos ele sempre estava disponível. Eu nunca precisava bater minha agenda com a dele.

— Estarei pronto em dez minutos — falou. — Me avisa quando conseguir.

— Tá bom.

Para o plano funcionar, Sammi precisaria entrar no Instagram do Frange para apagar a foto ao mesmo tempo que eu hackeasse o celular dele. Não valeria a pena o Sammi fazer isso se o Frange pudesse postá-la de novo. Nosso plano iria fazer parecer que a foto se perdera quando o celular dele desse defeito, provavelmente por conta de um bug. O que significava que Frange nunca iria saber que hackers freelancer estavam por trás disso.

Hora de agir. Em vez de voltar para a sala do Frange, saí pela porta traseira até o estacionamento, onde alguns jovens cheios de piercings estavam em pé perto do bicicletário. Paguei vinte dólares para eles ativarem o alarme de incêndio. Cinco minutos depois, aquele barulho terrível estava ecoando nos corredores.

Vários alunos de vários encontros e clubes começaram a sair das aulas de aula. O pessoal do teatro estava meio fantasiado, o clube de Simulação da ONU saiu carregando os fichários de políticas internas etc. Eu peguei uma rota alternativa para chegar na sala do Frange, finalmente vazia. Fui direto para o fundo da sala e peguei o ímã do experimento do dia anterior.

Depois, corri para a mesa do Frange que, por idiotice, tinha deixado destrancada. Peguei o celular dele da caixa de celulares. Eu poderia ter quebrado o celular ali mesmo, mas tinha um plano muito melhor (e bem mais complicado). E queria quebrar o celular sem parecer que alguém destruiu o aparelho todo. O ímã faria exatamente aquilo.

Coloquei o celular do Frange em cima do enrolamento do ímã e o liguei. Em cinco a dez minutos, ele já era. Tchauzinho, fotos da sra. Blye (e todo o resto). Enquanto isso, a parte externa do celular permaneceria intacta. Seria impossível descobrir que alguém havia mexido com ele. Era o crime perfeito.

Eu me certifiquei de manter a caixa de celulares a mais de um metro de distância do ímã e liguei o cronômetro. Um barulho saiu dos alto falantes da sala.

— Ok, pessoal, parece que foi alarme falso. Todas as atividades e clubes podem voltar para o prédio.

Merda. Merda, merda, merda. Olhei para o cronômetro. Só haviam se passado dois minutos. Olhei para o lado de fora. Todo mundo estava voltando para a escola. Estava sem tempo. Eu desliguei o ímã e peguei o celular.

Apertei o botão de ligar. Nada. Tentei reiniciar. Nada. Tentei de novo. Nada. Nada. Nada.

As vozes ao longo do corredor preencheram a sala. Eu tinha que sair dali. Desliguei o ímã, joguei o celular do Frange na caixa e larguei a caixa dentro da última gaveta da mesa. Eu fechei com força e virei minha cabeça e vi...

Franja com Má Postura. Em pé, na porta. O rosto sem expressão dela não me dizia nada. Ela estava me julgando? Ia me denunciar para o Frange?

Nós ficamos olhando uma para a outra. Ela olhou para a gaveta onde estavam os celulares e depois para mim. Então ela fez um pequeno aceno com a cabeça e andou de volta em silêncio para a mesa. Estava tudo bem. Eu saí da sala no contrafluxo dos estudantes que entravam no prédio, e continuei andando.

A caminho da parada de ônibus, mandei mensagem para Sammi.

> **MARGOT:** Operação Ímã da Morte foi um sucesso! Matei o celular.

> **MARGOT:** Sua vez de fazer uma jogada. Ou de rebater. Já que você gosta de beisebol.

> **SAMMI:** às vezes os seus planos são desnecessariamente complicados. por que você não quebrou logo o celular dele?

> **MARGOT:** Porque eu sou um gênio. Desse jeito ele vai achar que o celular morreu do nada. Logo, sem provas de interferência.

Depois de alguns minutos...

> **SAMMI:** parece complicado. eu teria quebrado o celular.

> **MARGOT:** Só apaga a foto, por favor.

Um minuto depois...

> **SAMMI:** feito.

Mandei mensagem para a sra. Blye avisando que o trabalho tinha sido concluído e que ela podia me pagar o montante que combinamos. Ufa. Sucesso. Que alívio.

Havia chegado no ponto de ônibus. Entre quinze e quarenta e cinco minutos eu estaria em casa. Iria comer qualquer coisa que minha mãe tivesse deixado para esquentar e ficaria matando tempo ouvindo podcasts de *true crime* na cama até cair no sono. Conferi o Vadias de Roosevelt mais uma vez. Fora Michelle Bruckner, não havia novas vítimas. Ok.

Meu celular apitou com uma mensagem do Avery.

AVERY: Senti sua falta hoje. Quer carona para a escola amanhã?

MARGOT: Pode ser.

Eu estava pronta para mandar uma resposta mais direta quando recebei outra mensagem do Sammi.

SAMMI: me avisa quando tiver o próximo trabalho

Meu coração apertou. Eu queria tanto responder: "Na verdade eu peguei o maior trabalho da minha vida e está acabando comigo, e eu preciso que você hackeie o computador do Harold Ming!". Mas obviamente não podia fazer isso. Promessa era dívida. Então, em vez disso, eu respondi...

MARGOT: Claro.

Eu coloquei o celular em modo avião. Já estava bom.

15

Em uma sala muito, muito escura com Harold Ming

Acordei às seis da manhã só conseguindo respirar por uma narina. Minha cabeça estava latejando, a garganta seca. Toda a adrenalina da operação Frange havia passado e meu corpo estava processando alguma espécie de resfriado/gripe que fazia tudo doer. Eu precisava ficar em casa, pedir um delivery de pho do restaurante vietnamita acima da média do fim da rua e registrar o caso da sra. Blye no QuickBooks. (Uma das coisas mais chatas de ter um pequeno negócio é ter que fazer fluxo de caixa. É como uma tarefa de casa que não acaba nunca.)

Estava prestes a mandar uma mensagem para o Avery avisando que não iria precisar de carona, mas ele foi mais rápido.

> **AVERY:** Eu esqueci que tenho clube de fotografia hoje. Vamos sair no sábado?

Meu instinto era responder "Claro", voltar para a cama e sumir por três dias... Mas eu tive uma sensação estranha. Uma sensação de "Isso vai acabar com os meus planos de hoje", porque o clube de fotografia parecia ser relevante por algum motivo. Arrastei meu corpo doente da cama até a mesa e abri o arquivo do Harold. É. Harold também estava no clube de fotografia.

Avery e Harold não tinham muitos interesses em comum. Apesar de participar de quase todos os clubes, Avery havia educadamente se mantido longe do Grupo de Apoio. Ele me dissera que tinha ido a uma reunião uma vez e achado a experiência um tanto... forçada. O que eu entendi como assustadora. Além disso, o reverendo do grupo ficava tocando violão por três horas direto. O que eu acho que é duas horas e cinquenta e sete minutos a mais do que o aceitável.

Enfim, Avery e Harold não eram exatamente melhores amigos. Não tinha garantia alguma de que eles tinham planos de se ver, então o clube de fotografia era com certeza a minha melhor chance. E, já que o clube só se encontrava uma vez no mês, eu sabia que precisava ir. Respondi o Avery.

MARGOT: Posso ir?

AVERY: Quer participar do clube?

MARGOT: Isso. Eu gosto de fotografia. Talvez eu entre ano que vem, sei lá.

AVERY: Legal, então tá bom.

Avery me buscou às sete da manhã. Estava chovendo e, mesmo de capa de chuva, fiquei ensopada andando da entrada do prédio até o carro. Eu queria agradecê-lo pela carona, mas em vez disso tive uma crise de tosse e controlei catarro que estava tentando escorrer do meu nariz.

Avery fez uma cara preocupada.

— Você tá bem?

Merda. Eu precisava me esforçar mais para disfarçar os sintomas, ou seria mandada para casa antes do quarto horário.

— Tô. Desculpa, é só... rinite alérgica.

Eu sorri, incapaz de fingir que estava completamente saudável e normal. Ele franziu o cenho.

— Rinite? Tem certeza?

— Olha, eu não posso deixar de ir para a escola hoje. Eu tenho um monte de provas e, além do mais, é muito importante que eu vá para o clube de fotografia porque o seu Instagram é incrível e o meu é só fotos dos meus pés e... Eu quero tirar fotos melhores.

Acho que outro sintoma do resfriado era "externar meus fluxos de pensamento aleatórios". Fechei os olhos e decidi não os abrir até chegar na escola porque parecia que isso ia dar *muito trabalho*.

— A temperatura do seu assento tá boa? — perguntou Avery, e percebi que o meu bumbum estava quente.

Eu tinha feito xixi? O quão doente eu estava, afinal? Não, era o aquecedor de assento. Claro que aquele carro metido a besta tinha aquecedor nos assentos.

— Tá. Quer dizer, nós da plebe da Trinity Towers não temos muito acesso a assentos aquecidos. Então, isso é ótimo.

Não ouvi uma risada. Nenhum comentário sarcástico. Abri um olho e vi o Avery olhando para a frente. Ele não parecia muito encantado pela minha observação sobre a nossa disparidade de poderes aquisitivos. Opa.

Estacionamos na área para estudantes e ficamos sentados por um tempo. Eu fiquei esperando que o Avery saísse e abrisse a porta para mim, por causa dos hábitos regenciais dele. Mas ele não se mexeu e, em vez disso, disse:

— Bom. Eu tinha todo um plano para hoje. Eu ia te levar até a entrada principal com um... guarda-chuva gigante e chique que meu pai usa. Mas... eu esqueci de trazer.

Ele soltou um barulho de peido com os lábios.

— Seria muito cavalheirismo da sua parte.

— Eu sei!

— A gente sai correndo então? — perguntei.

Eu também não tinha levado guarda-chuva.

— Você tá doente. Eu posso te deixar lá na porta.

— Não. Eu estou bem.

Eu não estava. Eu estava muito doente.

— Quer apostar corrida? — perguntei.

Qual era o meu problema?!

— Ok... mas eu preciso te avisar... Eu sou, tipo... muito rápido — disse ele, fazendo toda uma cena para mostrar os tríceps.

Exibido.

A entrada era a uns quarenta e cinco metros de distância. Avery com certeza estava usando um suéter muito caro.

— É, bom, eu jogo sujo.

Antes que ele pudesse dizer qualquer coisa, peguei as chaves, joguei no banco de trás e saí correndo até a entrada.

Eu consegui ouvi-lo correndo atrás de mim, reclamando como uma criancinha quando mergulhou os sapatos chiques em uma poça d'água.

— Merda! *Merda!*

Eu não me aguentei e comecei a rir. Cheguei na entrada primeiro (eu *ganhei*) e me virei para falar "PRIMEIRA!" enquanto abria a porta... mas a porta não se mexeu. Ainda estava trancada.

— O que você tá fazendo, Mertz? Abre a porta! — gritou ele.

— Ainda deve estar trancada — gritei de volta sobre o barulho da chuva.

— *É porque só gente doida chega na escola cedo assim!*

Estávamos completamente expostos. Eu fiquei com pena dele, tirei minha capa de chuva e a coloquei por cima de nós dois como se fosse uma lona.

— Vem comigo, a porta da recepção geralmente fica aberta.

Nós demos alguns passos, tentando dividir a capa de chuva. Era como estar em uma corrida de três pernas na qual, se não estivéssemos em sincronia, iríamos cair de cara na água. Avery segurou na minha cintura com uma mão e usou a outra para segurar a capa. Eu sou mais baixa do que ele, então a água ficava caindo do meu lado, o que o fez se aproximar ainda mais de mim. Eu diria que ele "esqueceu" o guarda-chuva de propósito. Mas sinceramente não acho que ele é capaz de manipular alguém assim. O que me fez sentir um pouco mal, porque eu sou.

Chegamos na entrada, completamente encharcados, de cabelos colados no rosto. Nós dois estávamos com uma aparência terrível. E aí, por algum motivo, começamos a rir. Foi um momento bonitinho até eu espirrar na cara dele.

Sem considerar minha cabeça latejando e eu cochilando pelo quarto e quinto horário inteiros, o resto do dia foi bem rotineiro. Bom, exceto quando Mandy Tillman soltou o maior peido do mundo no meio da aula de Política Avançada e chorou. Mandy era o tipo de menina certinha e nervosa que preferiria morrer a peidar em público, e o peido gigantesco e nocivo veio obviamente dela. Eu geralmente não me deleito com o azar de alguém, mas aquilo foi demais. Todo mundo riu. Eu acho que vamos todos nos lembrar disso para o resto de nossas vidas.

Fora isso, bem rotineiro.

O último sinal tocou e eu logo pesquisei por fotógrafos famosos. Percebi que eu deveria ter algo interessante para dizer sobre as fotos do Avery (por exemplo: "Elas têm a *vibe* pensativa do trabalho do Stieglitz, mas o tom divertido da Annie Leibovitz").[51] Às 14h35, me encontrei com Avery na frente do laboratório de fotografia. Ele estava carregando dois copos de um líquido não identificável, um superquente e outro gelado.

---

[51] A regra para nomes de fotógrafos é que "i" vem antes do "e", **ou** "e" antes do "i", e foda-se essa merda.

— Vira o gelado primeiro, depois bebe o quente devagar. Não vai ter efeito imediato, mas amanhã... vai estar novinha em folha — disse ele, ao colocar os dois copos nas minhas mãos.

Minha mãe era enfermeira então eu sabia que a única coisa a fazer com uma gripe era dormir e assistir a uma temporada de uma série de TV repetida. Mas, já que estávamos "namorando" e tudo mais, eu fui na onda dele. Virei o copo gelado, ou pelo menos tentei, porque era terrível.

— Isso tem gosto de morte. Por quê?

— Não exagera, e vira logo, ou não vai funcionar. É basicamente couve e zinco.

— Você não é um desses antivax, é?

Muita gente rica era.

— Bebe! — insistiu ele.

Então eu bebi. Cada gole ia ficando pior.

Eu entrei na sala segurando o copo quente, que era menos nojento (chá), e me sentei ao lado do Avery. O treinador Powell era o professor aleatório responsável pelo clube de fotografia naquele dia, um homem branco de meia idade de barriga protuberante, que deixara os tempos de jogador de basquete no passado. Ele não desviou os olhos do livro nem uma vez. Estava lendo Toni Morrison, pelo menos. Isso eu respeito.

— O que está fazendo aqui, Margot? — perguntou Tara, uma menina que eu vagamente lembrava das aulas de geometria do primeiro ano.

Ah, verdade, era super esquisito ir para um clube do qual eu não fazia parte.

Tentei mudar de assunto.

— Você tirou o aparelho? Seus dentes estão lindos!

Se você não quiser responder à uma pergunta de alguém, responda com um elogio. A pessoa vai imediatamente esquecer o que perguntou. Em geral, as pessoas são bem fúteis e amam falar sobre si mesmas. Como previsto, os olhos de Tara se iluminaram. Ela estava prestes a começar um monólogo sobre a "história do aparelho"[52] quando fomos interrompidas por alguém:

— Margot Mertz! Que surpresa boa!

---

52 Todo mundo têm uma "história do aparelho" e é sempre a mesma coisa. A pessoa tinha usado aparelho nos dentes. Por mais tempo do que pensou que teria que usar. Eles machucavam. E aí tirou o aparelho. Fim.

Eu me virei e vi uma câmera apontada na minha direção. Atrás dela estava o corpo gigante de Harold Ming. Harold era alto e forte por conta da luta livre (e/ou possivelmente bomba?), tinha a pele bege amarelada e usava creme demais no cabelo. Ele interrompeu o gesto.

— Ah. Desculpa. Posso ter sua permissão para tirar uma foto?

— Na verdade, prefiro que não tire. Estou meio doente — falei.

Percebi o meio segundo de mágoa antes de Harold ligar o sorriso falso. Ele abaixou a câmera.

— Claro. Sem problema. Queremos que todo mundo se sinta seguro e bem-vindo. Muito feliz por você estar aqui, Margot!

Ele colocou o punho no ar para eu dar um soquinho, o que eu fiz, na má vontade. Eu não queria parecer ser uma chata que odiava ele (além do mais, eu estava torcendo para ele pegar meu resfriado).

Harold se virou para o restante do clube de fotografia.

— Ok, então hoje vamos revelar as fotografias de Tara, Avery e Bella, e fazer comentários. Treinador Powell, você gostaria de nos supervisionar na sala escura?

— Não, Ming. Você dá conta — respondeu o treinador Powell respondeu, virando a página do livro.

Enquanto grifava um trecho de caneta, ele murmurou para si mesmo:

— Você é a sua melhor coisa.

— Maravilha. Então... vamos começar! — disse Harold com um tom animado, parecendo um professor de catequese.

Eu estava me levantando do meu assento quando o Harold disse:

— Ahh. Desculpa, Margot. Acho que você não pode entrar na sala escura. Não até ter assistido ao seminário de segurança que fizemos no começo do ano.

A expressão dele era como se tivesse me diagnosticado com câncer. Toda palavra que saía da boca dele era carregada de emoção.

Avery tentou argumentar:

— Harold, ela só quer observar. Se usar os óculos de proteção...

— *Na verdade...* — cortou Harold, e percebi que aquilo iria virar uma grande discussão de *mansplaining* sobre os procedimentos de segurança.

— Sem problema, Hal — interrompi. — Eu fico aqui. Não quero descumprir nenhuma regra do clube.

Harold concordou com um sorriso arrogante e forçado.

— Você sabe como é. Não seria justo com os outros membros que participaram do seminário.

Eu fiz jóinha com as duas mãos para ele. *Relaxa, seu trouxa. Eu vou ficar bem aqui e fazer uma cópia do seu* HD.

Harold guiou o grupo para a sala escura. Avery ficou para trás por alguns minutos.

— Tem certeza de que não quer só... ir pra casa? Vai demorar um pouco.

— Não, tá tudo bem — falei, controlando a minha coriza.

Avery apertou os olhos. Como se soubesse que tinha algo secreto acontecendo.

— Ok. Então... faz o que precisa fazer, e eu volto logo.

— Legal. Mal posso esperar para ver suas fotos e fazer uma crítica devastadora!

— Uuuh! Feedback! Eu adoro!

Ele sorriu e saiu andando para a sala escura.

Eu sorri de volta até ele sumir do meu campo de visão, e então comecei a trabalhar. Peguei minha mochila, fui até a mesa do Harold e coloquei minhas coisas ao lado das dele. Tirei o moletom e joguei por cima do notebook.

Quando liguei meu HD externo no computador dele, senti um cansaço tomar conta de mim. Eu estava exausta de ficar correndo atrás de HDs e de formas de os vasculhar. Eu estava exausta de ter todo aquele trabalho e não encontrar nada. E estava *literalmente doente* por causa disso. Eu esperava que Harold fosse o último. Queria tanto acabar logo com aquilo. Abri o notebook dele e, por sorte, Harold não o havia desligado desde a última aula. Ele era o tipo de babaca superconfiante que não tinha a preocupação de bloquear os aparelhos com senha. Eu não ficaria surpresa em saber que ele nem trancava o armário. Quanta arrogância!

Eu tinha um programa chamado FAST-D[53] que copiava um HD inteiro em trinta minutos. Eu não sabia nada sobre revelação de fotos, mas havia visto em filmes que fotos eram reveladas em salas escuras. Você coloca a foto em uma bacia com produtos químicos, depois coloca em outra bacia, e aí deixa pendurada por um tempo. Parecia ser um processo que demoraria pelo menos uma hora ou mais, o que me dava tempo o suficiente. Dei uma olhada no

---

53 Faça um favor a si mesmo e não jogue isso no Google. Também é o nome de um tipo de pornô que você nunca vai conseguir esquecer.

treinador Powell, ainda absorto na escrita incrível da srta. Morrison. Olhei para o relógio. Conferi o tempo restante de download. Faltavam nove minutos. Pensei em me deitar um pouco. Eu sabia que era uma má ideia, mas a mesa parecia tão... confortável. E minha cabeça estava tão... pesada. Tão... tão...

Eu ouvi a porta abrir. Meus olhos se abriram e eu vi o Avery saindo da sala escura. Ele estava segurando duas fotos que tinha acabado de revelar e praticamente gritava:

— Ei, Margot! Terminamos. Hora de criticar!

Harold estava logo atrás. Meu cérebro estava começando a acompanhar a situação. *Você dormiu, Margot! E o seu* hd *ainda está conectado no notebook do Harold. Faz alguma coisa!*

Eu me levantei.

— Já voltaram! Legal! Foi rápido! — falei, com animação demais enquanto fungava coriza.

— Ficamos lá por mais de uma hora — comentou Harold.

— Ah, é? — falei, parecendo louca.

Eu tinha certeza de que estava com febre. Olhei para o relógio na parede. É, eram 15h50. Harold e Avery estavam na minha frente e meu moletom ainda estava cobrindo o notebook do Harold.

— Por que você mudou de lugar? — perguntou Harold.

— Ah... — respondi.

Eu estava suando? Ele sabia? Todo mundo sabia?

— Eu só... queria um assento mais confortável — falei.

Harold franziu o cenho, porque eu tinha saído de uma cadeira de metal para outra cadeira de metal idêntica. *Precisa mentir melhor, Margot!*

Eu vi a boca dele se contorcer, a mão direita dele se esticou para a frente. Ele ia puxar o meu casaco de cima do computador e expor o hd externo. Ele iria me chamar de ladra e mentirosa e provavelmente me fazer ser expulsa se eu não fizesse alguma coisa *imediatamente*.

— posso só dizer uma coisa? — gritei, batendo a mão esquerda na mesa (ao mesmo tempo que passava a mão direita por baixo do casaco para tirar o usb do computador do Harold).

Todo mundo congelou. Eu tinha a atenção de todos. Mas nada a dizer.

— Eu fiquei aqui por mais de uma hora, esperando pacientemente vocês voltarem com as fotos e nenhuma vez! Nenhuma. Vez — *gritei e* ao mesmo tempo, com um só movimento, tirei meu moletom de cima do computador do Harold, com o HD externo escondido na manga. — Alguém... já disse para a Tara... como ela ficou ótima sem aparelho?

Todo mundo olhou para Tara, que estava ficando vermelha (mas gostando da atenção).

— Vocês não fazem ideia de como é usar aparelho! A insegurança que você sente! E como machuca a boca. A Tara sofreu por três anos com aparelho...

— Na verdade, foram só dois... — interrompeu Tara, tímida.

— Dois anos! Mas parece que foram três! E com ajustes! E as piadinhas! Sem falar na, na...

Eu estalei os dedos duas vezes, e apontei para Harold completar minha fala.

— Na dor?

— A dor! Isso! Sim! O mínimo que podemos fazer é, é... olhar para ela! Quer dizer, esse é o clube de fotografia, não é? A missão de fotógrafos não é perceber... sabe... a vida?

Todo mundo começou a cochichar. Alguns concordaram comigo. Outros pediram desculpas para Tara, que reafirmou para todo mundo que estava tudo bem. Então Tara me lançou um olhar agradecido e disse uma "obrigada" discreto. Que eu realmente não merecia.

Eu me senti tonta e me apoiei na mesa. Olhei ao redor. Até o treinador Powell havia deixado o livro de lado para saber o que a menina doida iria dizer.

— Ok, bom, que tal a gente se esforçar mais? Para.. ver... — falei, e me virei para o Avery. — E vejo *você*... lá no seu carro chique que aquece o bumbum. Tenham um bom dia.

E com isso, eu me virei, de cabeça erguida, e saí da sala de fotografia.

Dez minutos depois, me encontrei com Avery no carro dele. Nós entramos e, por um minuto, não falamos nada. Eu estava meio acordada, meio dormindo, usando toda a energia que me restava para ficar com a cabeça reta. Eu sabia que precisava pedir desculpas, ou pelo menos dar uma boa explicação. Mas então ele disse:

— E aí, deu certo? Você conseguiu pegar o que precisava do notebook do Harold?

Arregalei os olhos. Avery não parecia chateado, só curioso. Eu estava cansada de fingir inocência.

— Eu copiei a memória dele. Agora, vamos ver. Como você sabia?

— Eu tive namoradas que iam para os jogos de futebol e shows da escola. Mas nunca uma menina quis ir para o clube de fotografia. Tipo, eu sei que eu sou legal, mas não sou tão legal assim.

Justo.

— Desculpa. Eu devia ter te contado, é que... — deixei minha fala morrer em um sussurro.

— Sem problema, Mertz. Fico feliz de ser o seu capanga — disse ele, ligando o carro. — Então... se você me avisar com antecedência da próxima vez, talvez eu possa ajudar mais...

— Mais?

— Eu enrolei o Harold! Até errei a revelação de uma foto de propósito, o que quer dizer que eu tive que ouvir o discurso de Harold Ming sobre "protocolo de banho químico" e foi *muito* petulante. Espero que tenha valido a pena.

— Valeu, sim. Obrigada.

Eu sorri, sincera.

Avery começou a mexer no painel do Tesla e pareceu nervoso, talvez pela primeira vez desde que nos conhecemos.

— Eu posso... Queria te perguntar uma coisa.

— Ah, entendi. Você me ajudou e agora eu estou te devendo?

— De jeito nenhum! Não — disse, e hesitou. — Eu só queria pedir... uma coisa, um favor, eu acho? Mas você não precisa fazer se não quiser. Mas... é...

— Meu Deus. O que é? — perguntei, começando a ficar preocupada que ele precisasse de um rim ou algo assim.

— Tá. O hospital da minha mãe... Minha mãe trabalha em um hospital, eu já te contei isso?

— Todo mundo conhece os seus pais, Avery.

— Ah. Tá bom — ele disse e balançou a cabeça, meio desconfortável. — Bom, o hospital dela ganhou uma coisa chamada NOVA, que é um prêmio desse de... Sei lá, tipo, ser um bom hospital ou algo assim. De qualquer forma, minha mãe vai aceitar o prêmio nesse... evento de gala.

— Ok...

— E eu tenho que ir. Então... você quer ir comigo?

Ele estava literalmente prendendo a respiração.

— Jogo limpo: vai ser bem chato e nada divertido — acrescentou.

— Desculpa, deixa eu ver se entendi. Você está me convidando para um baile?

Talvez eu estivesse mesmo em um romance da Jane Austen.

— Não é um baile. É um evento de gala — corrigiu.

(Eu pesquisei depois. São a mesma coisa.)

— E, mais uma vez, vai ser um porre meeeesmo — acrescentou, parecendo desconfortável só de pensar no assunto.

— Você não pode ficar em casa? Por que a sua mãe te obriga a ir?

— Curiosidade: minha mãe não se importa se eu vou ou não. Meu *pai* é quem faz questão que eu esteja lá.

Ao ver meu olhar confuso, ele continuou a falar.

— Meu pai nunca perde uma oportunidade de participar dessas coisas. Eu acho que nunca comentei com ninguém, mas ele está pensando em concorrer a um cargo político no futuro.

— Uau. Que loucura.

— E, como ele é um homem branco de esquerda, adora levar o filho negro bem-sucedido para tirar fotos. Como eu disse, não vai ser divertido, mas com sorte vamos poder ir embora cedo e fazer alguma outra coisa que *seja* divertida.

Nenhuma das outras namoradas dele conheceram os pais dele, mas ele queria que eu os conhecesse? Em um... evento de gala de gente rica e elegante? Eu fiquei sem palavras. Vi o nervosismo do Avery aumentar a cada segundo.

— Sabe de uma coisa? É ruim demais. Desculpa. Eu não quero te fazer passar por...

— Não, não, não! — falei, tentando recuperar a situação. — Desculpa, eu só fiquei meio surpresa. E, sinceramente, preocupada, porque eu não tenho nem roupa pra isso. Mas, sim, se você quiser que eu vá. Eu vou. Claro. Parece... bom, não divertido, mas educativo.

Afinal, estávamos "namorando". Então não podíamos fazer só trabalhos secretos da Mertz ASV. E fazer aquilo iria mesmo fazê-lo feliz, pelo sorriso grande e bobo no rosto dele.

— Nossa, cara. Você é incrível, Margot. Sério, você não faz ideia de como eu odeio essas coisas e eu realmente...

— Vai ser um prazer — falei, olhando para os olhos grandes e esperançosos dele.

Ele batucou no volante, mas não colocou o carro na marcha. E aí ficamos em silêncio de novo. Como quando saímos da casa do Danny. Meu estômago apertou e, em pânico, eu disse:

— Suas fotos!

Avery olhou ao redor, sem saber se eu estava usando algum código ou se estava tendo um derrame cerebral. Eu expliquei:

— Desculpa. É que... Eu queria mesmo ver as fotos que você revelou, se você quiser me mostrar.

Ele concordou com a cabeça, se esticou para pegar a mochila no banco de trás, e pegou as fotos. A primeira era uma foto artística da placa do Trinity Towers, uma placa bege de madeira imitando o estilo Art Nouveau que dizia: "Apartamentos Trinity Towers, Venha para Lar?" (Não vou nem comentar sobre a gramática da frase.)

— O Trinity Towers é uma monstruosidade com controle de aluguel. Por que você tiraria uma foto de lá? — perguntei.

Depois de morder o lábio, ele respondeu:

— Sinceramente? Eu ia tirar uma foto sua. Mas eu sabia que, se tirasse, você iria achar que era clichê ou vergonhoso ou, sabe, machista. Então achei que precisava fazer algo diferente se quisesse impressionar Margot Mertz e... pensei nisso. Seu prédio. Em preto e branco. Desculpa.

Meu Deus. Ele realmente me entendia. Com certeza eu o teria crucificado se fosse uma foto minha. E provavelmente iria falar algo sarcástico. E o fato que ele sabia disso sobre mim...

Eu agarrei o rosto dele. Não sei se estava animada por conseguir pegar o notebook do Harold, ou atordoada pela mistura de Tylenol e remédios para gripe que tomei, ou só excitada mesmo, mas eu sabia que precisava fazer alguma coisa. Então eu agarrei o rosto dele. O rosto ridiculamente bonito e angular dele. Fui direto ao assunto e disse:

— Obrigada por não tirar uma foto minha. E obrigada por saber que eu iria odiar. Se eu não tivesse nojenta e contagiosa, eu te beijaria.

E aí *ele* me beijou, confirmando que seria a próxima vítima da minha gripe. Mesmo com meu rosto inchado e catarro escorrendo do meu nariz, ele foi com tudo. *E foi...* surpreendentemente... nada mal. O hálito dele tinha cheiro de nada, o que era bem melhor do que cheirar a algo. E ele segurou meus ombros com a quantidade certa de força. É por isso que, mesmo só conseguindo respirar por uma narina, eu o beijei de volta. Não sei dizer quanto tempo ficamos assim — pode ter sido três segundos ou três minutos. Eu estava meio atordoada (provavelmente por ser paciente zero daquela gripe). Então ele se afastou e nós ficamos nos encarando. Até eu quebrar o clima e dizer:

— Você é um idiota. Agora vai ficar doente também.

Ele engatou a marcha do carro, a covinha na bochecha esquerda aparecendo.

— Nem se preocupa. Eu tenho um sistema imunológico impecável. Eu não faltei um dia de aula sequer desde o segundo ano do fundamental.

Quanta arrogância!

Quando cheguei em casa, tudo o que eu queria fazer é cair na cama e ficar lá até meu nariz parar de ser uma fonte de catarro. Mas eu estava desesperada para ver o que tinha no HD do Harold. Finalmente, os encontros com o Avery e as madrugadas inteiras pesquisando sobre o Harold iriam valer a pena. Depois que eu tivesse certeza de que aquele merda estava por trás do VR, eu finalmente poderia acabar com ele — e com o site. Escrevi um rascunho de mensagem para mandar no Fúria, coloquei até a foto nojenta do Harold do nosso anuário e um convite para elas destruírem a foto como quiserem. Mas me controlei e esperei para enviar quando tivesse certeza.

Liguei o HD. Depois de uma primeira olhada, a área de trabalho parecia limpa. A maior parte das pastas eram dedicadas a trabalhos da escola. A pasta do Grupo de Apoio estava cheia de cronogramas, mensagens de e-mail e todos os códigos *beta* e *raw* do aplicativo dele. Harold era esperto. Eu tive a sensação de que ele tinha mudado a extensão de todos os arquivos que gostaria que ninguém encontrasse. O que significava que eu teria que descompactar e usar linhas de comando por todo o diretório de arquivos.

Demorei algumas horas nisso, mas finalmente, em sua pasta "Dever de casa do 1º ano", encontrei um arquivo 7-Zip com o nome "Batalhas das Ereções" (que nojo). Achei a mina de ouro. Eram cópias de todas as mensagens eróticas e fotos de pinto que ele havia mandado para meninas. Guardadas para ele admirar tudo depois. E aí encontrei o estoque de pornografia dele. Tanta pornografia. Em uma época em que você pode streamar pornô, sempre me impressiono que alguns homens ainda sintam a necessidade de baixar e salvar arquivos. Mas estava claro que o Harold se considerava uma espécie de sommelier. A pornografia estava toda categorizada, catalogada e datada, como se fosse tudo parar em um museu algum dia.

Continuei procurando e finalmente achei um arquivo com o nome "VR" e dentro dele... fotos e vídeos. Praticamente todo o conteúdo do site... e mais nada. Quê? Sem arquivos de projeto, scripts, ou nada que comprovasse que ele tinha feito o site. Como assim?! Onde estava tudo?!

Eu sabia que devia estar escondido ou criptografado. Fui mais a fundo. Passei o resto da noite vasculhando cada centímetro do HD nojento de Harold Ming e não consegui achar um traço de código do VR. O que queria dizer que Harold não tinha criado o Vadias de Roosevelt.

Filho. Da. Puta.

Eu lavei o rosto, tomei dois comprimidos de Tylenol, e me enfiei debaixo das cobertas. Meu resfriado tinha evoluído para uma gripe violenta... ou uma praga? Eu me deitei em posição fetal e tentei dormir. No dia seguinte, eu teria que voltar ao Registro. De novo. A lista inteira. Todo mundo da escola toda.

Putz. A ideia de ter que começar do zero me embrulhava o estômago. Ou talvez fosse a gripe. De qualquer forma, eu ia vomitar.

18 de março, 20h27

MARGOT: estou doenteeeeeeeeeee.

MARGOT: urrgghhhhhhh...

MARGOT: nãaoooooooooooooooo!!!!!

16

E não sobrou nenhum

Eu passei três dias de cama com febre. Assisti a Netflix e ouvi podcasts de mulheres inspiradoras. Conferi o Vadias de Roosevelt religiosamente. Até então, nenhuma menina nova tinha aparecido por lá. Fiquei aliviada, mas eu sabia que a sensação não duraria para sempre. Às vezes eu pegava meu celular para ver quantas mensagens do grupo Fúria estava deixando passar e para reafirmar para Avery, repetidamente, que eu não precisava da sopa clássica de tempeh e gengibre que ele fazia (imagina se tivesse o gosto parecido com o do suco de zinco!).

No quarto dia, minha febre abaixou e eu estava pronta para voltar ao mundo dos vivos. Disse para minha mãe que ainda estava doente, porque queria faltar mais um dia de aula e me concentrar no trabalho. Como Harold não era mais suspeito, eu tinha muito a fazer.

Primeiro, olhei o grupo do WhatsApp. Sara Nguyen não estava conseguindo comer. As outras meninas estavam tentando ajudá-la. E Michelle Bruckner e mais duas meninas da Brighton haviam entrado no grupo e estavam contando suas histórias. Mandei uma atualização rápida: meus três primeiros suspeitos estavam limpos. Eu iria agora aumentar o raio de busca. Estava cuidando do caso.

As curtidas começaram a jorrar de todo mundo. Menos da Shannon. Eu fiquei surpresa, revendo minhas últimas atualizações, com o quanto o comportamento da Shannon havia mudado. As mensagens animadas e cheias de pontos de exclamação haviam se tornado alguns emojis de joinha e mensagem curtas de "Legal". Ela não interagia no Fúria havia mais de uma semana. Mandei uma mensagem para ela, perguntando se podíamos marcar uma hora para conversar pessoalmente, e eu me certificar de que ela estava bem.

Caí na cama e fechei os olhos. O estresse daquele trabalho estava me afetando. Eu dissera para todo mundo que estava "cuidando disso", sim, mas não tinha suspeitos. Nenhuma ideia de quem poderia estar por trás daquilo.

Então me lembrei de uma coisa que ouvira durante a maratona febril de podcasts. Eu nem lembro qual era o podcast empoderador de mulheres de negócios. Talvez o *Mulheres Hoje e Sempre*, ou *Incentivar e Não Se Calar*? Não faço ideia, só sei que eu estava caindo no sono e a convidada do episódio, Kate Alguma-Coisa, tinha dito algo que me marcara: *"Preconceitos [...] existem na área de Big Data assim como existem nas percepções e experiências individuais. Entretanto, há uma crença problemática de que mais dados são sempre dados melhores e que correlação é o mesmo que causalidade."*

Cacete, Kate Alguma-Coisa,[54] seja lá quem você for. Se preconceitos e tendências existem dentro dos dados, então talvez minha abordagem estivesse errada. Talvez meu Registro fosse tendencioso.

Abri o Registro e olhei a lista completa. Onde eu tinha errado? Quais eram os meus preconceitos? Quem eu tinha cortado da lista e precisava revisar?

Abri o navegador e digitei www.vadiasderoosevelt_69.onion. Toda vez que eu entrava no VR, procurava novas vítimas no site, ficava puta da vida e fechava o notebook com força, movida pela raiva. Talvez eu precisasse observar com mais atenção. O que o site poderia me mostrar que eu havia deixado passar? A página principal parecia uma página genérica de anuário escolar. O título principal era: "Bem-vindo ao Vadias de Roosevelt! Lar dos corpos discentes mais gostosos!". Fora o título nojento e as legendas escrotas e explícitas para cada foto, o design era bem limpo e coerente. O layout era simples. Havia um campo de busca com filtro e sugestões, e em seguida havia peitos, peitos, peitos, bundas, bundas. Eu estava prestes a clicar no x para sair da janela quando percebi uma coisa no rodapé da página. Alguma coisa estava diferente, mas eu não sabia dizer o que era.

Entrei no arquivo da Shannon e abri os prints do VR que ela havia me mandado no dia em que nos encontramos. O site estava igual, tirando as fotos dos "destaques do dia". Mas no rodapé da página, em uma fonte minúscula que era quase impossível de ler, estava um texto curto. Um

[54] Depois que minha febre passou, voltei e percebi que estava ouvindo Kate Crawford, uma especialista em redes sociais e desenvolvimento de mídia. Sem piadinha. É só o nome dela.

texto que, desde então, havia sido removido do site. Quando eu dei zoom, consegui ler: Produções Gimme, Gimme, Gimme.

Era o tipo de merda que o Zuckerberg fazia. Quando ele criou o Facebook, logo no começo, toda página tinha o texto: "Uma produção de Mark Zuckerberg". Porque, mesmo com apenas dezenove anos, ele era um megalomaníaco que precisava que o mundo inteiro soubesse como ele era especial. "Produções Gimme, Gimme, Gimme" parecia ser a mesma coisa, uma assinatura. Talvez os criadores do site tivessem entendido que estavam fazendo algo ilegal e decidido apagar. Escrevi "Gimme, Gimme, Gimme" em um dos vários cadernos espalhados na minha mesa.

Ok, era um possível ponto de partida. Mas o que significava? De longe, o maior resultado no Google era a música do ABBA, "Gimme! Gimme! Gimme! (A Man After Midnight)", que foi lançada nos anos 1970. Apesar de a pontuação ser diferente. O! ABBA! Usava! Pontos! De! Exclamação! A! Cada! "Gimme"! Porque... era o ABBA.

Pesquisei mais. Aparentemente *Gimme Gimme Gimme* (sem pontuação) também era o nome de uma série de TV da BBC que foi lançada em 1999, de uma lanchonete em Brewster, Massachusetts, e de um passo de dança popular em boates dos anos 1990. Eu havia escrito "Gimme, Gimme" tantas vezes no caderno que parecia o diário de um psicopata.

Mas Gimme, Gimme, Gimme não me levava a ninguém da Roosevelt. Voltei para o Registro e a minha lista de mentirosos. Talvez alguns deles pudesse ser conectado ao Gimme, Gimme, Gimme. Entrei nas redes sociais deles e pesquisei por "Gimme, Gimme, Gimme". Nada. Joelle Cordello fez um TikTok bizarro com uma música antiga da Britney Spears chamada "Gimme More". E Brendan Buckler visitou Gimme, Gimme Records em Los Angeles nas férias de primavera no primeiro ano do ensino médio. Não eram pistas.

Voltei para a lista e aumentei os critérios da minha busca. Esqueça os que costumam mentir e trapacear. Eu queria saber de qualquer pessoa da escola que entendesse de programação. Consegui trinta e cinco nomes. Um deles me surpreendeu. Cory Sales? O que ele estava fazendo ali? Parecia improvável que metade da dupla infame CorRay entendesse de programação, mas, quando estudei o Registro com cuidado, percebi que Cory havia desenvolvido o site do time de futebol. E não era aquelas porcarias de sites grátis do WIX que alunos geralmente faziam. Meu Deus, como eu tinha deixado aquilo passar?!

Eu lembrei que Cory nunca tinha reconhecido a minha existência como uma pessoa até me ver no lava-carros vestida na minha versão reality show. Assim que havia peitos e shortinhos curtos na jogada, ele se transformara em "Ei, olha aqui meus truques com a bola de futebol!". Eu havia considerado ele e o Ray como idiotas inofensivos, mas talvez fosse preconceito! Talvez Cory não fosse tão idiota! Talvez ele não fosse inofensivo! Parecia que aquilo podia dar em algo.

Pesquisei as redes sociais dele (o que levou uma vida, porque ele tinha uns sete perfis no Instagram). Mas finalmente, no *spinsta*[55] dele, achei o que estava procurando. Uma foto dele pegando uma bola de futebol. E abaixo da foto, na legenda: *Eu fui GIMME GIMME GIMME nessa.*

Fiquei animada. Um peso saiu das minhas costas. Talvez eu tivesse achado o culpado. Eu decidi me presentear com um bom banho para comemorar, o que, depois de quatro dias de hibernação febril, era tanto necessário quanto uma delícia.

Cory Sayles. Que surpresa. Meu devaneio continuou depois de ter saído do banho enrolada em uma toalha, e fiz uma parada na cozinha. Eu não comia nada fazia umas... seis horas? Oito? Procurei um lanche. A dieta do meu pai pelo visto estava firme e forte, então não achei nada além de biscoitos integrais e cenouras fatiadas. Graças a deus, homus estava na "lista de comidas saudáveis".

— Você tá com uma cara melhor! — falou minha mãe, vindo da sala de estar. — Como se sente?

Ela encostou o pulso na minha testa. Ainda estava vestindo o uniforme do hospital, o que lhe dava um ar oficial.

— Estou melhor.

— Trinta e seis vírgula seis! — exclamou.

Minha mãe está convencida de que sabe dizer até os décimos da temperatura usando apenas o pulso.

— Você é louca. Não tem como saber isso — falei.

— Ah, é? Cadê o seu diploma de enfermagem?

Antes que eu pudesse rebater, a campainha tocou. Olhei para o celular e vi várias mensagens e ligações não atendidas da sra. Blye. Meu Deus! De novo? Que raios era o problema dela? Minha mãe começou a ir

---

55 "Sports Insta", um perfil do Instagram completamente dedicado aos esportes que ele praticava. Os únicos seguidores eram três colegas de time dele.

em direção à porta, mas eu a cortei, querendo interceptar a sra. Blye e fazê-la ir embora.

— Eu atendo.

— Você está de toalha! — disse minha mãe.

Ótimo, eu pensei. *Deixe que a sra. Blye me veja de toalha. Deixe que ela fique desconfortável. E talvez assim ela pare de me incomodar em casa.*

— Deixa de ser puritana, mãe. Não estou pelada.

Eu abri a porta para... Sammi. Claro.

Ele imediatamente desviou o olhar da minha toalha para as luminárias ao lado da porta e disse que havia trazido minhas tarefas de casa.

— Valeu, cara — falei.

— É o Sammi? — gritou minha mãe, feliz, puxando-o para a cozinha. — Vem lanchar enquanto a Margot troca de roupa.

Ele tentou resistir, o olhar fixo no chão.

— Eu não posso ficar, sra. M...

— Pode, sim. Temos biscoitos de aveia com passas!

Eu não sabia que tínhamos biscoitos de aveia com passas!

— Me dá cinco minutos — falei e fui me trocar.

Eu sabia que o Sammi ficava desconfortável com pais, então não queria deixá-lo sozinho por muito tempo. Vesti minha calça jeans, uma camiseta e prendi o cabelo molhado em um rabo de cavalo. Quando voltei para buscá-lo, ele estava comendo um biscoito e explicando o que era o Reddit para minha mãe. Ele ficou aliviado, e eu o levei direto para o quarto.

Assim que fechei a porta, Sammi tirou o boné dos Yankees e sacudiu o cabelo.

— A sua cabeça tá coçando? Porque bonés deixam a cabeça suada e nojenta, porque são estranhos e inúteis. Além do mais, agora seu cabelo está horrível.

Ele balançou a cabeça, sorrindo. Então colocou o boné feio de volta na cabeça de um jeito confiante, como se dissesse: "Esse é o novo eu. Você que lute".

Sammi pegou uma pilha de tarefas de casa das minhas aulas. E me olhou, como se estivesse esperando eu dizer alguma coisa, mas eu não sabia o que era.

Finalmente, ele disse:

— É... então... você ainda vai pagar pelo... pelo trabalho da sra. Blye...

Merda! Eu me orgulhava de sempre pagar o Sammi em até dois dias depois de ter terminado o trabalho. Eu não queria colocar ele na situação desconfortável de me pedir dinheiro. Abri a gaveta da mesa e tirei duzentos dólares.

— Sammi, me desculpa. Eu fiquei doente e aí...

— Tá tudo bem. Eu imaginei que você estava faltando aula porque estava doente, e agora...

Ele gesticulou para minha cama e mesa. Meu quarto estava coberto de lenços usados.

— Dá pra ver que estava mesmo — concluiu.

Então, ao olhar para a minha mesa, ele perguntou:

— No que você tá trabalhando?

Eu tinha certeza de que ele sabia que eu tinha um trabalho rolando. Era óbvio demais. Meu notebook estava ligado, cadernos para todo lado. Só faltava um quadro com fios vermelhos conectando os pontos.

— Projeto de inglês — menti.

Mais uma vez, me senti culpada.

— Bacana.

Ele balançou a cabeça. Não sabia se ele tinha acreditado.

Quando ele se virou para ir embora eu disse:

— Ei. Você faz alguma ideia do que é "Gimme, Gimme, Gimme"?

Ele virou a cabeça e olhou direto para mim.

— Isso é para um trabalho novo? — perguntou apertando os olhos.

— Não.

Mentira. Mentira.

— É bobeira — continuei. — Eu estou fazendo uma redação sobre *O apanhador no campo de centeio*. Eu achei que em alguma cena o Holden falava "gimme gimme", mas não consegui encontrar. E agora eu estou achando que é de outro livro, mas não me lembro qual, e isso tá me enlouquecendo.

Ele acreditou, porque era minha cara. Mergulhar em buracos esquisitos que me ocupavam demais.

— Não é uma música do ABBA? — disse, saindo do quarto. — Você deveria saber disso.

Sammi sabia que eu havia sido criada por um fã de carteirinha do ABBA.[56]

56. Surpresa: é o meu pai! E não minha mãe. Toma essa, preconceito de gênero.

Ao ir até a porta de entrada, eu o ouvi se despedir da minha mãe e ficar preso em um abraço. Quando ouvi a porta fechar, senti um alívio. Hora de voltar ao trabalho. Cory, o que você estava escondendo?

Fucei todas as redes e depois vasculhei o celular dele porque, óbvio, ele tinha baixado o TeddyFace. (Ele abraça o espírito escolar, uhul!) Nada incriminador. Ele havia entrado no VR várias vezes, mas não havia nada nas mensagens e e-mails que me levasse a acreditar que ele tinha algo a ver com o site. Na verdade, ele e o Ray tiveram várias conversas que eram basicamente:

RAY: Quem você acha que fez o VR?

CORY: Sei lá. E se for [nome aleatório]?

RAY: Nem pensar! E se for [outro nome aleatório]?

CORY: Nem pensar! E o [terceiro nome ainda mais aleatório]?

Eles ficaram um bom tempo assim. O que... não me ajudava. Se o Cory estivesse por trás disso, ele teria contado pro Ray, seu melhor amigo, né?

Não. Não. Não. Outro beco sem saída, não. Eu não queria aceitar. Talvez... a conversa tivesse sido forjada para me distrair? Parecia exagero. Mas talvez fosse o meu preconceito falando de novo. *Ele criou o site de futebol! Continue pesquisando!*

Na manhã seguinte, voltei para a escola, depois de quatro dias de folga. Mas, em vez de me atualizar na matéria (o que meus professores certamente teriam adorado), passei a maior parte do dia seguindo Abby Durbin.

Abby tinha sido o namoro mais longo que Cory já tivera. Eles começaram a namorar por volta de abril e ficaram juntos até outubro, quando Cory terminou com ela. Eram um casal estranho. Abby, miudinha, pálida, e com olhos que pareciam ser pequenos demais para a cabeça, é extremamente introvertida. Cory é... bom, o Cory. (Além disso, eu não consigo imaginar como um relacionamento do Cory poderia funcionar se ele estava sempre junto ao Ray. Talvez eles fossem um trisal?) Minha linha de pensamento era que, se alguém soubesse se o Cory tinha habilidade para criar um site pornô, seria Abby. Ou Ray, quem sabe. Mas Ray não trairia a lealdade do bróder.

Mas estava sendo bem difícil entrevistar a Abby. Ela era uma daquelas pessoas exageradamente pontuais que apertavam os livros conta o peito e praticamente corriam entre uma aula e outra para não chegar atrasada. Ela era um alvo móvel, difícil de atingir. Por isso, quando a vi entrar no escritório do psicopedagogo no quinto período, matei a aula de Economia e fiquei na frente da porta esperando ela sair. Ela não podia ficar falando sobre as inscrições para a faculdade para sempre!

Meu celular apitou. Duas mensagens do Avery apareceram.

> **AVERY:** Eu sei que você tá fazendo um trabalho ou algo assim porque tá sumida

> **AVERY:** mas quer tirar uma folga? quer jantar hoje?

Ele estava me dando espaço porque sabia que eu estava ocupada. Eu ficava agradecida, mas sabia que não podia ignorá-lo para sempre.

— Margot!

Era Claire Jubell. Estava vindo na minha direção com um sorriso largo e amigável, a pele de porcelana impecável e cabelo loiro liso; parecia uma boneca Barbie inofensiva da vida real.[57] Eu de repente fiquei muito atenta à mancha de café na minha camiseta.

— Oi, Claire — falei, querendo soar amigável, mas eu me recusava a desviar os olhos da porta da sala. — Tudo bem?

— Ah, bom, eu só queria te convidar para minha festinha de aniversário. Dia vinte e cinco de abril. No Gaetano's.

— Legal. Eu adoro o Gaetano's! — falei, ainda de olho na porta.

— Eba! Que bom! — falou ela, animada.

Eeeeee não foi embora. Depois de alguns segundos sem se tocar, Claire abaixou a voz e disse:

---

57 Barbie de Humanas?

— Outra coisa, eu só... Queria que você soubesse que... Eu e o Avery concordamos que é melhor sermos apenas amigos. E quando eu ouvi falar que vocês estavam juntos... sinceramente, fiquei bem feliz por ele.

Aquilo me fez desviar os olhos da porta. Soava como a mentira de uma falsiane, mas, quando olhei para os olhos azuis da Claire, ela parecia estar sendo... sincera.

— Sério?

— Com certeza. Todo mundo que namorou o Avery, e pode acreditar, todas nós conversamos...

Ah, ótimo. Eu tinha entrado sem querer na Irmandade das Ex do Avery. Putz.

— Todas nós concordamos que namorar ele era como... ser um satélite — continuou ela. — Por um tempo você fica na órbita do Avery. É divertido, mas ele nunca deixa você se aproximar, e aí... deixa você se afastar — disse, sorrindo de um jeito gentil, mas distante. — Mas... eu não consigo imaginar alguém como você só... flutuando ao redor do planeta Avery. Pela primeira vez na vida dele, ele vai ter que flutuar ao redor de alguém.

Tirando a metáfora ruim, eu não tinha como negar que a Claire tinha razão. Eu mal tinha tempo para ser a namorada falsa e evasiva dele.

— É. Acho que isso é verdade. Obrigada, Claire.

Abby saiu do escritório como se fosse um brinquedo de corda, ziguezagueando pelo corredor tão rápido que quase a perdi de vista. Droga! Como aquelas pernas finas eram tão rápidas?

— Droga! Eu preciso ir! Obrigada pelo convite! — gritei para Claire enquanto corria atrás da Abby. — Abby! — chamei, tentando acompanhar o ritmo dela.

Como eu já estava cansada? Assim que aquilo tudo acabasse, prometi a mim mesma que voltaria a correr na esteira velha na "academia" do Trinity Towers.

— Desculpa, vou me atrasar! — respondeu Abby.

— Não, não vai. Você nunca se atrasa.

— Desculpa, Margot. Não posso conversar agora.

— Você precisa. O diretor Palmer me pediu para investigar uma situação para ele. Uma que envolve o Cory Sayles.

Aquilo, finalmente, fez com que a Abby parasse de andar. Ela tinha pavor de figuras de autoridade.

— Ele pediu para *você* investigar o Cory?

— É uma extensão do programa de mediação de colegas.[58] Eles querem que alunos se envolvam mais nas investigações disciplinares.

Abby, mesmo irritada por não ter sido convidada para ajudar na "disciplina estudantil", assentiu com a cabeça. Eu a levei para uma sala de aula vazia e fechei a porta. Peguei o celular e mostrei um *print* do Vadias de Roosevelt.

— Tenho certeza de que você já conhece o site de pornografia infantil da escola.

Ela balançou a cabeça, mas desviou o olhar do celular.

— Nós temos pistas que nos levam a acreditar que o Cory esteja por trás do Vadias de Roosevelt.

Abby pareceu confusa.

— O Cory? Cory Sayles?

— Sim. Vocês namoraram, certo? Por aproximadamente seis meses? — perguntei, fazendo a minha melhor imitação de uma advogada de série de TV.

— Namoramos, sim. Você... acha que foi por isso que ele me botou no site?

Abby começou a lacrimejar. Ai, cacete. Abby estava no VR? Eu tinha entrado no site pela manhã! Que merda! Parecia até que quem estava por trás do site tinha começado a zoar comigo. Esperando que eu saísse para colocar mais uma vítima.

— Eu... eu sinto muito. Você está nele? Desde quando?

— A Trush me mandou mensagem no segundo horário. Tem uma foto minha de calcinha fio dental. Eu não... mando fotos assim, mas o Cory ficava pedindo e... — disse ela, tremendo. — Quando nós terminamos, ele me disse que tinha apagado.

Ela parecia estar envergonhada. Para qualquer pessoa, aquilo seria um pesadelo, mas a Abby era uma pessoa tão quieta e reservada... Se Cory não fosse o criador do site, ainda assim eu iria arrancar o pinto dele fora e grampear na parede.

---

[58] A ideia por trás da mediação de colegas é que, quando estudantes brigam (geralmente uma briga feia, com socos e tudo mais), a escola procura um "mediador estudantil" para se encontrar com os alunos e ajudá-los a resolver o problema. Não um conselheiro adulto, nem um psicólogo que tipo... fez faculdade e sabe o que está fazendo. Um estudante que assistiu a um vídeo de trinta minutos sobre como ser um mediador. Eu fiz o treinamento no sexto ano e participei de duas mediações. Não resolvi nada.

— Mas quando eu disse que o Cory poderia estar por trás do VR, você pareceu surpresa. Não acha que foi ele?

— Não. Eu acho que não... Ele mal sabe mexer no celular. Como ele faria um site assim?

— Ele fez o site do time de futebol.

— Não — disse ela, incrédula. — Foi o pai dele. O pai dele trabalhava na Microsoft. Quem te disse que o Cory fez o site?

— Eu... não lembro.

Provavelmente o próprio Cory? Merda.

— De jeito nenhum. Se Cory Sayles algum dia montar um site, qualquer site, *eu volto a namorar ele*. Isso te dá uma noção melhor das coisas? — falou Abby, com raiva. — Posso ir agora?

— Ah. Sim. E só pra você saber, eu passei o último mês inteiro tentando descobrir quem são os cuzões por trás do Vadias de Roosevelt. Eu vou derrubar esse site. Vou acabar com isso. Só... está sendo mais difícil do que eu pensei.

Abby acenou a cabeça. Impressionada com o empenho das mediações de colegas.

— Mas se você ficar sabendo de alguma coisa... sobre o Cory ou qualquer pessoa, me manda uma DM? — pedi.

Abby acenou de novo, limpou o rosto, e se levantou para ir embora.

— Ok.

— Ah, mais uma coisa... — falei, e Abby parou no batente da porta com a mão na maçaneta. — Eu sei que não é da minha conta, mas eu fico feliz que não esteja com o Cory. Você merece coisa muito melhor.

Abby concordou. Apesar de eu não ter certeza se ela acreditava mesmo em mim.

Eu me joguei em uma cadeira aleatória. Meu corpo parecia ser um peso morto. Fiquei encarando o quadro na minha frente. Nele, estava escrito: "Fórmula do ponto de declive: (y-yl) ="

Eu não fazia ideia de qual era a resposta. Eu não sabia a resposta de nada. Eu estava mesmo de volta à estaca zero?

Era óbvio que não era o Cory, mas o que mais me preocupava era que eu tinha me convencido de que era ele. Como? Como eu tinha me convencido de que era Harold ou Danny ou Jenji? Eu era ruim naquilo? Eu já tinha chegado em becos sem saída com outros trabalhos, mas nada que chegasse a ser tão desmoralizante.

Durante a aula de Inglês no horário seguinte, voltei à minha lista de *todo o corpo discente* e comecei a cortar as pessoas que eu sabia que eram inocentes. Eu me cortei. Cortei todas as meninas que apareciam no site. (Apesar de ser *possível* que uma delas estivesse por trás daquilo, era muito improvável. Seria uma reviravolta bem Agatha Christie se fosse a Shannon ou algo assim.) Todo o resto da lista era "culpado até que se prove inocente".

Para o resto da escola, eu encarnei uma jornalista investigativa. Conversei com Martin DiCicco, Josh Halloway e Traydon Reed nos corredores entre uma aula e outra, mas ninguém do time de basquete parecia saber de nada. Eu conversei com os gêmeos Gersen na aula de Política Avançada. Esperei por Gabby Alvarez na frente da sala de teatro, mas ela só sabia que Shontae Williams tinha nódulos vocais. Conversei com Imani Watkins ao lado do armário dela. No sexto horário, larguei minha mochila na mesa de almoço de Tiffany Sparks. Entrevistei todas as quatro Melanies! Melanie Shultz, Melanie Hopkins, Melanie Shapiro e Melanie Davis. *E* ainda conversei com a equipe de limpeza. Nada.

Cada dia que passava e eu não acabava com o Vadias de Roosevelt era mais um dia que o site crescia. Com a adição não-consensual da Abby, pelas minhas contas, já havia trinta meninas no site. Trinta. Quem sabia quantas mais seriam adicionadas enquanto eu estava andando em círculos e conversando com colegas aleatórios naquela porcaria de escola? Eu precisava desesperadamente de algum progresso. Mas aí o Avery mandou outra mensagem.

> **AVERY:** E aí... jantar?

Por que eu iria querer jantar se eram apenas... 18h22. Ah, é. Hora de jantar.

> **AVERY:** Nós podemos ficar estudando o tempo todo. você pode trabalhar. Não precisa nem olhar pra mim.

> **AVERY:** Uma hora ou outra você precisa comer, né?

Eu não queria parar. Eu não queria sair. Como sempre, eu tinha muito o que fazer. Mas ele tinha razão: até mesmo Margot Mertz, arrumadora da vida e defensora das mulheres, precisava comer.

Nós nos encontramos na Noodle Town. Uma franquia desalmada que diz servir "pratos de massas clássicos, deliciosos e caseiros do mundo inteiro".[59] Não era minha primeira opção, mas era barato e as mesas eram espaçosa para estudar, então aceitei.

Eu tinha uma montanha de exercícios de trigonometria a fazer, além de precisar estudar para uma prova de Latim. Então pela maior parte do jantar ficamos realmente estudando em silêncio, às vezes comendo um pouco de um lámen bem mediano em temperatura ambiente. Então, do nada, Avery esticou a mão arrogante dele para o meu lado da mesa e fechou meu livro.

— Que porra é essa? — falei, pronta para brigar com ele.

— Desculpa! — disse ele, e levantou as mãos para o alto. — Achei que você poderia querer realmente fazer um intervalo e, tipo... conversar. Pode te ajudar a pensar melhor.

— Todo mundo sempre diz isso. *Descanse, relaxe, esvazie sua mente e a solução vai aparecer.* Bom, obrigada pela opinião que eu não pedi, mas não funciona comigo. Sabe o que funciona para mim e para mulheres em geral?

— O quê?

— Trabalhar duro e nunca parar.

Ele revirou os olhos e disse:

— Bom... Obrigado por ter se disposto a jantar comigo. Prometo não falar com você o resto da noite.

— Obrigada. Podemos voltar a trabalhar agora?

— Claro — mentiu Avery, antes de continuar a falar. — Só uma coisa, desculpa...

— Avery! Não se passou nem um minuto.

— Eu sei. Desculpa! Tem um monte de coisa chata que eu preciso te falar sobre o negócio da premiação da minha mãe. Eu tenho que te colocar na lista e você precisa levar um documento de identidade. E minha mãe está insistindo em saber o que você vai vestir pra ter certeza de que vocês vão usar cores diferentes? Ou algo assim. Eu não entendi. Só um aviso: minha mãe vai tentar *te coagir* a gostar dela. Ela tem essa missão. Ah, e você tem alguma alergia? Eles colocam camarão em tudo nesse tipo de evento.

— Meu Deus — falei em voz alta.

---

59 Não eram deliciosos.

Aquilo só reforçava o estereótipo em que eu já acreditava: gente rica coloca camarão em tudo.

— Vai ser rápido, eu prometo. Meu pai quer que eu o apresente, então vou ter que fazer um pequeno discurso. Mas eu acho que conseguimos sair de lá por volta das dez ou onze horas, no máximo.

Ele parou de falar. Obviamente minha expressão demonstrava o meu desgosto.

— E... você odiou tudo — falou. — Desculpa. Você não precisa ir, sério.

— Não! Desculpa. Eu só não estou animada para tirar uma foto ao lado da sua mãe, que é ridiculamente linda, mas eu vou. Eu disse que iria. Eu honro meus compromissos. Estarei lá.

Fiz um gesto de arminha com a mão, como se fosse um tiozão. Ninguém deveria fazer uma coisa dessas.

Avery concordou com a cabeça.

— Bom, eu agradeço de verdade. Sério. Significa muito pra mim.

Ele ficou quieto por um tempo antes de acrescentar:

— Você tá me salvando.

Seja lá o que estivesse rolando com os pais dele, parecia que o incomodava bastante. Nas poucas vezes que ele falava sobre o assunto, a camada de confiança que era marca registrada do Avery sumia e, por um segundo, eu tinha um vislumbre de algo que era... mais triste. E mais raivoso. Ele devia ser muito bom na separação dos sentimentos. Coisa que, sinceramente, eu entendia bem. (E, para ser *bem sincera*, também achava bem atraente.)

Quando Avery levantou o olhar, a covinha dele estava bem presente.

— Posso te perguntar uma coisa? É meio que um assunto sério.

— Claro — falei, desistindo da esperança de terminar meu trabalho.

Ele levantou o jogo americano laminado, onde havia uma lista de mais de cem tipos de massas.

— Eu acho que precisamos classificar cada um desses. Todos eles, do melhor até o ziti.

Eu já havia passado tempo demais conversando. Não tinha tempo para brincadeiras. Mas ele estava sugerindo que ziti era a "pior" massa e isso era uma blasfêmia.

— Espera aí. Eu amo ziti.

— É sem sombra de dúvidas a pior — disse ele, me ignorando. — Mas como você classifica o restante? Pad see ew? Tortellini? E o mais importante: qual você coloca na primeira posição? Cabelo-de-anjo ou macarrão de ovos?

Ele havia dito tantas coisas erradas em tão pouco tempo...

— Cabelo-de-anjo? Quem come macarrão cabelo-de-anjo de propósito?

Avery pegou meu caderno e arrancou uma página para escrever a lista.

— Comece do começo — me orientou.

Ele apertou duas vezes na caneta para enfatizar a seriedade da conversa, mas algo o fez parar. Ele virou a página.

— Por que você escreveu "gimme, gimme, gimme" em tipo... todo lugar? — perguntou, talvez se questionando se estava namorando o assassino do Zodíaco.

— Ah, é só... uma coisa para um trabalho que eu estou fazendo. Não é nada de mais.

Quer dizer, era, sim, mas eu não ia contar para ele.

Ele deu de ombros, pronto para mudar de assunto, mas deu para perceber que sentia que algo precisava ser dito:

— Você não tá trabalhando para o Chris Heinz, tá?

O que raios aquilo queria dizer? Por que ele diria uma coisa dessas? De repente, senti gosto de giz no lámen que estava comendo. Cuspi de volta para a tigela.

— Achou um cabelo? — perguntou ele.

Eu ignorei a pergunta.

— O que... é... por que...

Eu estava com dificuldade de montar uma frase. Aparentemente, só a ideia de trabalhar para Chris Heinz me fez ter um derrame cerebral.

— Por que... você diria algo assim? — perguntei.

— Bem, olha, eu respeito que você protege a identidade dos seus clientes e tal, mas se estiver trabalhando pra ele...

— Eu prefiro enfiar esse hashi de plástico vagabundo nos meus olhos a trabalhar pro Chris! Eu odeio o Chris! — gritei.

As pessoas ao redor todas olharam para nossa mesa.

— Ok, me desculpa. Eu não sabia. É que...

— Esse "gimme, gimme, gimme" te lembra alguma coisa? Você sabe o que significa? — perguntei, sentindo uma dor de cabeça.

— Bom, é meio que... a parada do Chris. O bordão dele, eu diria. Ele vive falando isso. Eu jogava futebol com ele e, sempre que ele marcava um gol, mandava "gimme, gimme, gimme, otários". Ou quando ele virava bebida em uma festa. Ou quando, sei lá, comia uma pizza inteira sozinho. Toda vez que ele fazia algo que achava legal, falava "gimme, gimme, gimme" e, sei lá, fingia jogar dinheiro no ar. E, em algum momento, os outros meninos do time começaram a falar também.

Fechei o computador e olhei para o meu caderno. Gimme, gimme, gimme. Não era coisa do Cory. E não era a música do ABBA. Nem uma loja de discos. Era um bordão.

Foi o Chris Heinz. Aquele tempo todo. Ele tinha praticamente assinado o nome dele em todas as páginas.

Eu precisava de um minuto.

17

CAAA*#$*%$*#!!!!!!!!!!!

ERA O CHRIS HEINZ! AQUELE TEMPO TODO! O ESTUPRADOR FILHO-DAPUTAQUEARRUINOUAVIDADAMINHAMELHORAMIGA!!!!! AQUELE CUZÃO METIDO A BESTA, SOCADOR DE ARMÁRIOS, ESMAGADOR DE IPHONES!!!! O CARA CUJO INSTAGRAM É TODO UM MONTE DE REPOSTS DE #STRIPPERFAIL E FOTOS SEM CAMISA!!!! ELE CRIOU O VADIAS DE ROOSEVELT!!! ELE ESTÁ POR TRÁS DE TUDO ISSO!!! CHRIS?!?!?!?!?!?! HEINZ?!?!?!?!?! QUEEEEEEE!!!!!!!

CARALHO.

CARALHO.

CARALHOOOOOOOO.

Caralho.

FILHODAPUTA!!!!!!! PUTA MERDA!!!!!!! CARALHO! QUE MERDA!! CARALHO CARALHO CARALHO CARALHO CARALHO CARALHO!!! TOMAR! NO! CU!!!! AAAAAAAAAAAAAAAH!!!!!!!!

É claro que era ele

— Margot? Margot, tá tudo bem?

Minha visão estava voltando ao normal. Consegui ver o ambiente da Noodle Town, e percebi que Avery estava me encarando.

— Tá. Eu... eu tô bem — gaguejei.

Tentei comer um pouco do macarrão para mostrar para ele que estava mesmo bem. Mas, assim que coloquei o macarrão na boca, senti um enjoo subir, fui até o banheiro e coloquei para fora tudo que havia comido naquele dia.

Dei descarga, limpei a boca e olhei para o espelho manchado. Chris tinha juntado toda aquela masculinidade tóxica de merda, a mesma arrogância que o fizera assediar sexualmente minha melhor amiga sem sofrer consequências, e espalhado pela internet como se fosse um vírus. Eu estava furiosa por alguém tão cruel quanto o Chris existir nesse mundo. Não apenas existir, como estar se dando bem! Ele tinha amigos, era "popular". Era o tipo de cara que podia jubilar na faculdade, ser um péssimo profissional, fazer com que todas as mulheres ao redor dele se sentissem desconfortáveis, e ainda assim tocar a vida, se livrando de tudo por pura confiança e agressividade. Chris Heinz: ou vai morrer de tanto beber ou vai ser nosso futuro presidente.

Enxaguei a boca e escovei os dentes (sempre tenho uma escova de dentes na mochila) antes de sair do banheiro da Noodle Town, que era tão sujo quanto você pode imaginar. Quando voltei à mesa, Avery ficou de pé, com guardanapos em mãos, e me perguntou se eu estava bem. Eu disse que estava, que alguma coisa que comi não tinha batido bem. Ele parecia preocupado. Meu enjoo repentino parecia ter ligado o complexo de salvador do Avery na potência máxima. Ele pagou a conta e se ofereceu para me levar até em casa.

Ficamos em silêncio no carro por um tempo. Eu tive a sensação de que Avery achava que qualquer barulho ou movimento brusco poderia me fazer vomitar de novo. Sinceramente, poderia mesmo. Ele tinha ótimos instintos de quando devia me deixar em paz. De olhos fechados, assento reclinado e bumbum devidamente aquecido, eu me senti melhor. Em breve estaria em casa. Em breve eu iria colocar as mãos no Chris e acabar com o VR de vez.

Eu abri um olho para espiar o Avery. Ele percebeu e aproveitou a oportunidade para falar:

— Me desculpa por ter te levado lá.

— Tá tudo bem.

— Não. Eu tô me sentindo péssimo. Você só queria trabalhar hoje e eu fiz você comer macarrão da Noodle Town e a comida fez você vomitar e...

— Sério, tá tudo bem.

— Me sinto culpado porque...

— Avery. Não se sinta culpado. Você não me deixou doente. Não é sua culpa. Pare de pedir desculpas. Ok?

Eu me sentei e dei um soquinho no braço dele, já que sentia que meu estômago estava mais ou menos de volta ao normal. Ele sorriu. Concordou com a cabeça. Entendeu o recado.

Quando chegamos no Trinity Towers, ele estacionou e me levou até a entrada. E aí ele começou a chutar um paralelepípedo solto da calçada.

— Você quer pedir desculpas de novo, não quer?

— Só mais uma vez, porque foi literalmente minha culpa você ter comido macarrão ruim. Então posso dizer só mais uma vez? E aí eu paro.

Eu revirei os olhos.

— Tá bom. Seu esquisito.

— Desculpa por eu ter feito você tirar uma folga e vomitar.

— Desculpas aceitas.

Ficamos em pé ali, sorrindo. Nenhum dos dois se mexeu para nos despedirmos.

— Posso te beijar? — perguntou ele.

— Você lembra que eu vomitei a menos de uma hora atrás?

Ele colocou a mão na lateral do meu rosto.

— Você não está vomitando agora.

Como eu deveria responder uma coisa dessas? Ele esperou, sorrindo.

— Bom, tudo bem.

Ainda bem que eu tinha escovado os dentes.

Nós nos beijamos e dessa vez havia cem por cento menos catarro envolvido. Ele colocou a mão na lateral do meu rosto e eu acabei colocando minha mão na nuca dele, sentindo a aspereza de onde o cabelo dele estava quase raspado. Eu tenho que ser justa com o Avery: foi um beijo muito bom. Ele provavelmente aperfeiçoou a técnica com as várias namoradas. Mas, naquele momento, eu não me importava com como ele tinha ficado bom naquilo. Só fechei os olhos e curti.

— Posso te perguntar uma coisa? — me surpreendi ao falar. — Você já ouviu falar do Vadias de Roosevelt?

Avery pareceu surpreso com a pergunta. E sinceramente, eu também. Ele tirou a mão do meu rosto.

— Já.

Resposta errada, Avery.

— Então você, tipo, entrou no site? — perguntei, sentindo meu estômago embrulhar de novo.

Mesmo que ele não tivesse feito o site, entrar nele o tornava culpado de um jeito diferente. Não existiria um Vadias de Roosevelt se não houvesse homens para ficar acessando.

— Eu nunca entraria em um site desses! — disse ele com uma expressão envergonhada. — Cory e Ray me mostraram um dia depois do treino.

— Ah, ok — falei, sem acreditar. — Então você sabia, mas nunca entrou...

— Não. Não. É horrível. Eu disse para o Cory e Ray que eles eram babacas por ficarem olhando.

Ele estava obviamente chateado.

E eu acreditei nele. Não sei por quê. Na verdade, sei, sim. Eu nunca havia visto Avery dizer ou fazer nada desonesto. Ele simplesmente não mentia.

Olhei para ele.

— Então se eu olhar o seu histórico do computador...

— Você vai encontrar pornografia. Eu vejo pornografia! Não sou um santo — disse ele, com as mãos para o alto, daquele jeito que ele tem de dizer "não fique puta comigo". — Mas não vai encontrar esse site. Porque esse site é... terrível.

— Bom, obrigada por ser sincero.

Eu queria ficar com raiva dele por ter olhado o VR. E pornografia em geral. Mas pelo menos ele sabia que o site era errado. Pelo menos ele tinha algum tipo de valor moral.

— Te vejo amanhã, Margot.

— Te vejo amanhã, Avery.

Ele me deu um aceno meio sem jeito e se virou.

— E por favor reconsidere a sua opinião sobre ziti! — gritou enquanto andava até o carro.

De repente, me senti aliviada. O meu estômago se acalmou. A sensação ruim havia sumido. Ainda era extremamente preocupante que o Chris tivesse criado o VR debaixo do meu nariz, mas pelo menos eu poderia concentrar todo o meu tempo e energia em acabar com ele. Sem mais suspeitos, ou festas, ou arrastar o Avery para encontros triplos terríveis.

Nada de arrastar o Avery para encontros triplos terríveis. Hum. Eu não tinha pensado naquilo antes, mas eu não precisava mais do Avery. Para nada. Não era nem minha intenção que durasse tanto tempo, mas de repente percebi que provavelmente deveria terminar de vez com o nosso relacionamento falso, o quanto antes. Avery era um cara bacana e não merecia ser usado assim. Ele não era a pessoa falsa/provável serial killer que eu achei que fosse.

Enfiei a mão no bolso para pegar a chave do apartamento e percebi duas coisas. Uma delas era que minha mão estava meio que tremendo. Estranho. A última vez que eu me lembrava de minha mão tremer assim tinha sido durante a produção de *Um violinista no telhado* no clube, no sexto ano. (Era a minha primeira vez participando de um musical e, mesmo que meu papel fosse apenas da irmã sem falas musicais do alfaiate Motel, eu estava nervosa!)

E a outra era que minha chave não estava naquele bolso. Nem na mochila. Nem em nenhum outro bolso. Não estava em lugar algum.

Merda.

Os meus pais trabalhavam até tarde às quintas-feiras, então eu sabia que ninguém iria liberar a minha entrada pelo interfone caso eu ligasse. (Mesmo assim, toquei umas dez vezes.) E aí interfonei no apartamento do Sammi. Ninguém atendeu. Liguei para o celular dele. Sammi atendeu depois de um toque.

— Alô?

— Você não ouviu o interfone? Me deixa entrar, eu esqueci minha chave.

— Você esqueceu sua chave? — respondeu Sammi, surpreso de verdade.

Eu não esquecia coisas. Meu pai vive perdendo as chaves e quase sempre estão no bolso da calça. Eu não sou esse tipo de pessoa. Eu sei onde está tudo dentro de casa e quem foi a última pessoa a mexer naquilo e há quanto tempo. É meio que uma memória fotográfica, mas só para coisas inúteis como o controle da tv ou o último pacote de salgadinhos.

— É, me deixa entrar?

— Desculpa. Eu acabei de sair de um filme. Chego em uns vinte minutos.

— Um filme no cinema? *Quem é você?*

Já era estranho que ele não estivesse em casa, e era ainda mais estranho que estivesse no cinema, já que geralmente baixava de forma ilegal qualquer coisa que quisesse assistir.

— Sim, Margot. Eu fui ao cinema.

Eu queria implicar mais com ele, mas não tinha energia para isso. Estava cansada, com frio e com fome.

— Não, fica tranquilo. Eu vou interfonar para outro apartamento. Divirta-se.

— Tá tudo bem? — perguntou Sammi.

— Te ligo mais tarde — falei e desliguei.

Fazia um tempo que eu não conversava com o Sammi. Quer dizer, eu sabia que uma conversa iria me deixar a par de tudo na vida dele: "Eu cheguei no nível sei-lá-qual no [rpg bizarro sobre elfos sexy]" ou "Eu acabei de hackear o banco de dados de uma franquia de fast food porque estava entediado" etc. Ainda assim, eu sentia saudade dele.

Interfonei para minha vizinha, srta. Debra, e ela me deixou entrar no prédio. Ainda assim, não conseguia entrar no apartamento, então me acomodei no saguão do prédio e tirei o computador da mochila. Eu sabia que minha mãe só chegaria depois das nove, então não iria desperdiçar o tempo que poderia usar para trabalhar.

Haviam se passado cinco semanas desde que eu aceitara fazer aquele trabalho para a Shannon. Cinco semanas em que fotos de colegas minhas eram distribuídas sem permissão — e enquanto isso eu estava dando voltas, indo em encontros falsos e hackeando computadores que não tinham nada a ver com o Vadias de Roosevelt. Mas, já que finalmente sabia que era a porra do Chris Heinz por trás dele, eu precisava pegar pesado.

Ele iria continuar adicionando fotos e fazendo o site crescer, porque era um buraco negro. Um vazio que nunca seria preenchido, por mais que dissessem que ele era gostosão ou um bom jogador de futebol. Futebol! Isso. O Chris rompeu o ligamento cruzado anterior no meio da temporada e não estava podendo jogar. Será que estava usando o tempo livre para construir o site?

Chris *construindo um site*? Eu mal conseguia imaginar a cena. De certa forma, parecia meio óbvio que era o Chris quem estava por trás do Vadias de Roosevelt. Moralmente falando, ele não teria dificuldade de gerenciar um catálogo de fotos obscenas de garotas menores de idade. Mas... ele entendia de programação? Como ele havia sequer começado a montar um site como o VR? Chris Heinz não sabe a diferença entre PHP[60] e um CU.[61] Eu mal conseguia imaginá-lo usando um computador. Quando tentava, só conseguia pensar naquele meme de um labrador no assento do motorista de um Prius. Além disso, eu tinha acesso ao celular do Chris![62] Como ele teria feito aquilo sem eu perceber?!

Abri o TeddyFace e procurei traços do VR no celular do Chris. Encontrei apenas algumas visitas pelo navegador. Ele não havia usado o celular para montar o site, nem nada assim. Comecei a ler as mensagens. Mais uma vez, nada. Nenhuma menção ao Vadias de Roosevelt. Seria possível que o Produções Gimme, Gimme, Gimme não fosse dele? Será que o VR tinha sido criado por um fã ávido de ABBA?

Tentei uma coisa nova. Decidi fazer um DDoS, um ataque de negação de serviço, no VR, com tanto tráfego que ele ficaria sobrecarregado e impossível de acessar. Só dava para fazer aquilo uma vez. Depois que eles percebessem o aumento absurdo de tráfego, poderiam usar algo como o Cloudflare para bloquear meu botnet e o site voltaria logo em seguida. Mas o ataque poderia fazer com que Chris mandasse mensagem para alguém. Demorou uns quinze minutos para o site cair.

Pouco depois, Chris recebeu uma mensagem de Kyle Kirkland.

KYLE: vadias caiu de novo.
desculpa, não consigo resolver

---

60 PHP é uma linguagem de programação usada por desenvolvedores de web.

61 CU é isso mesmo que você está pensando.

62 Graças a um aplicativo que dava a todos um bigode e oclinhos.

CHRIS: aqui não, manda no descartável

KYLE: tá mas pode falar com o seu cara?

CHRIS: manda no descartável imbecil!

Descartável? O Chris estava tão dedicado a manter esse site funcionando que fizera seus comparsas usarem celulares descartáveis? Seria possível? Tentei pensar no Chris. Eu estava tão concentrada no ódio por ele que eu só pensava no pior: convencido. Idiota. Estuprador. Eu não conseguia imaginar que ele fosse tudo aquilo e *também* um web designer competente, um líder, alguém *capaz*. Seria ele mais inteligente do que eu pensava? Ele *havia* mostrado algum tipo de iniciativa? Havia um rumor rolando que o Chris seria o DJ da festa de formatura. Aparentemente, ele tinha convencido a presidente do comitê da formatura a contratá-lo. Provavelmente tinha dado um pouco de trabalho. Mas não era trabalho no nível do VR.

Eu não tinha tanta certeza. Até que me lembrei da semana do trote.

Todo ano, a Roosevelt tinha uma semana do trote não oficial, logo antes das férias de inverno. Normalmente, é quando amigos faziam brincadeiras inocentes: encher o armário de creme para barbear, saltar de lixeiras para dar um susto etc. Mas Chris sempre ia longe demais. Uma vez, ele invadiu a escola à noite e prendeu com cimento privadas em cinco lugares diferentes: o ginásio, o corredor principal, o laboratório de química, o refeitório e — o mais impressionante — o escritório do Palmer! De início, eu havia pensado naquilo apenas como idiotices do Chris Heinz, mas pensando melhor no assunto... era um trote difícil. Onde ele havia conseguido as privadas? E o cimento? Como tinha entrado no escritório do Palmer sem ativar o alarme da escola? (Eu já fiz isso! É difícil!) Então talvez ele conseguisse, *sim*, montar um site como o Vadias de Roosevelt? Mas de jeito nenhum fizera aquilo sozinho. Com base nas mensagens, obviamente o Kyle estava nessa. (E isso explicava por que a Shannon, ex do Kyle, estava entre as primeiras a aparecer no site.) Eu suspeitava que P-Boy, o terceiro pateta informal, estivesse envolvido também. Mas como eles sabiam tanto de programação para montar um site inteiro?

— Esqueceu sua chave?

Minha mãe apareceu na entrada, vestindo seu uniforme, trazendo uma sacola cheia de toranjas.

— Esqueceu o seu... espremedor?

Nem todas as piadas são boas, pessoal.

— Isso — disse ela, mostrando uma toranja — foi presente de uma paciente! Ela mora parte do tempo na Flórida e ela as trouxe para mim porque eu...

Minha mãe me contou a história de vida completa da mulher enquanto subíamos para o apartamento. (Meus pais não acreditavam em pegar o elevador porque "subir escadas faz muito bem".) Eu só estava ouvindo trechos do que ela falava, porque ainda estava pensando em Chris Heinz. Por sorte, minha mãe tem dois tipos de histórias do trabalho: fofas ou terríveis. Pelo tom de voz dela, parecia ser fofa.

— Que legal, mãe.

— Legal? Tiveram que amputar a perna dela!

Opa. Acho que era uma das terríveis.

— Desculpa, mãe. Estou cansada. Eu tenho um monte de... Espera aí! Aonde você vai?

Minha mãe havia tirado o uniforme e vestido uma calça jeans e um suéter. Ela geralmente ia direto do uniforme para o pijama (que também parecia um uniforme).

— O seu pai quer ver o novo filme do Paul Thomas Anderson.

— Você acabou de terminar um turno duplo de trabalho.

— Eu sei. Estou acabada — disse ela, mas passou um pouco de batom e pegou a bolsa. — Mas o seu pai queria muito assistir no dia que lançasse. Nada de spoiler. Quer vir?

— Não, obrigada. Eu ainda não entendi por que *você* está indo.

— Não sei, Margot. Eu o amo. E parte de estar em um relacionamento é fazer coisas pela outra pessoa. É por isso que o seu pai finge gostar de tênis.

Revirei os olhos. Eu realmente não entendia meus pais. Eu nunca gastaria meu tempo fazendo uma coisa que odiava só para fazer meu namorado ou marido feliz. Mas meus pais não eram ambiciosos como eu. Eles meio que se acomodaram. Minha mãe engravidou com vinte anos, e tanto ela quanto meu pai tiveram que mudar completamente de vida para se apoiarem. Minha mãe queria ser médica e fazer trabalho voluntário em um hospital no Malawi. E o meu pai estava no segundo ano da faculdade de cinema, trabalhando em uma lavanderia para pagar o curso. Mas me ter significava dizer tchauzinho para os sonhos deles. Eles dizem que não se arrependem, mas não sei se eu acredito nisso. É só ver como meu pai é louco, arrastando minha mãe para ver um filme na noite de estreia. Ele queria que fosse uma festa de estreia de verdade? De um filme que ele houvesse dirigido? E minha mãe jura que vai visitar a África depois que eu for para a faculdade. Mas será que vai mesmo?

— Nós devemos chegar em casa por volta da meia-noite. Pode convidar o Sammi para vir aqui, se quiser, mas não o Avery. Ok?

— Ok, mãe.

Não se apegue muito ao conceito de eu namorar o Avery.

— Te amo!

Depois que a porta se fechou, eu me sentei no sofá, mordiscando biscoitos. Minha mão estava melhor, mas às vezes eu a sentia tremer um pouco. Eu pesquisei por "dano neural", "coágulos" e "convulsão na mão", mas nada me ajudou. Enfim, peguei o computador e dei uma olhada no celular do Chris de novo. Chris estava mandando mensagens para um monte de grupos diferentes:

> **CHRIS:** próximo sábado. festa de niver ofensiva. minha casa. vem com uma fantasia boa, mas ruim. convida todo mundo, foda-se

Parece que o Chris ia fazer sua anual "festa de aniversário de fantasias ofensivas". Quando ele disse "vem com uma fantasia boa, mas ruim", o que quis dizer era "vista uma fantasia chocante e de muito mau gosto". Eu tinha ouvido falar da festa do ano anterior. Muitas pessoas foram fantasiadas do cantor R. Kelly, outras foram com fantasias racistas que iam desde "microa-gressões do começo dos anos 2000" até "governador Strom Thurmond em 1950". P-Boy foi vestido de Jeffrey Epstein. Deu para entender, né? Em alguns meses, todo mundo iria me contratar para apagar as fotos da festa. Eu sabia.

Óbvio que eu não estava empolgada para a festa em si (eca), mas estava empolgada pela oportunidade que me trazia: um evento lotado e barulhento na casa do Chris, onde eu esperava que ele ficasse distraído e embriagado. Eu poderia entrar, roubar tudo do computador dele, acabar com ele, e ir embora discretamente.

Entretanto, apesar de "todo mundo" ser convidado, as pessoas sabiam que eu não ia para festas e não bebia. E o Chris sabia que eu o odiava. Eu aparecer por lá poderia disparar algum tipo de alerta. Seria muito mais fácil ir com o Avery, mas nós já teríamos terminado até lá.

Mas será? Seria cruel enrolá-lo por mais tempo, mas eu não tinha dúvidas que o Avery era útil. Eu não teria entrado no clube de fotografia sem ele. E na casa do Danny, foi o gosto dele por jogos que criou a distração perfeita. Talvez ele pudesse fazer a mesma coisa com o Chris?

Decidi adiar o término. Pelo menos até a festa do Chris. Mandei uma mensagem para o Avery e nós ficamos papeando por mais ou menos uma hora. Ele pediu desculpa mais algumas vezes. Eu disse que tantos pedidos de desculpas estavam me deixando enjoada de novo. E aí nós conversamos sobre coisas importantes (aquecimento global) e não tão importantes (por que as pessoas fazem queda de braço, mas não fazem queda de perna?).

Quando dei por mim, já eram duas da manhã. Eu disse boa noite para o Avery e pensei em pesquisar sintomas médicos mais uma vez antes de dormir, mas minha mão finalmente havia parado de tremer. Talvez fosse só por que eu tinha vomitado? Não sei.

Na manhã seguinte, acordei de bom humor. Finalmente havia progredido no caso, meu estômago estava melhor, e meu pai devia ter parado com a dieta, porque tinha uma caixa de doze donuts do The Hole, a lanchonete favorita do meu pai, que ficava a quarenta e cinco minutos de distância. (Quando o meu pai para a dieta, ele *para* mesmo.)

Porém, assim que passei pelas portas duplas da Roosevelt, meu bom humor se acabou. Todo mundo estava aglomerado no corredor leste. Inclusive o Palmer e duas assistentes. Eles estavam ao redor de um armário que um zelador estava cobrindo com folhas de jornal. Palmer implorou para as pessoas irem para as salas de aula, tentando nos impedir de ver o que estava escrito no armário. Mas era óbvio que estava escrito PUTA.

Kelsey...[63] Hoffman apareceu ao meu lado.

— Você viu o meu armário? — disse ela, furiosa.

— É o seu armário? Puta merda. Você sabe quem fez isso?

— Provavelmente o Justin, meu ex. Foi o último menino que eu namorei antes de me assumir, e ele levou pro lado pessoal. Como se eu ser

---

63 Essa é a Kelsey baixinha. Um ator baixinho é o Dustin Hoffman. Hoffman! Essa é a Kelsey Hoffman.

lésbica tivesse alguma coisa a ver com ele, sei lá. Desde então, ele tem sido um babaca.

Eu não conhecia Justin Spitzer tão bem, mas fiz uma nota mental para escrever "merdinha ridículo e vingativo" na descrição dele no Registro.

— Você está chegando perto de acabar com isso? Coisas assim estão começando a acontecer com mais frequência. Todo mundo no grupo está surtando.

Eu estava ciente de outras demonstrações públicas de babaquice. Alguém havia imprimido uma foto seminua da Tyra Michaels e colado no para-brisa dela. E alguém tinha escrito VAGABUNDA no armário de ginástica da Jess Lind. E, agora, isso. Olhei para o mar de gente ao meu redor. Nós íamos mesmo aceitar esse tipo de coisa? Meninas sofrendo bullying? Sendo xingadas de puta? Que tipo de merda à la Nathaniel Hawthorne era aquela?

Murmurei "desculpa, preciso ir" e saí da multidão de curiosos.

Fodam-se. Foda-se a escola. Foda-se o VR. E foda-se Chris Heinz. Eu não parava de imaginar ele na frente de um computador. Rindo enquanto subia fotos novas. Nem aí para o caos que estava criando ou as mulheres que estava machucando. Eu queria arrancar as tripas dele. Pouquinho a pouquinho, o mais devagar possível.

Fui andando até meu armário, com as orelhas quentes. Avery estava lá me esperando, brincando ansioso com o cadeado do armário, girando-o de um lado para o outro. Eu mal o vi ali até ele me dar um beijo na bochecha e dizer:

— Ei. Eu preciso conversar com você sobre sábado que vem.

— Ok? — falei.

Fossem lá quais fossem os planos dele, eu precisava levá-lo para a festa do Chris no sábado.

— Falando nisso... — comecei

— Eu sei que temos o rolê da minha mãe — interrompeu ele.

Eu demorei um pouco para me lembrar que no sábado também era o evento de gala da mãe dele. Merda.

— E eu fico muito feliz que você vá — continuou. — Mas eu percebi que no próximo sábado *também* é nosso aniversário de um mês.

Meu Deus. *Dia cheio.*

— É mesmo? — perguntei, com a forte convicção de que aniversários de um mês eram coisa para pessoas que estavam recentemente sóbrias, e não namoros.

— E eu *sei* que você provavelmente acha que isso é uma coisa idiota de se comemorar. Mas, antes que você me diga o quão idiota isso é, me escuta.

Ele estava com um sorriso no rosto e tentando ser fofo. Mas eu não estava com paciência para aquilo. Não enquanto tinha gente alegremente escrevendo PUTA e VAGABUNDA em armários.

Ele continuou:

— A coisa dos meus pais termina às onze. Eu aposto que a gente consegue sair até umas dez e meia. E aí... rufem os tambores...

Ele entendeu pelo meu olhar que eu não iria fazer um barulho de tambores, então seguiu em frente:

— *Louca obsessão* está passando no cinema Palladium às dez e quarenta e cinco. E nós vamos!

Ele mostrou no celular dois ingressos já comprados para a sessão.

— Sério?

— Está impressionada por eu ter achado uma sessão do seu filme favorito apesar de ser muito velho?

Eu *estava* meio impressionada. E parecia ser divertido. Quem não amaria ver Kathy Bates quebrando as pernas de um homem com uma marreta numa tela de cinema? Por um breve momento, considerei adiar a invasão à casa do Chris. Mas não durou. O site, o armário com puta escrito, o chat Fúria que não parava de crescer, tudo estava fazendo meu sangue ferver.

— Estou, mas Avery...

— Eu tenho quase certeza de que consigo te deixar em casa à uma da manhã, mas será que os seus pais iriam topar? Preciso levar uns *macarons* pra fechar negócio? Acho que *macarons* resolveriam o problema.

— Posso falar agora? — falei, um pouco irritada.

Ele pareceu surpreso com o meu tom.

— Claro! Foi mal. E aí?

— Eu não posso ir. Para a coisa da sua mãe. Desculpa.

Ele tentou sorrir, mas não conseguia esconder a expressão, como se tivesse acabado de levar um soco no estômago.

— Ah. Ok. Surgiu algum imprevisto?

Não tinha como falar de outro jeito.

— Eu preciso ir para a festa do Chris.

Ele pareceu ficar completamente confuso.

— A festa à fantasia do Chris? Você nem *gosta* do Chris. Você gritou comigo ontem porque eu perguntei se você estava trabalhando para ele.

— É. Então, eu me sinto muito mal por perder o evento da sua mãe, mas não posso...

— Mertz, você é *tão confusa* — disse ele, se afastando de mim. — Assim, em geral tudo bem, porque eu gosto de você! Eu gosto de você ser reservada e intensa e fodona e muito mais inteligente do que eu. Na verdade, acho tudo isso um tesão! Mas, assim, isso... isso é importante. Eu achei que você tinha dito que "cumpria promessas".

— É, eu sei — gaguejei, irritada por ele estar usando minhas próprias palavras contra mim. — Por que você não me encontra na casa do Chris depois do evento?

— Por que *você* não pode ir pro evento da minha mãe antes? Eu já falei de você para os meus pais. Eles te colocaram na lista e...

— Então me tira da lista! Ok? Porque eu não posso ir! — falei.

Eu provavelmente estava soando louca, mas não tinha jeito. Pessoas de verdade com traumas de verdade estavam contando comigo. Eu precisava me concentrar em pegar o computador do Chris, e não em comer camarão com médicos ricos. Toda essa história com o Avery, com o namoro, era para me ajudar com o VR. E ele estava sendo tão teimoso!

— Por que você tá gritando comigo? — perguntou Avery em um tom calmo e condescendente, que só me fez ficar ainda mais irritada.

— É por causa de um trabalho? Você vai hackear o computador do Chris ou algo assim?

Ele perguntou aquilo em voz alta e vários calouros viraram a cabeça para ver quem havia falado. Eu entendi que ele estava chateado, mas não era desculpa para ser desleixado com informações sensíveis.

— Você pode falar mais baixo? — falei, e o puxei para o lado. — E se for isso? — sussurrei.

— Não pode fazer isso outro dia? Eu sei que você ama seu trabalho. Mas... você prometeu...

Ele estava travando a mandíbula com tanta força que achei que fosse se machucar.

— O que você quer, Avery? Uma namorada que seja obcecada por você? Que vá para as festas chatas dos seus pais? E aos seus jogos de futebol? E ao musical da primavera para torcer por você enquanto você cuida da iluminação?

— Não... — respondeu rápido.

Eu bati a porta do armário.

— Porque eu tenho muita merda acontecendo na minha vida e não posso largar tudo porque você não aguenta ficar sozinho com seus pais!

Foi completamente desnecessário. Eu só disse para irritá-lo. E funcionou.

— Qual o seu problema? Por que você está sendo tão... — disse ele, praticamente gritando.

— Eu não tenho problema nenhum! E eu acho que está bem claro o que eu quero! — falei mais alto.

Eu realmente não queria fazer aquilo, mas ele estava me pressionando e me tomando tempo que eu não tinha.

— Avery, sinceramente, eu não tô nem aí pro que você vai fazer — falei. — Porque eu vou para a festa do Chris. Com ou sem você.

Eu não consegui olhar para ele. Era maldade demais, mas não havia outro jeito. A verdade é que eu não precisava mais dele.

— Ok... — ele disse. — Bom, eu não sei como responder isso. Mas se é isso mesmo o que você quer...

Não era o que eu queria. Eu queria que o Avery fosse comigo para a festa do Chris. Eu queria que ele distraísse o Chris e me levasse para ver meu filme favorito e talvez depois ir ao Nick's comer torta.

Mas eu não falei nada disso. Nem demonstrei um pingo de remorso quando falei:

— Ok. Bom, te vejo por aí, então.

Eu me virei para descer o corredor, enfiando as mãos no bolso do moletom com tanta força que achei que iria rasgar o tecido.

— Espera! — disse ele, e me seguiu por alguns passos. — É isso? E se...

— Meu Deus, Avery! Vou precisar soletrar?

Minha mão estava ficando doida de novo, tremendo no bolso do moletom. O queixo do Avery caiu. Ele finalmente entendeu que eu estava terminando com ele.

— Uau. Tá bom.

Ele balançou a cabeça e saiu andando, descendo o corredor até o ginásio, apesar de a primeira aula dele não ser lá.

Olhei para a minha mão. Por fora, parecia normal, mas por dentro estava dormente e formigando de novo. Respirei fundo.

Meu relacionamento falso havia acabado de verdade.

2 de abril, 20h15

MARGOT: ei. acho que não tenho sido uma boa aimga ultimamente. minha meta era te mandar msg toda semana e eu estive deiaxndo que outras coisas me atrapalhassem. mas não vou mais deixar. oi.

2 de abril, 20h17

MARGOT: pergunta. você já terminou com alguém? com certeza você teve um namorado ou dois depois de se mudar. ou... mais de dois? você provavelmente teve uns 10! 10 meninos magrelos de cabelo castanho que são meio tímidos, mas também te idolatram.

2 de abril, 20h23

MARGOT: talvez você tenha namorado um ruivo aí no meio. Só para variar. E ele era meio babaca, mas de um jeito atraente?

MARGOT: Obviamente estou pensando demais nisso.

MARGOT: foi uma droga terminar com eles? tipo, términos são sempre esquisitos, né? ou estranhos. tristes.

2 de abril, 20h33

MARGOT: boa noite! Saudades!

Jogando na ofensiva

Já que eu não tinha mais acompanhante, decidi que minha melhor opção era chegar na casa do Chris Heinz no meio da festa. Se eu chegasse cedo, todo mundo iria me ver, se perguntar por que eu estava lá, e seria mais difícil entrar escondida no quarto do Chris. Se chegasse muito tarde, só teria os festeiros barra pesada, e o Chris estaria desmaiado no quarto. Então eu cheguei às dez e meia, achando que seria o horário perfeito.

Não havia rolado uma festança grande e cheia de álcool como aquela há um tempo, então todo mundo apareceu. Festas eram um ritual do ensino médio de que eu só participava quando estava trabalhando. Eu sempre me sentia como uma zoóloga, estudando meus colegas de longe, os julgando em silêncio.[64]

Abri a porta e entrei. O cenário era como esperado: barulhento e caótico. Com sorte, eu conseguiria ir direto para o quarto do Chris, copiar o HD dele e sair dali sem ninguém me ver. Mas fui cumprimentada quase imediatamente com alguém gritando: MARGOT!!!

Ray Evans e Cory Sayles, com copos descartáveis em mãos, me cumprimentaram como se eu estivesse voltando da guerra. Ambos estavam um pouco bêbados e muito empolgados de ver a Margot versão reality show fútil que tinha visto no lava-carros. Eles falaram um por cima do outro:

— Que bom que você veio! Quer beber?

— Avery disse que vocês terminaram! Que droga! Quer beber?

---

[64] Eu não sei se zoólogos "julgam" animais, na verdade, mas talvez? "Aquele pinguim parece um babaca", "Aquela girafa é muito sem noção" etc.

— É open bar. Posso te trazer uma água também, se você quiser. Sem pressão.

— Essa fantasia é tão engraçada!

Aquilo chamou a minha atenção. Eu não estava fantasiada.

— Você não é aquela escaladora que foi assassinada pelo professor de educação física?

Meu Deus. Eu parecia uma vítima de assassinato? Perturbador. Enfim, fui na onda deles. Precisava lhes mostrar a Margot divertida e simpática que eles conheciam e amavam.

— Isso! — gritei. — Acertou!

Toque no braço. Jogada de cabelo. Risada.

— Nem todo mundo entendeu, mas vocês conseguiram! — exclamei.

Eles balançaram as cabeças como se fossem focas treinadas.[65] Eu os mandei ir pegar um drink bem complicado para mim (uma dose de Coca--Cola, uma dose de Jagermeister, uma dose de água tônica, uma dose de de limão espremido, uma dose de café gelado, hortelã, licor) que eu não tinha intenção alguma de beber. E aí fui até o canto da sala, peguei um copo vazio, e segurei como se estivesse bebendo. Eu observei o lugar: na cozinha, as pessoas estavam em grupos de três a cinco pessoas, falando alto sobre a música. Havia um grupo jogando Switch na tv. Lá fora, várias mesas de pingue-pongue tinham sido montadas e algumas pessoas estavam jogando vôlei na piscina aquecida.

Vi Avery na varanda, no meio de um jogo de Quem Sou Eu que com certeza tinha sido começado por ele. Estava com um monte de pessoas aleatórias, inclusive Greg Mayes e Cheryl Graham (que... pareciam ser um casal? Meus pêsames, Danny!) e a Menina da Brighton, bêbada como sempre, e que, mesmo à distância, eu podia ver que estava se jogando em cima do Avery. Eu não achava que ela fazia o tipo dele, mas acho que nunca entendi qual era o tipo dele. Estava meio surpresa por ele ter ido à festa. Devia ter saído cedo do evento da mãe. Dane-se. Avery estava livre para fazer o que quisesse. Eu tinha preocupações mais importantes.

Eu precisava encontrar o quarto do Chris, então subi pelas escadas lotadas até o segundo andar da casa. Havia uma fila de casais no topo da escada se pegando pesado. Um dos casais no fim da fila parou de se beijar por tempo o suficiente para eu perguntar:

---

65 "Essas focas são tão fofoqueiras." Tá, parei.

— Ei. Para que é essa fila?

Eles responderam rindo. O menino na frente deles se virou. (Era Isaac Oliver da minha turma de Política Avançada.)

— Quarto da pegação — respondeu, antes de começar a se agarrar com Craig Layton de um jeito muito agressivo e, eu diria, barulhento.

No segundo andar, olhei para o andar de baixo. Todo mundo parecia estar se divertindo, comentando e discutindo as "fantasias ofensivas". Muitas pessoas foram vestidas de Vanessa Black, a cantora pop que tinha se internado em uma clínica de reabilitação no mês anterior e quase morrido. (Haha! Toma essa por ter talento e um problema de dependência de drogas!) A escolha também era muito popular, porque dava a liberdade de usar o look padrão da Black: calças coladas e um top, ou seja, *uma roupa sexy*. Vi um grupo de cinco Vanessa Black todas conversando com alguém vestido de morte, que se parecia muito com o Sammi. Espera. Era o Sammi? Era mesmo o Sammi? O Sammi estava em uma festa? Como é que é?! O boné era uma coisa, mas eu nunca, nunca tinha visto Sammi participar de um evento social, a menos que se considere o casamento do primo dele, ao qual a mãe dele o obrigou a ir.

Eu quase desci a escada para confrontar o Sammi, mas desisti. *Você pode interrogar o Sammi depois e se certificar de que ele não foi sequestrado. Primeiro, faça o que veio fazer!*

Andei pelo corredor, passando por casais que estavam pacientemente esperando para se pegar na privacidade do quarto dos pais ou da irmã do Chris. Havia uma fila separada para pessoas que estavam esperando para usar o banheiro. No começo da fila estava John Pfeiffer, que havia se declarado o leão de chácara.

— Nada de ficar se pegando no banheiro! *As pessoas precisam mijar em algum lugar!*

No final do corredor havia uma quarta porta misteriosa sem filas. Devia ser o quarto do Chris. A porta estava meio aberta e, apesar do barulho de conversas e da música da festa, eu conseguia ouvir vozes vindo lá de dentro.

Parecia uma discussão. Ou uma briga. Eu avancei com cuidado e abri um pouco a porta para olhar para dentro. E lá estavam eles: Chris, Kyle e P-Boy. Kyle estava no computador, digitando de forma incisiva, enquanto P-Boy, atrá dele, observava. Chris estava na cama, sacudindo uma bola 8 mágica e jogando-a no ar como se fosse uma bola de beisebol. Eu não vou dizer quais eram as fantasias dele porque não eram "ofensivas do jeito engraçado". Eram mais "ofensivas no nível 4chan".

— Gente, por que tá demorando tanto? — reclamou Chris. — Você disse que conseguia consertar, não disse? Será que preciso chamar o...

— Não! Eu consigo — disse Kyle enquanto continuava digitando. — Só está com uns bugs. Desde que caiu, ficou assim.

Meu DDoS ainda estava causando problemas.

— Vamos beber hoje e resolver isso na segunda-feira? — reclamou P-Boy.

— *Não!* Seus imbecis! Tão vendo quanta gente seminua está aqui hoje?! Todas as Vanessas Black de bunda de fora? Nós podemos aumentar nosso catálogo em... trinta por cento!

Na verdade, a cada duas palavras ele soltava um "porra", mas estou editando para facilitar a leitura.

— Mas ninguém vai subir nada se o site estiver fora do ar! — insistiu ele, e jogou a bola na perna do P-Boy.

— Cacete, mano! Essa doeu! — disse P-Boy, andando pelo quarto para se livrar da dor. — Você disse que isso ia ser divertido. Agora é tipo... trabalho. A gente só faz isso.

— É, a gente já tem praticamente todas as minas gostosas — falou Kyle. — Eu acho que temos que parar antes que dê merda.

Chris parecia irritado, como se estivesse prestes a bater nos dois comparsas com outra coisa. Mas finalmente ele se sentou na cadeira.

— Olha, eu não ia falar nada, mas... Meu primo Benny, de Los Angeles, acha que a gente consegue vender esse negócio.

— Espera aí. Como assim?

Kyle mudou a postura, bem interessado.

— É. Por tipo, *dinheiro*. Ele conhece um cara que trabalha no Porn Slash.

P-Boy sorriu. Aparentemente a conversa sobre dinheiro os convencera de que valia a pena ser machucado por bolas. Quando os três começaram a gritar juntos "Isso aí!" e "Los Angeles!" e "dinheiro!", senti um frio no estômago. Aquilo era bem ruim. Se o VR entrasse em um site como o Porn Slash, todo mundo iria ver. E eu não teria como fazer nada.

Com a nova motivação, Kyle digitou até conseguir colocar o site no ar. E aí eu ouvi murmúrios sobre "sair dali", então me escondi em um armário no corredor. Assim que saíram do quarto, ouvi o Chris falando:

— Vamos logo. Aquela menina da Brighton está aqui, e eu quero chegar nela antes do Avery.

Os meninos responderam com "Top!" e "Foda!" antes de desaparecerem no meio da multidão.

Ela tem nome, Chris! É Angelica!

Em breve meus colegas bêbados e tarados iriam correr para se pegar no quarto do Chris. Eu tinha que agir imediatamente. Saí do armário e andei normalmente até o quarto do Chris, mas, assim que botei a porcaria da mão na porcaria da maçaneta, ouvi:

— Opa. Mertz. Aonde você vai?

Eu nem precisava me virar. Já sabia que era ele, aquele filho da puta metido. *Chris*. Eu me virei e olhei direto nos olhos dele.

— Esse não é o quarto de pegação?

Ele me olhou com curiosidade.

— E... com quem você vai se pegar?

Eu poderia ter mentido. Poderia ter dito um nome. Qualquer nome! Menino ou menina! E eu tenho certeza de que ele teria me deixado entrar no quarto. Mas não falei. Fiquei lá parada. E senti meu peito apertar. Meus olhos se encherem d'água. Merda. Não era hora.

— É. Foi o que eu pensei. Mertz, esse quarto é para casais. Não para virgens solitárias e estranhas como você.

Algumas pessoas no corredor começaram a rir. Eu queria rasgar a garganta dele. Eu queria empurrá-lo da varanda para ele cair em cima de um cabide. Mas não fiz isso. Fiquei ali parada, tentando me conter para não ter um ataque de pânico quando ele passou o braço musculoso ao meu redor e me guiou pelo corredor.

— Você tem que aprender a relaxar, Mertz. Curte a festa.

Então ele passou a mão na minha bunda e apertou com força. Tipo, doeu.

— *Para!*

Eu o empurrei, e ele imediatamente se afastou, como se fosse uma brincadeira. Colocou as mãos para cima e fez toda uma cena para as pessoas que estavam na fila.

— Tá bom, tá bom! Meu Deus. Não me cancela na internet! Eu me rendo!

Ele fingiu estar rezando enquanto descia pelas escadas. Mais pessoas riram. Até mesmo algumas meninas. As que não riram só ficaram olhando para o chão.

Eu fui até o corrimão, respirando do jeito que a Beth me ensinou a fazer, e esperei passar.

Era assim que aquele tipo de merda acontecia. Chris aperta minha bunda. Aí ele diz que eu sou sem graça se eu fiquei ofendida pelo que ele fez. E aí, para se garantir, ele joga o cancelamento no meio e age como se fosse uma vítima. A cena toda era para eu me sentir menos humana, ao mesmo tempo que o pintava como um cara divertido e inofensivo. Em menos de um minuto, ele havia me julgado por ser virgem, feito *gaslighting*, e contribuído para a ideia de que homens são incompreendidos. Era eficiente. E irritante.

Ainda bem que eu trabalho melhor quando estou movida por raiva. Quando minha respiração voltou ao normal, desci a escada. Ok. Se eu precisava de um parceiro de pegação para entrar no quarto do Chris, eu iria arranjar um cara.

Olhei ao redor, procurando uma boca disponível, até que vi o Sammi na piscina. Perfeito. Eu me sentiria segura de ficar com ele e não teria drama no meio. Eu me virei para a porta externa e esbarrei... no Avery. Claro. Aquele corpo grande como uma árvore sempre estava no meu caminho. Ele estava junto da Claire Jubell. Acho que fazia sentido, já que eles eram *"grandes amigos"*. O que os dois tinham me dito várias vezes. Ele estava usando uma camiseta de clínicas de planejamento familiar e com os bolsos revirados para fora. Ela estava vestida como uma elfa sexy, não sei por quê.

— Você tá bem? — perguntou o Avery.

— Tô. Valeu — falei, sem perder Sammi de vista. — Só... surpresa por te ver aqui.

— O evento terminou cedo.

Ele deu de ombros e *quase* percebi um toque de ressentimento. Mas aí ele sorriu e voltou ao estado amigável. Era óbvio que eu e o Avery iríamos ter um encontro estranho de ex-tentando-ficar-de-boa, e era aquele o momento. E ainda tinha o bônus da Claire Jubell me encarando.

— Ei, Margot! Adorei a fantasia. Mas é tão triste.

Meu Deus. Eu devia mesmo parecer a tal escaladora.

— É... muito triste... Bom, foi bom ver vocês dois — falei, me virando para ir embora. — Ótimos fantasias. Elfa sexy e... Falta de recursos para clínicas de planejamento familiar?

— Isso! — confirmou Avery, sorrindo.

— É *realmente* ofensivo — falei e segui andando.

De longe, ouvi a Claire falar:

— É *essa* a sua fantasia?

Eu fui para o quintal. Sammi estava do outro lado da piscina, bebericando de um copo e assistindo a um jogo de *beer pong*. Eu assoviei e gritei "Sammi!" enquanto acenava para ele. Ele acenou de volta. Eu assoviei de novo. Ele parecia irritado, mas acabou vindo até mim com as mãos nos bolsos.

— Pois não? — disse, curto e grosso.

— Como assim, "pois não?", eu preciso da sua ajuda!

Eu dei um tapa no braço dele, na esperança de que ele saísse daquele humor estranho.

— Ok. Bom, eu estou na fila. Posso te ajudar depois de jogar?

— Jogar o quê? Jogar... *beer pong*? Você não pode me ajudar porque quer jogar *beer pong*?

Alguém acertou o copo e todo mundo comemorou.

— É. Por isso que eu estou aqui, na área de quem vai ser o próximo para jogar.

Aquilo era uma loucura. Sammi não bebia. Ele não jogava jogos em grupo. E ele não jogava jogos em grupo cujo objetivo era beber.

— Vou deixar para depois essa frase absurda porque temos que agir logo. Precisamos começar a nos beijar. Tipo, agora.

De repente, ele ficou em total silêncio.

— Tááááá...

— Ótimo. Por aqui!

Eu peguei a mão dele, que estava rígida e suada. Nós voltamos até a casa, e eu o arrastei pelo saguão, onde ele parou de repente.

— Espera — disse ele, parecendo estar sóbrio de repente.

Ele tirou o boné e coçou a cabeça.

— Isso é... Pra quê isso? — perguntou. — Só para você fazer ciúmes no Avery?

Avery estava olhando para nós do segundo andar. Espera aí. *Ele estava na fila da pegação? Com a Claire? Ok. Ok.* Pelo visto eu não precisava ter pena do Avery. Ele estava *muito bem*.

Eu olhei de volta para o Sammi. Será que deveria contar logo a verdade sobre o trabalho? Talvez, já que eu estava trabalhando no caso havia um bom tempo, a Shannon fosse mais flexível com a regra de "não contar a ninguém". Mas... eu não queria falar nada antes de confirmar com ela! Tenho regras. Algumas mal fazem sentido, já que eu sou a única que sabe da existência delas, mas regras são o que me separam dos Chris Heinz do mundo. Então eu continuei mentindo.

— Isso. Estou chateada com o Avery e quero deixar ele com ciúmes — falei com um tom monótono, como se eu estivesse recitando o juramento à bandeira. — Faz diferença? Você não quer se pegar com uma menina antes de ir para a faculdade? Vamos! Vai ser divertido!

Ele soltou minha mão e se afastou.

— Nãããão. Valeu — disse ele, voltando lentamente para o jardim.

— Sammi! Qual é! É só...

— É... Eu não quero fazer isso... É muito esquisito. Me desculpa? Desculpa.

Ele praticamente caiu por cima do barril de cerveja na volta para sua querida mesa de *beer pong*. Ele ficava olhando para mim com uma mistura de medo e pena. Não posso julgá-lo por isso. Ficar com o Sammi seria como beijar um primo. Ou um bicho de pelúcia favorito.[66]

Bom, o tiro saiu pela culatra.

Eu vasculhei a sala. Sammi estava fora, mas eu ainda precisava de uma boca para levar para o quarto do Chris. Vi Cory e Ray, brincando de luta, bêbados, perto da geladeira. Eu havia passado um bom tempo estudando Cory (e, por extensão, Ray) e sabia que, mesmo que eles não tivessem criado o vr, não eram boas pessoas. Eu não queria ficar com nenhum dos dois. Mas eu me forcei a pensar no bem maior: Shannon, as Kelseys, Abby, Sara, Jess. Elas estavam contando comigo. E eu estava tão perto! Então engoli meu orgulho e me preparei para beijar pessoas bem ruins.

— Meninos, meninos, meninos... — falei, tropeçando até eles e me certificando que as mãos grandes e másculas deles me segurassem. — Eu tive essa ideia muito doida. Eu pensei...

Eu fingi esquecer o que estava falando, porque estava bebaaaaaaaaça.

— Eu pensei em um número! — gritei, porque bêbada. — Quem chegar mais perto de adivinhar, nós vamos nos pegar. E aí? E aí?

Dei um soquinho nos dois. Eles tropeçaram para trás, esbarrando na geladeira antes de se endireitar de novo. Cory arrotou, de olhos meio fechados. Nossa.

---

66 Eu fiz isso no quinto ano. Para treinar. Parecia inofensivo (apesar dos pelos), mas eu nunca mais consegui olhar para o Sr. Urso do mesmo jeito.

— Ok, prontos?

— Pronto! — gritou Ray.

Cory meio que só ficou por ali, tentando não cair nem vomitar.

— Ok, adivinhem!

— Vinte e cinco! — disse Ray, levantando a mão (acho que para pedir permissão para falar?).

Eu esperei Cory, que estava se esforçando muito para responder.

— Tooooooodoooos... — conseguiu falar.

— Era dois! Então o Cory ganhou!

Eu imaginei que o Cory fosse o menos perigoso dos dois. Ele provavelmente iria desmaiar quando chegássemos no quarto. Com Ray, eu teria que realmente beijar aquele hálito de uísque sabor pêssego.

— Mas... pera aí! Ele nem... — reclamou Ray.

— Ele disse todos. O que é... sabe... tipo, boa estratégia — falei.

Peguei o braço do Cory e o levei para longe do Ray, talvez pela primeira vez naquele dia. Cory tropeçou no pé da escada. *Bora, amigão, chegue até quarto e aí você pode nanar.*

Finalmente ele conseguiu se levantar e eu usei meu corpo para segurá-lo enquanto andávamos pelo corredor até o quarto do Chris. E aí, de repente, ele começou a passar as mãos bêbadas em mim. Na cintura, na bunda, nos peitos. Ele estava respirando pesado no meu pescoço. Era por isso que eu queria chamar o Sammi. Um a cada dois homens tinha essa característica inesperada. Especialmente bêbados.

Eu segurei os braços dele e o guiei pelo corredor como se ele fosse uma criancinha aprendendo a andar.

— Espera, espera, espera... Quem espera sempre... ganha coisa melhor no final!

Olha, eu não sou boa com esses papinhos de sexo. Eu sei que parece mais um ditado ruim do que uma sedução, mas parece que o Cory gostou. Ele concordou com a cabeça. Nós furamos a fila e fomos direto para o quarto do Chris.

John Pfeiffer estava segurando um taco de beisebol, que estava usando para guiar as pessoas para dentro e fora do banheiro. Assim que passamos por ele, ele ergueu o taco como se fosse uma catraca de estacionamento, bloqueando nosso caminho.

— Opa, opa, opa. Aonde vocês dois estão indo?

— Nos pegar! Dã. John, o que você tá fazendo? Por que está com um taco de beisebol?

— Chris me nomeou monitor da pegação — disse ele com orgulho.

Monitor da pegação? Onde o Chris achava aquele tipo de gente? Era como se todos os amigos do Chris fossem guardas do Experimento de Aprisionamento de Stanford.[67]

— Bom, o Chris disse que podíamos ficar no quarto dele. Então... — menti, tentando tirar o Josh do caminho.

Ele mal se mexeu.

— O Chris disse isso? Pra *vocês*?

— Ele disse que eu podia furar a fila porque fiz o dever de matemática dele.

Outra mentira.

— Qual é, cara. Para de ser empata-foda! — falou Cory.

Finalmente, um argumento que convenceu o John. Ele tirou o taco da nossa frente.

Eu guiei o Cory para o quarto do Chris e até a cama. Ele se jogou. Não consegui criar forças pra subir nele, mas brinquei com o cabelo dele um pouco.

— Eu vou colocar uma música — falei, e fui para o computador do Chris.

Torci para que isso me desse tempo o suficiente para pegar o HD dele usando o FAST-D.

— Mas... a cama? — disse ele, soando tão confuso quanto o monstro de Frankenstein.

Sentei a bunda na cadeira do Chris e conectei meu HD externo no notebook dele. Enquanto esperava o download terminar, procurei por provas na escrivaninha, mas só encontrei canetas, alguns cartuchos de *vape* soltos, e um carregador de iPhone. Nada. Quando o download terminou eu desconectei o HD, o guardei dentro da minha camisa, e me virei para ver... nada. De tão focada na tarefa, não percebi que Cory estava dormindo na cama. Ei, às vezes a vida dá uma ajudinha.

Dei um pulo quando ouvi *tum tum tum!* Ecoando pelo quarto.

— Vocês terminaram? Porque tem um monte de gente aqui fora que quer transar!

Era o John. Levando seu dever de monitor de pegação muuuuito a sério. As batidas acordaram o Cory.

---

[67] Aaaah, Stanford.

— O quê... o que...

— Vem, Cory. Temos que ir! — falei, batendo nele com um travesseiro.

— A gente... hum?

— Não. Sem sexo, você desmaiou bêbado. E nem pense em mentir sobre isso porque eu gravei tudo no meu celular — menti.

— O quê? Você gravou?

Ele se levantou devagar e colocou uma mão na barriga, com dor. Quando eu abri a porta, o policial John estava em pé e de braços cruzados. Foi na mesma hora que Cory se curvou para a frente e vomitou no tapete do Chris.

Obrigada, Cory, foi ótimo. Se você não estivesse tão bêbado e nojento, poderia até te beijar pra agradecer!

Eu saí rapidamente enquanto John corria para resolver a situação. Desci correndo e mandei mensagem para a minha mãe. Ela disse que ficaria acordada caso eu precisasse de uma carona.

Quando cheguei na porta, dei mais uma olhada pela festa. De onde estava, eu tinha uma boa visão da sala e da cozinha. E eu via dois grupos bem distintos. Na cozinha, todo mundo estava bebendo devagar, curtindo a companhia uns dos outros e rindo. E na sala, todo mundo estava bebendo rápido, para se juntar ao Cory no clube do vômito. Na cozinha, vi Avery, rindo, conversando, apontando para um amigo; e na sala, vi Sammi, bebendo de um copo descartável, balançando a cabeça. Nos últimos meses, eu havia passado mais tempo com aqueles dois meninos do que com qualquer outra pessoa. Mas ali... eles estavam tão distantes quanto o resto dos meus colegas de escola. Do outro lado de um vidro por onde eu os observava.

Nenhum deles percebeu quando eu fui embora.

11 de abril, 00h36

MARGOT: você não vai acreditar, mas até que vai.

MARGOT: Chris Heinz apertou minha bunda hoje.

MARGOT: Lembra dele?

MARGOT: Filho da puta.

MARGOT: Eu sempre imaginei que, se ele se atrevesse a tentar me tocar, eu iria tipo... dar um soco na garganta dele. Ou eletrocutar o saco dele.

MARGOT: Mas eu não fiz isso. Eu só fiquei parada. E aí quase tive um ataque de pânico. E fiz coisa da respiração que você me ensinou. Eu não lebmro se era pra ser "inspira pelo nariz e expira pelo nariz" ou "expira pela boca". Jáque não lembro, estou alternando a cada respiração. Boa né? Toma essa, ansiedade.

11 de abril, 00h42

MARGOT: Às vezes eu não sou tão corajosa quanto acho que sou.

Obrigada, poderoso chefão

Quando cheguei em casa, já passava um pouco de uma da manhã. Estava exausta e precisava de um banho, principalmente para tirar o cheiro da colônia horrível que o Cory usava. Mas estava desesperada para olhar o HD do Chris. Liguei o HD externo e não demorou muito para encontrar: um arquivo chamado Vadias Ro[68] com todas as versões beta, fotos, scripts, código... tudo de que eu precisava para provar que o Chris estava por trás do site. Sucesso.

Como eu disse, não sou a melhor com código, mas ainda bem que aquilo estava em Python. E, até onde eu sei, era bem impressionante. O código estava limpinho, sem um monte de texto copiado e colado do site Stack Overflow — caramba, estava até comentado. Cacete. Kyle e P-Boy sabiam o que estavam fazendo.

Já que o mistério de "quem criou esse site pornô maldoso e misógino" tinha sido resolvido, eu ia para a próxima fase: destruí-lo. Vadias de Roosevelt poderia estar em três notebooks (do Chris, do Kyle e do P-Boy). Além disso, eles poderiam estar sincronizando regularmente com um servidor. Ou seja, para acabar de vez com o site, eu teria que deletar as cópias nos três computadores e no servidor *ao mesmo tempo*. Senão, estaria tapando o sol com uma peneira. Seria difícil.[69] Tipo, tão difícil quanto explicar pra minha mãe o que é o TikTok.

Ouvi o caminhão de lixo passando pela rua e percebi que tinha passado a noite toda acordada. Mas não estava cansada. Eu me sentia ótima. Era

---

68 Que elegante.

69 Isso sem falar nas fotos que visitantes baixaram e têm no celular, computador etc. Mas vamos deixar essa grande confusão para depois.

tão bom finalmente ter algum tipo de progresso naquele caso de merda. Eu estava pronta para acabar com o vr e logo, logo conseguiria fazer isso.

De acordo com o WhatsApp, Shannon não ficava on-line fazia catorze dias. Então eu mandei um sms dizendo que tinha grandes novidades. Ela não respondeu. Percebi que eu não a via na escola fazia... uma semana? Ou talvez um mês? Ela não estava indo para escola?

Após cinco mensagens, ela finalmente me respondeu e nós combinamos de nos encontrar. Foi bom, porque, além de atualizá-la sobre o caso, eu queria perguntar de novo se podia convidar o Sammi para o trabalho. Eu precisava de ajuda e eu achei que seria mais fácil ela concordar se eu falasse pessoalmente.

Shannon apareceu na Greenbaum's por volta das três e meia da tarde. Ela estava mais magra e tinha pintado de castanho o lindo cabelo ruivo natural. Mas eram os olhos dela que me preocupavam. Eles não tinham mais aquele olhar assustado, nervoso, prestes a chorar. Os olhos estavam vazios. Como se ela não estivesse me vendo.

Eu contei a ela tudo que havia descoberto. Achei que ela ficaria feliz. Em vez disso, ela fingiu ficar feliz, com sorrisos forçados e acenos de cabeça. Até disse "Que bom" algumas vezes.

— Eu preciso te perguntar uma coisa — falei, mexendo no meu pãozinho de chocolate, e ela concordou com a cabeça. — A próxima fase desse trabalho vai ser difícil. Eu nem sei ao certo como eu vou fazer isso, mas vai ser necessário ter mais conhecimento técnico. E eu sei que você já disse não, mas...

— Não.

— Shannon, me...

— Não!

— Sammi tem sido meu sócio fiel e confiável desde que eu...

— Margot! Ele é um homem! — ela gritou em um sussurro, batendo a mão na mesa. — Você sabe quantos caras aleatórios me mandaram foto do pinto? Ou quantas vezes eu ouvi "Belos peitos, Shan" no corredor? Como se fosse uma coisa completamente normal de se dizer *na escola*? Homens são terríveis. Ok?

Os olhos dela se encheram de lágrimas e então se desfocaram. Eu nem tinha certeza se ela ainda estava presente ali comigo.

— Eu sei que isso é perturbador. Mas eu prometo, o Sammi é como um irmão mais novo. Ele...

— Então você acha que ele não vê pornografia? Que ele não entrou no site?

Por ter acesso ao HD dele, eu sabia que ele via *sim* pornografia, mas, também graças ao HD, sabia que ele não tinha entrado no Vadias de Roosevelt.

Eu suspirei. A parte mais frustrante era que eu poderia contratar o Sammi e a Shannon nunca iria saber, mas *eu* iria saber. E eu não podia perder a confiança dela.

— Ok. Eu... eu só precisava perguntar. Eu... vou dar um jeito.

Ela acenou com a cabeça. Olhou para a mesa e ficou rasgando um guardanapo.

— Por que eu não tenho te visto na escola? — perguntei, oferecendo um pouco da minha comida.

— Eu não tenho ido — disse ela, e olhou para longe. — É meio que tipo, pra quê? Eu já entrei na faculdade mesmo.

Eu concordei com a cabeça, mas não estava acreditando nela. Depois de alguns segundos mexendo no guardanapo, ela continuou a falar:

— Tem sido difícil, sabe? Eu só quero não ficar perto de outras pessoas. Ou conversar. Eu saí das minhas redes.

— Eu acho que você não está perdendo muita coisa.

Ela sorriu um pouco.

— Eu mal posso esperar para ir embora desse lugar.

Eu senti que ela queria me falar mais alguma coisa. Talvez desabafar.

— Margot.

Ela me olhou nos olhos pela primeira vez. E aí, com preocupação de verdade, disse:

— *Você* está bem? Estou preocupada com você.

Se *eu* estava bem? A Shannon era quem estava com os olhos tristes e o cabelo mal pintado! Mas eu me olhei rapidamente na vitrine de biscoitos e entendi o que ela queria dizer. Eu não havia tomado banho desde a festa do Chris. Eu ainda estava cheirando à colônia fedida do Cory. Credo. Margot. Você é profissional! Faça melhor do que isso!

— Estou bem! — afirmei. — Só ocupada. Esse trabalho tem sido... complexo.

Peguei a mochila e me levantei. Eu estava esperando que ela fosse me pedir por atualizações mais frequentes, já que tinha tido um grande avanço com o trabalho. Que fosse me encorajar a fazer o Chris pagar pelo que fez. Mas ela só me agradeceu algumas vezes e saiu pela porta lateral.

Quando aquele trabalho acabasse, e o Chris e sua gangue fossem devidamente humilhados, eu esperava que a Shannon voltasse a seu estado normal. Engraçada, extrovertida, confiante, boba. Eu odiava vê-la tão... contida. Derrotada. Como um adulto cansado e decepcionado com o mundo. Eu estava torcendo para ser possível superar aquilo.

Chegaram as férias da primavera, então eu não tinha que me preocupar com a escola. E o VR estava quieto, ainda bem. Os meninos deviam estar ocupados em alguma viagem de esqui. Fiquei no quarto e montei um belo quadro de investigação que cobria a parede inteira. Eu achei que só depois que eu tivesse feito esse mapa do caso, bem grande e elaborado, iria descobrir como acabar com o VR sem a ajuda do Sammi. O quadro iria me mostrar a resposta!

Mas... nada. Veja só, o problema com os meus quadros é que eles nunca ajudam de verdade. É incrivelmente satisfatório imprimir as fotos e puxar fios para conectar as imagens. Dar um passo para trás, ver tudo em um mosaico complexo e dizer: Ahá! Mas nunca é o que acontece. Nunca havia um "Ahá!". Nem uma vez, em dois anos de trabalho. E aquela vez não foi exceção.

Tirar o site do ar não ia ser fácil. Como estava em Tor, era impossível de rastrear, mas eu ainda tinha algumas opções. A mais fácil (que não era realmente fácil) era descobrir em qual site ele estava hospedado (tipo o GoDaddy ou Wix e tal) e ligar para eles fingindo ser o Chris. Eu diria: "Oi, sou eu, o criador do site, e eu gostaria que vocês tirassem meu site do ar, obrigado". Esses lugares tinham umas dez etapas de verificação. Eu precisaria saber o sobrenome de solteira da mãe do Chris, os últimos quatro dígitos do CPF e do cartão de crédito e, provavelmente, o nome do amigo imaginário de infância dele.

Mas, mesmo se eu conseguisse falar com o GoDaddy, ou AWS, ou seja lá quem fosse, para derrubar o site, ainda precisava dar um jeito nos notebooks de Chris e sua turma. Aqueles scripts de sincronização iriam acabar permitindo que subissem o site de novo. De qualquer lugar. A qualquer momento. Era por isso que eu precisava acabar com a hospedagem e os notebooks *ao mesmo tempo*. E era aquilo que eu não conseguia descobrir como fazer. Mesmo com o meu quadro inútil.

Passei os sete dias seguintes montando o quadro, pensando e jogando canetas no Sr. Urso. Às vezes eu fazia intervalos para me dedicar a coisas cada vez mais inúteis, como pregar trotes em Chris, Kyle e P-Boy, os inscrevendo em grupos de apoio chamados "Vivendo com Disfunção Erétil" e coisas do tipo. Fora isso, estava concentrada. Ignorei todas as mensagens e ligações, inclusive dos dois homens alienados da minha vida: Sammi e Avery.

Com o Sammi, era óbvio. Eu sabia que precisava pedir desculpas por tentar ficar com ele. Eu só não sabia o que dizer, e estava com medo de deixar as coisas ainda mais estranhas. Então resolvi dar um espaço e torcer para ele me perdoar por conta própria. Geralmente funcionava.

Com o Avery... ele desligou depois de um toque. Eu não fazia ideia de por que tinha ligado. Talvez ainda estivesse chateado? Ou talvez estivesse tentando ser "legal" e quisesse saber como eu estava? Ou talvez estivesse tentando fazer um papo de "vamos ser amigos, mas, na verdade, vamos voltar a namorar"?

Eu estava prestes a fazer um segundo quadro só para isso quando ele me mandou mensagem, dois minutos depois:

> **AVERY:** Foi mal, liguei por engano.

Seguido de um GIF do Sideshow Bob sendo atingido na cara por um ancinho.

Enfim, no sábado, eu não havia feito nenhum progresso em "matar quatro coelhos com uma cajadada só". Eu precisava de uma solução elegante, algum jeito de dar conta de todos os aparelhos de uma só vez. Mas a ideia não vinha. Eu estava deitada na cama, com a cabeça pendurada para baixo para ver o quadro de outro ângulo — sabe como é, porque aí, sim, eu teria a solução —, quando minha mãe bateu na porta. Meus pais tinham batido na minha porta regularmente ao longo da semana, geralmente na hora de refeições, que eu ignorava. Daquela vez, ela gritou.

— *Margot*!

— O que foi? — gritei de volta, um pouco tonta de tanto ficar de cabeça para baixo.

— É hora da noite em família!

Eu tinha tentado esconder deles o término com o Avery, mas eles sacaram logo e reinstituíram a noite em família com tudo.

— *Noite em família! Hora do filme!* — gritou minha mãe, abrindo a porta e piorando a minha dor de cabeça.

— Não posso, mãe. Eu tenho um...

Apontei para o quadro. Minha mãe olhou para ele, depois para mim, sem expressão.

— Você pode tirar uma folguinha. O seu projeto de psicologia ainda vai estar ali amanhã.

Geralmente eu iria resistir mais, mas aquilo estava ficando patético. Tipo, o que mais eu podia fazer, reorganizar o quadro pela sétima vez?

O filme da hora-do-filme-da-noite-em-família era *O poderoso chefão*. Era um dos favoritos do meu pai, e desde que eu me entendo por gente ele queria que eu assistisse. Então era uma noite bem importante para ele.

Durante todo o filme ele comentou como era "bom" e "importante", dizendo coisas como: "Olha essa cena!", "Olha essa iluminação!", "Ah! Que clássico!". Isso era seguido pela minha mãe pedindo para ele ficar quieto ou perguntando "quem era esse mesmo?", apesar de ela ter visto aquele filme pelo menos umas cinco vezes. Era uma noite de filme como qualquer outra aqui em casa.

Se você nunca viu *O poderoso chefão*, é um filme antigo, dos anos 1970, sobre uma família da máfia. Don Corleone, um homem bem velho com a pele caída, é o chefe da família.[70] É bem longo e surpreendentemente violento. Brando é bom ator, até, mas eu mal consegui entender o que ele dizia na maior parte do tempo. Ele estava fazendo uma "voz" que parecia minha avó falando. O restante do elenco era bom, e eu gostei bastante da trilha sonora. Mas não havia, tipo, nenhuma mulher no filme. Bom, não é verdade, havia *três* mulheres. E uma delas não tem nenhuma fala. Nenhuma! Então, ele não passava no teste de Bechdel nem nada. Mas tudo bem. Não era o "melhor filme feito no mundo" como meu pai ficava anunciando, mas... tudo bem.

Mas tenho que admitir que o final do filme é ótimo. Tem uma sequência dramática em que o personagem principal, Michael, ganha poder ao acabar com a concorrência. E a parte inteligente é que ele faz isso durante o batizado da sobrinha. Ele está em pé no altar com um padre, vendo o bebê ser batizado, e enquanto isso os capangas que contratou estão assas-

---

70 Uma reviravolta: quem faz o papel de Corleone é o Marlon Brando (meu crush de *Sindicato de ladrões*). Fiquei triste de ver que ele não envelheceu bem.

sinando brutalmente um monte de gente pela cidade. Um cara é morto na cama por uma metralhadora. Outro leva um tiro no olho. *Bang! Bang! Bang!*

Bang! Eu me levantei de repente.

— Eu preciso de capangas! — gritei.

E então percebi o que estava fazendo. Meus pais estavam me encarando como se eu fosse o Fredo defendendo Moe Greene.[71]

Então eu disse:

— Ótimo filme, pai! Obrigada por me fazer assistir!

Meu pai ficou tão feliz que eu gostei do filme favorito dele que esqueceu na hora o meu grito sobre "capangas". Assim, talvez eu nunca mais tenha que levar o lixo para fora.

Eu me sentei de novo, igualmente feliz. Finalmente tinha a solução! Capangas! Eu precisava dos meus próprios capangas, tipo os Corleone. Eu iria encerrar a conta de hospedagem do Chris enquanto meus capangas destruíam os notebooks de Kyle, P-Boy e Chris. *E faríamos tudo ao mesmo tempo.* Tipo a máfia. Em um minuto, tudo deixaria de existir. Não era elegante, não era simples. Era improvisado. Era à moda antiga. Capangas!

Shannon dissera que eu não poderia contratar meninos, mas ela não falara nada sobre ter algumas cúmplices *mulheres*.[72] E eu não achava que seria difícil achar mulheres inteligentes e confiáveis que gostariam de destruir os computadores daqueles caras.

Naquela noite eu dormi melhor do que havia dormido há meses, somente um pensamento passando pela minha mente:

Preciso de umas capangaaaaaaaas...

---

71 Referência do filme. Em resumo, eles achavam que eu estava louca.

72 Mulheres capangas, ou mapangas, se preferir.

18 de abril, 01h02

MARGOT: Tive um grande avanço no meu caso!

MARGOT: Finalmente. Consegui! QUE ALÍVIO!

18 de abril, 01h07

MARGOT: desculpa, eu sei que você provavelmente está se divertindo com um dos seus dez namorados. Eu só precisava contar para alguém. PORQUE ISSO ESTAVA ME TIRANDO DO SÉRIO! PORQUE EU NÃO TENHO VIDA, SÓ TRABALHO!

MARGOT: QUE ALÍVIO!

18 de abril, 10h

MARGOT: lembra quando fomos à igreja com a sua tia e começamos a rir do padre? (pastor?) e a mulher sentada na nossa frente nos mandou calar a boca aí você disse "foi mal, jesus"? bons tempos.

21

A Blye na minha sopa

Capaaaaaaaaaangaaaaaaaas!

Na manhã de segunda-feira, da minha mesa de sempre da biblioteca, eu estava pensando em quem poderia recrutar quando meu celular apitou. E aí eu pensei: por que ir atrás de capangas, se podia deixar as capangas virem até mim?

<blockquote>
CHUGG: ei você ficou sabendo que o namorado da Tasha Ahmadi terminou com ela? Ele disse que não sabia como lidar com ela no VR. Babaca.
</blockquote>

As Kelseys. Óbvio. Elas eram calouras, sim. Mas também eram empolgadas, inteligentes e muito leais. E ambas eram vítimas do site. Eu tinha certeza de que elas estavam devidamente irritadas e motivadas.

O sinal tocou. O horário comercial da MASV acabou. Respondi a mensagem das Kelseys e perguntei se poderiam falar comigo por telefone. As duas mandaram o mesmo meme de um velho passando a mão na barba com o texto CURIOSA. Meu Deus, Kelseys, o mesmo meme? Talvez elas fossem a mesma pessoa, afinal.

Juntei meu computador e os cadernos e guardei tudo na minha mochila. Então imitei a Abby e fui correndo para a próxima aula. Eu já estava sentada na sala de Economia antes de o sinal tocar. Ia fazer uma prova para a qual eu não tinha estudado, então precisava aproveitar os cinco minutos iniciais que o sr. Peletti usava para fazer chamada e falar sobre o jogo de basquete da filha. (Quase sempre dava para distrair o sr. Peletti falando sobre a filha dele. É a única fraqueza de um professor praticamente excelente.)

— Ei, sr. Peletti! Ouvi dizer que a Brighton levou uma surra no jogo de ontem! — falei, jogando a isca.

Os olhos do sr. Peletti estavam brilhando. A filha jogava em Penbrook, que tinha acabado com a defesa fraca da Brighton e ganhado de lavada, de acordo com o Google. Mas, antes de ele começar a recapitular o jogo, foi interrompido por alguém:

— Hum, sr. Peletti? O diretor Palmer quer ver a Margot.

Eu levantei o olhar. Sammi estava parado na porta. Timidamente me tirando da aula por um motivo falso, com certeza. Nós fazíamos isso às vezes, mas apenas por conta de trabalho da MASV, e só quando estritamente necessário. Não queríamos chamar atenção para o fato de que estávamos matando aula e tínhamos um estoque infinito de permissões para circular.

Se eu saísse da sala, o sr. Peletti ia me pedir para fazer a segunda chamada depois das aulas, e eu não tinha tempo para isso. Lancei um olhar torto para o Sammi, querendo dizer "agora não". Ele me respondeu com um dar de ombros de "tarde demais, já falei do passe para ele". Se ele estivesse fazendo aquilo só para conversarmos sobre a festa do Chris, eu ia matá-lo.

Eu insisti:

— Você tem certeza de que o diretor Palmer precisa de mim *agora*? Não pode esperar até depois da aula?

O sr. Peletti ergueu uma sobrancelha. Sammi parecia irritado. Aquele era um jeito certeiro de acabar com todo o esquema de passes falsos de corredor.

— Não. Ele disse que tinha que ser agora. Desculpa, Margot — disse ele, com um tom de "sai logo daí antes que nós dois sejamos suspensos".

O sr. Peletti cruzou os braços e respirou fundo. Eu desisti.

— Ok, sr. Peletti. Eu duvido que isso vá demorar. Então, com sorte vou poder voltar e...

— Te vejo depois das aulas, Mertz.

Juntei minhas coisas e saí da sala, pronta para passar um sermão no Sammi sobre a importância de não abusar dos passes de corredor falsos. Mexi a boca para começar a falar "Você não pode me tirar de uma aula quando bem entende!", mas, em vez disso, soltei:

— Ah! O que você está fazendo aqui, sra. Blye?

Porque ela estava bem na minha frente. Os braços ao redor do próprio corpo. Com os olhos vermelhos.

— Tem outra foto! — exclamou, soltando um grito-sussurro bem na minha cara. — Você não apagou todas. Tem mais uma!

— Do que você tá falando? Você nos contratou para apagar uma foto sua com o sr. Frange, e foi isso que fizemos — falei, na defensiva.

— Mas ainda tem...

Ela deu uma volta, jogando as mãos para o ar. Estava assumindo completamente o papel de vítima.

— Sra. Blye. Você pode se acalmar e me explicar o que está acontecendo?

Eu olhei para o Sammi. Ele revirou os olhos. Aparentemente, qualquer que fosse a causa, não justificava todo aquele drama que a sra. Blye estava fazendo.

— Tem outra foto no meu computador! Não sei como! Se o problema for dinheiro, pode me cobrar de novo. Eu não me importo.

Justin Chen passou por nós, um calouro de óculos grossos que tinha um ar de "futuro gerente". Nós ficamos parados enquanto ele atravessava o corredor. Justin olhou para trás e percebeu que havíamos parado de falar por causa dele. Eu acho que aquilo o deixou nervoso, mas não o fez andar mais rápido, e ele levou uma vida para chegar ao fim do corredor.

— Ok. Eu não entendi. De onde veio essa foto?

A sra. Blye respirou bem fundo e ajeitou o blazer antes de explicar a situação, com calma:

— Ontem à noite eu e meu marido estávamos jogando Legends of Langloss, um jogo de tabuleiro bem... complicado e estranho. Mas estamos nos esforçando para demonstrar interesse nos hobbies um do outro.

— Ok — falei.

Por que todo mundo andava fazendo isso? Urgh. Casamento não me parecia uma boa ideia.

— Nós estávamos jogando na sala de estar e o Toby configurou o Apple TV para mostrar fotos do computador dele. Dos nossos dois computadores. Eu não sei como ele faz isso, mas é tipo... fotos aleatórias passando toda hora.

Eu concordei com a cabeça, ciente do que é um protetor de tela.

— Então estávamos jogando o jogo dele — continuou —, e eu estava prestes a ganhar um espartilho cetro, e uma foto apareceu. Na TV. Da... genitália do Josh Frange.

Ela fez uma pausa na história para andar de um lado para o outro sacudindo as mãos no ar.

— Na minha TV! Eu gritei, Margot. Bem no meio do jogo! O Toby se virou e, graças a Deus, a foto havia mudado, e ele só viu uma selfie da nossa lua de mel! Mesmo assim! Isso não pode acontecer de novo.

Eu olhei para Sammi, cujo olhar blasé e entediado significava que estávamos pensando a mesma coisa. Era muito fácil de consertar.

— Sra. Blye, deixa eu ver se entendi. Em algum momento o Josh Frange mandou uma foto do pinto dele para você? Pode ser recente, ou...

— Foi da noite do karaokê. Eu disse para ele nunca mais fazer isso. Eu odeio esse tipo de coisa...

Ela parou de falar, incomodada.

— Ok. Mas aí, por algum motivo, você salvou a foto?

— Aparentemente, sim! Por acidente. Eu achei que tinha apagado, mas...

— Ok, calma, vamos chegar lá — falei, tentando me concentrar na linha do tempo. — Então você salvou a foto, por acidente. E aí ela apareceu no seu Apple TV ontem à noite, no protetor de tela que fica passando fotos aleatórias do seu iPhotos.

— Isso. Acho que sim.

— A foto ainda está lá?

— Eu não sei. Eu apaguei ontem à noite, assim que pude. Do celular, do computador. Até olhei no computador do Toby.

— Então você não tem o que se preocupar. A foto foi apagada e não vai aparecer de novo na sua TV.

— Mas a foto pode estar *dentro* da TV! — disse ela, alto demais.

— Não, não pode — falei.

Sammi deu de ombros.

— Não pode mesmo, srta. Blye — concordou.

(Sammi é um desses meninos que chama toda professora de senhorita.)

Ela ficou batendo o pé, nervosa, e olhando ao redor. Ou ela não acreditava na gente ou achava que estávamos com preguiça de resolver.

— Eu quero que você dê uma olhada na TV. E quero que a limpe, só por segurança!

Eu tinha uma regra de nunca cobrar coisas ridículas de clientes. Especialmente quando eram coisas técnicas que o cliente não entendia. Eu poderia facilmente cobrar uma taxa de "serviço de limpeza de microprocessamento digital" de um adulto que não entende de computadores. O que é só baboseira. Mas eu não faria isso. Porque temos uma ética de trabalho e era essencial que os clientes confiassem em nós.

Mas a sra. Blye estava dificultando muito manter essa regra.

— Sra. Blye, é muito simples...

— Escuta aqui, eu não te contratei pra me dar uma porcaria de uma lição sobre o assunto. Você vai resolver isso pra mim ou não?

Não dava para argumentar com ela. O que significava que eu e o Sammi teríamos que passar o resto do dia na casa da sra. Blye, fingindo resolver o "problema da TV" para ela nos deixar em paz. Eu desisti e disse o que ela queria ouvir.

— Ok. Vamos resolver. É possível que, se foto apareceu na sua TV, ela tenha se fragmentado. Basicamente, ela fez uma dúzia de cópias automáticas, que geralmente ficam escondidas em um zip fantasma e são bem difíceis de encontrar.

A sra. Blye ficou pasma. *Era muito pior do que ela imaginava.* Sammi mordeu o lábio enquanto esses absurdos saíam da minha boca.

— Então, o que você quer dizer? Que as fotos... se multiplicaram?

— É possível. Se isso aconteceu, podemos achar todas elas. Sammi é meio que um especialista em detectar arquivos fantasma. Mas vai demorar um pouco, e ele vai ter que usar um programa de "desfragmentação de entrada" que ele mesmo desenvolveu.

A sra. Blye concordou com a cabeça. Irritada, mas aliviada por eu ter arranjado uma solução complicada para o problema inexistente dela.

A sra. Blye liberou a nossa saída da escola. Ela disse para a secretária que era uma recompensa pelo nosso excelente desempenho na Feira de Ciências. O que era quase verdade. O projeto do Sammi sobre energia solar tinha ganhado menção honrosa na Feira. E eu o apoiara emocionalmente enquanto ele criava um painel solar. Seguimos a sra. Blye até o carro dela e ficamos em silêncio pelos dez minutos de viagem até a casa dela, trocando mensagens do banco de trás.

> **SAMMI:** como exatamente eu vou encontrar todos esses "arquivos fantasmas" no computador da sra. Blye?

> **MARGOT:** Pois é

> **SAMMI:** você quebrou a regra! isso é muito simples! por que estamos indo pra casa dela?

> **MARGOT:** Porque você precisa se infiltrar no cerne do computador dela para remover os fantasmas!

Nós dois deixamos escapar um riso. A sra. Blye nos olhou pelo retrovisor como se fôssemos dois arruaceiros em uma excursão. O que, tecnicamente, era verdade. Mandei mais uma mensagem antes de guardar o celular no bolso.

> **MARGOT:** Só entra no computador dela e fica mexendo nas coisas até ficar entediado.

Ela estacionou em frente a uma casa estilo Tudor surpreendentemente grande e nos guiou pela porta da frente. Lá dentro, tinha o mesmo cheiro e aparência de uma loja de decoração. Eu e Sammi nos entreolhamos, pensando: "Caramba, o que o Toby Blye faz da vida?".

A sra. Blye nos pediu para tirar os sapatos antes de olhar para o suporte de sapatos e soltar um gritinho:

— Ai meu Deus. Ele está *em casa*!

— Nossa, eu espero que *ele* não esteja tendo um caso. Seria uma bela de uma ironia — eu falei em voz alta, e não apenas dentro da minha cabeça, como deveria ter feito.

A sra. Blye ficou furiosa.

— Desculpa — falei. — Foi uma piada sem graça. Eu só estava tentando quebrar o gelo.

Dava mesmo para ouvir a TV da sala de estar.

— Eu vou falar com o Toby e mantê-lo distraído enquanto você leva o Sammi até seu computador para ele desfazer os arquivos fantasma — falei para ela.

— Mas você disse que precisava de duas pessoas para resolver isso!

Eu tinha dito aquilo mesmo. Porque queria zoar com ela.

— Não temos outra escolha. Sammi, você acha que consegue fazer isso sozinho?

— Eu fiz um trabalho parecido semana passada em um sistema parecido. Eu não posso prometer nada, mas eu acho que com um pouco de sorte... Eu vou encontrar seus arquivos fantasmas — disse Sammi, com a seriedade exagerada de um ator de filme de segunda.

Eu estava segurando o riso. Era muito bom vê-lo entrar na brincadeira, como se a minha tentativa bizarra de pegação não tivesse estragado tudo entre nós. Estávamos prontos para colocar o plano em prática quando Toby Blye deu a volta na escadaria e nos cumprimentou.

— Achei mesmo ter te ouvido! — disse ele.

— Oi, amor — disse a sra. Blye, se aproximando para abraçá-lo.

— Não! Sem abraços! — exclamou ele. — Estou muito doente!

Era óbvio. Ele estava de pijama e tinha um cobertor sobre os ombros.

— Desculpa — disse ele, fungando. — Você chegou cedo hoje.

— Vou levar esses dois alunos para almoçar. Eles ganharam o prêmio Annover[73] de Química na Feira de Ciências e eu esqueci minha carteira. Você a viu por aí?

Toby foi procurar na sala de estar.

— Hum. Não. Sinto muito.

Ele espirrou no braço.

— Licença. Nós dois precisamos muito ir ao banheiro! — soltei.

Toby pediu desculpas e nos guiou até o lavabo próximo à cozinha, onde eu entrei correndo para que o Sammi tivesse que ir até o banheiro do segundo andar. A sra. Blye seguiu o Sammi para "procurar pela carteira". Eu fingi fazer xixi por alguns minutos e ao sair encontrei Toby ainda de pé na cozinha, esperando uma chaleira apitar. Eu sabia que precisava mantê-lo distraído, então perguntei sobre um assunto que eu tinha certeza de que iria chamar sua atenção. Eu conheço muitos nerds. Sammi era um nerd mor. Até *eu* tinha entrado na onda de *fanfic* de *Game of Thrones* no nono ano. Então eu sabia que, se perguntasse para um nerd pelo menos uma coisa sobre sua especialidade nerd, ele iria ficar falando sem parar, independente do meu vago interesse.

— Então, a sra. Blye comentou que você gosta de RPG?

Toby pareceu surpreso e em seguida respondeu de um jeito que me chocou.

— Uau. A Karen te contou isso? Ok. Bom... é uma paixão que eu tenho, mas, se você não gosta de jogos, a maioria das pessoas acha um pouco...

Ele fingiu pegar no sono.

Ele não estava mordendo a isca. Qual era a dele?

Ele continuou falando.

---

73 Eu tô arrasando na Feira de Ciências!

— Então, você ganhou um prêmio de Ciências? Que bacana!

— Isso — menti. — Eu gosto de Ciências. Provavelmente é o que eu vou estudar na faculdade.

— Você sabe onde quer estudar?

— Stanford — respondi um pouco rápido e firme demais.

Eu era nerd de Stanford.

— Boa faculdade — disse ele, e sorriu, servindo água quente na caneca. — E o que você quer fazer? Pesquisa? Encontrar a cura para o câncer?

— Computadores, na verdade.

— Ah. Então quer inventar o próximo Facebook ou algo do tipo?

— Eu nunca criaria o próximo Facebook. Ele está acabando com a nossa democracia. Mark Zuckerberg é um sociopata.

— Ah, sim.

Ele riu e colocou o saco de chá dentro da xícara.

— Bom, talvez você possa ser mais como a... hum... Sheryl Sandberg? — perguntou.

— Se eu não queria ser o Mack Zuckerberg, por que seria funcionária dele? — zombei da pergunta.

— Eu não sei! Ela não fez todo aquele negócio de "faça acontecer"?

— É. Muito bom. Mas por que ela não fez algo acontecer quando havia páginas de supremacia branca no Facebook? Por que ela não fez acontecer quando o Facebook começou um genocídio em Mianmar? Cadê a iniciativa, Sheryl?

Caso não tenha percebido, eu odeio Sheryl Sandberg.

— Ok! Ok! Eu me rendo! Eu sou ortodontista! Mal sei mandar e-mail! Estou fora da alçada aqui!

Toby não era o que eu esperava. Do jeito que a sra. Blye o descrevia, ele era um nerd arrogante que não a ouvia. Eu também esperei que ele fosse feioso, mas não. Ele estava ficando careca, mas era bonitinho, com traços jovens, uma pele branca sem manchas (mesmo estando doente!) e olhos bem azuis. Ele parecia estar em boa forma. (Todos os homens casados que eu conheço desistem de se cuidar e ficam com corpo de tiozão.) Mas, mais do que isso, ele parecia ser gentil e realmente interessado no que eu ia fazer. Me fez sentir bem por ajudar a sra. Blye. Ela era irritante, mas se o que eu fiz os ajudasse a continuar juntos... bom, mandei bem!

Nós conversamos tranquilamente sobre a escola, Stanford (a ex-namorada dele estudou lá), o quão impressionado ele ficava que adolescentes ainda viam *Friends* e gostavam. (Eu também ficava impressionada. *Friends* é velho e homofóbico.) Quando dei por mim, o Sammi e a sra. Blye haviam voltado para a cozinha. Ela balançava a carteira no ar.

— Ah, que bom! Você achou! — disse Toby, sorrindo.

— Sim! Estava atrás da minha mesa, eu devo ter derrubado.

— Ótimo. E você achou o banheiro sem problemas?

Eu percebi que o Sammi tinha ficado lá por um bom tempo.

— O Sammi tem que fazer um discurso na cerimônia do prêmio Annover amanhã. E quando ele fica nervoso, tem dor de barriga, então... — falei, sorrindo.

O "trabalho" estava feito, então eu podia zoar com ele um pouquinho com uma mentira nojenta e desnecessária. Sammi cerrou a mandíbula e disse:

— Sim. Desculpa. Eu tenho diarreia nervosa. Então... era isso que eu estava fazendo.

Nós ficamos lá, parados em silêncio, até o Toby soltar:

— Ei. Quem nunca passou por isso?

Depois de mais alguns minutos fazendo social (durante os quais o Sammi fugiu de novo para colocar o celular em frente para a tv como se fosse uma varinha ultrassônica que iria "limpar os fragmentos de arquivos da foto do terminal"), nós fomos embora. A sra. Blye nos levou a um restaurante mexicano como agradecimento pelo trabalho duro.

Sammi e eu matamos o oitavo horário e comemos burrito na cabine de controle do teatro. Por um instante, me lembrei do Avery. Na lista de massas dele, ele tinha colocado "arroz" como número oito. Ele dissera que tecnicamente é uma massa, e eu replicara que tecnicamente aquilo fazia dele o homem mais ignorante que eu já conhecera.

Por que eu estava pensando no Avery? Nosso "relacionamento" havia acabado, então por que ele estava interferindo na minha apreciação por arroz? Ou, como ele diz, "uma massa bem pequena e compacta". Urgh. Não. Eu empurrei a lembrança para o fundo do cérebro e enchi a boca de burrito enquanto Sammi me contava como foi com a sra. Blye. Ele tinha fuçado pelo computador e dito que "O arquivo corrompido está fragmentado e espalhado pelo computador inteiro!" enquanto fingia deletar furiosamente cada pedacinho. Às vezes, os trabalhos eram divertidos, e eu e o Sammi passávamos a noite seguinte à conclusão do caso trocando histórias e rindo.

O último sinal tocou. Jogamos fora as embalagens de burrito, descemos a escada e estávamos prestes a ir cada um para um lado quando eu senti uma tensão. Nós não tínhamos conversado ainda sobre a festa do Chris, e eu senti a necessidade de me explicar.

— Sammi. Espera. Sobre a festa do Chris. E, hum...

— Eu imagino que você ficou chateada pelo Avery estar com a Claire, né? Não, não fiquei. Nem um pouco.

— É. Um pouco. Foi tudo meio rápido, e eu...

— Eu entendo. É uma merda — disse ele, parecendo tranquilo com o que tinha rolado, e sorriu. — É engraçado. Eu achei mesmo que você gostava dele no dia que ele nos ofereceu carona. Então não fiquei surpreso quando soube que estavam namorando. Mas ainda assim... o Avery não é o cara com quem eu achei que você fosse ficar.

— Por quê? Por que ele não faz o meu tipo e é muito sem graça e chato? — comecei.

— Não, você só odeia gente rica.

— Eu não *odeio* gente rica. Só acho que gente rica é fraca.

— Ok.

Depois de uma curta pausa, ele continuou:

— Talvez eu não saiba qual é o seu tipo, então.

— Eu nem sei se *eu* sei.

Para saber qual é o meu tipo, eu teria que namorar uma certa quantidade de pessoas por um certo período de tempo. E eu tinha namorado... zero.

— Mas, se alguém soubesse, seria você — falei. — Você me conhece melhor do que ninguém.

Pessoas saíam correndo das salas de aula. Desesperadas para ir para casa ou para suas atividades extracurriculares. Eu estava prestes a dar tchau e ir para a sala do sr. Peletti para fazer minha prova quando o Sammi tirou o boné e coçou a cabeça. Tive a impressão de que algo o incomodava.

— Tá tudo bem, Sammi?

— Não, tô ótimo. É que...

Sammi olhou para os pés e disse:

— Você quer... ir pro baile de formatura? Comigo?

Dez coisas que eu preciso saber sobre o Chris

Eu admito. Por essa eu não esperava.

Sammi estava me convidando para o baile? O *meu* Sammi? O cara que passou o baile de volta às aulas fazendo raid no *World of Warcraft*, apesar de nem gostar muito de *WoW* e o considerar "jogo de iniciante"?

Sammi sabia minha opinião sobre eventos sociais da escola. São clichê, sem sentido e muito bregas. Roupas que não caem bem em ninguém, comida ruim. Gente se sarrando, paletós com manchas de suor nas axilas. Álcool contrabandeado e professoras que usam vestidos velhos de madrinha de casamento para acompanhar a festa. Como alguém poderia realmente ir para um evento em que Chris Heinz ia ser a porcaria do DJ? (Os boatos eram verdadeiros. Iam deixar aquele merda ser o DJ.) Não! Nunca. Meus ouvidos estavam sangrando só de imaginar! Além do mais, todos os idiotas da escola estariam lá.

Todos os idiotas da escola estariam lá.

É óbvio. Para acabar com o Vadias de Roosevelt, eu precisava achar uma oportunidade em que Chris, Kyle e P-Boy estivessem juntos, longe do computador e distraídos. Eu não teria oportunidade melhor do que o baile de formatura, onde todos estariam no mesmo lugar e, provavelmente, bêbados. E, se o Chris fosse o DJ, ele estaria com o computador! Era perfeito demais. Droga. Eu entendi na hora que, pelo bem do trabalho, por mais que eu odiasse, eu teria que ir para o baile!

Mas eu não poderia ir sozinha. Eu não estava no último ano. E, se aparecesse sozinha, com certeza ouviria comentários como "Eu achava que a Margot odiava festas" e "Por que você está aqui?" e "Você vai dar uma de *Carrie*, não vai?". Ir com o Sammi era o disfarce perfeito.

Ainda assim, era um pouco estranho ir como "acompanhante" do Sammi. E talvez ele tivesse percebido minha hesitação, porque logo disse:

— Olha. Foi uma péssima ideia. É que minha mãe quer que eu vá e ela ficaria feliz de me ver fazendo algo normal tipo isso. E você parece ser boa companhia sem ter que ser grande coisa, e talvez seja divertido, tipo quando a gente se arrumou todo para ir comer pizza.

— Ai meu Deus. Eu entendo completamente — respondi.

Estava aliviada porque a ideia tinha sido da mãe dele e não tipo... dos sentimentos dele. Então eu não precisava me preocupar com a culpa de estar brincando com o coração dele.

— Ok — falei. — Acho que vai ser divertido.

— Sério?

— É sério. Eu topo — falei, tentando soar o mais platônica possível antes de dar um soquinho no braço dele. — Vamos pegar esses otários!

Eu me virei e saí andando. O Sammi pareceu um pouco confuso com "Vamos pegar esses otários!". E, para ser sincera, eu também. Mas achei que precisava falar alguma coisa para ele saber que eu não estava desconfortável com o convite. E eu não estava mesmo. Eu acho.

De qualquer forma, graças ao convite inesperado do Sammi, eu tinha uma hora e lugar para colocar em prática o plano de acabar com o VR: o baile. Dia 1º de maio. A data soava bem. Será que tinha algum evento histórico, uma batalha ou algo assim no dia? Ou era Páscoa? A Páscoa vive mudando de época.

Em seguida, eu precisava recrutar minhas capangas. Depois da prova do sr. Peletti, que foi copiada completamente do livro didático e, logo, muito fácil, liguei para Kelsey Chugg. Fiz ela jurar segredo e perguntei se ela gostaria de participar de um pequeno golpe contra os criadores do VR. A resposta foi um sim bem enfático de *ambas* as Kelseys (porque a Hoffman estava na casa da Chugg quando eu liguei, porque... sério, elas são a mesma pessoa).

Eu expliquei meu plano de tirar o site do ar, que por enquanto eu estava chamando de OPERAÇÃO... SUPORTE TÉCNICO AO CONTRÁRIO. (Sei lá. Eu ainda preciso pensar em um nome.)

Eu iria ao baile, disfarçada de uma menina chamada Margot que estava realmente feliz de ir ao baile. Eu esperaria um momento em que Chris deixasse o notebook de lado para... ficar bêbado ou dar em cima de uma professora ou sei lá, e eu casualmente iria até a cabine do DJ e plugaria um ímã eletromagnético na tomada. Aquilo iria transformar o notebook do Chris em um bloco inútil de um quilo e meio de alumínio, incapaz de criar pornô de vingança ou *playlists* horríveis. Então eu iria ao banheiro, onde iria deletar o VR da nuvem pelo celular. (Pelo visto o VR ainda estava com hospedagem no AWS. A Amazon tinha derrubado o site após a minha denúncia, mas o Chris tinha subido de novo em um servidor Tor no AWS em outra conta. Usar o mesmo host duas vezes era preguiçoso demais! Mas tudo bem.)

— Sério? Você vai deletar o VR de onde está hospedado, simples assim? Isso não vai ser, tipo, difícil? — perguntou Chugg.

Sim. Ia ser, sim. Eu precisava contar para as Kelseys o quão difícil seria? Não. Não precisava. Mas contei mesmo assim, porque queria que elas soubessem como sou boa no que faço? Contei. Contei, sim.

Expliquei como planejava deletar o VR do AWS e como, para fazer isso, eu precisaria de dez informações de verificação. Dez. E precisava de todas de uma vez porque o processo inteiro era cronometrado. Só tem quatro minutos para concluir, senão é *proibido de acessar*. Se errar mais de três respostas ao todo, é *proibido de acessar*. Eu sei. É muito *Missão Impossível*. O que nos leva a...

DEZ COISAS QUE PRECISO SABER SOBRE CHRIS HEINZ ANTES DE ACABAR COM CHRIS HEINZ...

1. O número de telefone dele
2. O e-mail
3. A senha do AWS
4. O ID da conta do AWS
5. Os últimos quatro dígitos do CPF
6. Os últimos quatro dígitos do cartão de crédito que ele usou para abrir a conta

E as respostas para as quatro perguntas de segurança:
1. Qual era o sobrenome de solteira da mãe dele?
2. Qual era o nome do bicho de estimação de infância dele?
3. Qual era o nome da escola onde ele estudou no ensino fundamental?
4. Com quem foi o primeiro beijo dele?

— Meu Deus — disse a Hoffman.

— Eu sei. É bem chato. E pessoal! — falei. — Primeiro beijo? Por que não pergunta logo "Qual foi a primeira vez que ficou envergonhado?" ou "Quantas vezes você já chorou em público?".

— Eu não acredito que você vai fazer tudo isso — disse Chugg, admirada.

Elas estavam impressionadas. Tinham que ficar mesmo. Eu sou bem da hora.

— Nós não temos que fazer tudo isso com o computador dos outros meninos, né? — perguntou Chugg.

— É... O que nós temos que fazer, exatamente? — complementou Hoffman.

Verdade. Eu não tinha chegado na parte delas ainda.

— Então, eu vou dar para cada uma um celular descartável. Depois que eu destruir o computador do Chris e deletar o site do AWS, vou mandar uma mensagem para vocês. Nesse momento vocês vão... de alguma forma, ter acesso aos computadores de Kyle e P-Boy e destruí-los. Eu sugiro uma furadeira, três buracos e pronto. Mas estou aberta a sugestões.

— E as outras fotos? Tipo, quando os meninos entram no site, eles podem baixar tudo, né? Como vamos apagar essas? — perguntou Hoffman.

— Eu tenho um plano provisório para isso...

Eu não tinha, mas elas não precisavam saber disso.

— Mas o mais importante agora é cortar o mal pela raiz — continuei.

— E aí vamos nos preocupar em... achar as ervas daninhas e... arrancá-las também. As fotos. As fotos são ervas daninhas e...

— Eu entendi — disse Hoffman, cortando minha fala, ainda bem.

— A gente vai detonar esses babacas — disse Chugg. — Sério, muito obrigada por nos deixar te ajudar com isso. Eu me sinto tão... empoderada!

Ela tinha acabado de começar a beber café.

— Fico feliz em saber disso — falei. — Sinceramente, eu fiquei com medo de vocês ficarem um pouco hesitantes de, sabe, cometer um crime. Mas fico feliz que não incomode vocês.

— Nada. Eu queria era que a gente pudesse usar a furadeira nos sacos deles, sabe? — disse Hoffman, tão casualmente que eu não sabia se ela estava brincando ou não.

Era um pouco assustador, mas pelo visto eu tinha escolhido as capangas certas.

Quando terminei a ligação com as Kelseys já havia passado da hora do jantar, e meus pais nem se deram o trabalho de me chamar porque sabiam que eu estava ocupada. Esquentei uma tigela de macarrão instantâneo com queijo salgado demais que fazia mal para a saúde, mas era bom e barato. Levei a tigela até a mesa e comecei a pesquisar. Eu tinha muito trabalho a fazer para conseguir as informações das perguntas de verificação. Que dia melhor para começar do que imediatamente?

Algumas das informações eu já tinha, como o e-mail e telefone do Chris. Até tinha os últimos dígitos do CPF dele. Consegui descobrir a senha e o ID da conta do AWS, porque estavam salvos no computador dele. Os últimos quatro dígitos do cartão de crédito eram um pouco mais difíceis, mas então eu percebi que ele só tinha um cartão. Encontrei um extrato no e-mail dele que tinha o número da conta apagado, mas, por sorte, os últimos quatro dígitos não estavam! Eu estava ficando mais e mais confiante. Já tinha seis de dez!

Para achar a escola, eu entrei no perfil do Facebook da mãe do Chris. Ainda bem que ela era uma usuária bem ativa do Facebook, então, se voltasse bastante na linha do tempo (tinha que ser bastaaaaaaante, porque ela postava *muitas* selfies bebendo vinho), chegaria no Chris no ensino fundamental. O nome era, sem brincadeira, Escola Walt Disney — era o nome de verdade de uma escola de verdade da nossa região. (Infelizmente, a Escola WD não era mágica nem divertida. De acordo com a página da Associação de Pais e Mestres, ela estava com um problema de mofo.)

Para pegar o sobrenome de solteira da mãe dele, entrei na conta do AncestryDNA. É um daqueles kits de DNA que deveria ajudar a *se conectar com as suas raízes*. Aparentemente, todo mundo na família Heinz ganhou um de Natal. O nome de usuário e a senha estavam na seguinte conversa por e-mail com a mãe dele:

> **MÃE:** Chris. Aqui está o link do serviço de DNA que o seu pai comprou para nós de Natal! Você devia entrar, é fascinante! Eu sou 22% holandesa! Quem diria? Eu fiz uma conta pra você. Usuário: ChrisHeinz. Senha: ChrisHeinzÉLindo!!! Mas fica à vontade para mudar a senha se achar que é muito óbvia ou não gostar.

> **CHRIS:** Tá.

(Dois meses depois)

MÃE: Chris você chegou a entrar na conta? É muito interessante! Te amo, querido! Você é lindo!

Fim dos e-mails.

Pelo que eu entendi, o Chris nunca usou a conta do AncestryDNA, *mas eu usei!* Dalí, foi bem fácil descobrir que o sobrenome de solteira da mãe dele era Powers. (Bem melhor do que Heinz!) E que ele era 11% copta egípcio!

Estava ficando tarde e eu sabia que as perguntas oito e dez, o bicho de estimação e o primeiro beijo, exigiriam uma pesquisa pessoal. Então me joguei na cama e meu cérebro pegou no sono antes de eu tocar no colchão. Torci para que quatro horas de sono fossem tudo de que eu ia precisar para aguentar o dia seguinte de aula.

Não foram. Eu estava lenta e com dor de cabeça quando vi Shontae Williams no almoço do quarto horário no dia seguinte.

Shontae estava sentada com a galera de sempre, os Nerds do Teatro 1, 2 e 3. (Presumi que Shontae fosse a líder do grupo, porque ela havia sido escalada como Zoe em *Querido Evan*[74] enquanto os Nerds 1, 2 e 3 foram "cantores de apoio.")

Sem muita delonga, eu me sentei e abri minha barrinha de cereal ao lado das lancheiras deles.

— Shontae! — falei, empolgada, como se tivesse dormido por oito horas. — E todo mundo! Como vão vocês? Como está o almoço?

Todos os nerds estavam com uma expressão preocupada. Até onde eu sabia, eu nunca havia conversado com nenhum deles.

— E aí, Margot. Estamos... bem — respondeu Shontae com cuidado.

— Maravilha. Eu estou bem também. Que bom que estamos todos bem — falei enquanto mordia um pedaço da barra. — Bom, agora que já jogamos conversa fora, Shontae, se importa se eu perguntar uma coisa aleatória, mas que espero que não seja pessoal demais?

---

74 *Querido Evan* é o título oficial da adaptação não-oficial de *Querido Evan Hansen* da srta. Corman. Os ingressos ainda estão à venda para todas as apresentações!

Shontae olhou para os nerds. Eles pareciam preocupados, mas eram educados demais para comentar, então ficaram só encarando os sanduíches de pão integral.

— Eu... acho que sim? — arriscou Shontae.

— Chris Heinz disse que vocês namoraram no sexto ano e que você foi a primeira namorada dele. É verdade?

— Hum... sim. Mas, sabe como é, foi no ensino fundamental. Só durou algumas semanas, e a gente mal se via.

Ela estava claramente envergonhada de ter saído com ele, e tentando disfarçar. Que bom.

— Claro! Namorico de criança! A gente sabe como é! — falei, mesmo que obviamente nunca tivesse namorado na infância, nem na vida.[75] — Então, pode-se dizer que enquanto você namorou o Chris vocês... se beijaram?

Shontae soltou um "Hum..." quase inaudível e eu atropelei a fala dela:

— Desculpa, eu sei! Isso tá ficando cada vez mais estranho! E, sim, eu poderia explicar por que eu estou perguntando essas coisas, mas pra quê? Só faria esse momento ficar mais longo ainda e ninguém quer isso. Não é? — falei, cutucando o Nerd 2, que não gostou do toque.

Eu definitivamente estava sob o efeito de três xícaras de café (uma xícara para cada hora de sono que não tive).

— Então... se você puder responder a minha pergunta, eu te deixo em paz e podemos voltar a viver nossas vidas separadas, no máximo acenando uma para outra no corredor.

— Tá. A gente se beijou. Uma vez — disse ela, na esperança de me fazer parar de falar.

— Ótimo. Então você foi o primeiro beijo do Chris! Era só isso que eu precisava saber. Obrigada, Shontae! — falei, e fui me levantando do assento de plástico duro.

— Ah. Não. Tecnicamente, não fui eu — disse Shontae.

Deixei a gravidade me sentar de novo.

— Como assim, tecnicamente? — perguntei.

— É que... uma vez ele me contou que a primeira menina que ele beijou foi Melissa McNall. No segundo ano. Assim, eu não sei se é verdade,

---

[75] Sem contar com o Avery. Mas foi coisa de trabalho. E Davey Ruttura, se você contar com o quinto ano (eu não conto).

mas parece que um grupo de meninos desafiou o Chris a beijar a Melissa. Então ele beijou. E ela ficou tipo, "Eca, Chris! Você é nojento!" e saiu correndo. E todo mundo riu. E ele começou a chorar e tipo... foi correndo para casa.

— O Chris te contou isso? — perguntou Nerd 3, tão surpreso quanto eu ao saber que em algum momento Chris tinha sido uma criança e não um monstro.

— Pois é. Eu sei. Mas o Chris do sexto ano não era... como ele é hoje. Ele era bem gentil. Isso foi antes dele ficar bonitão.

— Pelo visto a puberdade mexeu bastante com ele.

Todos os nerds concordaram, apesar de eu não saber se estavam pensando "É, ele agora é tão otário" ou "É, ele agora tem corpão". As duas reações são muito parecidas.

— Bom, obrigada pela sua atenção! — falei, me levantando e dando uma voltinha dramática demais.

Eu tinha nove décimos da minha meta!

Em seguida, precisava encontrar Charlotte Sheffield, que era vizinha de porta do Chris. Eu tinha esperança de que ela pudesse me ajudar com a história do bicho de estimação. Se eu me apressasse, poderia encontrá-la a caminho da aula de Biologia. Eu fui até a saída dos fundos do refeitório, para evitar os inspetores na porta principal. Mas, para isso, eu teria que passar pelo clube da Árvores de Favores, que ficava na mesa de canto no fundo. E que incluía, claro, Claire Jubell e Avery Green.

Quando eu me lembrei disso, já era tarde demais. Não havia mais como despistá-los. Eu tinha que pelo menos dizer um "oi".

— Ei, gente! O que traz vocês por essas bandas? — perguntei.

— Comida, principalmente — disse Avery. — Mas também o ambiente. Eu não sei por quê, mas sempre amei piso vinílico e o leve aroma de ketchup velho.

Ele tinha acabado com a esquisitice da minha pergunta, de tanto charme e bom humor. Nossa, ele era um ótimo ex-namorado.

Mas aí ninguém mais disse nada. E aí eu e Claire tomamos a triste decisão de falar ao mesmo tempo e pedir desculpas por falar em cima da outra, tentar de novo e ficar presa em um ciclo de educação que nunca iria acabar.

— E aí você vai...

— Bom, eu...

— Ah! Desculpa!

— Não, me desculpa! Pode falar!

— Não. Pode falar. Me desculpa.

Cinco segundos depois, Claire corajosamente quebrou esse ciclo e disse:

— Eu só ia dizer que mal posso esperar para te ver esse fim de semana! No Gaetano's!

Ela sorriu.

Ah, é! O aniversário da Claire. Eu presumi que havia sido desconvidada depois do término com o Avery. Mas, como a Claire era legal, não tinha sido o caso. Que gentileza. Mesmo assim, eu resolvi tirar o dela da reta.

— Ah. Foi mal. Não vou poder ir. Eu esqueci que eu tenho uma... coisa de trabalho.

Ao mencionar trabalho, Avery olhou para mim e quase, *quase*, soltou uma bufada de ar. Mas ele rapidamente transformou o som em um suspiro e se virou para acenar para alguém em outra mesa.

— Ah, que pena! — disse ela, em um tom tão sincero que nem parecia que ela estava aliviada (o que ela deveria estar! Eu teria feito o aniversário dela ficar bem desconfortável!).

— Eu sei. Uma merda. Mas obrigada de novo pelo convite. De verdade. Foi muito gentil da sua parte.

Foi mesmo. Claire, pelo que eu tinha entendido, era só uma pessoa bem legal. Mas, por mais legal que ela fosse, eu tinha que me remover desse trisal em potencial antes que as coisas ficassem estranhas.

— Bom, espero encontrar com vocês no... refeitório. Ou nos corredores. Ou no baile de formatura.

— Ah! Que legal que você vai! — interrompeu Claire, surpresa e feliz ao mesmo tempo.

O que raios me fizera mencionar o baile?

— Óbvio que é estranho que eu vá. Mas eu vou. É. Eu vou para o baile de formatura.

— Para de falar "de formatura" — disse Avery. — Ninguém com menos de quarenta anos fala "baile de formatura".

Avery Green, que falava que nem um tiozão, estava me dando lições de como ser legal? O mundo estava *ao contrário*?

— Ótimo conselho. Preciso me enturmar com os jovens. Eeeeeee... eu vejo vocês depois!

Assim, eu me afastei da mesa.

— Ótimo! E esperamos te ver no baile! — disse Claire.

Esperamos te ver? Eles iam juntos? Eu olhei de volta. A linguagem corporal não me dizia nada. Eles não estavam de mão dadas, mas *estavam* dividindo comida. Mas bons amigos dividiam comida, não? Eu estava com medo de magoar Avery por causa do término, mas pelo visto ele estava bem. E, para ser sincera, a Claire era o tipo de pessoa com quem o Avery deveria ficar. Gentil. Sociável. E tão bonita que era irritante. Então estava tudo bem. Estava. Tudo. Bem.

Finalmente alcancei a Charlotte quando ela estava entrando na sala de Biologia. Ela não sabia sobre o bicho de estimação do Chris, mas tinha muito a dizer sobre o próprio cachorro, Rufus. Que era "sem dúvidas o melhor cachorro do mundo" e que eu "*tinha* que seguir no Insta". A Charlotte parecia ser o tipo de pessoa que prefere gatos, só que preferindo cachorros. Intensa.

Era em um beco sem saída. Que raiva. Mas tudo bem. Eu iria dar um jeito.

Em todo trabalho (ou quase todo) eu chego a um ponto em que tudo o que fiz, horas de pesquisa e conversas aleatórias, tabelas, horas hackeando — tudo começa a se encaixar e me levar até a solução. É revigorante. E justifica a minha abordagem e ética de trabalho. Parecia que tinha chegado nesse momento.

Respirei fundo e disse a mim mesma para seguir em frente. Porque tudo isso iria acabar logo. Eu só precisava descobrir o nome do primeiro animal de estimação do Chris.

23

O cachorro que não deve
ser nomeado

Por que eu não conseguia descobrir o nome dessa porcaria de bicho?

Três dias haviam se passado. Três. E nesses três dias eu não fizera nada além de vasculhar as redes sociais do Chris, da mãe dele, de parentes, amigos e conhecidos para ver se alguém mencionava o primeiro cachorro dele.

Desde os cinco anos, Chris teve três cachorros. Eu sei que o nome do pitbull atual dele é Roger, e que golden retriever que teve antes se chamava Kobe. Mas e o primeiro cachorro? O que aparece em várias fotos com o Chris, inclusive as das festas de aniversário dele de seis, sete e nove anos? *Aquele cachorro PELO VISTO NÃO TEM NOME!* Por que ninguém dizia o nome dele? Uma vez que fosse! Uma legenda de uma foto postada pela mãe do Chris ficou assim: **Era uma vez um menininho com um cachorro de nome fofinho!** *Não! Diz o nome fofinho! Diz o nome fofinho!*

Aquilo estava me irritando. O baile era dali a dois dias e, se eu não descobrisse aquilo, teria que abandonar qualquer esperança da Operação Três Mulheres e Um Segredo[76] funcionar. Aquela pergunta idiota sobre o bicho estava dando trabalho demais. Eu precisava me encontrar com as Kelseys e repassar o plano mais uma vez. Eu precisava combinar o horário que o Sammi viria me buscar, e precisava começar a dormir mais do que quatro horas à noite, porque estava enlouquecendo.

Por que eu não conseguia encontrar o bendito nome do cachorro, sendo que eu tinha descoberto o ID da conta do AWS e os últimos quatro dígitos do CPF dele? Quanto mais eu pensava no assunto, mais eu duvidava que conseguiria encontrar aquele nome na internet. Não existia um

---

[76] Tipo *Onze homens e um segredo*. Sei lá. Ainda estou pensando.

Departamentos de Primeiros Animais de Estimação nem um Banco de Dados Estadual de Animais (mas seria útil!).

— Srta. Mertz? Terra chamando!

O sr. Thames estava me encarando. E o resto da turma se virou para me olhar.

Merda.

Eu estava na aula de Política Avançada. E estava pensando acordada de novo. Eu não sonho acordada,[77] mas, de tempos em tempos, me concentro tanto em um trabalho que bloqueio tudo ao redor e meio que... esqueço onde estou. Ou como cheguei ali. Não é muito bom.

Com certeza o sr. Thames tinha me perguntado alguma coisa e era óbvio pelo meu olhar de "Espera, onde eu estou?" que eu não estava prestando atenção. A minha nota na aula dele havia caído sete décimos desde que eu começara o caso do VR. Os lábios deles imitaram o sorriso malicioso do Grinch, como se dissesse: "Agora eu peguei ela!". Nem pensar! Eu respondi à pergunta com um tom firme:

— Eu discordo de toda a premissa do que você disse!

— Você *discorda* que a Compra da Louisiana foi boa para o país?

Bom, eu não havia pensado muito sobre a Compra da Louisiana e se era positivo ou não. Mas eu era certamente contra as perguntas retóricas que o sr. Thames fazia para enganar alunos. Então enrolei uma resposta:

— A Compra da Louisiana dobrou o território do país por três centos por acre? Sim. Mas nós compramos do *Napoleão*. Por que estávamos negociando com um autocrata? É antidemocrático. Em segundo lugar, dívidas! Era mais do que os Estados Unidos podiam arcar na época e o resultado foi passarmos anos endividados. E terceiro, eu não acredito que seres humanos podem *ter a posse* de terras. Então a compra vai contra meus valores.

Meu argumento era uma bagunça. Eu estava indo de comunismo hippie a conservadorismo fiscal na mesma frase. (Eu nem comentei do deslocamento em massa de povos indígenas que aconteceu por causa da expansão colonial, que deveria ter sido o centro do argumento.) Mas pelo menos provei para o sr. Thames que eu estava, de fato, prestando atenção. (Apesar, de fato, de não estar.)

— Ok. Eu não sabia que você era tão fissurada no déficit, srta. Mertz — murmurou ele, antes de dar as costas à turma para falar de Lewis e Clark.

---

77 Perda de tempo.

Eu me voltei para os pensamentos.

Talvez houvesse uma solução mais simples para o dilema com o cachorro do Chris. E se eu perguntasse para o Chris? *Ei, Chris, como vai? Bela camiseta! Você tinha um cachorro quando era criança? Talvez?* Provavelmente não. As poucas interações que tivemos eram sempre cheias de ódio mútuo. Talvez eu conseguisse fazer alguém perguntar para o Chris? Tipo uma menina bem bonita, assim ele não acharia suspeito. Não, eu não queria pedir para nenhuma menina chegar perto dele.

O sr. Thames colocou meia folha de papel na minha mesa. Um teste surpresa. Esse cara... Estalei os dedos, me obrigando a fazer uma pausa na reflexão para responder seis perguntas bobas sobre a doutrina do destino manifesto (de um livro didático que havia sido escrito majoritariamente por pessoas brancas). E aí percebi que a solução para o problema estava bem na minha frente.

Eu iria montar uma pesquisa escolar que seria entregue em folhas iguais à que o sr. Thames acabara de me entregar. (Nós sempre recebíamos pesquisas ou pequenas tarefas assim. Eu acho que era só para nos dar algo para fazer?) Se eu colocasse uma pilha de questionários na caixa de entrada dos professores e dissesse que era para o grêmio ou algum clube, eles teriam que entregar para os alunos.

Quando a aula terminou, eu fui ao laboratório de informática escrever a minha pesquisa. Decidi que seria "uma pesquisa feita pela Sociedade Honorária de Amigos da Roosevelt". (Não havia Sociedade Honorária coisa nenhuma, mas os professores nunca questionavam nada que tivesse "honorária" no meio.) Pensei em quatro perguntas aleatórias para disfarçar a pergunta principal:

1. Você participou de quantos eventos esportivos da Roosevelt esse ano? Assinale: 0, 1-5, 5-10, 10-20, Mais de 20.
2. Você tem um amigo próximo que está em outro ano escolar?
3. Prefere Skittles ou M&M's?
4. Qual era o nome do seu primeiro animal de estimação?
5. Você tem irmãos e/ou irmãs?

Fiquei bem orgulhosa de ter pensado em perguntas tão vazias. Parecia o tipo de coisa que a Sociedade de Amigos fictícia inventaria.

Imprimi quinhentas cópias em folhas. Fiquei com medo de, se entregasse só para o sr. Lumley (o professor da primeira aula do Chris), ele desconfiar. Mas se todo professor recebesse, iriam achar que era mais uma pesquisa irritante que levaria uns dez minutos para responder.

Como já era o fim do dia, decidi enrolar por mais meia hora até ter certeza de que os professores mais dedicados haviam ido embora. Fui para a "livraria" (um armário da equipe de limpeza que foi reformado e onde se vendiam doces, cadernos e borrachas) e comprei um saco de balinhas por quatro e cinquenta. Depois, fui até a recepção e coloquei as minhas pesquisas nas caixas de entrada de todos os professores do último ano, e alguns do penúltimo. Na caixa do sr. Lumley, incluí o saco de balas e o instruí a dar uma bala para cada aluno que respondesse a pesquisa. (Um incentivo a mais não fazia mal a ninguém.) Eu tinha pensado em fazer o mesmo para todas as turmas, mas *um* saco custava quatro e cinquenta, sabe?

Na manhã seguinte, cheguei cedo na escola e deixei uma caixa com o nome "Pesquisas da Sociedade Honorária" na recepção. Então, esperei pelas respostas.

Entre uma aula e outra, fiquei passando em frente ao escritório, para ver pelo vidro quantos pacotes haviam sido entregues. A caixa estava realmente começando a encher — os professores iam deixar os envelopes e ficavam conversando com a secretária enquanto pegavam outra xícara de café ruim. Era bom dar um pouco de trabalho inútil para os professores. Era uma vingança boa.

Finalmente, entre o quinto e sexto horários, vi o sr. Lumley entregar o envelope dele. Antes de o sinal tocar, entrei e peguei a caixa. Eu fui direto para a cabine do teatro para ver as respostas sozinha. Abri o envelope do Lumley e vasculhei pelos papéis. Nomes, eventos, Skittles, M&M's. Finalmente, vi uma pesquisa com o nome "Heinz" escrito no topo. Isso. Ele havia respondido. O nome era todo meu!

Peguei a folha. Ele não tinha respondido nenhuma das perguntas. Só tinha escrito, na página inteira, com uma letra garranchosa: "Vai se foder".

Olha, precisamos falar sobre a audácia de escrever algo assim na escola e ainda por cima *assinar*. Não era o tipo de comportamento de alguém que queria uma balinha.[78] Eu fiquei furiosa. Todo aquele trabalho.

---

[78] Depois eu descobri que o sr. Lumley não usou as balas como incentivo, e sim comeu tudo sozinho.

Mais um dia desperdiçado, e eu ainda não estava nem perto de descobrir o nome daquele cachorro idiota.[79] Eu me joguei no sofá nojento da cabine, pouco me importando se pegasse piolho ali. Estava desesperada e puta da vida. *Esse cachorro não vai me derrotar! Não agora!*

Eu tinha mais uma ideia. Uma última tentativa desesperada, e não muito boa.

Peguei meu celular descartável e liguei para a casa do Chris.

Depois de dois toques, a mãe dele atendeu. A mãe do Chris, Laura Heinz, era bem conhecida na Roosevelt. Principalmente porque ela fazia todo o dever de casa do Chris e sempre o defendia contra a administração. Chris deveria estar com média seis e várias suspensões, mas graças à Laura, que usava seu mestrado para beber vinho e criar um monstro, ele tinha média nove.

— Alô. Quem fala é... Laura Heinz? — perguntei, usando minha melhor imitação de atendente de telemarketing.

— Sim.

— Estou ligando da Spectrum Internet. Tudo bem com a senhora?

— Tudo bem...

Laura passava o dia em casa. Então imagino que ela iria gostar de poder conversar com alguém, mesmo que fosse uma atendente de telemarketing.

— Que bom, muito bom — continuei falando. — #Sextou, não é mesmo?

— Sim... — disse ela, talvez se arrependendo de estar falando comigo.

— Posso fazer algumas perguntas sobre o uso da sua internet, sra. Heinz? Estamos realizando uma pesquisa rápida para nos ajudar a conhecer melhor nossos clientes. São apenas três perguntas. E, se a senhora participar, estamos oferecendo três meses gratuitos de TV por assinatura.

Incentivo!

— Ah. Ok, tudo bem. Pode perguntar.

— Obrigada, sra. Heinz. Agora, antes de iniciar a pesquisa, eu preciso verificar se você é a titular da conta.

— Ok... mas eu tenho um compromisso às duas.

— Claro. Só vai levar um minuto. A senhora reside na rua Mosley Court, número 741. Correto?

---

79 Desculpa. O cachorro não é idiota. Cachorros são perfeitos. O Chris é idiota.

— Sim.

Ela parecia irritada, como se eu estivesse impedindo-a de passar a tarde bebendo vinho e vendo *Ilha da traição*.

— E o seu número da Spectrum é 782-42309.

— Eu... não sei dizer. Não estou com ele por perto — hesitou.

Pode confiar que é sim, sra. Heinz. Eu hackeei seu e-mail.

— Bom, sem problemas. Estou vendo que esse telefone está associado à conta. E, por último, tenho uma pergunta de segurança para fazer. Uma que a senhora respondeu quando criou a conta. Qual é o nome do seu primeiro animal de estimação?

— Meu animal de estimação de quando era criança? Ned.

— Ned! É um ótimo nome para um cachorro! — falei, animada.

— Não. Ned era o meu coelho. Eu ganhei de presente de aniversário quando tinha sete anos.

Era o primeiro bicho que *ela* teve. Claro. Aquilo não estava saindo como esperado.

— Hum... não é esse nome que está no registro. Talvez a senhora tenha colocado o nome do primeiro bicho de estimação que teve com o seu núcleo familiar atual?

— Por que eu faria isso?

— Porque... Eu não sei... — falei, minha voz falhando, sofrendo por falta de sono. — É o que as pessoas fazem. Elas não pensam. Só respondem. Então pode por favor responder à pergunta? O nome do cachorro. Qual é o nome dele?

Epa. Dava para perceber o meu desespero, e minha voz de telemarketing estava levemente agressiva.

— O que você disse? — perguntou ela, com raiva.

— Só me diz o nome do seu primeiro cachorro! Estou tentando melhorar o seu serviço de TV e internet! Tá bom? Então me diz o nome da porcaria do cachorro!

Eeeeeeee ela desligou. Claro.

Tirei o chip do celular e quebrei no meio. E aí eu comecei a chorar um pouco. O que era raro de acontecer. Mas eu estava com raiva e desamparada. E muito exausta.

Fiquei mexendo pelos envelopes de pesquisa, olhando as respostas. Kelsey Chugg respondeu todas as perguntas, menos a quinta, na qual escreveu "O que raios é a Sociedade de Amigos?". Aparentemente, Jenji

Hopp tinha um iguana cujo nome era "O Futuro". (Bem legal.) E eu encontrei o papel do Avery.

A letra dele era bem melhor do que a minha. Era ridiculamente organizada. E ele respondeu todas as perguntas de forma direta e honesta. (Ele provavelmente iria querer *entrar* na Sociedade de Amigos.)

1. De quantos eventos esportivos participou: **Mais de 20**
2. Amigos em outro ano? **Sim** [e ele escreveu "vários"]
3. Skittles ou M&M's? **M&M's**
4. Primeiro bicho de estimação? **John (um labradoodle)**
5. Irmãos ou irmãs? **Quem dera.**

É óbvio que ele tinha um labradoodle (típico cachorro de gente rica). E John? Quem chama um cachorro de John? Que nome humano mais estranho para...

John! Meu Deus! *O jogo de Instagram!!!*

Algumas semanas antes, um desafio tinha circulado pelo Instagram de todo mundo. Era "Diga o seu nome de ator pornô e marque três amigos". Avery havia feito e me marcado. O nome de pornô dele era John Haverhill, e eu zoei com ele porque parecia o nome de um colonizador britânico e não de um ator pornô. Mas fazer o quê? Ele tinha que seguir a fórmula:

NOME DE ATOR PORNÔ = SEU PRIMEIRO BICHO DE ESTIMAÇÃO + A RUA ONDE CRESCEU

Seu primeiro bicho.

Eu me senti um tanto idiota. Devia ter passado por aquela brincadeira em dezenas de perfis, mas nunca conectei os pontos. Larguei a pesquisa do Avery e entrei no Instagram. Chris nem sempre participava de correntes, mas com certeza ela tinha feito aquela. Afinal, ele era um empreendedor de pornografia, como poderia resistir? Mas será que havia salvado nos destaques? O quão engraçado ele achou o nome?

Claro. Lá estava. No perfil dele. Chris Heinz = *Cujo Swallow*.

Cujo. O nome do primeiro cachorro dele era Cujo. Ignorei o fato de que só um psicopata colocaria o nome do cachorro de Cujo.[80] E parecia que ele tinha crescido na rua Swallow Court. Foda-se. Finalmente, Chris havia me dado o que eu precisava. Eu fiquei radiante.

---

80 *Cujo* é o título de um livro do Stephen King sobre um cachorro assassino. Chamar o cachorro de Cujo é como chamar seu filho de It, a Coisa.

Saí da escola um pouco mais cedo e fui andando para casa. Tinha todas as informações de que precisava para tirar o Vadias de Roosevelt do ar de vez. Agora só precisava colocar meu plano em prática.

Quando cheguei em casa, mandei mensagem para as Kelseys. Combinamos de nos encontrar de manhã cedo para eu entregar a furadeira do meu pai e dois celulares descartáveis, por precaução. Eu tinha todas as informações necessárias para encerrar a conta do AWS do Chris. *Ia. Dar. Certo.* Eu tinha até um acompanhante para a festa! Nunca havia me sentido mais preparada. Para a Operação Marreta.[81] Para o baile. Para tudo.

— Posso ver o seu vestido? — perguntou minha mãe enquanto enchia a boca de comida mexicana.

Vestido? Ela disse vestido? Eu estava pensando acordada de novo e percebi que tinha passado o jantar inteiro distraída, até porque tinha sido mais tarde do que o normal, já que minha mãe havia feito jornada dupla de trabalho.

Meu pai concordou:

— Mostra o vestido! Desfile! Desfile!

Eu *não tinha* um vestido. Estivera tão ocupada pegando a furadeira do meu pai emprestada e descobrindo sobre o Cujo que me esquecera completamente sobre as coisas normais do baile. Era óbvio que eu precisava de um vestido. E, tipo, de sapatos também, né?

— Tá. Bom, eu tenho o vestido que eu usei no funeral do vô Jay. Ele serve, né?

Meus pais trocaram olhares. Do tipo será-que-nossa-filha-vai--saber-existir-no-mundo-algum-dia?

— Querida, você estava no oitavo ano quando o vô Jay morreu. Esse vestido não vai caber nas suas tê [*sic*] de mocinha. Você precisa de um vestido ou terno para usar no baile. É um evento formal — disse minha mãe educadamente.

"Tê" é o apelido dela para "tetas".

— Tá. Então... aquele vestido não é uma opção?

---

81 Gostamos desse? Acho que gostei.

Sete minutos depois, estávamos no carro indo para o shopping.

— Vamos ter que ser bem rápidas — disse minha mãe, me preparando. — O shopping fecha às nove. Vamos começar na Teru's. Eles têm coisas boas e não são *tão* caros. Mas talvez sejam adultos demais para você.

— Eu não me importo.

Eu estava preparada para literalmente comprar o primeiro vestido que encontrasse que não tivesse lantejoulas. Nem decote assimétrico. Nem tule. Talvez eu seja mais exigente do que imaginei.

Estacionamos perto da entrada do Chili's e entramos na Teru's às 20h05. Experimentei três vestidos e escolhi o menos ofensivo dos três, um tubinho preto sem mangas. De gola canoa. Reparei que minha mãe estava muito tentada a falar para a vendedora que era meu primeiro evento formal e blá, blá, blá, mas segurou a língua porque sabia que eu iria encher o saco depois. Enfim, nós nem tínhamos tempo para isso.

Nossa próxima parada foi a Famous Footwear, uma loja de sapatos onde comprei correndo um par de saltos pretos tamanho 37 sem nem os experimentar. Eles nem estavam na promoção. (Eu nunca compro nada que não esteja na promoção.) Eu... não acho que eram sapatos muito estilosos. Tinham o bico fechado, o que imaginei que não seria o que a maioria das pessoas fosse usar. Mas eu precisava de algo que pudesse usar para trabalhar. Que não fosse sair do meu pé quando eu saísse correndo, fugindo do Chris. Também peguei uma bolsa *clutch* grande preta (que, ainda bem, estava na promoção).

Estávamos prontas para ir embora, mas minha mãe ainda sugeriu parar em um quiosque de joias e comprar um par de brincos.

— Você tem brincos — falei. — Por que eu não posso pegar os seus emprestados?

— Eu acho que você devia ter brincos de qualidade. Que sejam seus. Pode pegar os meus emprestados qualquer outra hora.

Enquanto minha mãe comprava um par de brincos de bolinha da Swarovski para mim (por sessenta e três dólares, também não estavam na promoção), fui até a entrada do shopping, pronta para voltar para casa. Eu só queria dormir. Iria me encontrar com as Kelseys de manhã cedo e tinha um monte de coisa para fazer para me arrumar (incluindo, aparentemente, "arrumar meu cabelo", "passar maquiagem" e "tomar banho").

Fiquei encarando a minha mãe, tentando usar o poder do pensamento para fazê-la terminar a compra logo e me levar para casa. Mas ela estava conversando e me ignorando completamente. Urgh. Deixei o olhar vagar até a entrada do Chili's, onde um monte de pessoas deprimentes estava esperando por uma mesa.

A maioria estava em pé ou encostada na parede, segurando aqueles pagers de espera nojentos que avisam quando a mesa está pronta. E aí vi um casal que estava se pegando loucamente em público (sempre tem um desses), que eu acharia engraçado se eles não fossem tão velhos e dese-legantes. O homem estava apertando as nádegas da mulher, com certeza fazendo com que ela ficasse com a calcinha enfiada na bunda o resto da noite. E a mulher, que parecia com sra. Blye, mas com o cabelo mais curto, não parava de rir quando era agarrada, e aí o beijava de língua e...

Espera. Era mesmo a sra. Blye? Com um cabelo curto terrível? E o agarrador de bunda... era *Josh Frange*? Eles estavam... espera aí. O quê?

Perfídia!

Eu tentei me esconder, mas a sra. Blye já tinha me visto. Ela ficou desnorteada por um instante, mas depois veio até mim em passos rápidos.

— Margot — disse ela, com um sorriso largo no rosto. — Que bom ver você fora da escola.

— É... — gaguejei, sendo tão eloquente quanto Danny Pasternak.

— Que bom encontrar contigo, porqueeeeeeeeee... — falou, prolongando a última letra enquanto mexia na bolsa. — Eu ia te ligar! Acho que a gente terminou as coisas de um jeito muito brusco depois da última... emergência. Mas eu realmente acho que não é certo você não ter sido paga — disse ela, com um sorriso ainda maior.

Atrás dela, Josh Frange ficou parado por um instante e apertou os olhos, provavelmente se perguntando por que a sra. Blye estava falando com Elysse Brown.

— Ah. Bom, sabe como é... — respondi, sem conseguir formar frases.

Eu não conseguia acreditar no que estava acontecendo. Ela tinha me contratado para fazer as provas do caso dela sumirem. Tinha chorado, implorado e jurado que estava dando um jeito no casamento. Ela tinha até me arrastado para fora de uma aula para apagar os últimos resquícios do relacionamento com Josh Frange... e estava saindo com o Josh Frange de novo? No Chili's? Onde poderia ser facilmente reconhecida?

Era revoltante. E irresponsável. E tão... nojento! Mas, antes que eu pudesse falar qualquer uma dessas coisas, ela enfiou trezentos dólares na minha mão e a fechou.

— Aqui. Por todo o trabalho. Porque eu sei como você é profissional e discreta.

Ela apertou minha mão, me forçando a olhá-la nos olhos, que estavam super-focados e insanos.

Eu estava prestes a puxar a mão de volta quando fomos interrompidas pela minha mãe:

— Oi, Karen.

Pelo visto elas eram íntimas. Enfiei o dinheiro no bolso. Eu não queria. Eu tinha regras! Mas não podia devolvê-lo sem que minha mãe visse. Não tinha saída. Então fiquei lá, parada, ouvindo elas jogarem conversa fora até eu falar:

— Bom. O baile é amanhã. Temos que ir! Divirta-se, sra. Blye! Não faça nada que eu não faria!

Tanto minha mãe quanto a sra. Blye forçaram uma risada, mesmo que o que eu tenha dito não fosse engraçado. Então a sra. Blye voltou para o encontro supersexy no Chili's.

A caminho de casa minha mãe comentou que eu fui "um pouco grosseira com a sra. Blye" e me lembrou de que eu não teria entrado na competição de Ciências de Annover se não fosse por ela. Era tecnicamente verdade.[82] Olhei para fora da janela, irritada demais para responder.

Quando cheguei em casa, fui para o quarto e tranquei a porta. Tirei os trezentos dólares que a sra. Blye tinha enfiado na minha mão e larguei na mesa. Eu me senti enojada. Como se tivesse sido cúmplice da traição dela. E tinha sido mesmo, de certa forma. Eu cobrira os rastros dela. E ela iria continuar traindo o marido sem sofrer as consequências.

Me encostei na cadeira, massageando o centro da minha testa enquanto me lembrava de todos os trabalhos que já tinha feito. Por dois anos, eu havia sido consumida e definida por esse emprego de meio-período-porém-em-período-integral. Eu estava fazendo tudo aquilo pelo dinheiro, claro, mas na minha cabeça também estava prestando um serviço. Um que ajudasse as pessoas. Mas será que estava mesmo ajudando? De quantos traidores e mentirosos eu tinha sido cúmplice? Quantos passados questionáveis eu tinha apagado? Eu fazia as pessoas não terem que lidar com seus erros. Mas talvez elas precisassem lidar.

---

82 A competição de Ciências de Annover não existiria se a sra. Blye não tivesse inventado. Nem existe um lugar chamado Annover!

Guardei o dinheiro na gaveta. Eu teria que pensar sobre a minha cumplicidade nas merdas que as pessoas faziam em algum outro momento. Talvez nem todos os trabalhos fossem "limpos", mas o que eu faria no dia seguinte com certeza era. E eu ia dar conta de tudo se conseguisse dormir por algumas horas.

Conferi o vr (fazia parte da minha rotina noturna) só para ter certeza de que não havia nada de novo. A primeira coisa em que eu reparei foi um banner novo: "Boa festa, Roosevelt! Não se esqueçam de tirar muitas fotos!" E na página inicial havia várias meninas novas: Kate Fu, Cheryl Graham, Amelia Lopez, e mais. Calouras. Veteranas. Fotos e vídeos. Meninas que eu conhecia bem, outras que nunca tinha visto (talvez fossem da Brighton?).

Fiquei paralisada de raiva. Quinze meninas. Todas de uma vez? Finalmente eu sabia por que havia semanas que não tinham adicionado novas vítimas. Porque Chris estava guardando tudo. Para subir de uma vez, como uma comemoração enorme e nojenta logo antes do baile. Era como se ele estivesse zoando comigo. Quando consegui voltar a sentir minhas extremidades, escrevi uma mensagem no grupo:

> **MARGOT:** Então. Às 23h33 mais 15 vítimas apareceram no site. Podem falar com elas por mim? Digam para todo mundo que eu vou acabar com esse site de vez até amanhã à noite. Tudo isso vai acabar em breve.

Desliguei o computador e me deitei na cama. Não iria conseguir dormir. Fiquei me revirando de um lado para o outro, imaginando enfiar meus dedos nos olhos do Chris e arrancá-los para fora.

30 de abril, 23h11

MARGOT: quem você acha que é a pior pessoa? Tipo do mundo? Hitler é uma resposta óbvia, mas eu acho que pode ser o leopoldo II ou pol pot. Ou um grego antigo que comeu os filhos ou sei lá.

MARGOT: chris heinz nem entra no top dez. o que mostra quanta maldade existe no mundo.

MARGOT: eu estou de saco cheio daquele filho da puta.

24

A gente deveria ter pegado o ônibus

— Ok, então vocês duas sabem o que vão fazer?

Dei a furadeira do meu pai para a Hoffman. Chugg tinha a furadeira do pai dela.

— Três buracos no centro — disse Chugg, e apertou o botão da furadeira para enfatizar a fala.

As Kelseys pareciam bem confiantes e, diferente de mim, descansadas. Eu estava exausta e com um bafo caprichado que elas educadamente ignoraram. Chamei a garçonete e ela trouxe mais café, como se lesse meus pensamentos. Lanchonetes antigas são demais.

Os pais do P-Boy estavam viajando, então o plano era a Chugg esperar ele sair para o baile e entrar na casa usando a chave extra que a família escondia embaixo de uma estátua de sapo. As Kelseys tinham descoberto a chave depois de ficarem de vigília (o que eu não pedi para fazerem, mas de qualquer forma foi útil, e meio assustador!). A casa do P-Boy tinha um sistema de segurança, mas pelo visto ele nunca o acionava quando era o último a sair.

— Você sabe como vai chegar lá? — perguntei para ela.

— Minha irmã vai me levar. Ela me deve uma.

— Você falou para ela o que vai fazer?

— Não. Ela *me deve uma*.

Acho que era explicação suficiente.

A Hoffman morava perto o suficiente do Kyle para ir andando. Eu havia combinado com a irmã do Kyle, Gia, para deixar a Hoffman entrar no quarto do Kyle quando ele saísse. A Gia era uma menina do oitavo ano, superindependente, tolerância zero, que odiava o irmão mais velho mais do que eu. De acordo com ela, Kyle ganhava toda a atenção da família por ser um jogador de futebol medíocre (e mais medíocre ainda no resto das coisas), enquanto ela era uma aluna nota dez, primeira violoncelista, e participava das olimpíadas de matemática. Gia não precisava de mais motivos para nos ajudar a destruir o computador do irmão. Ela aproveitaria qualquer oportunidade para provar que era mais esperta do que ele.

Depois que eu fritasse o computador do Chris com um ímã, mandaria mensagem para as Kelseys para elas irem até seus alvos e os destruírem. Depois que os três notebooks fossem destruídos, eu iria procurar um lugar tranquilo (provavelmente uma cabine no banheiro feminino) para fazer o processo de verificação de dez etapas para cancelar a conta do AWS. A partir dali, esse negócio repulsivo iria finalmente acabar.[83]

Desejamos sorte umas para as outras e então fui para a manicure e pedicure que minha mãe insistiu que eu marcasse.

Deixei a manicure escolher a cor do esmalte, porque eu não queria desperdiçar energia com algo tão irrelevante. E aí ela me deu uma das cores menos populares que tinham. Uma hora e meia depois (por que, *por que* se arrumar demora tanto?), eu voltei para casa com as unhas pintadas do que eu chamaria de "cinza acastanhado" ou "marrom cocô".[84] Oops.

Passei o resto do dia tentando decorar todas as perguntas de verificação, para o caso de meu celular descarregar. Mas o meu cérebro não funcionava pela falta de sono e eu não tinha certeza se havia memorizado tudo. Então eu escrevi as dez coisas em cinco lugares diferentes (um rascunho de e-mail, uma nota, um rascunho no Instagram etc.). Guardei o ímã na bolsa, enterrado sob uma montanha de absorventes,[85] e, pela primeira vez em meses, fiz escova no cabelo. (Também porque minha mãe insistiu.)

Eu me olhei no espelho. Mas, em vez de me ver, vi "Cujo". E "7981". Eu não costumo usar maquiagem nos olhos, mas passei um pouco. Tentei me concentrar em desenhar uma linha reta de delineador enquanto meu cérebro pensava em "Powers". Tentei desenhar as sobrancelhas enquanto pensava em "Escola Walt Disney". O resultado foi... bem ruim. Eu sempre

---

83 Bom, exceto por todas as fotos e vídeos que foram baixados pelas pessoas em seus celulares e computadores. Mas um problema de merda de cada vez.

84 O vidrinho dizia que a cor era "Areia Mística".

85 Produtos de higiene pessoal impedem qualquer adulto de inspecionar sua bolsa. Use livremente.

revirei os olhos para as meninas que iam para a escola completamente maquiadas, mas, naquele momento, senti um pingo de admiração por elas. Parece que eu não sabia nada sobre maquiagem, e aquele não era um processo intuitivo.

Decidi tirar a maquiagem, mas só meu rímel não era à prova d'água, então o restante não saiu. Manchas e mais manchas. Eu me olhei de novo. Não sei como, mas acabei ficando com um olho esfumado que eu nunca conseguiria refazer, por mais que tentasse, então decidi deixar assim mesmo. Às vezes eu dava sorte.

Sem pensar, tirei uma selfie e postei. Completamente do nada. Mas acho que às vezes também gosto de validação. Eu me perguntei se alguém de interessante iria ver meu pedido por biscoitos. Eu até atualizei o perfil duas vezes, mas a única curtida que recebi foi do Kevin Beane. Eu não sei o que eu estava esperando, mas foi incrivelmente decepcionante.

— Margot? O Sammi chegou — minha mãe chamou, do lado de fora do banheiro.

Ok. Era hora de sair, não de me arrumar. Tentei repartir o cabelo para o lado, mas foi uma péssima ideia. Eu o sacudi, peguei a bolsa e fui até a sala, onde estavam todos me esperando.

E eram *todos* mesmo. Minha mãe, pai, Sammi, a sra. Santos, a tia Juno do Sammi, e nossa triste vizinha do corredor, srta. Shultz. (Minha mãe tinha conversado com ela à tarde e acabado, sem querer, convidando-a para a sessão de fotos.) Todo mundo começou um coral de "Margot! Meu Deus", "Amei seu vestido!", "Você está tão linda!" e afins. Porque todo mundo era muito gentil ou porque era uma novidade total me ver em algo que não fosse calça jeans.

Enquanto isso, Sammi se livrou de toda aquela babação. O que era um tanto injusto. Sammi também estava arrumado! Ele estava de terno e gravata e tinha passado algum produto no cabelo. Devia ter sido ideia da sra. Santos. É estranho falar isso porque o Sammi é como um irmão para mim, mas ele é bem bonito. Ele tem uma estrutura óssea muito boa (eu adoraria ter maçãs do rosto que nem as dele, na real) e olhos castanhos grandes. Ele não terá dificuldade de achar uma namorada na faculdade.

Nós tiramos todas as fotos genéricas de um baile de formatura. Tiramos fotos demais em uma pose estranha em que ficamos de mãos dadas. A sra. Santos e a minha mãe choraram, e eu e o Sammi brigamos com elas. Então tivemos que tirar todas as fotos de novo porque Sammi tinha esquecido de me dar a pulseira de flores que havia comprado para mim. O mundo iria acabar se a flor não aparecesse nas fotos!

A cena toda foi incrivelmente *normal*. Como se fôssemos um casal normal indo para o baile juntos. Não dois excluídos sociais, um dos quais levando um ímã na bolsa. Sorrimos para a câmera. Ajeitamos a pose. Minha mãe tentou fazer todo mundo comer bolo de limão. Bem normal.

Depois que tiramos as fotos com a flor, e mais uma rodada de "fotos engraçadas" (me mata, por favor), o Sammi me levou para o Lexus do tio, que ele havia pegado emprestado. Eu estava começando a ficar meio nervosa. Um carro bacana. Uma pulseira de flor. Será que o Sammi achava que a gente estava indo para o baile juntos e não "indo para o baile juntos", com aspas? Eu não ia ser uma acompanhante muito boa. Eu tinha um cronograma a cumprir. A gente não ia ficar, tipo, dançando. Ele queria isso? Ou mais do que isso? A ideia dele realmente gostar de mim, ou de eu estar brincando com os sentimentos dele, me deu um calafrio. Mas aí, na hora certa...

— Me desculpa se o carro é meio estranho. Eu achei que seria de boa pegar um Uber. Ou o ônibus. Seria mais... a nossa cara.

Seria mesmo. E seria muito foda chegar no Hilton North Webster no ônibus M10.

— É que a minha mãe... — continuou ele

— Eu entendo — falei, sem precisar de mais explicações.

Era difícil dizer não para a sra. Santos.

Repassei o plano na minha cabeça enquanto o Sammi ia para o banco do motorista e eu entrava no do carona. Mexi na bolsa para ter certeza de que tinha tudo o que precisava. Eu ia me matar se esquecesse o celular ou o ímã.

— Tudo bem aí? — perguntou Sammi enquanto eu mexia na bolsa grande demais.

— Tudo. Desculpa, eu só... queria ter certeza de que eu trouxe... o meu pó compacto? — respondi, e rapidamente fechei a bolsa para que o Sammi não visse os conteúdos.

Ele ergueu uma sobrancelha, confuso.

— Eu não vou mexer na sua bolsa, se essa for a sua preocupação.

— Me desculpa, é que... eu tô nervosa...

Meu cérebro estava quebrado.

— Você tá nervosa? Sério? — perguntou Sammi e eu podia jurar que ele estava ficando vermelho.

— Não por causa do baile. Eu... trouxe um pouco de gim e estou com medo de ser confiscado.

Não era uma boa mentira. O Sammi sabia que as chances de eu ficar bebaça eram tão grandes quanto as de eu ter orgulho de usar chinelos. Nenhum dos dois havia acontecido nem iria acontecer.

— Quando em Roma, né? — falei, esperando que matasse a curiosidade dele.

— Claro. Foi mal. É que... gim, hein?

— É...

— Eu consigo arranjar bebida pra gente, se quiser.

— Consegue? Desde quando? — soltei.

Uma pessoa mais inteligente ficaria satisfeita de mudar de assunto, mas eu não conseguia me controlar.

— Desde... não sei. Só consigo. Se você quiser. Eu arranjo um esquema pra gente.

— Hum. Não precisa.

— Então você prefere beber gim morno?

Sammi sorriu.

— Prefiro, sim.

— Posso beber um gole? — perguntou Sammi, um pouco incomodado.

— Não — falei, fria, enquanto fechava a bolsa, prometendo a mim mesma não abri-la de novo até estar dentro do salão. — Você tá dirigindo.

Nós ficamos em silêncio por um tempo. Sammi batucava no volante, como se fosse o pé inquieto dele. Então ele quebrou o embargo de conversa.

— Eu não acredito em você — disse, firme.

— Meu Deus, Sammi, qual é o teu problema?

— *Você? Gim?*

— Sei lá — eu soltei. — Estou experimentando algo novo. O que foi, você pode usar boné, mas eu não posso beber gim? O gim é o meu boné, tá bom?

Sammi fez um aceno curto com a cabeça, nitidamente frustrado. O tipo de aceno que se faz para não dizer algo maldoso. Finalmente, ele falou:

— É, é que parece que... Não sei...

Meu celular apitou. Era a Chugg.

> **CHUGG:** Temos um problema. O P-Boy ativou o alarme.

Droga. Mais um problema. Respondi:

> **MARGOT:** Ok. Aguenta firme.
> Vou dar um jeito.

Fechei minhas mensagens e abri meu arquivo sobre o VR. Eu tinha uma lista de possíveis senhas para o alarme de P-Boy. Nessa hora, percebi que o carro não estava se mexendo. Estávamos parando em um sinal vermelho e o Sammi estava me encarando.

— O que foi? — falei, irritada.

— Como assim "o que foi"? A gente estava no meio de uma conversa e você começou a mexer no celular como se eu nem existisse.

— Desculpa, Sammi. Eu tenho... meus pais tiveram uma pequena emergência e eu... tinha que responder.

— Mais uma mentira. O que tá acontecendo, Margot?

Eu o encarei. Eu não tinha tempo para Sammi ser tão... insistente.

— Você pode só dirigir? Por favor?

O sinal ficou verde. Sammi deu de ombros e acelerou. Eu acho que ele estava tentando fazer o carro soltar um *vrummmmm!* para demonstrar a frustração, mas, como o carro era híbrido, só fez um *mmmmmmmmrrrrr*. Ele seguiu em frente.

Eu vasculhei tudo no celular, mas não tinha nada para ajudar a Kelsey. Nenhuma senha ou código que me deixava confiante o suficiente para enviar. Por algum motivo, decidi dar uma olhada no celular do P-Boy, que eu conseguia acessar pelo TeddyFace. Procurei nas senhas salvas, e nada. Olhei nas notas, e nada. Então procurei nas mensagens e dei sorte.

Naquela mesma noite, por volta das sete horas, P-Boy tinha mandado mensagem para o pai:

> **P:** Pai esqueci a senha de novo. É 2113?

> **D:** Meu Deus, Peter. Me liga e eu te falo.

> **P:** pai larga de ser paranoico. Diz sim ou não.

D: Pode me ligar antes de ativar o alarme e a polícia aparecer na casa?

P: Deixa pra lá, vou colocar esse.

D: Não! É 2131. Seu aniversário e o da sua irmã!

D: Não digite a senha errada!

P: valeu.

P: espera, quando é o aniversário da Lucy?

E aí ele mandou para o pai o meme do Michael Jordan chorando. Não sei por quê.

De qualquer forma, a senha estava nas mãos da Chugg e o plano estava de volta a ativa. Ótimo. Guardei o celular na bolsa e me virei para o Sammi.

— Ok. Me desculpa por isso, Sammi! Vamos curtir o baile!

Sammi estava encostado no banco, parecendo ao mesmo tempo furioso e incrivelmente entediado.

— É assim que vai ser a noite toda? Você se distraindo com o seu celular enquanto eu fico sentado aqui?

Eu não sei. Talvez. O que estava acontecendo com todos os homens da minha vida, que de repente estavam tão carentes?

— Sammi, me desculpa. Aconteceu uma coisa e eu precisava de alguns minutos.

— Vinte e cinco minutos — respondeu ele.

— Como?

— Nós estamos sentados aqui há vinte e cinco minutos. Vinte e cinco. Isso sem contar com os oito minutos que você ficou no celular enquanto eu estava dirigindo. Então são trinta e três minutos de você mexendo no celular sem falar nada. O que é grosseria, até para você.

Olhei o relógio no painel que marcava 19h52. Hum. Era... muita grosseria mesmo.

— Desculpa, Sammi. Sério. Mas eu estou pronta agora, se você...

— O que está acontecendo, Margot? — disse o Sammi, apertando a ponte do nariz. — É um trabalho? Que eu não estou sabendo? Só te vejo tão concentrada assim quando você tá trabalhando. Você pegou um trabalho? E... não quer minha ajuda, ou sei lá?

— Mais ou menos. É complicado, mas... podemos entrar?

Graças ao problema da Chugg com a senha, eu estava ficando atrasada.

— Então você *está* trabalhando. Agora? Ok...

Sammi acenou com a cabeça. Eu não sabia dizer se ele estava aliviado de confirmar a suspeita ou chateado por eu estar trabalhando durante o nosso "encontro" no baile.

— Então, o que é? — perguntou ele.

Eu tinha esgotado todas as opções. Todas as mentiras que eu poderia contar. Mas ele me conhecia bem demais, e sinceramente, eu estava cansada de mentir. Se Shannon descobrisse que eu tinha contado para ele, não importaria mais. Porque, depois daquele dia, o Vadias de Roosevelt não existiria.

Eu respirei fundo. E contei tudo sobre o caso para o Sammi bem ali no estacionamento do Hilton North Webster. Contei a odisseia de dois meses para encontrar o criador do VR, até descobrir que era o Chris, com o suporte técnico do Kyle e P-Boy. Não entrei nos mínimos detalhes do trabalho, a investigação falha com Jenji, Danny e Harold. Nem falei do namoro com Avery ser uma estratégia. Em parte, porque eu não acho que importava, mas também porque Sammi ficava me interrompendo. Falando "Pera aí, quem te contratou?" e "Meu Deus, Margot," e "Eu não acredito que você não me contou". Os comentário foram ficando cada vez mais curtos e irritados até ele finalmente gritar "Dá pra você falar mais devagar?" ao mesmo tempo que agarrou o meu braço, uma coisa que *nenhum homem deveria fazer nunca!*[86]

— Não me agarra, Sammi... — falei, puxando o braço.

— Me desculpa, mas Margot...

— Estou falando sério. Nunca mais faz isso...

— Eu sei, tudo bem, mas Margot...

— Sammi. É sério. Eu sei que eu sou sua amiga, mas...

— VOCÊ PODE ME DEIXAR FALAR? POR FAVOR? — gritou ele, e tocou a buzina.

Podia até ser melhor do que agarrar meu braço, mas ainda era uma escolha bem estranha e agressiva. Um casal andando por perto olhou para

---

[86] Acontece toda hora em filmes. Um cara, porque precisa muito provar um argumento ou mostrar o quanto está apaixonado ou o quanto é bem-dotado, agarra o braço de uma mulher antes de declarar... sei lá o que. É agressivo e escroto. Fale direito.

nós, viu o rosto furioso do Sammi e decidiu nos deixar em paz. Eu estava começando a ficar preocupada com o Sammi. Não era comum ele ter ataques de raiva. Eu não o via tão irritado assim desde o quinto ano, quando ele dava piti se notasse que estava faltando uma peça importante de LEGO.

— Sammi?

— Puta merda, Margot! Como você não me contou isso?

— Eu te disse. A Shannon me fez prometer.

— Eu poderia... Meu Deus... Eu poderia...

Ele estava quase se engasgando nas palavras. Eu esperava que ele ficasse chateado por eu não o ter chamado para fazer o trabalho, mas não tão chateado assim.

— Sammi. Eu queria te contar. Muito. A sua ajuda teria sido útil muitas vezes nesses últimos dois meses. Eu estava perdida. Mas hoje à noite, finalmente, tudo vai acabar. E aí...

— Não vai acabar, Margot. O seu plano não vai funcionar — disse ele, olhando para mim como se eu fosse a pessoa mais idiota do mundo. — Porque o Kyle e P-Boy não fizeram o site. Eu fiz.

E num piscar de olhos, o mundo deixou de fazer sentido.

Eu não tinha certeza de como havia chegado ali, exatamente. É possível que eu tivesse saído correndo do carro. Também é possível que eu tivesse dado um soco ou um tapa no Sammi e o chamado de traidor ou algo assim. Não lembro. Eu só me lembro de estar sentada na calçada, mexendo na barra do vestido. Um vestido que eu comprei para ir ao baile com o Sammi, para destruir um computador quando ninguém estivesse olhando. Mas não importava, porque havia uma grande falha no meu plano: eu não tinha achado o criador do Vadias de Roosevelt de verdade. Era o Sammi. Um preconceito gigantesco, movido por uma amizade, estava bem debaixo do meu nariz. E aí?

— Margot? — ouvi Sammi falar ao se sentar ao meu lado.

A voz dele estava calma. Eu percebi que ele não estava mais com raiva, só envergonhado.

— Posso pelo menos me explicar? — perguntou ele.

Dei de ombros, puxando a barra com minhas unhas pintadas de marrom.

— Eu, hum, eu tenho que voltar até as últimas férias de inverno — disse ele, e esperou, mas eu não falei nada. — Você estava visitando sua avó na Flórida. Lembra?

Eu não conseguia olhar para ele, muito menos responder.

Finalmente, ele continuou falando:

— Quando você viajou, eu praticamente não fiz nada além de jogar RPG e ouvir podcast e comer macarrão com queijo todo dia. E eu pensei que, tipo, era ótimo. Sem a Margot ficar me mandando mensagem sobre trabalhos e tal.

— É, eu sou um porre, né?

— Não. É que era... relaxante. No início, pelo menos. Mas depois de alguns dias de fazer nada, eu comecei a ficar ansioso. Comecei a enlouquecer, um pouco.

Ele parou. Ele não usava essa palavra à toa.

— Uma noite, eu não consegui dormir. Quase fui para o pronto socorro porque achei que ia ter um ataque cardíaco. E aí eu percebi que toda aquela ansiedade existia porque eu não tinha uma vida. Tipo, nenhum amigo. Nenhum trabalho. Não sem você.

Ele estava ficando agitando.

— Então quando você não estava aqui foi uma merda. Como iria funcionar ano que vem, quando eu fosse para a faculdade e a Margot ainda estivesse aqui?

— Ok... — respondi, nada empolgada com a ideia de aquilo ser mesmo que remotamente minha culpa.

— Então... eu fiquei tipo, ok. Eu preciso fazer algo a respeito. Aí... eu fiz uma lista.

Levantei o rosto por uma fração de segundo e acabei cruzando o olhar dele.

— Eu sei. Foi uma coisa bem Margot de se fazer. A lista era tipo, "sair para correr", "ir para uma festa", e "conversar com alguém da escola com quem você nunca conversou". O que, no meu caso, era todo mundo. Mas se eu fizesse isso, com sorte, acabaria não sendo tão... eu.

Eu queria perguntar para ele se uma das coisas na lista era "arruinar a vida de quarenta e cinco colegas da escola". Mas estava consumida demais de raiva para falar.

— Enfim, eu fiz. A lista toda — disse ele, com certo orgulho na voz.

— E até que eu gostei da maioria. Até ir a festas. Eu senti que estava mudando de verdade. E, pra ser sincero, fiquei meio surpreso por você não ter reparado. Não até eu começar a usar o boné ridículo dos Yankees.

Verdade. O boné. Fazia sentido.

Sammi balançou a cabeça.

— Sabe, sempre achei que você estava brincando quando dizia que eu era seu "sócio mais confiável". Mas quando você não percebeu, pensei, tipo, *ela realmente só me vê como um funcionário?* Porque eu achei que você era minha melhor amiga. Então...

Sammi apertou o casaco ao seu redor. Ele parecia desconfortável.

— Você quer voltar para o carro? Estamos nos molhando.

Olhei para a calçada molhada, meu vestido molhado. Os arrepios nos meus braços por causa da chuva caindo. Verdade, estava chovendo. Estava chovendo havia muito tempo?

— Não — falei, sem tom algum.

— Ok — disse Sammi, e acenou com a cabeça. — Uma das coisas na minha lista era conseguir um emprego. De verdade. De garçom, sei lá. Mas aí... O Chris me viu em uma festa e ofereceu um trabalho de programação.

— *Isso* era um trabalho de verdade? — falei, sibilando.

— Só deixa eu... Margot, eu estou tentando te contar tudo.

Ele olhou diretamente para mim, e eu vi a súplica no rosto dele.

— Tá bom.

— O Chris queria que eu fizesse um site para ele. E você sabe que eu não faço isso. Eu sou muito novato com scripts.

Era verdade que o Sammi não costumava montar sites. Ele preferia se infiltrar em sites que já existiam.

— Mas eu pensei, tipo, estou fazendo coisas novas. Vou tentar. E acabei descobrindo que adoro programação — continuou. — Eu fiz um site simples, mostrei para o Kyle e o P-Boy como mantê-lo funcionando (tudo o que precisavam fazer era subir conteúdo) e achei que tinha acabado.

— Eu tenho acesso remoto ao seu computador. Como nunca vi nada do VR nele? — interrompi.

— O Chris queria que eu montasse no computador dele.

Sammi deu de ombros.

— Então você construiu um site de pornô de vingança nojento no computador de outra pessoa. Bacana. Pode continuar.

— Não, Margot — disse ele, insistente. — *Eu não sabia o que eu estava construindo.* Eles me disseram que era tipo... um anuário digital secreto. Chris disse que ia subir fotos do Instagram de todo mundo e que as pessoas deixariam comentários anônimos. Criariam categorias "engraçadinhas". Achei idiota. Mas eu sabia que iria ganhar uma boa grana, por tipo, quase nada de trabalho.

— Você está me dizendo que montou um site e não sabia para o que ele era? Eu sei que não sou tão inteligente quanto você, mas você sabe que não sou tão idiota assim, né? — perguntei, a raiva estampada no meu rosto.

— É verdade.

Ele deu de ombros com um olhar derrotado que me fez acreditar.

— Eu achei que era um anuário falso — continuou. — Mas depois de algumas semanas, o Chris apareceu dentro do Trinity Towers, com o Kyle e o P-Boy. Eles me perguntaram se eu queria dar uma volta.

Eu bufei alto. Nunca deixe um agressor te levar para outro lugar.

— É. Pensando melhor, foi uma péssima ideia.

Ele ficou quieto por um instante.

— Porque, quando eu entrei no carro, vi que eles estavam putos. Eles disseram que haviam levado uma denúncia no aws.

— Eu fiz isso. Por sinal.

— É. Agora faz sentido — disse Sammi, chutando o chão. — Enfim, eles ficaram putos. Me enfiaram no banco de trás da caminhonete do Kyle[87] e disseram para dar um jeito. Eles disseram que iriam me pagar quinhentos dólares por mês para garantir que o site ficasse no ar. E eu estava pensando em aceitar. Ficar com o dinheiro deles. Mas aí entrei no site e vi o que era... — disse Sammi, vacilante. — Fiquei com nojo, sabe? — continuou, com a voz falhando.

É. *Eu sei.*

— Chega na parte em que você continuou trabalhando para eles — falei, fria.

Eu não ia deixá-lo sair dessa tão fácil.

— O Chris me deu um soco no estômago. Na traseira do carro. Me assustou para caralho.

Uma lágrima caiu pelo rosto do Sammi, que ele limpou rapidamente com a manga.

— Eles eram três e estavam bloqueando todas as portas. E... Eu sei lá. Depois disso, concordei.

É claro que foi assim que fizeram o Sammi ajudar. Com violência. E ameaças. Tenho certeza de que não demorou muito para convencê-lo. Ele não era de brigar.

— Eu subi o site em um servidor Tor na mesma noite. Eu sabia que era errado, mas me convenci de que era uma brincadeira. E logo iríamos nos formar e podíamos começar do zero...

Ele parou de falar e enxugou o rosto. Estava na cara que ele *sabia* que estava falando merda.

---

87 A tal da Caravana da Erva REO.

— As meninas do site não podem começar do zero. Aquelas fotos vão atormentá-las pelo...

— EU SEI! — gritou ele. — EU SEI! Tá bom?

Nenhum de nós se mexeu. Ficamos apenas sentados no asfalto, lado a lado, nos molhando de chuva e olhando para a rua encharcada e escura, para as poças se formando ao redor dos nossos pés. Quando finalmente criei coragem para virar a cabeça, vi as lágrimas manchando o rosto dele.

Eu sabia o que aquele soco tinha significado para ele. Naquele momento, ele havia voltado à sua versão antiga. Ele era o Sammi nervoso, tímido e assustado. O menino de dez anos que mal conseguia falar duas palavras seguidas, encarando o chão da minha cozinha. Eu queria abraçá-lo. Dizer que tudo ia ficar bem. Pedir desculpas por não ser uma amiga melhor. E mais do que tudo, queria dizer que aquilo não era culpa dele.

Mas era culpa dele.

Me virei para ele, com uma expressão fria.

— Vai pra casa, Sammi. Entra no Lexus do seu tio e vai pra casa.

— Margot, eu não...

— Vai pra casa.

Não era uma discussão.

— E apague os seus backups — falei.

— Ok, mas...

— Você fez merda, Sammi. Você fez uma merda do caralho. Vai pra casa e apaga as suas cópias do Vadias de Roosevelt. Todas.

Sammi concordou com a cabeça, ficou de pé e se arrastou até o carro.

Como era possível? Como ele podia ter feito aquilo? Como eu não sabia de nada? Ignorei as perguntas. Elas não eram importantes. Sammi não era importante, só o trabalho. Eu me levantei e me dei um tapa de verdade no rosto. Acho que foi uma tentativa de me deixar no clima, mas eu devo ter batido muito forte, porque, quando entrei, Kara Michaels e Eric Gersen ficaram em choque ao me ver.

— Meu Deus. Margot? Você tá bem?

— Estou ótima — falei.

Era verdade. Eu não estava sentindo nada.

— Tem certeza? O seu rosto está todo vermelho.

— Sim. Estou ótima. Divirtam-se nesse baile de merda.

Eu passei por eles pisando duro em direção à entrada. Cada *clic-clac* dos saltos era um grito de guerra que me levaria até o Chris e todas as pessoas que o ajudaram. Estava na hora de acabar com todos eles.

1º de maio, 20h22

MARGOT: SE VOCÊ VIR ISSO EU QUERIA MUITO QUE ME DESEJASSE BOA SORTE. VOU FAZER UAM COISA MEIO LOUCA`

MARGOT: EU TE AMO

MARGOT: TODO O RESTO DO MUNDO É UM LIX

MARGOT: LIXO*

MARGOT: ME DESEJE SORTE

MARGOT: É MUITA COISA EM CAIXA ALTA, MAS VALE A PENA.

MARGOT: AAAAAAAAAAAAAA

Operação Marreta

Uma vez, o computador do meu tio Richard pegou fogo. Disseram que os micro-ventiladores estavam cheios de poeira, mas eu não acho que podemos descartar a quantidade de malware que ele havia instalado nem os milhões de programas que ele tinha rodando. Eu achava que aquilo era mais um exemplo do quão otário meu tio era. Mas, naquele momento, entendi o Richard. Ou, para ser mais precisa, entendi o computador dele. Porque eu era aquele computador. Meu cérebro estava sobrecarregado com pensamentos e sentimentos fortes demais. Tantas abas abertas que eu mal conseguia processar: Vadias de Roosevelt, Chris, as Kelseys, Sammi. Sammi, Sammi, Sammi. Eu estava encharcada, mas minha cabeça estava pegando fogo.

Ignorei tudo. Todo sentimento. Todo resquício de dúvida. Ninguém, nem Sammi, nem Chris Heinz, e nem meu cérebro supercarregado, iria me impedir. Sem distrações. Só pensava na Operação Marreta: *Encontrar o Chris. Destruir o computador. Encerrar a conta na* AWS. *Mandar mensagem para as Kelseys. Pronto.* Eu tinha até as dez da noite. Era quando o baile se encerrava. Era quando tudo iria acabar. Tudo acabaria naquela noite.

Conferi a hora. 20h25. Merda, eu havia perdido muito tempo com o Sammi. Chega de papo.

20h25 Chegando no Hilton North Webster a pé. Limusines enfileiradas, grupos de adolescente bêbados desembarcando. Nenhum sinal de Chris, P-Boy ou Kyle.

Chuva forte. Pés molhados.

20h29 Portas de entrada pesadas. Criam um redemoinho de vento quando eu entro.

Vestido encharcado.

Imani Watkins (presidente do comitê de formatura) cuidando da entrada e recebendo as pessoas.

Dou o meu nome. Não estou na lista. Pânico. Me encontra ao lado do nome do Sammi. Eu acho que ele teve que comprar meu ingresso ou sei lá.

Vou pagar ele de volta depois. Não quero esmolas.

Sammi. Aquele nerdzinho com quem eu troquei doces no Halloween. O brincalhão tímido que se recusava a comer comidas laranjas até fazer catorze anos. Como ele podia ter feito isso? Como ele podia ter construído um site que machucou tanta gente?

Imani preocupada. Pergunta se estou bem. Acho que viajei. Digo que estou bem.

20h34 Checagem obrigatória da bolsa com o sr. Lumley. Examina minha bolsa. Desconfiado, mas não ousa encostar nos absorventes. Pergunta se estou bem. Estou *bem*. Que saco!

20h38 Fotógrafos agressivos se recusam a entender que eu não quero uma foto. Manobras evasivas.

Entro no salão principal. Bebidas na mesa perto da entrada. Espelhos na parede à esquerda. Pista de dança logo à frente. No outro lado da sala, um pequeno palco montado para o DJ, acesso por duas escadinhas minúsculas. Vejo Chris, balançando a cabeça violentamente no ritmo da música. Como eu suspeitava, um péssimo DJ. (Ele nunca deixa a música tocar por mais de um minuto, e ainda tenta fazer rap.)

Chris. O lixo humano que fez tudo isso acontecer. Que usou o Sammi. Que assediou a Beth e fez ela se mudar. Eu estava cansada para caralho do Chris Heinz. Eu queria que ele fosse cancelado. Queria acabar com ele. Estava cansada de ficar pensando nele. Puta que pariu! Se concentra.

20h44 Eu me posiciono perto da mesa de bebidas. Vejo Kyle dançar (mal) com Tiffany Sparks. Vejo P-Boy sair do banheiro, pingando colírio.

20h57 Chris tira os fones de ouvido e... *sai da cabine* para ir ao banheiro.

Hora de agir.

Coloco a minha mão na bolsa, sinto o ímã. O telefone está na outra mão. O navegador aberto no AWS.

Desvio de pessoas dançando enquanto me aproximo do palco. Preciso ser rápida e discreta, já que vou estar à vista de todo mundo. Abaixo a cabeça e...

Bum.

Algum idiota esbarra em mim e faz o celular cair da minha mão. Ele escorrega pelo chão. Corro atrás. A tela está quebrada. Merda.

21h O celular não liga. Merda merda merda.

Se o meu celular não ligar, eu não consigo entrar no AWS. Não tem por que destruir o notebook do Chris se eu não conseguir acabar com o site. Será melhor eu ir para casa? Ou peço para as Kelseys fazerem isso? Como? Meu celular não...

Celular reinicia. Está funcionando. Ufa. Hora de agir.

Chris volta do banheiro. Merda. Perdi a oportunidade.

Abro o AWS no navegador. Vou à página para deletar a conta.

As Kelseys mandam mensagem de novo, eu respondo, minha mão está tremendo, digo para esperarem.

Corro para o banheiro para jogar água no rosto. Mãos param de tremer. Vejo Jenji Hopp no espelho, me encarando. Preocupada ou me julgando em silêncio. Nem espero a pergunta. "Estou bem!"

21h21 Chris não sai do palco. Interage demais com o público. Está ficando tarde. Por que ele se dedica mais a isso do que a qualquer outra coisa que já fez? Exceto o VR.

Kyle e P-Boy se aproximam do palco. Conversam por dois minutos. Saem.

Uma menina que eu não conheço se aproxima dele. Conversam por dez segundos. Chris sai do palco. Agora tocando: uma playlist pré-montada. (Bem melhor do que ele estava fazendo. Finalmente, Beyoncé!)

Mando mensagem para as Kelseys: SE PREPAREM.

Enfio a mão na bolsa e pego o ímã. A outra mão segura o

celular. Ando até o palco. Talvez esteja tremendo. Visão turva, por algum motivo. Respiro fundo.

Quatro metros. Três.

— Margot?

É o Avery. Na minha frente.

— Você está bem?

Ele parece preocupado. Ou nervoso. Ou constipado.

Eu digo que estou bem.

Ele me pergunta de novo.

Estou prestes a dizer para ele me deixar em paz. Mas por algum motivo eu olho para ele. Nos olhos.

Todo o salão entrou em foco. Atrás do Avery, vi Claire Jubell sozinha na pista de dança. Ouvi Imagine Dragons ecoando pelo salão. Senti aquele cheiro esquisito de festa, que mistura comida, perfume e cecê. Não sei por que perdi o foco obsessivo. Talvez fosse o choque de ver Avery e a expressão dele. Ele estava realmente preocupado comigo. Ele se importava. Eu esqueci como era bom receber aquele olhar.

Me vi nas paredes espelhadas bregas do salão e finalmente entendi por que todo mundo estava me perguntando se eu estava bem. Meu cabelo parecia um ninho de rato. Eu estava chorando baixinho. O motivo de os meus olhos estarem queimando era porque o rímel estava saindo e descendo pelo rosto. Eu não tinha o costume de usar rímel e não tinha o costume de chorar. Nem tentei fazer um "choro bonito" que teria salvado minha maquiagem. Em vez disso, eu parecia uma idiota que fora expulsa da *Ilha da Traição*.

Ainda por cima, havia uma mancha gigante de lama na lateral do meu vestido. Eu... não sei como foi parar ali.

Ok, então a minha aparência não era a das melhores. Não me importava. O notebook do Chris estava largado, então eu precisava agir. Eu me virei para Avery, com total intenção de dizer que estava bem e, o mais importante, ocupada. Que a atenção que ele estava me dando não era *bem--vinda*. E que, se ele quisesse me ajudar, ele tinha que sair da minha frente.

Mas, quando abri a boca, o que saiu foi:

— Hum. Eu... não... acho que não...

E chorei ainda mais.

Avery me abraçou e me levou para uma cadeira encostada na parede. Eu estava curiosa se ele estava sentindo alguma satisfação bizarra por me ver naquele estado. A maioria dos ex sentia um pouco de *schadenfreude*, mas não vi isso. Ele só estava preocupado. E pronto para ouvir o que eu quisesse falar. E, sinceramente, muito bonito. Imaginei que o terno fosse próprio e não alugado. Ficava perfeito nele.

Eu tentei me recompor. Mas não consegui. Contei tudo para ele.

— Sammi fez o Vadias de Roosevelt — falei, sem me importar com quem estava ouvindo. — Eu passei meses pesquisando pelo Registro e dando duro e olhando os HDs das pessoas... e foi tudo uma perda de tempo, porque foi o Sammi!

Ele conseguiu soltar um "Uau..." antes de eu continuar falando. Eu não conseguia parar. Era o expurgo de que o meu corpo precisava. Contei da Shannon e do grupo do WhatsApp e de, antes do Chris, ter gastado tanto tempo com Jenji, Danny e Harold, e que Avery era a minha "desculpa" para me aproximar deles. Eu contei da sra. Blye e como ela ainda estava traindo o marido gentil e por que as pessoas traem e por que as pessoas mentem e como eu consegui bagunçar tudo e eu sou uma fraude e não faço ideia do que estou fazendo. Era sincero e provavelmente incoerente, mas depois de meses guardando tudo aquilo, fiquei até tonta. Meu Deus. O que o Avery tinha que me fazia querer falar tanto assim? Que fazia eu me sentir segura e não julgada? Eu olhei para ele, bem no fundo dos olhos castanhos, que estavam cheios de tanta... raiva. Uma raiva quente e inegável? Oops.

— Espera aí. Eu... era a sua "desculpa"? A gente só namorou para...

Ele parou de falar, levando as mãos à cabeça e quase arrancando o cabelo.

Ah, sim. Então a única coisa que o Avery ouviu durante o meu vômito de palavras foi *blá blá blá eu estava te usando e nunca gostei de você blá blá blá*. Isso explicava o olhar assassino. Ele não estava tendo uma catarse como eu. Ele estava em um episódio pessoal de *Black Mirror*, se aproximando da reviravolta do terceiro ato.

— Então sair comigo era parte do seu trabalho?

Os olhos deles iam de um lado para o outro enquanto ele tentava entender tudo.

Eu o esperei organizar os pensamentos. Eu merecia qualquer bronca furiosa que ele soltasse. Avery não era uma pessoa raivosa, mas todo mundo tem os seus limites. E eu tinha acabado de revelar o dele. Eu me preparei para o impacto emocional total.

E então ele olhou para mim. Direto nos olhos. E... ele... riu. Não foi uma risada de verdade. Nem uma risada maníaca. Foi uma risada de "eu desisto". Uma única risada que vem quando não se tem mais nada a dizer.

— Avery... — comecei a falar. — Eu nunca quis que...

— Eu espero que você consiga tirar o site do ar — disse ele, superior a toda a situação. — É tóxico. E já fez mal a um monte de gente. Então... espero que acabe com ele.

Ele começou a voltar na direção da Claire, que estava esperando pacientemente. Mas então ele parou, se girou para mim e fez um comentário tão pesado que eu vou passar anos tratando dele na terapia.

— Você não faz mesmo ideia de quem é, né?

E depois ele foi embora. De volta para a pista de dança. De volta para a Claire. Meus olhos ficaram embaçados enquanto o via sumir no meio da multidão.

Você não faz ideia de quem é? O que raios foi isso? É claro que eu sabia quem eu era. Eu comecei uma empresa aos quinze anos! Eu pago impostos! Eu tenho valores! Eu sou a porra da Margot Mertz! Por que ele diria isso?

Eu me virei de frente para a mesa do DJ, pronta para destruir um notebook.

Mas o Chris já tinha voltado e estava pegando seus fones de ouvido, perguntando para a multidão se estavam prontos para "tocar o terror". E foi isso. A chance se fora. A Operação Marreta já era. Eu havia perdido.

Mas andei até ele mesmo assim. Eu não sabia qual era o plano. Eu não tinha mais planos. Eu só ia agir.

E então cheguei na frente dele. Chris Heinz. Meio metro de mesa nos separando.

Ele levantou o olhar do computador e fez uma expressão de nojo.

— Meu Deus, Margot. Você tá uma merda — disse, colocando os fones. — Se estiver procurando por alguém pra te comer, eu não estou bêbado o suficiente pra isso. Tente de novo em algumas horas.

Foda-se.

Eu peguei o notebook, puxei todos os cabos conectados e, com um só movimento, o joguei no chão. A música parou. Os estudantes todos da festa me viram esmagar o computador com um suporte de microfone. Várias vezes, até a capa e as dobradiças saírem. Não tinha nada a ver com o plano. Não ia apagar os dados do HD. Mas eu não estava nem aí. Naquele momento, eu só queria matar alguma coisa.

— Sua vagabunda maluca! — gritou Chris no salão praticamente silencioso.

— CALA A PORRA DA SUA BOCA, CHRIS! UMA VEZ NA VIDA, CALA! A! BOCA!

O sangue subiu pelo meu rosto. Eu estava descontrolada. Tão louca que até Chris Heinz fez o impensável e ouviu o que uma mulher disse. Eu olhei ao redor. Vi meus colegas da escola me observando. Esperando que eu os enterrasse vivos com o poder da mente. Eu queria fechar com um comentário engraçado. Mas não consegui pensar em nada. Então fui embora.

De alguma forma, saí do Hilton North Webster e cheguei no estacionamento. Ainda estava chovendo, o que ajudou a tirar mais rímel do meu rosto. Foi a única vantagem. Eu percebi que tinha seis ligações perdidas das Kelseys.

Mandei mensagem para elas e disse que a missão estava cancelada. As Kelseys ficaram, obviamente, bem chateadas. Elas tinham se esforçado muito e tinham total confiança no plano. Mas eu não sabia o que dizer. Eu tinha esmagado o notebook do Chris, mas não dava para saber se tinha danificado o HD. Eu não tinha apagado a conta do AWS e, mesmo que tivesse, não podia confiar que Sammi havia destruído as cópias dele. Havia pensamentos demais dando voltas na minha cabeça, todos contraditórios. Eu mandei mais uma mensagem dizendo que ligaria no dia seguinte e bloqueei os números delas.

Passei pelo estacionamento vazio de um supermercado e pelo toldo da padaria e continuei para casa. Minha cabeça doía de tanto chorar e de todo o trabalho e esforço de tentar *não* chorar. Eu estava exausta, enjoada e, de repente, com frio. Quando apertei o celular na mão, percebi que havia deixado minha bolsa no baile, provavelmente no mesmo lugar onde deixei minha dignidade.

Mandei uma mensagem para Beth. Beth nunca me julgava e eu precisava desesperadamente de alguém que não me julgasse naquele momento. Mandei mais uma. Depois, mais duas.

Eu tentei entender o que havia acontecido. O que tinha dado errado? Era coisa demais para mim? Eu achei que daria conta, mas nunca havia resolvido um caso tão grande. Havia culpados demais.

Chris, Kyle e P-Boy, óbvio. Eles estavam no topo da pirâmide dessa merda toda. Depois vinha o Sammi que, apesar do envolvimento questionável, deu o suporte técnico para montar o site. Sem ele, eu tenho certeza de que o site não existiria. E mesmo que eu saiba que tem partes boas nele misturadas com as partes ruins que fizeram aquele trabalho, isso não justificava o que ele fez.

Mandei mensagem para Beth de novo. Era quase que um reflexo. Que nem roer a unha ou balançar a perna. *Tum, tum,* enviar.

Pensei em todos os meninos que haviam mandado fotos das namoradas ou ex-namoradas. Os cuzões que subiram fotos de pessoas com quem eles ficaram, beijaram, transaram etc. *Com quem tiveram intimidade.* E traíram.

Tentei imaginar cada pessoa que havia entrado no site. Desde os meninos que usavam para bater punheta até os meninos (e meninas) que entravam por curiosidade. Até alguém como o Avery, que jura só ter entrado uma vez (e vai saber se isso é verdade?), era cúmplice. Afinal, ele não denunciou! Nem tentou derrubar. O que isso diz sobre ele? Como caralhos eu podia arrumar aquilo se tudo ligado ao Vadias de Roosevelt era uma nojeira?

Mandei uma última mensagem para a Beth. Um pedido de desculpas rápido pelo monte de mensagens. Meu polegar estava parado em cima do botão de enviar quando fiquei tonta. Quase caí. Toda a caminhada e o choro e não ter comido desde o... café da manhã?... provavelmente estava batendo. Eu me apoiei em um carro estacionado. Respirei fundo, passando o polegar sobre a tela rachada do celular como se fosse um exercício de meditação. Até que... a tela de mensagens sumiu. E de repente eu estava olhando para uma foto da Beth.

Era um choque vê-la assim. Congelada em nosso primeiro ano. Feliz. Leve. Fazendo um sinal de paz e amor com os dedos. Eu não a via fazia... meses? Mais de um ano? Demorou alguns toques para eu entender o que estava acontecendo.

Ela estava me ligando.

Chamada recebida

— Alô?

Eu queria dizer "Você ligou para a Pizzaria do Patrizio", porque era assim que a gente atendia as ligações antigamente. Mas fiquei só no "alô".

Eu a senti do outro lado da linha antes mesmo de ela falar. Havia uma hesitação nervosa.

— Margot? — disse ela.

Em um piscar de olhos, fui levada para o sétimo ano, quando a Beth morava a duas quadras de distância e nós nos víamos todos os dias. Era *tão* bom ouvir a voz dela. Saber que, quando estava no meu pior momento, eu ainda podia contar com ela e que ela iria...

— Você tem que parar de me mandar mensagem.

Ah. Hum. Como é que é?

Eu parei de andar. Estava no estacionamento de uma loja de conveniência a poucos quarteirões do Trinity Towers.

— Beth. Espera aí. Eu acho que talvez... você não tenha entendido minha mensagem ou...

— Margot. Você tem que parar. Eu não queria te bloquear. Eu tentei ignorar as mensagens, mas agora elas são... Passou dos limites. Ok?

Eu estava tentando processar o que ela estava me dizendo. Ela *tinha* lido as minhas mensagens. Todas. E pelo visto elas não estavam mantendo nossa amizade viva. Eu não estava ajudando a Beth ao mandar as mensagens. Na verdade, parece que era o contrário.

— Eu sei que eu mandei muitas hoje.

— Não foi só hoje. Margot, você me manda mensagem dia sim, dia não, como se nada tivesse mudado. Eu sei que a gente era, tipo, inseparável. Mas eu não te vejo há dois anos. Não acha que isso é um pouco estranho?

Eu não sabia o que dizer. Eu estava cansada e chocada porque a Beth tinha realmente me ligado, e precisei usar toda a energia que tinha para dizer:

— Aham.

— Eu trabalhei duro para deixar tudo o que aconteceu no passado. Mas quando você fica me mandando mensagem, e quando fala do Chris... É como se eu tivesse de volta no primeiro ano. Me deixa louca...

A voz dela falhou. Ela estava chorando. Eu, a *melhor amiga dela*, a fizera chorar. Senti meu estômago apertar.

— Beth...

— Não — continuou. — Me desculpa, mas eu não consigo lidar com mais nada disso. Quer dizer... você não tem alguém com quem possa conversar sobre essas coisas? Você não tem, tipo, amigos?

Eu fiz uma pausa longa demais antes de responder:

— Claro. Com certeza.

Eu não sei como encerramos a ligação. Talvez eu tenha dito adeus. Eu sei que queria contar que estava me sentindo péssima, mas acho que não disse nada além de "Claro. Com certeza.". Eu acho que prometi não mandar mais mensagens, mas não tenho certeza. Depois de desligar, senti uma tontura de novo. Não sei por quanto tempo fiquei ali, nem quando me levantei do chão molhado, nem como acabei chegando em casa. Estava confusa. Eu só conseguia ouvir a voz da Beth na minha cabeça. Abatida. Irritada. Chateada. A voz dela era a mesma, mas também completamente desconhecida.

Você me manda mensagem dia sim, dia não, como se nada tivesse mudado.

Não acha que isso é um pouco estranho?

Não. Eu estava tentando ser uma boa amiga! Eu estava tentando manter nossa amizade viva. Eu estava tentando te ajudar.

Mas também, sim. Talvez seja estranho.

Eu era louca? Eu não tinha vida social. Nenhum hobby. Nenhum amigo. E as duas pessoas que me consideravam *amiga*, eu havia explorado por... um trabalho que nem gosto de fazer? Um que é moralmente...

não tão bom? Será que aquilo era parte das minhas regras? Tratar mal as pessoas que gostavam de mim e me respeitavam? Talvez Avery tivesse razão. Talvez eu não fizesse ideia de quem eu era.

Eu cheguei em casa. Abri a porta e me sacudi no hall de entrada. Estava pingando.

— Oi? — minha mãe falou da cozinha.

Meus pais não estavam esperando que eu chegasse tão cedo.

— Margot? — disse ela.

— Sou eu — respondi, mas minha voz falhou.

Eu queria me esgueirar até o quarto e evitar vê-los, mas meus pés me levaram para a cozinha. Na hora que eu os vi, comecei a chorar.

Os dois ficaram em pé no meio de uma garfada do delivery chique que estavam comendo e me abraçaram. Eles não me perguntaram o que aconteceu. Eles não tentaram consertar nada. Eles só me deram o abraço de que eu precisava. E, por um tempo, ficamos os três no meio da cozinha, minha mãe fazendo cafuné em mim enquanto o frango dela esfriava.

Eu não sou assim. Eu não choro desse jeito. Não choro na noite do baile (alerta de clichê). Não deixo os meus pais me confortarem. O momento trouxe à tona um lado deles que eu não via fazia um tempo. Eles geralmente não tinham que "cuidar" de mim, mas, quando cuidavam, eram muito bons nisso.

Depois que eu parei de soluçar, minha mãe me ajudou a tirar o vestido (estragado) e meu pai fez chá. Eu me aninhei no sofá e minha mãe ficou muito séria e disse:

— Só nos diga uma coisa: você está segura?

— Sim, mãe. Estou segura.

— Você precisa da nossa ajuda? — perguntou meu pai.

— Eu acho que não. Não acho que ninguém consiga ajudar.

Eu mordi a parte interna da bochecha tentando me segurar, mas depois eu olhei para os rostos deles, querendo o melhor para mim... e contei tudo. Mesmo que incluísse contar para eles coisas sobre o meu negócio que eu preferia que eles não soubessem. Mesmo que fosse influenciar para sempre a opinião deles sobre o Sammi.

— Eu não sei se eu deveria ter seguido em frente com tudo isso. Eu quero ajudar as meninas, e eu quero que os meninos paguem pelo que fizeram, mas eu não sei como.

— Isso não é o seu trabalho, florzinha — disse meu pai.

Ele não me chamava de "florzinha" desde os meus sete anos.

— Margot, você é a pessoa mais capaz que eu conheço — minha mãe disse, desembaraçando meu cabelo com cuidado. — Seu pai e eu adoraríamos ficar com os créditos por você ser assim, mas não podemos. Você é assim desde os seis anos. Você é algo a mais.

Eu podia sentir um "mas" chegando.

— Mas você é uma pessoa só e não pode resolver tudo.

— Você não é juíza, nem policial, nem assistente social — complementou meu pai —, e é disso que esses meninos precisam.

— Eu não posso levar para a polícia. Eles são inúteis com relação a assédio online. E vocês sabem que a escola não vai fazer nada.

Eu contei para eles o que acontecera em Wakefield, que ninguém tinha sido punido. Contei da Shannon, que ela havia mudado e que a última coisa que queria era falar com as autoridades.

— Eu só quero pensar um pouco mais sobre isso — concluí.

Meu pai acenou com a cabeça. Minha mãe deu um sorriso discreto. Eles não forçaram nada. Eles nem tentaram me convencer. Eles me deram espaço para tomar minha própria decisão. Combinava com o jeito que me criavam.

— Acho que vou dormir. Descansar a cabeça e decidir amanhã.

— Boa ideia, querida — disse minha mãe e me deu o terceiro abraço gigante da noite.

Olhei para trás, para o delivery chique que eles estavam comendo, e que esfriara, e fiquei em choque com o quão fofos meus pais são. Eles estavam usando *candelabros* e guardanapos de *pano*. Eles deviam estar fazendo um encontro romântico em casa, já que eu tinha saído.

— Qual é a do jantar chique? É o aniversário de casamento de vocês? — perguntei, sabendo muito bem que não estávamos em agosto.

— Haha — disse meu pai.

Minha mãe soltou uma gargalhada educada.

— É sério? Vocês *sempre* comem bem assim quando eu não estou em casa?

Os dois me encararam, um pouco preocupados.

— Margot, é o aniversário da sua mãe — disse meu pai.

E era. Era 1º de maio. Uau. Não apenas eu tinha me esquecido de comprar um presente, como não tinha desejado feliz aniversário *nem lembrado que ela havia nascido*. Aquele dia estava sendo um furo atrás do outro.

— Ai meu Deus — falei, e meus olhos encheram d'água de novo.

Em que momento eu esvaziaria o estoque de lágrimas e morreria de desidratação?

— Estou péssima — falei. — Não acredito que...

— Ei — disse minha mãe. — *Não* se sinta mal por isso. Você anda muito ocupada.

— Isso não é desculpa...

— Margot, se eu quisesse que a sua vida girasse ao meu redor, eu teria um cachorro em vez de uma filha.

Estranho, mas ok.

Meu pai entrou na conversa:

— Eu comprei um bolo pra sua mãe. Vamos comer amanhã e aí podemos comemorar, ok?

Eles me deram mais um abraço e eu fui para o quarto. Minha mãe foi tão graciosa e era óbvio que ela não queria fazer com que eu me sentisse pior. Mas esquecer o aniversário dela indicava problemas maiores. Outro sinal do meu egocentrismo incontrolável.

Vesti o pijama e abracei meu Thor-vesseiro. Eu estava tão cansada que meus ossos doíam, e minhas bochechas estavam duras de tanto chorar. Como raios eu tinha chegado naquele ponto, perdida a ponto de implorar para mamãe e papai me ajudarem? Seria o fim? Meu último trabalho? Seria aquele o caso que acabaria com Margot Mertz?

Trudy Keene tivera um caso que acabou com ela. Foi no décimo quinto livro, o último. Os escritores (*ghostwriters*) decidiram que um final justo para a saga da Trudy era ela ter um último caso que acabasse com a dedicação dela. Depois disso, a Trudy se aposentou, se casou, teve um filho, "como toda boa mulher tem em algum momento".[88] Ela viveu feliz para sempre, inspirando inúmeras jovens mulheres a desistirem dos seus sonhos.

Para mim, foi o final mais deprimente de todos.[89] Eu preferia que a Trudy morresse afogada em um lago, ou que fosse metralhada em um guichê de pedágio. Eu não podia terminar desse jeito, né?

---

88 Genevieve Russel, *Trudy Keene não consegue ter tudo* (Nova York: Chambers e Wythe, 1931), p. 263.

89 Não se acomode. Se estiver pensando em se acomodar, eu recomendo ler *Foi apenas um sonho*, de Richard Yates.

Falar com a polícia era basicamente admitir derrota, admitir que o caso era grande demais para eu resolver. Mas, se eu não fizesse isso e o VR continuasse um segredo, o crime também continuaria. E não importaria quantos notebooks fossem destruídos. Se eu queria que Chris e companhia pagassem, eu teria que expor tudo, e não fazer desaparecer.

Mas era muito a se pedir das vítimas. A polícia iria querer que elas prestassem queixas e entregassem mais de si: seu tempo, seu anonimato, sua humilhação. Tudo para conseguir uma solução meia-boca. A busca pela justiça era difícil. Deixava muitas cicatrizes no caminho.

Eu estava tão cansada de tudo aquilo que *queria* que meus pais tivessem razão. Queria entregar isso para alguém. Queria não ter que resolver.

Eu me virei de costas e olhei pela janela. Ainda estava chovendo e não parecia diminuir. Mas eu me senti mais calma ao ouvir o barulho da água caindo na calha do prédio. Sempre faz esse barulho, e geralmente eu odeio. O barulho de *plim, plim, plim* fica grudado na cabeça, tão fora de rimo que eu não consigo parar de pensar nele. Mas, naquela noite, foi um alívio para mim. Era conhecido e mais consistente do que qualquer coisa na minha vida. Eu queria que nunca parasse de chover.

Acordei no dia seguinte com uma dor de cabeça terrível. Do tipo que acontece quando ignoro a minha xícara de café obrigatória às seis e meia da manhã. Eu me virei e olhei para o celular. Eram duas e trinta e cinco. *Da tarde.* Uau. Isso sim era tirar o atraso do sono. A última vez que eu me lembrava de ter dormido assim tinha sido... nunca?

Entrei na cozinha, virei uma xícara de café instantâneo (*eca*) e estava pronta para compensar o tempo perdido. Mas aí vi meus pais, sentados no sofá fazendo palavras cruzadas, e pensei: foda-se. O Chris, VR e o caos que era a minha vida podiam esperar até segunda. Então passei o dia com a família, comendo o bolo de aniversário dormido, vendo filmes antigos e até limpando o banheiro. Eu simplesmente existi como um membro do clã Mertz. Eu fui uma filha, um ser humano e, por um domingo, tal como Deus, tirei o dia para descansar.

A justiça é um prato que se serve frio. Espero que goste.

— Que bando de cuzões! *Cu-zões!*

Eu havia conversado com alguns advogados na vida. Geralmente sob o disfarce de Melanie P. Strutt. A maioria era o que esperava: educados, sérios, profissionais. Caroline Goldstein era... outra coisa. Para começar, ela falava muito "cuzões".

— Esses cuzões![90] Que porra nojenta! Ah, tomar no cu! Eu vou acabar com esses merdinhas!

Quando eu disse para os meus pais que eu não queria falar com a polícia nem com o diretor Palmer, minha mãe sugeriu que eu conversasse com uma advogada que ela conhecia (da aula de DançAtlética) que era especializada em ações coletivas. Entretanto, a advogada da minha mãe tinha pouca experiência com crimes cibernéticos, então me recomendou outra advogada, que me indicou Caroline. Aparentemente, advogados que se especializam em pornô de vingança são bem raros. A internet aconteceu tão rápido que só agora as leis estão se atualizando. (O que me parece uma desculpinha esfarrapada. Façam umas leis decentes logo!)

Mandei um e-mail para Caroline explicando o caso com um link do vr e várias capturas de tela. Ela me ligou uma hora depois. E as primeiras palavras dela foram:

— Que bando de cuzões!

— Ah, sim. Esses caras definitivamente não são aliados — falei.

— Desculpa, eu sei que sou desbocada, mas estou olhando o site agora — disse ela.

---

90 Viu só?

Enquanto passava a tela, eu a ouvia murmurar:

— Cuzões. Cuzões![91]

Finalmente, enquanto digitava furiosamente, ela perguntou:

— Então, quantas vítimas estão dispostas a vir a público?

Vir a público. Verdade. Eu ainda estava na esperança de que haveria um jeito de denunciar Chris sem envolver as vítimas, especialmente a Shannon.

— Bom, com toda a evidência que eu tenho, os HDs, os registros telefônicos e tal, achei que talvez você não fosse precisar que elas, hum, viessem a público?

A digitação parou.

— Ok. A questão é a seguinte: sem as vítimas prestarem queixas, não temos um caso. Você poderia até entregar tudo isso anonimamente para a polícia. Mas foi tudo obtido de forma ilegal, certo? Suponho que você não tinha permissão para copiar o computador do Chris.

Não falei nada.

— Pois é. Então nada disso pode ser usado em um tribunal. Foi mal. Mas, se qualquer uma dessas mulheres quiser prestar queixas, eu vou representá-las e fazer esses cuzões pagarem pelo que fizeram. Tudo pro bono. Ou seja, de graça.

— Ótimo! — falei, mesmo que soubesse muito bem o que era pro bono.

— Legal. Eeeeeee... merda. Eu preciso estar no tribunal daqui a meia hora. Depois que tiver as vítimas, me liga, e nós marcamos uma reunião. Ok! Vamos pegar esses caras![92]

Aí ela desligou.

Minha mãe colocou a cabeça para dentro do meu quarto enquanto carregava uma cesta de roupa para lavar.

— Como foi? Ela sabe do que está falando?

— Sabe. Acho que sim. Ela é intensa. E um pouco assustadora.

— Então... ela é sua nova ídola?

Minha mãe sorriu.

— Ha ha.

Eu joguei uma meia nela.

Então eu tinha que encontrar algumas vítimas que estivessem dispostas a vir a público. Mandei mensagem primeiro para a Shannon,

---

91 Ela era quase um Hodor, só que falando "cuzões" em vez de "Hodor".

92 Fiquei chocada que ela não disse "cuzões" aqui. Perdeu uma boa oportunidade.

já que era ela quem tinha me contratado para fazer o trabalho. Mas, depois de duas mensagens não respondidas, eu comecei a ficar ansiosa, então decidi tentar falar com as Kelseys. Eu imaginei que, se tinha alguém interessado em justiça, seriam elas. Mandei mensagem para a Hoffman primeiro. A resposta dela foi a seguinte:

> **HOFFMAN:** por que eu confiaria em você depois que você nos deixou na mão??

Parece que ela ainda estava chateada por eu ter desistido da Operação Fracasso.[93]

> **MARGOT:** Justo. Mas posso me desculpar? Quer ir ao Nick's?

> **HOFFMAN:** Ok.

> **HOFFMAN:** Chugg vai também.

Na noite seguinte, comendo um PF do Nick, que era basicamente tudo no cardápio do Nick,[94] coberto por Molho da Noite,[95] eu pedi desculpas para as Kelseys por ter abandonado o plano. Tentei explicar como a confissão do Sammi tinha me desnorteado, mas Chugg não estava nem aí.

— Isso não é desculpa. Você não pode deixar esses merdas impunes só porque o *seu* amigo estava no meio. Foi muito escroto, Margot.

— Eu sei. Desculpa. É que... naquela hora, mexeu comigo, tá? Sammi era meio que meu único amigo.

Parece que a vulnerabilidade conteve as Kelseys por um tempo.

— Mas eu concordo que isso não é desculpa para o que ele fez — continuei. — Eu não vou deixar ele se safar. Mas essa é a questão: qual é o castigo? Nós íamos sabotar os computadores do Chris, Kyle e P-Boy em

---

93 Acho que ainda estou pensando em um nome.

94 Incluindo coisas que não funcionam juntas, como espaguete e cachorro quente.

95 O Molho da Noite é o mesmo molho do café da manhã, mas disponível na hora do jantar. Nick só tinha uma carta para jogar, mas olha... como jogava!

segredo e deletar o Vadias de Roosevelt. Certo? Mas, se fizermos isso em segredo, eles saem todos impunes. Então, cadê o castigo?

As Kelseys concordaram com a cabeça. Eu mergulhei uma cebola empanada no Molho da Noite antes de continuar.

— Eu conversei com uma advogada que se especializa em casos de pornô de vingança como esse. Ela está disposta a cuidar do caso e fazer esses cuzões, palavras dela, pagarem pelo que fizeram. Inclusive o Sammi. Mas ela disse que precisa que as pessoas que estão no site venham a público.

Elas ficaram quietas por alguns minutos.

— Eu sei que é pedir muito — falei. — A advogada disse que isso pode levar meses.

— *Meses?* — perguntou a Hoffman.

— Pois é. E todo mundo que aceitasse vir a público teria que prestar depoimento para advogados, para a polícia, sem falar em ter que testemunhar se for parar no tribunal e tal.

— E se *ninguém* prestar queixa? — perguntou a Chugg.

— Aí acabou. Não dá para acusar alguém sem ter uma vítima. Então... Mordi uma batata frita.

Chugg estava prestes a fazer outra pergunta quando a Hoffman a cortou:

— Foda-se. Eu vou.

— Eu não quero te pressionar a fazer isso — falei, me certificando que ela estava olhando para mim. — Esse processo pode ser um inferno. Os pais do P-Boy têm dinheiro. E o pai do Kyle é advogado...

— Ah, eles que enfiem esse dinheiro no cu. Eu não tô nem aí.

— Quando isso tudo começou, você disse que o seu maior medo era que outras pessoas ficassem sabendo disso — lembrou Chugg, falando baixo.

— Eu sei — disse Hoffman, dando de ombros. — Mas cansei de ficar com vergonha. Agora eu só estou com raiva.

Eu concordei com a cabeça, aliviada. Chugg demorou um minuto e bebeu um gole do refrigerante dela para tomar coragem.

— Eu também, então — falou. — Eu acho. Só tem uma foto minha lá, e nem é tão ruim. Mas, se ajudar, eu tô dentro.

Antes de ir embora do Nick's, eu dei a elas mais uma chance de desistir, mas as Kelseys nem piscaram. Elas estavam de saco cheio e prontas para encarar aquilo de frente. Eu paguei a conta.

Com o apoio de Hoffman e Chugg, me senti um pouco mais confiante para mandar uma mensagem no Fúria.

> **MARGOT:** alguém está disposta a conversar com uma advogada fodona?

Eu expliquei os detalhes que havia contado para as Kelseys. De início, ninguém respondeu. O grupo do WhatsApp estava, pela primeira vez, tão quieto quanto o meu grupo de estudo de Economia (que consistia em apenas três mensagens sobre teoria de empréstimo de fundos). Até que Tatiana Alvarez respondeu.

> **TATIANA:** eu

As respostas começaram a vir aos poucos. E, como eu esperava, elas variaram.

> **JESS:** não. foi mal, gente, mas não.

> **MICHELLE:** preciso pensar um pouco. é uma parada muito séria.

> **ABBY:** eu entrei no site da advogada. Topo.

> **TYRA:** vlw por tentar, mas não.

> **SARA:** nem pensar. Minha mãe iria ficar sabendo, ctz. É demais, não consigo.

Mais algumas disseram que topavam, mas depois de alguns dias ficaram com medo e desistiram. (Não podia culpá-las por não aceitar. Elas ainda teriam que ir para a escola e encarar o mundo inteiro. Dar as caras já é muito corajoso.) Até o final da semana eu tinha nove meninas que toparam prestar queixa. Mulheres que colocariam as reputações em risco para dar um fim ao Vadias de Roosevelt.

Mas eu ainda não tinha tido resposta da Shannon. Ela estava ignorando minhas mensagens e ligações e eu estava começando a ficar nervosa. Se ela não aceitasse que eu desse o caso para a Caroline, não sei se conseguiria seguir em frente.

Na última semana de aula, Shannon finalmente respondeu e aceitou me encontrar no Greenbaum's. Eu ofereci bolinho inglês e muffin quando ela se sentou.

— Não estou com fome. Valeu.

Shannon estava igual à última vez que eu a vira. Magra. Cansada. Eu realmente não queria piorar a vida dela, mas estava ficando quase *esperançosa* de entregar o caso para a Caroline. Comi os dois bolinhos e fiz o resumo com meu máximo de ânimo. Falei da Caroline, das outras nove meninas do Fúria que estavam dispostas a prestar queixa, e que eu realmente acreditava que era a melhor coisa a se fazer.

— Mas — falei, fazendo ela me olhar nos olhos para entender que estava falando sério — foi você quem me contratou. E, se não quiser que eu faça isso, nada disso... então eu não faço. Ligo para a Caroline e recuso. Deixo tudo de mão.

Shannon ficou brincando com um pacotinho de açúcar. Pelo jeito que ela estava mexendo, nem tinha certeza se tinha me ouvido direito.

— Shannon? — insisti, em um tom gentil.

Ela derrubou o pacotinho.

— Desculpa. Eu... estou pensando.

— Leve o tempo que quiser.

Ela esfregou os olhos antes de começar a falar:

— Então, dois meses atrás você disse que queria levar isso para a polícia, e eu disse que não. E agora a solução é... falar com uma advogada? Que vai levar para a polícia?

— Na verdade, ela vai levar para a promotoria em Albany, que vai colaborar com a polícia, mas... é isso. Essencialmente, estamos... de volta ao começo — falei, comendo mais bolinho inglês.

Ela riu e apoiou a testa nas mãos. Talvez tivesse passado por coisa demais. Ela tinha me contratado para fazer o site sumir discretamente. Ela nunca tinha pedido por vingança, muito menos vingança pública. Era eu que insistira que ela merecia justiça. Talvez ela discordasse.

Mas aí, com um tapa na mesa, ela disse:

— Uhum. Eu topo.

— Tem certeza? — perguntei. — Porque eu quero que você tenha total noção do que significa vir a público. Vai ter imprensa e...

— Eu sei, Margot. Pode acreditar, eu já pensei muito sobre isso.

Ela parecia triste, mas também cansada de ficar triste.

— Eu achei que você iria se livrar disso e eu iria poder seguir em frente com a minha vida, mas... eu não acho que é assim que as coisas funcionam — falou.

— E a sua mãe?

— Eu comecei a fazer terapia. Minha terapeuta acha que eu devia contar para a minha mãe. Então eu meio que já estou me preparando para contar de qualquer forma.

Ela esticou a mão e pegou um pedaço do bolinho.

Eu tentei manter a compostura, mas não tinha mais nenhuma. Devo ter soltado um grande suspiro de alívio porque, Shannon riu e perguntou:

— O que você faria se eu tivesse dito que não?

— Sinceramente? Não faço ideia.

No fim de semana seguinte, as dez meninas se encontraram comigo no escritório apertado da Caroline na rua St. Paul.

O estilo do escritório da Caroline só poderia ser descrito como "pré-demolição". Havia marcas de infiltração no teto e de vez em quando o ar-condicionado na janela fazia um barulho, aí Caroline o chutava com os sapatos de salto alto. Senti um pouco mais de confiança na minha fictícia Melanie P. Strutt. (Pelo menos a Melanie tinha papel de carta personalizado!) Dando uma olhada ao redor eu percebi que não era a única que estava receosa.

Mas aí Caroline começou a falar sobre o caso e todo mundo relaxou. Ela era inteligente, objetiva e tinha um vasto conhecimento sobre as leis de pornô de vingança. E, o melhor de tudo, ela estava com raiva.

— Então, a má notícia é que processar crime "cibernético" é sempre um porre — explicou Caroline. — Exige persistência, organização e paciência. Você tem que explicar para *todo mundo* por que isso é um crime e não só, sei lá, um meme maldoso ou algo assim.

O ar-condicionado fez barulho e ela deu um chute sem perder o ritmo. Abby Durbin parecia preocupada, provavelmente porque estava sentada mais próxima do aparelho.

— Mas a boa notícia é que existe precedente. Infelizmente, esse tipo de pornô de vingança, mesmo em escolas, é comum. Menina manda mensagem para menino. Menino explora a imagem, a compartilha sem consentimento e causa danos irreparáveis. Eu vou atrás do menino porque isso é um crime do caralho.

Tatiana se endireitou na cadeira.

— Então, você está dizendo que temos uma chance?

— Ah, sim. Não quer dizer que vamos conseguir uma condenação. Muita coisa depende do quão velho é o juiz e o quanto ele entende de tecnologia, mas eu vou fazer tudo o que puder para pegar esses merdinhas. *Isso* eu prometo — declarou Caroline, batendo a mão na mesa de forma tão dramática que Kelsey Chugg se assustou.

— E tem alguma coisa que você possa fazer... tipo, agora? Porque eu não me importaria da minha foto pelada sumir... tipo, agora? — perguntou Shannon.

— Claro. Assim que terminarmos aqui eu vou mandar uma notificação extrajudicial para Chris Heinz, Kyle Kirkland e Peter Bukowski. *E* para os pais deles. E eu vou ligar para os pais e contar exatamente que tipo de problema eles têm nas mãos e que são todos uns bostas.[96] Sabe como é, essa coisa toda. É claro que não tem garantias, mas isso geralmente resolve a situação.

A cada pergunta, a confiança do nosso grupo em Caroline aumentava. Depois de meses como vítimas, meses de assédio e vergonha, de repente o poder de todas estava voltando. Aquelas mulheres não iam mais se esconder. Elas não iam abandonar a esperança. Elas iam lutar.

A reunião terminou e Caroline levou todo mundo para fora do escritório, menos eu.

— Como eu disse, o arquivo que você me deu é incrivelmente informativo, mas também incrivelmente inadmissível — disse Caroline, e mudou de posição. — Você disse que tinha outro menino, que foi quem fez toda a programação?

— Eu disse, sim.

— Acha que ele viria a público? Contra os outros meninos? Isso iria ajudar nosso caso.

Eu dei de ombros.

— Não tenho como saber. Não estamos nos falando.

Eu fui andando até a porta, com certa expectativa que ela fosse me impedir, mas ela não falou nada, então fui embora.

A reunião tinha sido melhor do que eu esperava. Caroline parecia ser competente e muito engajada. E o grupo de dez mulheres parecia

---

96 Parece que naquele dia a Caroline estava mais para "merda" e "bosta" do que "cuzões".

comprometido. Eu deveria estar empolgada, mas estava pensando no Sammi. Ele tinha todas as provas de que Caroline precisava, e podia entregá-las de forma legal. Ele podia até conseguir uma pena reduzida. Eu só não sabia se ele merecia isso.

No jantar à noite, eu mal comi. Fiquei brincando com meu purê de batatas, fazendo vários formatos (uma montanha, um monte, um sapato que parecia uma montanha etc. Acho que só conseguia fazer montanhas). Estava na cara que era um pedido de socorro. Enfim, minha mãe disse:

— Quer conversar sobre alguma coisa, querida?

Fiz outra montanha e comi um pouco. Então perguntei aos meus pais o que eles achavam que eu devia fazer a respeito do Sammi. Dar uma chance seria pegar leve com ele?

— Talvez. Mas isso não significa que não é a coisa certa a se fazer — disse meu pai com a boca cheia de bolo de carne.

Minha mãe opinou:

— Se ele testemunhar e cooperar, vai ajudar com o caso. E parece que esses casos de... mensagens sexuais... pornô... sei lá como chamam, eles são difíceis de provar, não são?

— É. Acho que vocês têm razão.

Batuquei o garfo no prato. Eu teria que conversar com o Sammi. O que... eu não tinha certeza se queria fazer. Mas a lógica fazia sentido.

— Hum — falei. — Por que eu não peço a ajuda de vocês em mais casos?

— Porque você não queria nos contar sobre o seu trabalho ilegal. Coisa que ainda precisamos discutir, aliás. Qual vai ser seu castigo e tal — disse meu pai, mostrando uma nada ameaçadora faca de manteiga para mim.

— Vocês podem me manter trancada aqui o verão inteiro e não me deixar ver nenhum dos meus amigos. Ah, como seria horrível! — falei, seca.

— Aham — respondeu minha mãe.

Eu quase sentia pena deles. *Como* se pune alguém que preferia ficar de castigo o tempo inteiro?

— Vamos pensar em alguma coisa — disse ela. — Pode ter certeza.

Eu coloquei as mãos para o alto enquanto andava de costas, do jeito irritante que o Avery fazia quando ganhava uma discussão. Era metido, mas eu não pude me conter. Porra, Avery! Pare de me passar seus maneirismos!

Depois do jantar, liguei para o Sammi. Eu sabia que ele não ia atender, então expliquei o que precisava dele em uma série de mensagens de voz. Apesar da péssima, péssima decisão dele, eu estava lhe dando uma chance de se redimir *parcialmente*. Porque era a coisa certa a fazer. E, talvez, porque eu ainda o considerava um amigo. Talvez.

Ele não me ligou de volta, mas mais tarde mandou uma mensagem:

SAMMI: ok

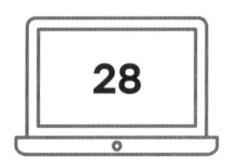

Preparem-se para o tour
das desculpas

Era a última semana do semestre e todo mundo estava tendo menos aulas e saindo mais cedo. E, com o Vadias de Roosevelt em mãos muito capazes, eu estava com tempo livre para... fazer nada, eu acho?

Mas ainda me sentia muito mal.

Eu não gostava do jeito que estava com o Sammi. Eu fiquei feliz por dar uma chance para ele fazer a coisa certa, mas, ainda assim, algo parecia errado. Eu acho que me sentia culpada pelo jeito que havia tratado ele pelos últimos... seis anos. Ou mais. Eu tinha sido uma péssima amiga bem antes do vr ser uma ideia na cabeça oca do Chris. E, apesar de não ser responsável pelas decisões terríveis que o Sammi tinha tomado, eu era responsável por não ter valorizado ele. E tenho firmeza o bastante para admitir que errei.

Decidi pedir desculpas para ele. Ele era um escroto. E tinha me decepcionado feio. Mas eu não podia controlar isso. Só podia controlar como eu agia.

O meio de comunicação preferido do Sammi era por mensagem. Então eu mandei para ele tudo o que eu queria dizer em bolhas azuis de remorso.

> **MARGOT:** Quero me desculpar por como eu te tratei nos últimos, sei lá, 6 anos? 10? de amizade. Você sempre foi um bom amigo e em troca eu basicamente fingi que você nem era meu amigo.

> **MARGOT:** Eu obviamente tenho problemas com amizades e você teve que aguentar muitos desses problemas.

> **MARGOT:** Me desculpa por ter te tratado como alguém que eu podia ligar e desligar como se fosse um videogame. Você é mais do que isso. Você foi meu único amigo de verdade pelos últimos dois anos e eu deveria ter te tratado melhor e te valorizado. Você merece coisa melhor.

> **MARGOT:** Estou aqui se quiser conversar.

Eu enviei e ainda me senti... dividida. É difícil manter duas ideias conflitantes ao mesmo tempo no cérebro. Ele era meu amigo, mas ele fez uma coisa muito errada, mas eu o conheço desde pequena, mas ele ajudou assediadores, mas ele era realmente uma pessoa boa, mas ele fez uma escolha ruim, e mais e mais coisas. Era complicado.

Quando devolvi o computador para a Jenji em março, eu perguntei sobre o "tour das desculpas" que ela fez. O que ela registrou no computador. Ela me disse que "mudou a vida dela" e fez com que ela sentisse que "havia limpado a alma", que "estava dormindo melhor do que nunca" e até que ela havia até "perdido dois quilos". Então eu estava esperando algo nesse nível ao pedir desculpas para o Sammi. Uma paz de espírito e, pelo amor de Deus, algumas horas de sono! Mas naquela noite a minha alma ainda parecia suja e eu dormi como se fosse uma viciada em abstinência. Virando de um lado para o outro, dentes caindo etc. Jenji, você me prometeu!

Mas talvez eu não tivesse feito o suficiente. Quer dizer, quantas vezes eu tinha me desculpado com alguém? O meu instinto natural de quando me sentia culpada era me defender de forma agressiva até a outra pessoa pedir desculpas para *mim*. O que não é um bom jeito de levar a vida, como você deve imaginar.

Decidi fazer o meu próprio tour de desculpas. Seria uma limpeza completa da minha consciência.

Mais uma vez, fiz uma lista. Dessa vez era uma lista de todas as pessoas que eu havia atropelado, enganado, ou magoado, seja de forma inconsciente ou... bem consciente. Abri o Registro e comecei a passar pela lista de mais de mil e cem nomes. Porém, enquanto lia os comentários mesquinhos e notas maldosas que escrevi sobre todo mundo, percebi que o Registro não iria me ajudar. Estava cheio de julgamentos e suposições. Eu tinha transformado meus colegas em números, e precisava vê-los como gente. Eu apaguei tudo.

Em vez disso, botei a cabeça pra funcionar e fiz uma lista à mão das pessoas que magoei. E peguei no batente. Eu comecei com as Kelseys, que me informaram que tecnicamente eu já havia pedido desculpa para elas quando fomos ao Nick's. Elas me zoaram por "esse negócio de pedir desculpa de novo" e "precisar de validação", o que me fez entender que elas estavam em processo de me perdoar.

A próxima era a Beth. Eu escrevi o pedido de desculpas mais eloquente que dedos podem digitar. Eu disse que sentia muito por ficar mandando mensagens a toda hora. Como se fosse meu diário pessoal. Disse que estava feliz por ela estar tocando a vida. Que eu entendia o ponto de vista dela. E, no final, disse que seria minha última mensagem.

Mas aí eu percebi que foi exatamente o que ela tinha pedido para eu *não* fazer. Que mandar mensagens longas e intensas, mesmo com pedidos de desculpa, era exatamente o que a deixavam ansiosa e ressentida. Tentei reescrever algumas vezes e deixar mais leve, mas nada parecia dar certo. Porque nada disso foi o que ela tinha me pedido. Ela me pedira para deixá-la em paz. Então eu imaginei que o melhor pedido de desculpas seria fazer isso.

Apaguei a mensagem sem enviar. E deletei o contato da Beth do meu celular.

Eu não precisava ter a última palavra. Nem tudo era problema. Eu a deixei em paz.

E sabe de uma coisa? Fazer aquela análise interna, deletar o contato da Beth do meu celular, tudo isso me fez sentir... *tão pior*. Hum. Mas talvez não seja esse o objetivo de pedir desculpas. Talvez pedidos de desculpas não sirvam sempre para a gente se sentir bem. São só uma coisa que se faz.

Ou... talvez... (me escuta) eu ainda não tivesse pedido desculpas para todo mundo? Talvez eu não estivesse sentindo o que a Jenji descrevera, nem perdido dois quilos, porque eu ainda tinha muitos pedidos de desculpa a fazer.

Eu segui em frente e comecei a pedir desculpas para todo mundo que consegui me lembrar.

Pedi desculpas para Harold, Jenji e Danny por hackear os computadores deles. Jenji tinha ouvido falar sobre as minhas tentativas de derrubar o VR e me apoiou. Danny também levou numa boa. (Eu acho? Ele não falou muito.) Mas o Harold, claro, agiu como um babaca metido. Ele me passou todo um sermão sobre privacidade e liberdade de expressão e sobre como "os mentirosos fazem o trabalho do diabo" ou algo assim. Eu estava um pouco distraída porque ele praticamente *cuspiu* o tempo inteiro. Além disso, eu não parava de pensar em como ele era hipócrita. Com todas as fotos que ele havia baixado do VR e todas aquelas mensagens anônimas que ele mandara sem consequências. Finalmente ele saiu andando, com raiva, ameaçando falar com o Palmer e as autoridades e disse que eu deveria me preocupar porque o pai dele é maçom. Tá bom.

Depois, eu ia me desculpar para a sra. Blye, mas percebi que não tinha motivo. Em vez disso, peguei os trezentos dólares que ela me deu para calar a boca e doei para uma organização de apoio à saúde das mulheres. Eu me senti melhor de pensar em todas as mulheres que iriam poder fazer mamografias e ter acesso a anticoncepcional por causa do caso da sra. Blye.

Avante! Eu me desculpei com os meus pais por não os valorizar e por omitir certos detalhes sobre o meu trabalho. (Eles ainda estavam tentando pensar em um castigo para mim.)[97] Encontrei com o meu tio Richard no Gaetano's e pedi desculpas por ser tão fria com ele nos encontros de família. Ele me surpreendeu com um pedido de desculpas por falir a lavanderia. Pelo visto, ele está no processo de se recuperar do vício, então anda fazendo o próprio tour de desculpas.

Eu não conseguia parar. Eu me desculpei com o barista do café local por usar o banheiro mesmo sem comprar nada, com o segurança de segunda e quarta da escola por invasão, e com a minha avó por não ligar o suficiente. Até pedi desculpas para Elysse Brown da Brighton por ter me passado por ela e começar uma fofoca que ela tinha infecção urinária. A reação da maioria era: "Ah. Tudo bem."

E então, uma semana depois, ficou claro que todas as desculpas fáceis e não essenciais estavam me ajudando a evitar a maior delas: Avery. De todas as pessoas que mereciam um *mea culpa*, ele era o que mais merecia. Eu o enganei, usei da bondade dele para meu benefício, o magoei conscientemente porque tinha certeza de que o que eu estava fazendo era mais importante do que os sentimentos dele. Ou que, como era rico, ele poderia comprar sentimentos novos. Obviamente não era verdade. Eu só tinha sido escrota, e ele merecia um grande pedido de desculpas.

---

97 Até a publicação desta edição, eles ainda não conseguiram pensar em nada.

Porém, eu não conseguia fazer isso. A minha aversão a ele tinha deixado de ser só procrastinação e se tornado patológica. Peguei o ônibus até o bairro onde ele mora *duas vezes*, fui andando até a casa dele e... passei direto. Como se eu fosse uma *stalker* padrão. Eu não tinha o hábito de procrastinar... nunca. Odeio desperdiçar tempo e procrastinação é *literalmente* um desperdício de tempo.

Na manhã de domingo, peguei o M10 pela terceira vez em um período de quarenta e oito horas. O trajeto até Autumn Hills, onde Avery mora, levava quarenta e cinco minutos. O ônibus se afastou do Trinity Towers e eu prometi a mim mesma que daquela vez, *daquela vez*, eu iria me desculpar. Não tinha motivo lógico para adiar. A única coisa que eu tinha aprendido com os meus vinte e dois pedidos de desculpas era que pedir perdão não era difícil. Eu tinha que dizer "desculpa", e explicar por que estava me desculpando, e aí a pessoa recebia aquilo do jeito dela. E pronto. Então por que que estava sendo tão estranho com o Avery? Sabendo como ele é, ele provavelmente iria me perdoar, porque ele é uma pessoa boa, o que finalmente entendi que não é uma característica assustadora nem suspeita, e sim rara. Ser bom em um mundo cheio de coisas horríveis é uma força que deve ser celebrada. Não uma fraqueza. Então... ele provavelmente ficaria de boa com o meu pedido de desculpas. Né?

Se ele não ficasse, se *não* me perdoasse e dissesse que nunca mais queria me ver ou falar comigo... bom... eu podia viver assim também. Quer dizer, sim, seria difícil. Eu fiquei chateada depois que a gente terminou. Mas só porque o Avery fez minigolfe ser *divertido*.[98] Ele definitivamente tem um hábito muito irritante de perceber quando estou enrolando, como quando eu estava trabalhando no caso e/ou mentindo para ele. Mas isso é porque o Avery escuta de verdade quando as pessoas falam. E isso dá vontade de falar com ele o tempo todo. E os músculos dele... são ok, acho. Eu sei que ficava falando que ele parecia malhado demais, mas ter um corpo definido não quer dizer que ele cuida de si próprio? E *isso* não é uma coisa boa, afinal? Autocuidado? É bom? Né? E, sim, eu sei que falar todas essas coisas faz parecer que eu gosto dele, mas eu não gosto. Eu só estou dizendo isso porque eu gosto dele.

Espera. Quê?

---

98 Minigolfe é, por definição, nada divertido.

Não gosto, não. Seria loucura. Eu só gosto que ele é gentil e me entende e me desafia e me faz rir e acha que eu sou engraçada e legal e respeita minha ética de trabalho, e às vezes eu fico pensando em beijar ele e ir além de só beijar. Mas isso não quer dizer que eu gosto dele!

Quer, sim. Quer dizer que gosto dele. É exatamente isso que quer dizer. *Eu gosto do Avery.*

Margot? Que. Raios. É o seu. Problema?

Mais uma vez, percebi que o Avery tinha razão. Eu realmente não sabia quem eu era. Pelo menos não com relação aos meus sentimentos. Eu estava praticamente apaixonada por ele e mesmo assim tinha me convencido de que o odiava. Nossa, um soco atrás do outro. Era como se uma campainha estivesse tocando na minha cabeça. DIM DOM! ACORDA, MARGOT. VOCÊ AMA ESSE CARA. Eu hesitei. Será que eu conseguiria seguir com o pedido de desculpas depois de entender os novos sentimentos ou... espera aí. *Como se uma campainha estivesse tocando na minha cabeça?* Que tipo de analogia era essa? Não faz sentido...

Eu estava pensando acordada de novo. Eu tinha feito sem perceber toda a viagem de ônibus e a caminhada até a porta da casa do Avery. Também tinha tocado a campainha sem perceber. Eita.

Pela porta de vidro opaco, vi a mancha em formato de Avery se aproximando. Essa não. Eu não estava pronta. *Não posso me desculpar com ele ao mesmo tempo que entendo que tenho sentimentos românticos muito profundos por ele! Sobrecarga de emoções! Desligar! Desligar!*

Eu só tinha algumas opções: 1) correr e torcer para ele não me ver; 2) ficar e gaguejar o pedido de desculpas enquanto tentava não pensar em como é lindo ele *ter uma covinha só*; ou 3) me esconder no arbusto.

Infelizmente, escolhi a opção número 3. E, como tomei a decisão tarde demais para me esconder de verdade, fui forçada a me esconder em uns arbustos que só chegavam até a minha cintura. Não foi uma boa decisão.

— Margot? — disse Avery, me vendo perfeitamente.

— Ah. Oi?

— Está tudo bem?

— Uhum — falei, e então me levantei sem jeito, limpando folhas e terra da minha camiseta, nem um pouco sexy.

— Você caiu?

Avery estava me dando uma desculpa. Ou, talvez, só presumisse que foi isso que aconteceu, porque por qual outro motivo eu estaria no meio das sebes? De qualquer forma, eu poderia, e talvez *deveria*, ter aproveitado a desculpa, mas eu não queria mais mentir para o Avery. Afinal, era aquele o grande problema. Então falei a verdade. A verdade humilhante e que provavelmente ia me fazer ficar solteira para sempre.

— Não. Na verdade, eu vim aqui para pedir desculpas. Mas aí eu... fiquei com medo e achei que me esconder no meio dessas plantas iria... me deixar invisível, sei lá.

Avery coçou o pescoço.

— Ok.

Eu quase continuei falando e disse que gostava dele e que eu estava tomada pelos sentimentos que tinha por ele e decepcionada comigo mesma por não ter percebido os sentimentos antes. Mas eu não queria bagunçar as desculpas. Eu não estava ali para conquistá-lo de novo. Só precisava admitir o meu comportamento escroto.

Durante uma pausa bem longa enquanto eu pensava no que contar para ele, Avery preencheu o silêncio:

— Olha, eu estou com visitas agora. Podemos fazer isso... outra hora?

Olhei para os pés do Avery e vi um monte de sapatos por perto. Dava para ouvir vozes vindo de dentro e percebi que havia vários carros parados na frente da casa dele. Dava até para ver algumas pessoas esticando o pescoço para nos olhar pela janela. Beleza. Tranquilo.

— Me desculpa, mas... eu posso só falar uma coisa? Vai ser rápido, eu prometo. Eu já tentei vir aqui outras duas vezes essa semana.

Meu Deus, Margot. Por que você disse isso?

— Ok.

Ele deu de ombros de um jeito educado, olhando para os amigos lá dentro.

— Quero pedir desculpas por não ter sido honesta com você em relação ao meu motivo para te namorar. E por ter te usado por causa de um trabalho. Não foi legal da minha parte. Você não merecia isso. E você tinha razão. Eu não me conheço tão bem quanto pensei. Mas eu... estou tentando melhorar. Estou tentando entender por que faço as coisas desse jeito.

Parecia que ele ia falar alguma coisa, mas eu continuei.

— E desculpa por não ter ido pro evento da sua mãe! Você me pediu para ir um monte de vezes e eu sabia que era importante para você. Eu devia ter ido.

Eu estava no ritmo, mas perdendo qualquer tipo de filtro. Mesmo assim, continuei:

— Me desculpa por te chamar de Avery Amão pelas suas costas no sétimo ano. Você não é um amão.

— Amão? Tipo...

— Tipo reclamão, acho? Sei lá. Eu nunca pensei muito nisso.

— Ok. É...

— Ah, mais uma coisa! Me desculpa por ter ficado assustada com o quão gentil você é. Isso diz muito mais sobre mim do que sobre você. E desculpa por te zoar por ser rico. Não foi escolha sua. Eu só estava com inveja. Ter uma piscina infinita e uma geladeira só para LaCroix parece ser muito bom.

Então eu levantei as mãos em um gesto exagerado.

— É isso. Desculpa também por atrapalhar a sua festa. Obrigada por me deixar falar. Desculpa.

E com isso, eu me virei e praticamente corri os dois quilômetros até a parada de ônibus. Eu não ia aguentar ouvir a resposta dele, fosse de perdão ou vingança. Eu só vazei. O tour das desculpas havia terminado e os meus sentimentos ainda eram bem conflitantes. Estava aliviada, mas triste. Feliz que havia acabado, mas também exausta.

Eu tive um pingo de esperança irrealista de que Avery iria me alcançar, me virar e me dizer o quanto o meu pedido de desculpas tinha sido importante. Que ele me perdoava e que ainda gostava de mim. Aí, sabe, a gente iria se beijar e rir e, não sei, dançar uma música lenta ou algo assim.

Mas é claro que nada disso aconteceu. Eu não merecia esse final. Em vez disso, peguei o ônibus sozinha e voltei para casa.

29

Margot Mertz arruma a sua rua

As provas finais acabaram. Os veteranos, incluindo Shannon, Kyle, Chris, Claire Jubell e Harold Ming, se formaram antes do VR vir a público. O que foi uma merda.

Eu tinha o sonho de ver o Chris ser preso no palco da colação de grau. Assim que ele fosse receber o diploma, antes de fazer um gesto obsceno para a plateia, policiais uniformizados iriam chegar e algemá-lo. A família dele iria perguntar "O que está acontecendo?" e se agarrar desesperadamente ao Chris enquanto ele seria arrastado para fora. Então viriam buscar P-Boy que, como aluno do penúltimo ano, estaria assistindo da plateia. E aquele caipira destruidor de plantas iria resistir à prisão, sacudir os braços e gritar alguma coisa tipo *"Fake news!"* ao ser jogado na traseira do camburão da polícia. E o Kyle — coitadinho do Kyle, tão fracote — iria chorar. Um choro patético e alto que *quase* iria dar pena. A imprensa iria adorar. Teria uma matéria aprofundada de quatro partes na *Gazeta North Webster*, que iria atrair uma cobertura nacional. O programa *This American Life* iria adaptar a história e eu seria entrevistada por Ira Glass e Sarah Koenig, que iria me indicar para um estágio, que eu iria recusar. (Eles não pagam os estagiários!)

Ah! Mais uma coisa. Todo mundo que subiu algo no Vadias de Roosevelt ou baixou de lá teria o nome impresso em letras grandes o suficiente para se ler no outdoor ao lado da rodovia I-490 perto do supermercado. Isso também iria chamar atenção da mídia nacional, o que levaria a prisões, humilhação pública e revogação de bolsas de estudo! Os pervertidos e agressores iriam pagar. E a comunidade e a escola iriam melhorar e começar de novo e, quando eu me formasse, a masculinidade tóxica teria acabado finalmente! Para sempre.

Assim, é uma boa fantasia.

— Margot? — interrompeu minha mãe. — Você está pensando acordada? Eu achei que ia descascar as batatas?

Eu disse mesmo que ia fazer isso.

— Desculpa! Vou descascar!

Peguei o descascador e comecei a fazer o que seria um "petisco" no churrasco de quatro de julho do tio Richard, que já havia sido adiado duas vezes e iria acontecer em agosto.

A conclusão verdadeira — se é que se pode chamar assim — do VR foi bem mais complicada do que a minha fantasia. E bem menos satisfatória.

Depois de várias semanas de revisão e investigação, as queixas foram finalmente feitas contra Chris, Kyle e P-Boy. Vai demorar alguns meses até o caso ir para o tribunal (*se* for para o tribunal, porque Caroline acha que vão querer fazer um acordo). Eles provavelmente não vão para a cadeia (apesar de eu ter esperanças de que o Chris vá cumprir alguns meses, já que ele inventou a coisa toda). E as penas não serão nada como o que eu imaginei; provavelmente será liberdade condicional e serviços à comunidade. *Mas* a administração da escola reportou o incidente para as faculdades do Chris e do Kyle e as vagas deles foram revogadas. Isso era uma vitória, mas também irritante, porque eles ficariam em North Webster no ano seguinte, sem nada para fazer. E eu já tinha encontrado o Chris uma vez, o que já era demais.

Eu estava com o carro do meu pai, resolvendo algumas coisas para ele na rua. Tinha acabado de deixar algumas roupas na lavanderia e, quando voltei para o carro, vi Chris me esperando. Tão arrogante e petulante como sempre, mas armado com um novo acessório: um taco de beisebol.

— Se você estiver procurando um investidor anjo para a sua próxima startup, perdão, mas não posso ajudar — falei, procurando meu spray de pimenta na bolsa.

— Olha. Eu entendi. Eu te irritei com a coisa do anuário falso — disse ele, e andou na minha direção. — Já saquei que você não entende o que é uma brincadeira, mas dá pra parar de mexer com a porra do meu carro?

— Como assim? — perguntei, mantendo minha distância e dando a volta até o banco do motorista.

— Toda semana meus pneus são rasgados! E tem açúcar no meu tanque de combustível!

— Eu não sei do que você tá falando — falei, muito confusa.

— Eu tenho que levar minha irmãzinha para o acampamento de verão. Então, quando você bagunça com o meu carro, está prejudicando a Madison!

Irmã? Ah, é. Ele tem uma irmã. É difícil de acreditar. O que *acredito* é que ele usa a irmã de desculpa. Dá até para ouvir ele falar: "Meritíssimo, como irmão de uma irmã, como eu poderia me envolver com um site como o Vadias de Roosevelt?". Que nojo.

— Eu não mexi no seu carro, seu pervertido. Agora vai pra casa antes que a sua tornozeleira dispare.

Chris ficou lívido de raiva. Ele levantou o taco, pronto para dar uma de homem das cavernas, e na mesma hora eu peguei o celular e abri uma transmissão ao vivo.

— Vai em frente, Chris. Quebre o meu para-brisa ao vivo no Instagram. Vamos ver como isso ajuda o seu julgamento no tribunal.

Chris abaixou o taco, furioso.

— Você é uma [xingamento nojento que só o pior tipo de homem usa] do caralho.

Aí ele saiu andando, arrastando o taco atrás dele.

Eu entrei no carro e respirei fundo. Por que ele achou que eu estava vandalizando o carro dele? (E por que eu *não* estava? Eu adorava ver o Chris putinho da vida.) Então eu pensei em quem mais gostava de ver o Chris desse jeito. Eu não havia entrado no Fúria desde a formatura, para me dar um descanso mental. Mas quando eu o abri, o grupo estava... maravilhoso. Várias fotos de atos de vandalismo, dos mais inocentes (jogar milk-shake na mochila) até os mais fodas (arranhar a pintura do carro do Chris, quebrar o para-brisa do carro do Kyle, e eu acho que alguém tacou fogo na mochila do P-Boy!). O grupo havia mudado de grupo de apoio às vítimas para uma galeria de desgraças dos meninos. Elas eram as Banksy da vingança. Eu ri. Comentei. Mandei o vídeo do Chris que tinha acabado de gravar. Bons tempos.

Não havia fotos do Sammi, que parecia ter escapado da fúria do Fúria. Talvez porque estivesse colaborando com o time de Caroline Goldstein. Por entregar todas as provas que tinha, ele conseguiu abrandar a pena e ia fazer duzentas horas de serviços comunitários. Mas a Rensselaer cancelou a vaga dele na faculdade. Da última vez que ouvi falar dele (pela mãe), ele estava pensando em fazer um ano na faculdade local.

Cerca de um mês depois de eu mandar meu pedido de desculpas por mensagem, Sammi finalmente me respondeu:

> **SAMMI:** obrigado. por me falar para entregar as coisas para a advogada.

Não era exatamente um "eu te perdoo", mas não acho que ele iria me odiar para sempre. Pelo menos ele sabia que eu estava tentando protegê-lo. Eu tinha que aceitar, por enquanto.

A maioria das outras pessoas que usavam o vr, subindo ou baixando fotos, tiveram punições leves, ou nenhuma. Alguns meninos que subiram fotos foram suspensos. Alguns que baixaram e distribuíram fotos receberam — adivinha só — uma bronca do diretor Palmer. Mas a maioria esmagadora não sofreu consequência alguma. Isso foi muito desanimador.

Ah, exceto por uma menina do segundo ano que havia baixado uma foto para fazer bullying com outra menina. Ela foi expulsa. Eu acho que "homens são assim mesmo", mas mulheres vão ser julgadas de forma completamente diferente.

Fico muito feliz em dizer que Goldstein cumpriu a sua palavra. Além de prestar queixa e forçar os crimes do Chris a se tornarem de conhecimento público, ela também foi bem agressiva em forçar a escola a oferecer apoio psicológico e prático para as vítimas, tanto as que participaram do processo quanto as que não se pronunciaram. Então ano que vem vai ter um programa anônimo de denúncias e mais informações sobre mensagens sexuais e consentimento. É... um progresso?

O meu envolvimento com o caso obviamente se encerrou assim que entreguei as coisas para Caroline e a polícia. Por isso, fiquei surpresa quando recebi uma ligação de um tal Sargento D'Antoni. Ele me perguntou se eu poderia ir à delegacia prestar depoimento, porque — escuta essa — *eu* estava sendo acusada de conduta ilegal.

Parece que a raiva do meu bom amigo Harold Ming não era só ele desabafando (e cuspindo na minha cara): era uma ameaça, que ele cumpriu. Ele me acusou formalmente de mexer com o computador dele e queria prestar queixa. Meu pai me levou até a delegacia, onde eu calmamente confessei ter feito uma cópia do hd do Harold. E que o computador dele estava cheio de fotos de meninas menores de idade baixadas do vr.

O resultado foi que eu tenho que fazer quarenta horas de serviço comunitário no verão. (E o Harold tem que fazer cem. Mas comparar para quê, né?)

E foi isso. Caso encerrado. Na verdade, não, porque ainda deve durar uma eternidade, ainda mais se for chegar ao tribunal. Mas, sabe, por enquanto eu tenho um pouco de paz.

Demorei para me acostumar. A última vez que eu me lembro de ter tanto tempo livre foi no primeiro ano. Fiquei tentada a pegar alguns trabalhos na MASV, só para me manter ocupada. Recebi um monte de pedidos depois que Chris foi acusado e todo mundo ficou sabendo que eu organizei a coisa toda. (E, claro, Stanford ainda não ia sair barata.) Mas exercitei meu autocontrole e declarei uma suspensão em todos os trabalhos de arrumação enquanto pensava um pouco mais sobre a ética da coisa. Eu tentei fazer um pouco de introspecção, que era entediante, mas não era uma perda de tempo completa. Escrevi em um diário. Ajudei mais nas tarefas domésticas. Até comecei a frequentar a academia do Trinity Towers duas vezes por semana, andando na esteira até meu coração quase explodir (sete minutos). Estou tentando.

Em agosto, eu me apresentei na prefeitura para cumprir o meu "serviço", que presumi que seria ler para idosos em uma casa de repouso ou visitar pacientes no hospital da minha mãe. No entanto, me disseram que eu iria *recolher lixo na beira da estrada*, o que não era um bom uso das minhas habilidades. Lembra da esteira? Imagina isso na beira da estrada! Com um saco de lixo. Isso não era um serviço útil para ninguém!

Eles me deram alguns equipamentos e um colete neon grande que me fez parecer uma idiota *e* um cone de trânsito. Eu achei que estaria junto de alguns delinquentes juvenis, talvez um piromaníaco. Ou pior, Harold Ming! Mas, para a minha surpresa, a maior parte das pessoas não estava ali por ordem de um juiz. Eram em maioria voluntários (uma avó e o neto, um candidato a vereador etc.) que queriam deixar a cidade mais bonita. Era legal, e eu queria me misturar sem contar a ninguém que estava ali por ter cometido um crime.

Eles nos levaram a uma sala de reuniões bege para assistir a um vídeo chamado "Segurança no acostamento".[99] Quando terminou, ligaram

---

99 Foi tão empolgante quanto parece. Eu dou duas estrelas com as pontas enfiadas bem no fundo dos meus olhos.

as luzes e perguntaram se alguém tinha alguma pergunta. Alguém no fundo da sala perguntou se *tinha* que usar luvas, porque luvas pioravam a psoríase e ele tinha um atestado da dermatologista, que também era sua esposa. Eu me virei para ver que pessoa maluca iria dar tantos detalhes. Pelo visto, era um homem idoso que, pelo que eu vi, não tinha psoríase. Mas ele tinha um passarinho de estimação no ombro. E ao lado dele, também de colete neon, estava Avery Green.[100]

Me pareceu muito aleatório (e até suspeito!) que o Avery estivesse ali. Mas é claro que Avery Green passava o tempo livre recolhendo lixo. É claro que ele iria se meter em um trabalho voluntário ruim desses e se sentaria ao lado do cara da psoríase. Avery adora umas atividades de bom samaritano.

Ele notou a minha presença assim que eu me virei, e fez uma expressão de surpresa e medo. Ele deve ter achado que eu o estava perseguindo. Quando saímos em fila única da sala, nos separamos e entramos em ônibus diferentes. Eu achei que iríamos para trechos diferentes da rodovia, mas não tive tanta sorte. Os ônibus estacionaram lado a lado na I-490, onde o acostamento fica mais largo. Eu teria que encarar o Avery.

Uma moça estava entregando sacos para todo mundo e, quando fui pegar um, fiz contato visual com ele. Eu dei um sorriso educado. Ele ficou um pouco tímido, mas sorriu de volta. (Ele não podia deixar de retribuir um sorriso. É Avery Green.) E então ele quebrou o silêncio com o clássico:

— Oi.

Eu respondi na mesma moeda com um "oi" inarticulado e desconfortável. A minha felicidade de vê-lo estava com certeza estampada na minha cara. Eu estava corada desde que o vira na sala bege.

Depois de um silêncio constrangedor que provavelmente só durou três segundos, mas eu juro que parecia ter sido dezessete anos, Avery falou:

— Então, o que te traz à equipe de limpeza?

— Ah... — falei, enrolando.

Eu queria dizer que era só pela minha vontade de fazer o bem e não por ordem judicial. Mas seria mentira.

— Estou prestando serviço comunitário — falei. — Por ter mexido no computador do Harold Ming.

---

100 Sim, ele era a única pessoa no mundo que ficava bem com um colete neon. Como se fosse uma peça exclusiva, feita sob medida.

— Ah. Agora faz sentido.

Nós fomos para um trecho da rodovia que precisava de atenção e começamos a coletar canudos, guimbas de cigarro e latas de refrigerante. Avery trabalhava de forma metódica, cutucando as coisas com um pegador, e a cada gesto tensionava os braços. Eu preferia pegar as coisas com a mão. Sinceramente não me importava. Não tinha nada moralmente ambíguo em coletar lixo de verdade. Lixo na rua era ruim. E eu estava limpando tudo.

Depois de alguns minutos coletando lixo, eu me virei para o Avery:

— Eu não sabia que você estaria aqui, juro. Não estou te perseguindo.

Ele riu.

— Eu faço isso todo sábado de manhã desde que as aulas acabaram. E *agora* é que você aparece? Parece um pouco coisa de *stalker*.

— Haha.

Eu queria conseguir pensar em alguma coisa engraçada para dizer, mas só conseguia pensar em: *braços, braços, braços. Flexiona, relaxa, flexiona, relaxa.*

— Margot?

Ele olhou para mim como se esperasse algo. Meu Deus, será que ele tinha dito alguma coisa que eu não ouvi porque estava encarando os músculos dele?

— Sim?

— Eu disse que aquele foi um belo pedido de desculpas.

— Ah, hahaha. É. Bom, eu sei admitir quando estou errada.

Um cara encontrou uma carteira jogada em uma vala e todo mundo se aproximou dele para ver. Mas eu e o Avery ficamos no nosso pedaço, continuando com o trabalho. Quanto mais lixo eu recolhia, mais limpa me sentia.

— Você meio que fugiu depois. Eu não tive a chance de te falar como eu me sentia.

Era verdade. E, pensando melhor, tinha sido grosseria. Eu devia pelo menos ter ouvido a resposta dele. Provavelmente teria sido bom ouvir se ele estava com raiva, decepcionado ou sei lá.

— Vou ser sincera — falei. — Eu estava morrendo de vergonha. E só de falar em voz alta que te tratei assim, percebi o quão... ruim foi tudo isso.

Eu recolhi um sapato masculino e coloquei no saco.

— Mas você tem razão — continuei. — Eu definitivamente tinha que ter deixado você responder.

— É...

Continuamos andando.

— É... eu fiquei chateado — falou ele, enfim. — Por, tipo, um tempo.

É claro que ficou. Eu merecia... espera aí. *Ficou* chateado? Tipo... no passado? Tipo, ele não estava mais chateado? Olhei para ele. Avery estava usando óculos de sol (caros), mas, mesmo assim, dava para ver os olhos. Ele não parecia chateado. Interessante.

— Eu queria continuar chateado, mas, quanto mais eu pensava no assunto, digo, foi um ótimo pedido de desculpas. Foi bem sincero. Talvez sincero demais... algumas pessoas diriam até que foi exaustivo.

E... a covinha apareceu.

Eu sorri de volta.

Havia um monte de jornais presos em um arbusto. Eu agarrei com as duas mãos e o levantei, tentando mantê-lo longe de mim. Por instinto, Avery abriu o saco de lixo dele para eu colocar lá dentro. E, mesmo que por uma fração de segundo, e mesmo que estivéssemos de luva, nossas mãos se tocaram. E eu sinto dizer que isso apenas confirmou os meus maiores medos. Que os sentimentos que eu tinha pelo Avery não tinham ido embora. Na verdade, pareciam ter crescido.

Meu instinto me dizia para continuar falando e preencher o silêncio com os meus pensamentos sobre o serviço comunitário, me desculpar de novo e compartilhar os resultados do meu tour de desculpas. Para falar e falar até, finalmente, falar para ele o quão gato ele era e como, mesmo estando no lugar menos romântico do mundo, uma rodovia cheia de lixo, eu tinha uma vontade incontrolável de colocar a minha boca na dele.

Mas eu não falei nada disso. Perguntei como estava sendo o verão dele. E aí... ouvi. Porque eu estou tentando.

Andando pela I-490 perto do supermercado, carros passando, Avery parou.

— O que foi? — perguntei.

— Ah, tá. Como se você não tivesse nada a ver com isso?

Usando as mãos para tapar o sol, ele olhou para o outdoor gigantesco acima de nós.

— Saiu no jornal — falou.

Eu também inclinei a cabeça para olhar para o outdoor que continha o nome completo de cada pessoa que tinha subido ou baixado fotos do VR. Em letras grandes o suficiente para ler.

Eu sei que é muito mesquinho. E custou quase quatrocentos dólares. Mas eu não sou perfeita. E, com todas as minhas boas ações esses últimos tempos, eu achei que merecia.

— Sabia que metade do time de futebol foi suspenso por causa disso?

— Ah, que pena. Eu gosto tanto de esportes. Tanto.

Ele riu.

— Você tá querendo me dizer que não teve nada a ver com isso? Porque tem bem o jeitinho Mertz.

Ele estava praticamente enfiando aquela covinha na minha cara.

Eu dei de ombros.

— Avery, eu realmente não quero mais mentir pra você. Então... posso só não responder?

Ele acenou com a cabeça, talvez um pouco surpreso com a minha sinceridade.

— Tá. Por mim tudo bem.

Nós continuamos andando. Ele enfiando um palito no lixo como um olimpiano. Eu me abaixando como o Quasimodo. O outdoor com o nome dos pervertidos atrás de nós foi ficando cada vez menor, até só conseguirmos ver a estrada e o céu. E o lixo. Muito lixo.

Agradecimentos

Primeiro, nós gostaríamos de agradecer Alli Dyer da Temple Hill por achar que essa história poderia virar um livro. Sem o retorno, o apoio e a ajuda dela durante todo esse processo, talvez isso ainda fosse uma apresentação de uma página de um roteiro que ninguém queria produzir.

Também gostaríamos de agradecer, primeiro, Kelsey Murphy (*podemos agradecer duas pessoas em primeiro lugar?*) pela energia e o esforço para editar esse livro. As anotações detalhadas, bem pensadas e às vezes intimidadoras da Kelsey foram o que nos levou à nossa editora Philomel, e não podíamos estar mais felizes em outro lugar. Nos conforta saber que temos uma editora que se importa tanto com a nossa história quanto nós. (Às vezes talvez mais ainda?) Kelsey ajudou a enriquecer essa história a cada passo do processo. Ela é um tesouro.

Somos gratos à equipe toda da Philomel e da Penguin Random House. Agradecemos Jill Santopolo, Ken Wright, Liza Kaplan e Cheryl Eissing por nos guiar por esse processo. E a todos os que trabalharam para fazer esse livro ficar tão bonito: Monique Sterling, Ellice Lee, Maria Fazio, Kristin Boyle, Deborah Kaplan, e um grande agradecimento a Katie Carey por nos aturar. (Se você ainda não conhece o trabalho da Katie, faça o favor de jogar o nome dela no Google.) Também precisamos agradecer nossa assessora de imprensa, Ashley Spruill, e o trabalho incrível dos times de vendas e marketing, que são muito melhores do que nós em promover o nosso trabalho!

Agradecemos nossas preparadoras, Krista Ahlberg, Laura Blackwell e Sola Akinlana, por pesquisar coisas como "*Ilha da Traição*" e "FAST-D". Ficamos muito impressionados com o trabalho de vocês. Mesmo que tenhamos usado caixa alta MUITO MAIS VEZES DO QUE O ACEITÁVEL. Também queremos agradecer nossa leitora sensível, Ronni Davis, por compartilhar um feedback completo e uma perspectiva pessoal e sincera sobre o livro.

A Julie Waters e o restante da equipe da Temple Hill (incluindo Alex Addison e seu conhecimento de marketing), queríamos agradecer pela parceria nessa história. Estamos muito felizes de trabalhar com vocês. E um agradecimento também para os incríveis agentes da Temple Hill, Simon Lipskar, Cecilia de la Campa, Alessandra Birch, e a equipe da Writers House.

Também queremos dizer merci, 감사합니다, Спасибо, thank you, e obrigada às nossas editoras parceiras internacionais: La Martiniere, Moonhak Soochup, Eksmo, Hardie Grant e, claro, a Editora Nacional.

E aí temos Jeff Roberts. O que faríamos sem o Jeff? Provavelmente passaríamos vergonha. Não sabemos nada de computadores, hackear, dark web, nem programação. Carrie nem entende bem como navegadores funcionam. Obrigada, Jeff, pela consultoria e por nos dar todos os detalhes técnicos de que precisávamos para que a Margot não ficasse tão perdida com tecnologia quanto a gente. E pela sua paciência para nos explicar o que é .Tor pela trigésima sétima vez. E por de cara entender a voz da Margot e o que estávamos tentando fazer. Você nos ajudou muito.

Agradecemos também a Johnathan Fernandez por ser um dos primeiros leitores desse livro. Seus comentários e suas opiniões nos ajudaram a ir mais a fundo em alguns dos nossos momentos preferidos. E todo o seu conhecimento sobre literatura jovem-adulta nos ajudou a nos sentirmos mais confiantes durante o processo de publicação.

E onde estaríamos sem os jovens? Agradecemos a Sam Levy, Charlotte Sheffield e Sophia e Gia Triassi por responder nossas perguntas aleatórias e nos ajudar com a pesquisa de "como os jovens falam hoje em dia?". Nós amamos muito vocês! Mas, por favor, saiam da nossa propriedade!

Agradecemos nossos amigos de Nova York e Los Angeles (e Rochester e CT!) que nos apoiaram como artistas e pessoas, lendo nossos roteiros em voz alta ao longo de anos e nos encorajando mesmo quando escrevíamos coisas muito ruins. Ian agradece a Brendan e Jason pelo grupo de escrita, e pela carreira de dramaturgo. Nós dois agradecemos ao Dave pelo contato inicial com a TH (e pela amizade, né). E ao Isaac porque ele nos agradeceu no livro dele. Carrie também gostaria de agradecer aos amigos incríveis e leais que ela conheceu fazendo shows de comédia em porões. E ela nunca teria sobrevivido/escrito um livro sobre ensino médio sem a Melissa. Para nossas famílias, irmãos e irmãs, nossas queridas tias, tios e primos. E a vovó! Não estaríamos aqui sem vocês.

Um agradecimento especial para Laurie Duncan, Karen McCrossen e Paul McCrossen, cuja ajuda com as crianças foi fundamental para escrevermos esse livro. Que sorte é essa de ter tanto amor e apoio dos nossos pais! Mesmo depois de sermos adultos e talvez autossuficientes! Nem sabemos dizer. Mesmo assim, nós somos gratos. Amamos vocês.

Agradecemos também a Caroline Cotter e Hannah Deboer, ambas também artistas, por cuidarem do Calvin enquanto escrevíamos. Ele adorou passar um tempo com vocês.

E obrigada, Calvin! Por ser perfeito e fazer todos felizes ao seu redor aonde quer que você vá. Prometemos que nosso próximo livro vai ser sobre caminhões, como você pediu. Te amamos. Muito.

Por último, nossos agentes, Edna Cowan da Edna Cowan Management e Alex Platis e Kate Moran da Untitled, obrigado por sempre cuidarem de nós. E por terem paciência enquanto escrevíamos um romance. Dois, na verdade. E ao nosso herói, Jay Patel da Peikoff-Mahan, pelo tempo e pela sabedoria. E por cuidar da gente juridicamente.

E, por último de novo, provavelmente devemos agradecer a Lauren, nossa terapeuta de casais. Se não tivéssemos trabalhado com ela, nunca conseguiríamos trabalhar juntos.

Este livro foi publicado em abril de 2022 pela Editora Nacional, impressão pela Gráfica Exklusiva.